Franziska Erhard

Drei Worte

Montlake

Das Buch

Neue Stadt, neues Leben? Nach einer schweren Enttäuschung wagt Ruby in London einen Neuanfang. Ihr Ziel: ein Platz im Traineeprogramm einer bekannten Parfümeriekette. Nicht ihr Ziel: sich vom Charme des charismatischen Juniorchefs Beau Rutherford überwältigen zu lassen. Was gar nicht so einfach ist, denn ausgerechnet er wird ihr Mentor – und er spürt ebenfalls die besondere Chemie, die beide verbindet. Damit könnte Ruby ihr neues Glück viel schneller gefunden haben,als erhofft. Gäbe es da nicht die unumstößliche Unternehmensregel, die Beziehungen zwischen den Mitarbeitern verbietet. Und die dazu führen könnte, dass sich Ruby zwischen ihrem Traummann und ihrem Traumjob entscheiden muss.

Die Autorin

Franziska Erhard schreibt seit 2015 Liebesromane und romantische Komödien. Ihre Romane bezauberten seither unzählige Leser und stürmten regelmäßig die Bestsellerlisten. Fesselnd, klug, mit Humor und Augenzwinkern, aber auch stets mit Tiefgang entführt sie in Welten, die lange nachklingen. Nicht umsonst lautet ihr Motto: »Geschichten, wie sie das Leben schreibt. Nur romantischer. Und schöner.«

Franziska Erhard

Kisses in London

Drei Worte

Roman

Montlake

Deutsche Erstveröffentlichung bei
Montlake, Amazon Media EU S.à r.l.
38, avenue John F. Kennedy, L-1855 Luxembourg
Juli 2021

Umschlaggestaltung: bürosüd° München, www.buerosued.de
Umschlagmotiv: © mentalmind/Shutterstock; © Evolworks/Shutterstock;
© mim.girl/Shutterstock; © pixelliebe/Shutterstock;
© coul_nz/ Shutterstock; © Malinovskaya Yulia/Shutterstock
Lektorat: Media-Agentur Gaby Hoffmann, www.profi-lektorat.com
Gedruckt durch:
Amazon Distribution GmbH, Amazonstraße 1, 04347 Leipzig /
Canon Deutschland Business Services GmbH, Ferdinand-Jühlke-Straße 7,
99095 Erfurt /
CPI books GmbH, Birkstraße 10, 25917 Leck

ISBN 978-2-49670-857-8

www.montlake.de

Kapitel 1

»Shit!«

Deprimiert starrte ich die Post an, die ich eben voller Erwartungen aus dem Briefkasten genommen hatte. Die Rechnung unseres Stromanbieters, ein amtlich aussehender Brief für Pen und wieder mal eine Postkarte für Maisie. Maisie war die Einzige von uns, die mit schöner Regelmäßigkeit Postkarten bekam, von Hand geschrieben, mit aufmunternden Sprüchen und netten Nichtigkeiten. Ihre Patentante war dafür verantwortlich, eine reizende alte Dame, die einen hervorragenden Spürsinn dafür zu besitzen schien, wann man eine kleine Ermutigung brauchte. Nun, ich hätte sie genau jetzt nötig gehabt, aber ich hatte niemanden, der mir Karten schrieb. Für Pen und mich waren meist nur solche Sachen drin, auf die man gerne verzichtet hätte: Rechnungen, Aufforderungen, uns irgendwelchen obskuren Religionen anzuschließen, Mitteilungen von der Rentenkasse, die einem das Wasser in die Augen trieben. Heute jedoch hatte ich so sehr auf genau einen dieser offiziellen Briefe gewartet – und war gerade bitter enttäuscht worden.

Ich knallte die Briefkastentür zu und machte mich auf in Richtung Treppe. Mit meinen schweren Einkaufstaschen erschien mir der Aufzug daneben recht verführerisch, aber ich straffte die Schultern und stieg die Stufen hinauf. Aufzüge kamen für mich nicht infrage. Ich hatte mir in einer blöden, sentimentalen Stimmung selbst versprochen, dass ich erst dann wieder einen dieser Dinger benutzen würde, wenn mein persönlicher Lebensaufzug im Lot wäre. Und wie es aussah, würde das noch eine ganze Weile dauern. Nun ja, wenigstens hielt es mich fit, die vier Etagen zu unserer Wohnung zu Fuß zu bewältigen.

»Ist jemand da?«, rief ich in die Wohnung, als ich endlich oben angekommen war. Ich lauschte kurz, dann ging ich in die Küche. Anscheinend waren alle ausgeflogen. Ich stellte meine Taschen auf dem Tisch ab und gestattete mir einen Augenblick lang, die Enttäuschung über die fehlende Post so richtig zu spüren. Ich war mir vollkommen sicher gewesen! Ich hatte so viel gearbeitet, so viele Opfer gebracht. So viele Partys versäumt und mich wirklich hineingehängt, um diesen Traum zu erreichen. Energisch straffte ich mich ein weiteres Mal und zog mir den Mantel aus. Dann eben ein zweiter Versuch.

»So schnell gibt eine Ruby Ferguson nicht auf«, sagte ich laut und bestimmt und bekam beinahe einen Herzinfarkt, als urplötzlich jemand hinter mir zu klatschen begann.

»Ganz genau. So schnell kriegt dich nichts klein, Ruby.«

»Himmel, Maisie!« Mein Herz hämmerte wie verrückt. Ich presste mir eine Hand auf die Brust. »Ich dachte, du bist nicht da.«

»Sorry, ich hab dich nicht gehört.« Meine Mitbewohnerin lächelte entschuldigend und hielt ihre Kopfhörer hoch. »Ich hatte mein Hörbuch an. Wieso bist du überhaupt schon hier? Hast du heute nicht Spätschicht?«

Ich nickte. »Eigentlich ja, aber wir waren ausnahmsweise mal nicht unterbesetzt und Sheila meinte, ich dürfe gehen. Weil ich so viele Überstunden habe und …« Ich brach ab. Weil ich so dringend auf diesen verdammten Brief gewartet hatte.

»Da hat sie aber auch recht. Du schiebst ständig Überstunden, das kann ja nicht gut sein, neben all dem anderem.« Sie kam jetzt in die Küche und räumte die Tüten aus. »Oh, du hast an die Mandelmilch gedacht. Du bist ein Schatz! Ich geb dir das Geld gleich. Nachdem du mir gesagt hast, was dich kleinkriegen will, mal abgesehen von deinem Job und der ganzen Lernerei.«

Ich seufzte. »Heute hätte der Brief von der Fernuni da sein müssen.«

»Oh«, machte Maisie und zog jetzt die Dinkelnudeln aus der Tasche.

»Genau«, stöhnte ich und ließ mich nun doch auf den Stuhl fallen. »Ich hab's vermasselt.«

»Wie willst du das wissen, wenn du keinen Brief hast?«

»Nun …« Ich dachte nach. »Sie haben gesagt, die Ergebnisse kämen in dieser Woche, und heute ist Samstag.«

»Ergebnisse heißt nicht, dass du bestanden hast. Und du kennst doch unsere Post.« Maisie lächelte mich aufmunternd an.

»Phil meint, dass sie die Briefe von denen, die durchgefallen sind, immer erst später rausschicken. Aber wer bestanden hat, erhält die Bestätigung sofort.«

Ich dachte zurück an den Chat mit dem nicht mehr ganz so jungen Mann, den ich in meinem Fernstudium kennengelernt hatte. Wie ich hatte Phil sich vorgenommen, seinen Master in Wirtschaftswissenschaften extern zu erwerben. Wenn auch aus anderen Gründen.

Mein persönlicher schulischer Werdegang ist schnell erzählt. Ich war damals mit sechzehn abgegangen und hatte mich damit begnügt, den Gesamtschulabschluss in der Tasche zu haben.

Erst mit knapp sechsundzwanzig hatte ich erkannt, dass das ein Fehler gewesen war. Einer in einer ganz schön langen Reihe, doch wenigstens einer, den ich nachträglich korrigieren konnte.

Ich hatte mich für meinen ersten Kurs angemeldet, ebenfalls ein Abendkurs per Online-Unterricht, und erst einmal die A-Levels nachgeholt, den Oberstufenabschluss, den ich brauchte, um ein Fachhochschulstudium anzuhängen. Dort war ich Phil begegnet, der das Studium als Zeitvertreib sah und, anders als ich, eine Menge Leute kannte, die sich bereits für diesen Weg entschieden und ihren Abschluss neben einem Job gemacht hatten. Seine Horrorgeschichten, wie schwierig das sei, wie viele durchfallen und es am Ende nicht packen würden, hatten mich erst entsetzt, aber schließlich meinen Kampfwillen geweckt. Erstens hatte ich ein ehrgeiziges Ziel vor Augen, für das ich meinen verdammten Master brauchte. Zweitens war ich dabei, meine besten Jahre, nämlich die zweite Hälfte meiner Zwanziger, anstatt in netten Kneipen und coolen Clubs nun abwechselnd mit meinem Job und drögem Pauken von ebenso drögem Stoff zu verbringen. Und drittens verschuldete ich mich für dieses Vorhaben gerade mächtig, und ich hatte nicht vor, später ewig den Ausbildungskredit für nichts abzustottern. Also trat ich mir höchstpersönlich in den Hintern und verbiss mich in die Aufgaben. Phil selbst machte die Prüfung bereits zum zweiten Mal und hatte damit seine letzte Chance. Vermutlich kümmerte ihn das allerdings wenig. Im Gegensatz zu mir brauchte er diesen Abschluss nämlich nicht wirklich.

Wir hatten so eine Art Online-Lerngruppe gebildet, in den letzten Monaten miteinander gepaukt und manchmal auch über unsere Ängste gesprochen. Kennengelernt hatte ich Phil bei der Zwischenprüfung. Die Prüfungen waren das Einzige, was man nicht online machen konnte und wo man seine Kommilitonen persönlich traf. Er war mir sofort ins Auge gefallen. Phil war bereits Mitte dreißig, ein Alter, in dem kaum noch jemand etwas an seinem Schulabschluss änderte. Ich selbst gehörte ebenfalls zu den Älteren, weil mich der A-Level-Umweg zwei Jahre auf dem Weg zum Studium gekostet hatte. Wir hatten uns zusammengetan, wie man das so macht, wenn man aus einer Gruppe heraussticht, und gemeinsam das letzte Jahr durchgezogen. Ich sehr verbissen, Phil deutlich entspannter. Sein Antrieb war vermutlich, dass er einen Abschluss haben wollte, um auf Partys die Mädels zu beeindrucken, denn wirkliche Berufspläne schien er nicht zu haben. Leider wusste er, dass er, falls sein Plan scheiterte, immer noch ein ausreichend dickes Bankkonto hatte, um auch ohne akademische Titel genügend Frauen abzubekommen, was seiner Motivation manchmal in die Quere kam. Im Gegensatz zu mir brauchte er ihn also nicht wirklich, denn Phil hatte finanziell längst ausgesorgt. Er war eines dieser Wunderkinder, die mit einer tollen Idee und reichlich Selbstbewusstsein ein ominöses Internet-Start-up-Unternehmen aufgebaut hatten. In seinem Fall war es eine App gewesen, die plötzlich alle haben wollten. Als die Begierde den Höhepunkt erreicht hatte, hatte er sein Unternehmen verkauft und konnte sich nun zurücklehnen und machen, was er wollte.

Leider hatte ich keine App und auch sonst nichts, was irgendjemand für viel Geld kaufen wollte, also musste ich härter ranklotzen. In meinem Fall waren die Erkenntnisse zwar ebenfalls spät gekommen, aber dafür umso dringlicher. Ich wusste nur, dass ich es jetzt angehen musste, wenn ich noch meine Träume verwirklichen wollte. Und gerade hatte das Leben mir einmal mehr einen Dämpfer verpasst.

»Das passt nicht zu dir, bereits im Vorfeld aufzugeben«, meinte Maisie bestimmt und schlug die Kühlschranktür zu. »Man hat erst dann verloren, wenn man verloren hat. Also in deinem Fall, wenn du es schwarz auf weiß hast, dass du durchgefallen bist. Was nicht passieren wird«, setzte sie nachdrücklich hinzu.

Mein Handy brummte und der Messenger meldete eine neue Nachricht. Ich öffnete sie und augenblicklich zuckte ein buntes Feuerwerk über das Display. Eine Sekunde später trudelte die nächste Nachricht ein: ein Affe, der wie irre auf und ab hüpfte. Gefolgt von einer Sektflasche, die in einer Endlosschleife ihren Korken knallen ließ. Und dann endlich ein Foto. *Bestanden*, stand da, schön dick gedruckt und eingerückt, damit es das Erste war, was auffiel. Ich ließ den Blick nach oben schweifen, sah den Briefkopf der Fernuniversität und Phils Anschrift.

»Und? Wo bleiben die Gratulationen? Hättest du das gedacht? Na los, schick mir deinen! Lass uns Zensuren vergleichen!« Die nächste Nachricht war da, und ich ließ das Handy sinken.

»Schlechte Nachrichten?«, erkundigte sich Maisie und musterte mich besorgt.

Ich nickte. »Die Briefe sind definitiv raus. Und ich bin es auch.«

Ich musste gegen die Enttäuschung ankämpfen. Nicht, dass ich es Phil nicht gönnte, aber echt jetzt? Ich meine, wir hatten zusammen gelernt, und ohne meinem Lernbuddy zu nahe treten zu wollen, war ich die ganze Zeit über die gewesen, die ihm etwas erklären musste. Nach der Prüfung hatte er mit sorgenvollem Gesicht abgewogen, ob es wohl reichen würde. Er hatte ein paar Aufgaben gar nicht erst bearbeitet und den Rest teilweise sehr schwammig, wie er unumwunden zugab. Und doch hatte er jetzt seinen Brief und ich nicht.

Ich legte das Handy zur Seite und beschloss, erst später zu antworten, nahm es letztlich aber wieder auf. Nutzte ja nichts. Phil saß irgendwo am anderen Ende der Stadt und wartete auf meine Glückwünsche und mein Ergebnis. Er konnte nichts dafür.

»Super! Herzlichen Glückwunsch«, tippte ich also, hängte ein paar Raketen und klatschende Hände sowie die unvermeidliche Sektflasche an und schickte es ab. Entschlossen holte ich tief Luft und schrieb weiter.

»Leider habe ich keinen Brief, den ich dir zeigen kann.« Ich zögerte und dachte nach. Nein, so eine Nachricht musste man nicht schöner verpacken, und es war auch gar nicht möglich. Mein Finger schwebte bereits über dem Senden-Button, als mit reichlich Spektakel unsere Haustür aufflog und keine zwei Sekunden später Pen, meine andere Mitbewohnerin, in der Tür erschien, mit roten Wangen und einer Flasche Sekt in der einen Hand, einer Tüte in der anderen.

»Ich bin wieder … Oh, Ruby! Du bist früh.«

»Ja«, erwiderte ich nur.

»Wir dachten …« Sie spähte zu Maisie, die mit vielsagendem Blick die Schultern hochzog. »Äh, hast du nicht spät heute?«

Ich winkte ab.

»Das ist jetzt ein wenig …« Wieder ließ sie ihren Blick zu Maisie schweifen. »… nun ja, anders gelaufen als geplant.«

»Weil ich schon da bin?« Ich hatte meine Nachricht immer noch nicht verschickt und spürte, wie sehr ich mich dagegen sträubte. Damit, so dachte ich, wäre es dann offiziell.

»Ja«, gab sie zu und grinste. »Und weil ich mal wieder zu spät dran war und deshalb die hier noch nicht in Anschlag bringen konnte.«

Sie stellte die Sektflasche auf der Arbeitsplatte ab, kramte kurz in ihrer Plastiktüte und stieß einen kleinen triumphierenden Schrei aus. Im nächsten Moment drehte sie sich ruckartig wieder zu uns um und hielt eine lange, mit silbernen Aufklebern verzierte Pappröhre in der Hand, die eine Sekunde später mit einem lauten Knall explodierte und jede Menge glitzerndes Konfetti über mich regnen ließ.

»Herzlichen Glückwunsch!«, schrie sie dabei und freute sich wie ein kleines Kind.

»Öhem …« Ich wischte mir ein paar goldfarbene Schnipsel von meinem Arm und sah sie an. »Ich habe keinen Brief bekommen, Pen.«

»Doch, das hast du.« Sie drehte sich noch einmal um und kramte wieder in der Tasche. »Hier ist er. Und jetzt mach auf!«

»Was hast du dir dabei gedacht?« Ich strahlte Pen an. »Einfach meinen Brief zu unterschlagen.«

»Ich wollte ihn nicht unterschlagen. Ich wollte nur sicher sein, dass er da ist, und habe ihn deswegen eingesteckt. Nicht, dass es Zweifel gegeben hätte, du könntest die Prüfung nicht packen. Aber wir hatten es so schön geplant. Ich habe Luftballons besorgt und eine Wimpelkette, den Sekt und die Konfettikanonen. Wir wollten dir eine richtig tolle Heimkehr bereiten. Konnte ja niemand ahnen, dass du ausgerechnet heute früher Feierabend machen darfst.«

»Ihr seid echt die Besten.« Ich strahlte die beiden an.

»Nein, die Beste bist du.« Maisie grinste und deutete auf meinen Brief.

Bestanden, stand da in dicken Lettern. Ich! Das hätte mir vor ein paar Jahren auch niemand geglaubt. Am wenigsten ich selbst.

»Und jetzt wird es Zeit für den Sekt. Auf dich, Ruby! Auf deine großen Zukunftspläne und auf alles, was noch folgen wird.«

Kapitel 2

An diesem Abend wurde es spät, feucht und laut. Meine beiden Mitbewohnerinnen, die in den letzten fünf Jahren zu meinen besten Freundinnen geworden waren, freuten sich ehrlich mit mir. Ich wusste, was für ein Glück ich gehabt hatte, diese beiden Frauen in einer so großen Stadt wie London zu finden. Sie waren ein paar Jahre jünger als ich und ebenfalls nicht von hier, sondern vor gut sechs Jahren zusammen in die Hauptstadt gezogen, frisch aus der Schule entlassen und voller Pläne. Hier, so dachten sie, würde alles auf sie warten, was sie sich erträumten – ein toller Job, Männer, die ihnen zu Füßen lagen, und das ganz große Glück. Eigentlich hatten sie dieses Abenteuer zu dritt begonnen. Gerade rechtzeitig, als ich beschlossen hatte, keinen Tag länger in meiner ersten Bleibe, einem schäbigen, winzigen und dennoch sehr kostspieligen Appartement zu verbringen, hatte ich ihre Annonce gelesen, dass sie eine neue Mitbewohnerin suchten. Die Freundin, die bisher bei ihnen gewohnt hatte, hielt es vor Heimweh nicht aus und wollte zurück in ihren gemeinsamen kleinen Heimatort an der Südküste. Deshalb gab es ein freies Zimmer, das sie wieder besetzen mussten. Wir verstanden uns vom ersten Moment an gut. Obwohl die beiden eine Freundschaft verband, die bereits im Kindergarten begonnen hatte, akzeptierten sie mich ohne Weiteres als festen, wohltuenden Teil dieser Gemeinschaft. Ein Bund, der mir Sicherheit und eine Heimat gab und stets gut für eine Überraschung war.

Jetzt gerade behaupteten sie, ich hätte mich beim Feiern nun lange genug zurückgehalten. Und außerdem gehöre zu jedem Schulabschluss eine wilde Abschlussparty, merkte Pen an, und die ließen wir gerade steigen. Nach dem Sekt holten wir die härteren Sachen aus dem Schrank, mixten uns die verrücktesten Cocktails, drehten das Radio auf und tanzten wie die Wilden durch unsere kleine WG-Küche. Als wir endlich genug hatten und sich jede in ihr Zimmer verzog, war ich so glücklich wie schon lange nicht mehr.

Zufrieden lag ich im Bett und grinste in die Dunkelheit hinein. Mein Abschluss! Phase eins in meinem neuen Lebensplan. Und, wie ich jetzt zugeben konnte, für mich die größte Hürde. *Wenn ich das packe*, hatte ich gedacht, *dann schaffe ich auch alles andere*. Kurz darauf schweiften meine Gedanken ab zu dem letzten Mal, als ich eine Abschlussfeier besucht hatte. Himmel, war das wirklich schon vierzehn Jahre her?

Damals war es der Abschluss der Comprehensive School gewesen. Ich war gerade sechzehn geworden und fest davon überzeugt, elf Jahre Schule seien vollkommen ausreichend für mich. Und außerdem wusste ich, dass ich mich so langsam dem Ernst des Lebens stellen musste.

Bei uns zu Hause war das Geld dauernd knapp. Meine Eltern arbeiteten beide, aber fünf Kinder großzuziehen verschlingt Unsummen. Ich als Älteste bekam das am meisten mit. Ich hörte oft genug, wie sich meine Eltern abends leise darüber unterhielten. Wenn sie ihre Listen machten, die Posten notierten, die fällig wurden, und danach gemeinsam entschieden, was am wichtigsten war.

»Abe kann die Winterschuhe von Stan übernehmen«, überlegte meine Mutter zum Beispiel. »Aber Joanna braucht einen neuen Mantel. Ich weiß nicht, wo das Kind hinwachsen will. Die Kleider von Ruby und Filly sind ihr alle zu kurz.« Sie seufzte leise. »Filly bekommt Rubys Mantel aus dem Vorjahr, ich kann die Knöpfe ein paar Zentimeter versetzen, dann passt sie noch ein Jahr rein. Und Stan ist kaum gewachsen, vielleicht kann er seine alte Jacke auch noch ein Jahr auftragen.«

Mit solchen heimlich belauschten Unterhaltungen war ich aufgewachsen. Insofern war mir klar, dass meine Eltern nicht begeistert sein würden, wenn ich noch zwei weitere Jahre die Schulbank drücken wollte. Sie hatten es nicht ausgesprochen, aber ich las es an ihren erleichterten Mienen ab, als ich fest verkündete, dass ich nicht vorhätte, weiterhin zu lernen, und mir sogar im Alleingang einen Job besorgt hatte. Das klingt nun allerdings weit aufopfernder, als ich es damals im Sinn gehabt hatte. Ich weiß noch, wie schwer sich meine Mutter damit tat. Eigentlich hätte sie sich gewünscht, dass ich *eine bessere Chance* bekommen sollte als sie und Dad. Dennoch wusste sie, dass es die Familie ungemein entlasten würde, wenn ich so früh ins Arbeitsleben startete. Ich erinnerte mich daran, wie mein Vater sich räusperte, als ich den Arbeitsvertrag vorlegte und mich auf keine Diskussionen einlassen wollte, ob man es nicht doch irgendwie schaffte, dass ich weitermachen könnte. Schließlich wären meine Noten ja nicht allzu schlecht, meinte er und räusperte sich noch einmal.

Nun, *nicht allzu schlecht* traf es. Sie waren nämlich auch weit davon entfernt, gut zu sein. Ich hatte in den letzten zwei Jahren deutlich die Lust verloren, daheim an meinen Aufgaben zu sitzen. Und überhaupt hatte ich Pläne! Geheime Pläne, zumindest, was meine Eltern anging. Großartige, hochfliegende, dumme Pläne! Aber zu diesem Zeitpunkt breitete sich eine Zukunft in meiner Vorstellung aus, die für mich die schönste war, die ich mir hätte ausmalen können.

Der Kernpunkt meiner Fantasien war Scott Luckner. Wie ich diesen Kerl liebte! Und das Beste: Er liebte mich ebenfalls. Seit einem Jahr waren wir zusammen und fest davon überzeugt, dass wir das bis zu unserem Lebensende bleiben würden. Scott war zwei Jahre älter als ich und hatte mindestens ebenso große Pläne wie ich. Seine Eltern betrieben den größten, am besten gehenden und bekanntesten Gebrauchtwagenhandel im ganzen Umkreis. Scott hatte gerade die Schule beendet. Bei ihm war es keine Frage gewesen, dass er die beiden Oberstufenjahre dranhängte und anschließend ins Familienunternehmen einstieg. Ich hegte keinen Zweifel daran, dass er dabei äußerst erfolgreich sein würde. Er war der geborene Verkäufer, charmant und witzig und einnehmend. Und weil das alleine nicht reichte, sah er auch noch einfach großartig aus.

Stellt euch den Schwarm einer Schule vor: groß, gut gebaut, sportlich. Mit einem strahlenden Lächeln und dichtem, blondem Haar, das immer eine winzige Spur zu lang ist, sodass er es ständig mit einer lässigen Geste aus der Stirn streicht. Einer, der bei jedem Fußballspiel mindestens ein Tor schießt, sogar dann, wenn er als Torwart eingesprungen ist, nachdem dieser einen so harten Schuss an den Kopf abbekam, dass er auf der Trage den Platz verlassen musste. Einer, den einfach alle mögen und dem alles zu gelingen scheint.

So war Scott. Und er hatte mich ausgewählt, als ich fünfzehn war und mit Dermott Davis dessen Abschlussball besuchte. Er kam einfach auf mich zu und lächelte mich an. Dermott war Geschichte, ehe er überhaupt die Chance bekam, ein Teil davon zu werden.

Ein Jahr später ging ich zu meinem eigenen Abschlussball mit Scott an meiner Seite. Er war es, der mir das Krönchen aufsetzte, als man uns zu König und Königin des Balls ausrief. Und er flüsterte mir ins Ohr: »Und das ist nur der Anfang, Baby. Wir beide, für immer.«

Unser Plan war einfach. Wir wollten zusammen sein, zusammenleben, zusammen alt werden, zusammen die Welt erobern. Sobald ich achtzehn war, wollten wir heiraten und dann schnellstmöglich eine Familie gründen. Ich kenne keinen Mann, der so verrückt danach war, Vater zu werden, wie Scott. Am liebsten hätte er sofort damit angefangen. Er war jedoch schlau genug, um zu wissen, dass es nicht gut ankäme, wenn er eine Sechzehnjährige schwängerte. Er malte mir eine Zukunft aus, die für mich wie das Paradies klang. Ich würde unsere Kinder bekommen, sie großziehen, fördern und lieben. Er würde in ein paar Jahren den Betrieb übernehmen und sich um die finanzielle Seite kümmern. Er wäre unser Beschützer, unser Held, unser Alles. Und die zwei Jahre, bis wir heiraten konnten, würde ich in einem großen Kaufhaus hier in Ashford verbringen. Ich hatte eine Anstellung als Verkäuferin in der Kosmetikabteilung und freute mich darauf. Ich meine, das erschien mir als das Beste, was mir passieren konnte, den ganzen Tag Lippenstifte, Make-up und die edelsten Parfüms um mich zu haben. Wozu sollte ich eine Ausbildung machen, wie mein Vater zögerlich vorgeschlagen hatte? Ich würde in wenigen Jahren sowieso nicht mehr arbeiten gehen. Und wenn die Kinder aus dem Gröbsten heraus waren, dann würden sich auch Scotts Eltern langsam ganz aus dem Geschäft zurückziehen und ich dort meinen Platz finden. Wir hatten das alles schon so oft besprochen, und ich wusste, was für ein Glück ich hatte. Mit Scott, mit meiner Zukunft, mit allem. Selbst wenn ich, was ich nicht vorhatte, wie meine Mutter gleich fünf Kinder bekommen sollte, würde ich dennoch jederzeit über genügend Mittel verfügen, um jedem seinen eigenen Wintermantel zu kaufen. Und einen zweiten, nur für sonntags.

Und so begann ich nach der Schule meinen Job als Verkaufshilfe und war stolz, nicht mehr meinen Eltern auf der Tasche zu liegen. Ich bezahlte meinen kleinen Anteil an den Unterhaltskosten und hatte dennoch genug übrig für mich. Ich war erleichtert, dass ich auf doppelte Weise meine Familie entlastete und sah der Zukunft mit Freude entgegen.

Und endlich, an meinem achtzehnten Geburtstag, hielt Scott ganz formell bei meinem Vater um meine Hand an. Wieder einmal schaffte ich es, meinen Willen durchzusetzen und ihm ein Ja abzuringen. Es klappte nicht ganz, dass ich mit achtzehn heiratete; seine Eltern bestanden darauf, ihrem einzigen Sohn eine große Hochzeit auszurichten, und das, so erklärten sie, brauche nun mal Zeit.

Aber im Sommer drauf, ich war mittlerweile neunzehn, schritt ich in einem opulenten Rüschenkleid an den Altar und gab Scott Luckner mit strahlenden Augen und klopfendem Herzen mein Jawort.

Kapitel 3

Gleich am nächsten Tag machte ich mich daran, Phase zwei meines Lebensplans anzugehen. Meines neuen Lebensplans, erstellt, nachdem der erste gescheitert war.

Was ähnlich war wie beim ersten, war die Tatsache, dass ich mich immer noch nicht mit halben Sachen zufriedengeben wollte. Ich wollte allerdings aus den Erfahrungen, die das Leben mir aufgezwungen hatte, lernen und es in Zukunft anders machen. Nach wie vor war da der Wunsch nach einem guten Leben, nach Sicherheit und Glück. Doch dieses Mal wollte ich es nicht von einem anderen Menschen abhängig machen, sondern selbst dafür sorgen. Ein anderer kann dir versprechen, was immer er will – wenn das Leben einen anderen Plan hat, dann hast du keine Chance.

Entschlossen setzte ich mich an den Küchentisch und klappte meinen altersschwachen Laptop auf. Den heutigen Tag wollte ich dafür nutzen, eine so perfekte Bewerbung zu verfassen, wie es mir nur möglich war. Ich hatte im Vorfeld viel recherchiert und mir unzählige Ratgeberseiten durchgelesen, wie eine erfolgreiche Bewerbung auszusehen hatte und wie nicht. Zudem hatte ich natürlich sämtliche Informationen aufgesogen, die ich zu meinem großen Traum finden konnte.

Ich arbeitete mittlerweile seit fast zehn Jahren bei *Jola*, einer Parfümeriekette. Anfangs war ich in der Filiale in Ashford angestellt gewesen, nachdem ich das Kaufhaus verlassen hatte. Seit fünf Jahren hatte ich eine Stelle hier in einer Londoner Niederlassung. Ich weiß nicht, ob ich ohne einen Job im Rücken den Mut gehabt hätte, alleine in die Hauptstadt zu ziehen.

Ich war schon bei *Jola* angestellt gewesen, als wir noch diese seltsamen, kittelähnlichen Schürzen tragen mussten, und hatte miterlebt, wie dann endlich die deutlich schickere Arbeitskleidung eingeführt wurde, die uns als Mitarbeiter auswies. Weiß-blau gestreifte Blusen, tailliert geschnitten und aus einem weichen Baumwollstoff, auf der Brust prangte gut sichtbar das Logo des Unternehmens: *Jola*, in einem leuchtenden Himmelblau gehalten und in klaren, deutlich lesbaren Buchstaben. Der Aufnäher war kreisrund und weiß. Unter dem Schriftzug kräuselten sich stilisierte hellblaue Wellen. Es sah frisch und ansprechend aus. Wahlweise gab es noch Poloshirts in einer Langarm- sowie Kurzarmvariante. Auch diese Teile waren gestreift. Ich mochte sie sehr, denn die Farbgebung und vor allem die Blockstreifen erinnerten unweigerlich an das Meer. Und am allercoolsten waren die Hoodies. Wir hatten sie erst letztes Jahr bekommen, und ich war total in sie verliebt. Ich meine, gegen die alten Polyesterschürzen war das der Gipfel an Mode und Lässigkeit. Sie waren dazu noch bequem und herrlich warm.

Und trotzdem, obwohl ich dieses neue Outfit mochte, wollte ich nun den nächsten Schritt gehen, in dem ich es nicht mehr tragen würde. Lange hatte ich niemandem von diesem fantastischen Plan erzählt, aber so langsam gewöhnte ich mich daran, es laut auszusprechen. Ich wollte mich bei *Jola* um einen der wenigen und begehrten Plätze im hausinternen Traineeprogramm bewerben.

Schon seit Langem bewunderte ich die Mitarbeiter, die dieses Programm durchlaufen hatten und nun als Regionalleiter arbeiteten, als Vertrauenspersonen und Kontrollinstanz. Die uns regelmäßig besuchten, kontrollierten, coachten und ermutigten. Was mich bei meinem Arbeitgeber wirklich ansprach, war, dass man versuchte, ein Team zu sein. Ich kannte das auch anders. Bei meinem ersten Job in diesem Kaufhaus in Ashford war das nicht so gewesen. Dort herrschte, wie ich bald festgestellt hatte, eine unterschwellige Angst. Die Kontrollen waren einzig darauf ausgerichtet, Fehler zu finden. Sie dienten dazu, uns als Mitarbeiter unaufhörlich unsere Position ganz unten in der Hierarchie klarzumachen. Ich hatte eigentlich erwartet, dass es bei einem Unternehmen, das deutlich größer war und Läden in ganz England hatte, noch schlimmer sein würde, doch dem war nicht so. Und vor ein paar Jahren hatte man noch einmal an der firmeninternen Politik gearbeitet und ein paar sehr mitarbeiterfreundliche Neuerungen umgesetzt. Das Einzige, was nach wie vor galt und mich immer ein wenig zum Schmunzeln brachte, war ein verrückter Passus in den Arbeitsverträgen, der nur den Angestellten bekannt war: »Keine Techtelmechtel zwischen den Mitarbeitern.« Das klang in meinen Ohren sehr viktorianisch und prüde. Aber es kümmerte mich auch nicht besonders. Zwar hatte ich hier in London im Gegensatz zu Ashford durchaus einige männliche Kollegen, und das waren auch durchweg nette Kerle, dennoch hatte ich noch nie auch nur den kleinsten Wunsch nach einem »Techtelmechtel« verspürt, egal in welcher Form. Und außerdem, so wusste ich, wurde das auch gar nicht wirklich kontrolliert. Es gab die eine oder andere Liebelei, die man eben nur nicht an die große Glocke hängte und die niemanden wirklich kümmerte, solange man diskret war und nicht zwischen dem Servicebereich, wo wir auf Wunsch aufwendige Geschenkverpackungen zauberten, und der Kontrolle der Testflakons wie wild im Laden herumknutschte.

Wie dem auch sei, jahrelang hatte ich mir diese Mitarbeiter angesehen, die in regelmäßigen Abständen auftauchten, und irgendwann den Mut gehabt, mir einzugestehen, dass ich das auch gerne machen würde. Ich hatte Erkundigungen eingezogen und festgestellt, dass ich dazu erst einmal meinen Schulabschluss machen musste und einen Master in einem wirtschaftlichen Fach brauchte. Die Kollegen, die anfangs fast ein wenig mitleidig gewirkt hatten, als ich verkündete, was ich anstrebte, hörten bald auf, mild zu lächeln, wenn ich davon sprach. Sie sahen, wie sehr ich mich hineinkniete, und sie hatten Respekt.

Und jetzt hatte ich mein Abschlussdiplom in der Hand und konnte endlich meine Bewerbung abschicken. Ich überprüfte noch einmal alles, vergewisserte mich zum fünften Mal, dass auf meinem Passbild mein Name und meine Adresse standen, und schob die Blätter vorsichtig in die teure Bewerbungsmappe. Entschlossen ging ich hinaus auf den Flur und holte tief Luft.

»Es ist vollbracht«, verkündete ich laut.

Sofort sprangen die Türen zu den Zimmern meiner Freundinnen auf.

»Fertig?«, rief Maisie.

Ich nickte.

»Also los!« Pen war bereits dabei, sich ihre Stiefel anzuziehen.

Auch Maisie und ich griffen nach Schuhen und Jacken. Ich hatte es gewusst, dass sie mich nicht allein gehen lassen würden.

»Halt! Du kannst den nicht so einfach einschmeißen.« Maisie hielt meine Hand fest, die eben den steifen Umschlag in den Briefkastenschlitz werfen wollte.

»Nein?« Ich stutzte. »Und weshalb? Briefmarken sind drauf, und der Kasten wird in ein paar Minuten geleert.«

»Weil wir ihm noch einen Zauber mit auf den Weg geben müssen.«

»Du bist doch verrückt. Seit wann glaubst du an so etwas wie Zauber?«, fragte ich lachend.

»Ich glaube nicht direkt an Zauber. Aber ich habe da so eine ganz persönliche Tradition, die immer wirkt.«

»Und die wäre? Sag nicht, dass wir jetzt alle um diesen Kasten herumtanzen müssen.«

»Nein.« Sie sah mich an, grinste und nahm mir den Umschlag ab. Ohne mich aus dem Blick zu lassen, küsste sie ihn sanft auf die Rückseite, genau dort, wo der Falz war. Ihre Augen blitzten dabei. Ich war mir nicht sicher, ob sie uns nicht gewaltig auf den Arm nahm.

»Jetzt du.« Sie hielt ihn Pen hin, die ebenfalls einen Kuss darauf hauchte.

»Und zum Abschluss …« Jetzt schwenkte sie den Umschlag vor meiner Nase herum.

»Du spinnst total«, verkündete ich lachend, um nicht zu zeigen, dass ich dieses Ritual eben auf eine seltsame Weise anrührend gefunden hatte.

»Wer weiß?«, gab sie achselzuckend zurück. »Also?«

Langsam nahm ich ihr den Umschlag ab und starrte ihn einen Moment an.

Bitte, dachte ich. *Bitte, das ist wirklich, wirklich wichtig für mich. Und egal, wer mir jetzt zuhört, Gott oder das Universum oder wer auch immer: Lasst das hier klappen. Gebt mir die Chance, noch etwas aus meinem Leben zu machen.* Ergriffen schloss ich die Augen und drückte einen Kuss auf den Umschlag. Mit beiden Händen schob ich ihn feierlich in den Briefkasten, dessen Klappe auf der einen Seite von Maisie und auf der anderen von Pen aufgehalten wurde. Ich holte noch einmal tief Luft, dann ließ ich ihn los und die beiden rissen synchron die Hände von der Klappe, die mit einem lauten Geräusch herunterschepperte. Ich legte meine Hände seitlich auf den Kasten und lehnte meine Stirn einen Augenblick lang gegen das kühle Metall.

»Das wird schon, Herzchen«, riss mich eine tiefe Stimme hinter mir aus meinen Beschwörungen, und ich fuhr herum. Ein alter Mann stand da, musterte mich ungeniert und lächelte freundlich. »Das muss ein Glückspilz sein, der, der diesen Brief bekommt. Er wäre ja dumm, wenn er nicht darauf reagiert.«

Ich nickte nur dämlich und sah ihm nach, wie er langsam die Straße hinunterging.

Pen kicherte schon wieder. »Der denkt, das ist ein Liebesbrief.«

Irgendwie, dachte ich, *ist es das auch.* Ein ganz besonderer zwar, aber trotzdem. Und die Zeit, in der ich andere Liebesbriefe geschrieben und erhalten hatte, lag sowieso ein ganzes Leben weit weg.

Kapitel 4

Die nächsten Wochen waren schlimm. Ich las im hauseigenen Infobrief die letzten Aufrufe zum Traineeprogramm und dann, dass die Bewerbungsfrist abgelaufen sei. Ich erfuhr aus einer Notiz, dass sich dieses Jahr so viele Interessenten wie nie zuvor gemeldet hatten, und bekam doch ein wenig kalte Füße. Ich meine, man musste das ja auch ein wenig realistisch betrachten: Da gab es sicherlich jede Menge Bewerber, die nicht wie ich den einen oder anderen Schlenker im Lebenslauf hatten, der sich nicht so gut machte. Die direkt von der Schule kamen, jung waren und noch ganz am Anfang ihres Berufslebens standen. Trotzig schüttelte ich den Kopf. Nein, ich hatte bewiesen, dass ich Biss besaß. Ich kämpfte für mein Ziel; ich zeigte, dass man es auch auf Umwegen schaffen konnte. Ich musste einfach daran glauben, weil alles andere erst recht nicht half.

Das Gute war: Wenn man in einer Familie wie meiner, in einem Viertel wie meinem und mit einem Leben wie meinem aufwuchs, lernte man, sich Widrigkeiten zu stellen. Man konnte an meiner Schule nicht unbeschadet durchkommen, wenn man nicht tough war. Und damit meine ich nicht, dass man seine Mitschüler verkloppte und ihnen das spärliche

Taschengeld abnahm. Man musste jedoch über ein gewisses Maß an Selbstbewusstsein verfügen, an sich glauben und nie die Hoffnung aufgeben, dass man eines Tages irgendwo anders sein würde. Diejenigen, die das nicht taten, waren direkt dazu verdammt, in genau denselben Mustern weiterzuleben wie ihre Eltern. Meine zum Beispiel sind tolle Menschen, aber sie rackern sich in ihren unterbezahlten Aushilfsjobs zu Tode und haben dennoch nie genug. Um ehrlich zu sein, war ich ja selbst auf diesem Weg. *Jola* zahlte nicht schlecht, aber was will man erwarten für einen Job als ungelernte Verkäuferin? Ich wohnte mit meinen dreißig Jahren nicht umsonst in einer WG. Es gab natürlich diejenigen, die darauf warteten, dass andere das alles für sie regelten. Die Mädchen mit ihren blondierten Haaren, die darauf hofften, dass ein toller reicher Kerl sich unsterblich in sie verliebte und sie in seine noch tollere Villa entführte. Nur dass es nicht genügend Villen und schon gar nicht ausreichend finanzstarke Kerle gab.

Am schlimmsten aber waren die, die sich in einem Zorn auf das Leben verloren. Die sich ungerecht behandelt fühlten. Das wurden sie vielleicht sogar, aber es brachte nun mal nichts, deshalb ständig zu jammern. Das hatte ich jedenfalls gelernt. Es war zwecklos, sich zu beklagen oder zu toben, und es half schon gar nicht, sich auf andere zu verlassen. Das Einzige, was etwas bewirkte, war, seinen Hintern hochzubekommen und selbst etwas zu tun. Und genau das war der Plan.

»Das macht dann dreiundsiebzig Pfund und neunzig Pence.« Ich lächelte und wartete ab, bis meine Kundin ihr Portemonnaie herausgekramt hatte. Sie wedelte mit der Karte und ich nickte. »Bitte schön. Sie dürfen.«

Sie zog die Karte durch und ich packte ihren Einkauf in eine unserer hochwertigen, steifen Papiertüten.

»Ich habe Ihnen noch eine Probe der neuen Nachtcreme dazugelegt, über die wir gesprochen haben. Ich bin überzeugt, Sie werden sie lieben.«

»Danke. Ich werde berichten.« Sie ging, und ich wandte mich dem nächsten Kunden zu.

Ich kannte ihn, er kaufte oft bei uns ein. Nie viel, immer Produkte aus der hauseigenen, relativ günstigen Pflegeserie für Männer. Wie ich das einschätzte, war er sein Leben lang ein gepflegter Herr gewesen, und er gab sich reichlich Mühe, diesen Standard auch jetzt zu halten. Selbst wenn sein Sakko mittlerweile ein wenig fadenscheinig war.

»Hallo, Mr Brightman. Wie geht es Ihnen heute?«

Der alte Mann vor mir lächelte. »Ich bin zufrieden, danke. Und Ihnen?«

»Bestens.« Ich lachte. »Sie kennen mich doch. Unkraut bringt nichts um.«

»Sie sind kein Unkraut, meine Liebe.«

»Und Sie sind ein Charmeur, Mr Brightman. Das macht dann vierzehn neunzig.«

Er kramte umständlich in seiner Hosentasche und holte ein paar Pfefferminzbonbons, ein sorgfältig gebügeltes Taschentuch und ein Stückchen Bindfaden heraus.

Der Mann hinter ihm atmete genervt aus. Ich warf ihm einen kurzen Blick zu und konzentrierte mich dann wieder auf meinen aktuellen Kunden.

»Moment, bitte«, bat der und kramte in der zweiten Hosentasche herum.

»Vielleicht in der Innentasche Ihres Sakkos?«, half ich freundlich aus. Meistens steckte die Börse dort, doch aus mir unerfindlichen Gründen suchte er immer zuerst alle Hosentaschen ab.

Mr Brightman stutzte und klopfte seine Brust mit leichten Schlägen nach der Börse ab. Er lachte triumphierend auf. »Da ist sie ja.« Er öffnete sie und zählte umständlich die Münzen. Mr Brightman kaufte zwar nie viel, dafür kam er jede Woche. Dann erstand er Rasierseife, ein Deo oder Duschgel. Jedes Mal nur einen Artikel, nie alles zugleich, damit er öfter einen Grund hatte, hier vorbeizukommen. Ich ahnte, dass er das auch deshalb tat, weil es hier jemanden gab, der ein paar Worte an ihn richtete.

Wieder schnaubte es hinter ihm, und der Blick, den ich dem Kunden jetzt zuwarf, fiel nun ein wenig strenger aus. Ich meinte, ihn zu kennen, und fragte mich flüchtig, ob er schon öfter hier gewesen war. Normalerweise kann ich mir Gesichter recht gut merken, zumindest, wenn ich sie ein paar Mal gesehen habe. Seines kam mir auf alle Fälle bekannt vor mit den dunkelblonden, leicht verwuschelten Haaren, die unter einer Schirmmütze hervorlugten. Es war ein schönes Gesicht, mit einem Bart, der irgendwo noch im Entstehungsstadium war. Ich hoffte, dass er ihn weiterzüchten würde, denn er stand ihm. Er trug eine Sonnenbrille, so ein lässiges Pilotenmodell mit goldfarbenem Rand, deren Gläser so schwach getönt waren, dass ich seine Augen erkennen konnte. Sie blitzten auf, und ich sah weg.

»Ich hab's gleich«, versprach Mr Brightman und runzelte die Stirn. »Da fehlen nur noch ein paar Pence …« Er klopfte sich auf die andere Jackentasche und wühlte jetzt dort. »Ah, wusste ich es doch.«

Es schnaufte erneut hinter ihm.

»So viel Zeit haben wir.« Ich lächelte dem alten Knaben beherzt zu und nahm ihm die Münzen ab. »Zeigen Sie mal her.«

Schnell zählte ich den Betrag ab und legte die Münzen in die entsprechenden Fächer.

»Danke und einen schönen Tag noch.«

Mr Brightman strahlte und nickte, und ich begann, die Waren des ungeduldigen Kerls hinter ihm einzuscannen.

»Dauert das hier immer so lange?«, raunzte er, während ich zackig seinen Einkauf bearbeitete.

»Nein«, antwortete ich und lächelte ihn an.

»Das ist ja gut zu wissen.«

»Wissen Sie, wir beide, wir werden auch einmal alt.« Ich griff nach dem Aftershave. Ein toller Duft, ich mochte ihn sehr.

»Nun, aber Sie haben gute Chancen. Unkraut vergeht nicht, wie Sie selbst so treffend bemerkten.«

Ich sah ihn an und musste grinsen. »Also haben wir beide gute Chancen, was?«

Ich beobachtete, wie es in seinem Gesicht zuckte. »Wollen Sie damit andeuten, dass ich Unkraut wäre?«

»Wenn, dann nur eines von der coolen Sorte. Ein Löwenzahn zum Beispiel. Die können durch Asphalt brechen wie Superman.« Ich zog mit Schwung den letzten Artikel, den passenden hautberuhigenden Aftershave-Balm, über den Scanner und schenkte ihm mein professionelles Kassiererinnenlächeln. »Das macht dann genau einhundertachtundzwanzig Pfund.«

Er hielt mir wortlos seinen Arm hin, an dem eine schicke, hochmoderne Smartwatch prangte. Eilig nahm ich das Lesegerät und scannte sie, um ihm nicht noch mehr Gründe zu liefern, mein Tempo zu bemängeln.

»Einen schönen Tag noch«, wünschte ich ihm, nachdem ich zu seinen Produkten noch eine Probe der neuen, regenerierenden Gesichtscreme aus unserer »*Jola Men*«-Serie hinzugefügt hatte. Die sollte Wunder wirken nach der Rasur, und er hatte wohl nicht vor, den Bart wachsen zu lassen. Schade eigentlich. Rasch wandte ich mich ab. Nächster Kunde, nächstes Lächeln.

Am Anfang war es nicht immer leicht gewesen, höflich und freundlich zu bleiben. Manchmal gab es Tage, an denen es mir schwerer fiel. Aber generell entsprach es meiner Natur, mich nicht von Kunden wie Mr Löwenzahn herunterziehen oder anstecken zu lassen, was natürlich ein Vorteil war. Es war immer einer da, der einen schlechten Tag hatte. Ließ man sich davon beeinflussen, hatten am Ende zwei einen schlechten Tag. So aber blieb es bei einem, und wenn es ganz gut lief, dann wurde sein Tag vielleicht sogar ein wenig besser, weil jemand seine miesen Gedanken unterbrochen hatte. So sah ich das jedenfalls, und meistens funktionierte es.

Ich hatte heute Frühschicht gehabt und Mr Löwenzahn war einer meiner letzten Kunden gewesen. Nun war ich fertig und eben noch schnell im Laden nebenan dabei, unseren Wocheneinkauf zu machen. Wir hielten es so, dass wir gemeinsam aßen, was ich toll fand, denn es machte viel mehr Spaß, nicht nur für sich selbst zu kochen. Wer kochte, besorgte auch die Zutaten und durfte bestimmen, was es geben sollte. Ich erfüllte diese Pflichten mit Hingabe und sorgte unermüdlich dafür, dass der Kühlschrank ausreichend gefüllt war.

Ich packte meine Waren bereits auf das Band, als mir einfiel, dass wir auch Mehl gebraucht hätten. Zum Glück lagerte das ganz in der Nähe und ich konnte es noch fix holen. Als ich zurückkam, hatte die Kassiererin schon zügig gearbeitet. Zu zügig. Mein tiefgefrorenes Biohähnchen wurde eben mit dem Einkauf des vorherigen Kunden über den Scanner gezogen.

»Halt. Das gehört mir«, rief ich. »Obwohl ich natürlich nichts dagegen hätte, wenn es jemand anders für mich bezahlt.«

»Wenn Sie es für mich kochen, können wir darüber reden.«

Ich zog die Augenbrauen hoch. Der Kunde hatte sich umgedreht und ich erkannte Mr Löwenzahn. Was für ein Zufall.

»Ich glaube nicht, dass Sie das wirklich wollen. Das wird ein Schmorhuhn, das braucht so seine Zeit.«

Er lachte. »Sie schon wieder! Touché. Vielleicht sollte ich bei diesem Angebot tatsächlich an meiner Geduld arbeiten, was meinen Sie?«

Ich grinste und zuckte verlegen die Achseln, während er bezahlte. Wenn er nicht so ein griesgrämiges Gesicht machte, sah er richtig gut aus. Nein, korrigierte ich mich, er hatte sogar da gut ausgesehen, trotz der mürrischen Miene, aber jetzt sah er zum Anbeten aus.

»Keine Antwort ist auch eine Antwort, pflegte mein Vater zu sagen.« Er schaute mich an und verzog den Mund auf eine Art, die spöttisch hätte wirken können, stattdessen aber ziemlich niedlich war.

»Das ist diese Sache mit der Geduld, wissen Sie? Man bekommt nicht gleich beim ersten Mal alles, was man will.«

»Und Sie wollen mich das lehren?« Sein Blick wurde durchdringend, und ich nickte langsam.

»Und wie?«

»Nun, ich bin öfter hier.« Ich ließ meine Hand ein wenig schweifen, umriss diesen Laden, in dem ich immer einkaufte, und meine Arbeitsstelle, die nebenan lag. »Ich kann es Ihnen also in aller Langsamkeit beibringen.«

»Und würde sich das für mich lohnen?« Er klang interessiert.

»Ich weiß es nicht. Es wäre eine Chance, immerhin. Mehr kann ich Ihnen heute nicht anbieten.«

»Also kein Schmorhuhn für mich?«

Ich war einen Moment fast in Versuchung. Aber nur fast.

»Nein«, lehnte ich ab und schenkte ihm als Entschädigung ein Lächeln. »Aber ich wünsche Ihnen einen schönen Abend.«

»Gleichfalls.« Er hatte seine Einkäufe verstaut und betrachtete mich noch einen Moment lang, ehe er sich mit einem letzten Lächeln umdrehte und den Laden verließ.

»Der war doch süß, weshalb hast du nicht Ja gesagt?« Tina, die Kassiererin, die ich mittlerweile recht gut kannte und die stets zu einem Schwätzchen aufgelegt war, sah mich mit hochgezogenen Augenbrauen an. »Der ist nicht von hier, sonst wäre der mir längst aufgefallen. Den wirst du nicht wiedersehen. Tja,

Chance verpasst«, kommentierte sie trocken und blinzelte mich an. »Zahlst du bar oder mit Karte?«

Kapitel 5

Normalerweise bin ich nicht schlecht darin, auf etwas zu warten. Ich weiß, dass es so ist und man eben zäh sein muss. Dieses Mal war es aber schwieriger. Dieses Warten, ob meine Bewerbung erfolgreich sein würde, brachte mich echt an meine Grenzen. Meine Mitbewohnerinnen hatten es nicht leicht mit mir. Die Gefahr, dass sie einen Brief faken würden, nur damit ich endlich wieder normal wurde, war deutlich größer als jene, dass sie ihn irgendwo versteckten. Sie begannen wohl so langsam, die Hoffnung zu verlieren, dass überhaupt eine Antwort kommen würde. Zumindest unterstellte ich ihnen das, weil sie mir meine Ungeduld und die daraus resultierende Art so geduldig nachsahen. Ich hingegen hielt eisern an meiner Hoffnung fest. *Keine Nachricht ist eine gute Nachricht*, dachte ich trotzig. Und solange ich auch in den firmeninternen Infobriefen nichts darüber las, dass die neuen Teilnehmer des Programms feststanden, hatte ich immer noch eine Chance.

Als ob die Verantwortlichen wussten, wie sehr ich mich verrückt machte, und sich daran ein wenig weiden wollten, las ich drei Tage später, die erste Auswahl sei beendet.

»Wir freuen uns sehr auf die neuen Teilnehmer des Traineeprogramms und werden sie an dieser Stelle bald vorstellen«, erfuhr ich und fühlte, wie sich mein Herz zusammenzog. »Wir danken jedem Einzelnen, der sich mit uns gemeinsam dafür einsetzen will, dass *Jola* in Zukunft noch besser wird, für seine Kunden und für seine Mitarbeiter. Für uns ist es ein Zeichen, dass wir auf dem richtigen Weg sind, wenn wir sehen, wie viele Menschen ein Teil der *Jola*-Philosophie werden wollen. Die Auswahl ist uns nicht leichtgefallen und noch nicht ganz abgeschlossen. Die Teilnehmer, die es in die nächste Runde geschafft haben, haben deshalb in Kürze die Möglichkeit, uns bei einem persönlichen Treffen zu überzeugen.«

Enttäuscht warf ich das Blatt auf den Tisch. Das war es dann also.

An diesem Abend stieg ich langsam die Stufen zu unserer Wohnung hoch. Der Briefkasten war leer gewesen, aber eigentlich hatte ich nur sehr wenig Hoffnung gehabt, dass noch etwas ankommen könnte. Auch als ungeduldiger Mensch war ich dennoch naiv genug, erst dann aufzugeben, wenn ich es schwarz auf weiß hatte. *Die könnten doch wenigstens den Anstand besitzen und eine Absage schicken*, dachte ich ein wenig verdrossen.

In der Wohnung erwarteten mich Maisie und Pen. Sie saßen am Küchentisch und sprangen beide auf, als ich den Raum betrat. Pen stieß einen kleinen Schrei aus und wedelte mit einem Brief.

»Er ist da«, rief sie und kam auf mich zu.

Ich erstarrte. *Die Hoffnung, dieses trügerischste aller Gefühle*, dachte ich. Also waren sie doch anständig. Oder aber … Ich wagte es nicht, diesen Gedanken zu Ende zu bringen.

»Jetzt mach schon auf«, befahl Maisie und zappelte neben Pen herum. Sie hielt mir ein Gemüsemesser hin, unsere Variante des Brieföffners.

Langsam streckte ich meine Hand aus und griff nach dem Brief und dem Messer. Vorsichtig schlitzte ich ihn auf und zog noch behutsamer den festen Bogen Papier heraus, der darin steckte. Mit klopfendem Herzen schloss ich kurz die Augen, sandte ein Stoßgebet gen Himmel und faltete ihn auf. Erst dann öffnete ich meine Augen wieder und ließ sie hektisch über das Blatt gleiten. Ein Termin. Da stand fett gedruckt ein Termin! Ich ließ meine Augen zum Anfang wandern und las die erhofften Zeilen.

»Ihre Bewerbung hat uns überzeugt, weswegen wir Sie näher kennenlernen wollen. Wir möchten Sie einladen, uns bei einem persönlichen Treffen …«

Ich ließ den Brief sinken und spürte, wie Tränen über mein Gesicht liefen. Maisies und Pens Züge, bis eben erwartungsvoll und strahlend, wurden mit einem Schlag ernst.

»Ach, Ruby …«, murmelte Maisie sanft, doch ich schüttelte den Kopf.

»Nächste Woche. Sie wollen mich kennenlernen. Ich habe sie überzeugt.« Ich hörte selbst, wie überrascht meine Stimme klang, und gestand mir erst in diesem Augenblick ein, wie bange mir trotz allem gewesen war.

»Das ist toll!« Pen riss mich in ihre Arme. Sie drückte mich derart fest, dass ich sie lachend darauf hinweisen musste, dass ich, wenn sie nicht augenblicklich aufhörte, meinen Termin nicht mehr würde wahrnehmen können, weil sie mich vorher erdrückt hätte. Anschließend ließ ich mich auch von Maisie umarmen und danach von beiden gleichzeitig. Ich fühlte mich plötzlich ganz frei und großartig und wunderbar. Und ich war unendlich dankbar, zwei Freundinnen zu haben, die sich so herzlich mit mir freuten.

»Also, die Kleiderfrage …«, begann Pen eine Weile später und stellte mit Schwung ihr Glas ab.

»Was ist damit?«

»Süße, du musst da überzeugend auftreten.«

»Das habe ich vor.«

»Und deshalb sollten wir über die Kleiderfrage reden«, betonte Pen noch einmal.

»Was stimmt nicht mit meinen Klamotten?« Ich sah sie herausfordernd an.

»Nun, deine Röcke sind alle einen Tick zu kurz und deine Hosen etwas zu figurbetont.« Sie visierte mich mit ihrer professionellen Verkäuferinnenmiene an. »Zumindest für diesen Anlass.«

»Ich würde schon nicht in einem Minirock dort auflaufen«, trotzte ich und runzelte die Stirn. »Ich bin nicht so blond, wie ich aussehe.«

»Apropos blond.« Pen war sichtlich ungerührt von meinem Kommentar.

»Ich bin eine Naturblondine und das werde ich bleiben«, stellte ich klar.

»Du bist eine Naturblondine, die sich mindestens um fünf Nuancen aufgehellt hat.«

»Zwei. Und nur Strähnchen.«

»Sieh mal, Ruby. Ich mag deinen Look. Er hat was von einer klassischen amerikanischen Collegeprinzessin. Der Cheerleader-Look, und das steht dir. Im Ernst, du bist die Königin der Cheerleader, die Anführerin, was auch immer die haben. Es passt zu dir und du siehst bezaubernd aus mit deinen langen *naturblonden* Haaren«, sie verzog ein wenig den Mund, »und dieser Frisur, die dich noch niedlicher macht …«

»Das nennt man einen Half Ponytail, und das ist momentan der Trend schlechthin«, nahm ich meine Frisur in Schutz. Ich mochte das, mir die Haare am Oberkopf zu einer Art kleinem Pferdeschwanz zusammenzubinden, der sich über den Kopf erhob und sich dann in meine langen, leicht gewellten Haare ergoss.

»Denkst du, die interessiert, was gerade *der Trend* ist?« Pen sah mich beinahe mitleidig an. »Ich will dir doch nur helfen. Fakt ist einfach, dass du total süß bist und niedlich aussiehst, aber ganz unter uns, auch ein wenig …« Sie suchte nach Worten.

»Billig?«, half ich nach und fixierte sie fest. »Dumm?«

»Naiv«, beendete sie den Satz mit Nachdruck. »Und ich weiß, dass du das ganz sicher nicht bist. Aber weißt du, da ist was dran mit dem ersten Eindruck und so. Wenn wir deine Haare nur ein wenig …«

»Nein«, lehnte ich ab und schüttelte den Kopf. »Wenn die mich wegen meiner Haarfarbe nicht wollen, dann ist das Programm doch nicht das, was ich will.«

»Denk einfach mal drüber nach. Und unterdessen können wir meinen Kleiderschrank durchforsten. Ich habe noch einiges drin hängen, was dir passen könnte. Jetzt sieh mich nicht so an! Vorletzten Sommer hatte ich annähernd deine Figur. Ich beschimpfe mich jeden Tag selbst, dass ich jetzt eine Kleidergröße mehr brauche. Oder zwei. Aber die Klamotten sind noch gut und du kannst dir raussuchen, was immer du willst.«

Ich starrte in den Spiegel und verzog den Mund.

»Das sieht toll aus. Komm schon, du musst zugeben, dass es toll aussieht.« Pen betrachtete mich zufrieden.

»Ich seh … langweilig aus.«

»Du siehst erwachsen aus. Das ist ein Unterschied. Und hast du gerade behauptet, dass ich langweilig aussehe?«

»Nein.« Ich betrachtete sie.

Pen hatte ungefähr meine Größe, aber ein paar Kurven mehr. Nicht, dass sie zu viel davon hatte, das ganz bestimmt nicht. Pen hatte eine großartige Figur, weiblicher als ich, mit ein paar Kilo mehr, aber sie war auf jeden Fall nicht zu dick. Sie hatte so eine dieser Rassefrauenfiguren wie die alten Filmdiven aus den Zwanziger- oder Dreißigerjahren des vergangenen Jahrhunderts. Die Männer standen total darauf. Ihre Haare waren braun, glänzend und immer in Form geföhnt. Sie trug sie kürzer als ich, knapp bis zum Schlüsselbein und mit einem Pony. Seit einiger Zeit ließ sie sich die Längen leicht durchstufen, womit sie noch mehr Volumen bekamen und nicht mehr ganz so klassisch wirkten wie der lange Bob, den sie früher getragen hatte und der ganz stumpf auf einer Höhe endete. Pen war eine wunderhübsche Frau, aber eben ein ganz anderer Typ als ich. Das zeigte sich auch in ihrer Kleidung. Sie arbeitete als Modeberaterin in einem kleinen, sehr feinen und traditionellen Betrieb, in dem massig betuchte Kunden ein- und ausgingen. Und wo man Wert auf ein gediegenes Auftreten legte. Ich sag's mal so, eben die Klamotten, die man dort auch kaufen konnte. Deshalb bestand ihre Garderobe auch überwiegend aus klassischen Stücken sowie Anzügen und Kostümen. Schicke Blusen, Röcke, die bis genau zum Knie reichten, solche Sachen … Und ich musste zugeben, an ihr sah das alles auch irgendwie heiß aus, auf so eine geheime, unterschwellige Art. Wenn sie einen Bleistiftrock trug, der bis zum Knie reichte, und dazu ein Twinset, wie meine Mutter eines für besondere Gelegenheiten gehabt hatte, mit einem eng anliegenden Rolli und einer Strickjacke darüber, dann sah das gut aus. Weil sie die richtige Ausstrahlung dafür hatte. Bei mir wirkte es eher langweilig. Altmodisch. Und so gar nicht wie ich.

»Was meinst du?« Fragend wandte ich mich zu Maisie um.

Maisie ist unsere Elfe, klein und zart und mit einem schmalen Gesicht. Sie misst gerade mal knapp einen Meter sechzig oder so und ist recht knabenhaft. Ihre braunen Haare trägt sie kurz, was total süß ist, denn durch die Locken, die sie hat, sieht sie wirklich aus wie eine bezaubernde kleine Waldfee. Am Hinterkopf stehen sie leicht ab, den Pony scheitelt sie und die Ohren sind frei. Manchmal betrachte ich sie und denke, dass sie doch eigentlich spitz sein müssten, diese Ohren. Wie als Ausgleich zu ihrer schmalen Statur trägt sie meist locker sitzende Jeans mit weitem Bein und einfache Shirts dazu. Aber Maisie hat auch feminine Kleider im Schrank und ein paar Sachen, die mir wirklich gut gefallen. Sie ist vielleicht diejenige von uns, die sich stiltechnisch am wenigsten festlegen lässt und einfach alles kauft, was ihr gerade gefällt.

»Ich finde es nicht schlecht. Dazu ein Dutt oder so ein kunstvoll geflochtener Zopf …« Nachdenklich legte sie den Kopf schief.

»Ich weiß nicht.« Ich drehte mich wieder zum Spiegel und kaute nachdenklich auf meiner Unterlippe herum. »Das bin nicht ich. Und irgendwie hätte ich das Gefühl, dass ich alleine nicht ausreiche, versteht ihr? Und wenn ich da verkleidet hingehe und mich nicht wohlfühle, dann bringt das alles doch gar nichts, oder?«

Pen nickte langsam. »Da ist was dran. Aber du hast noch nicht alles gesehen. Ich finde schon noch das Passende für dich!«

Kapitel 6

Pen hatte mich erst in Frieden gelassen, als ich nahezu jedes Teil ihrer nicht mehr passenden Garderobe anprobiert hatte. Da waren ein paar Teile drunter gewesen, die nicht übel aussahen, aber trotzdem war ich nicht überzeugt.

»Wenn ich bei dir im Laden auftauchen würde, würdest du mir dann diese Sachen empfehlen?«, hatte ich gefragt und sie ernst angesehen.

Pen hatte einen Moment ein Auge zusammengekniffen, mich gemustert und schließlich den Kopf geschüttelt.

»Nein«, hatte sie geseufzt und gelächelt. »Hätte ich nicht. Weil du recht hast, das bist nicht du. Ich hätte dich vermutlich ohne etwas weggeschickt und dir gesagt, dass du wohl im falschen Laden bist.«

»Wie die fiese Tussi in ›Pretty Woman‹, als Julia Roberts ein Kleid kaufen muss und …«, fiel mir empört ein, doch Pen schüttelte den Kopf.

»Ich bin nie eine fiese Tussi, und ich berate jede Kundin gut, egal, ob sie Geld hat oder nicht. Nein, weil du recht hast. Weil du damit nicht Ruby bist und ich das akzeptiert hätte.«

Ich schluckte und umarmte sie fest. Sie war einfach die Beste. Pen, die eigentlich Penelope hieß und sich von einem unscheinbaren Mädchen aus einem kleinen Kaff an der Südküste ganz in der Nähe der Isle of Wight zu einer wunderschönen, stilsicheren und selbstbewussten Frau entwickelt hatte. Zu einer Frau, die sich nicht scheute, das auszusprechen, was sie dachte.

Du siehst aus wie die Ballkönigin in einem amerikanischen Collegeprinzessinnen-Film, hatte sie mich beschieden. Ich wusste, was sie meinte. Und dass sie irgendwo recht hatte. Das Ding war nur, dass ich immer gerne so ausgesehen hatte.

»Du bist die Schönste der ganzen Schule«, hatte Scott bei unserem ersten Date gesagt und mich geküsst. »Ach was, die Schönste in ganz Ashford. In ganz Britannien.«

Seine leuchtenden Augen sowie sein bewundernder Blick hatten mir eine Gänsehaut nach der anderen beschert und ihn relativ schnell an sein Ziel gebracht, meine Schönheit in ihrer natürlichen, gottgegebenen Pracht zu bewundern. Ich hatte mich großartig gefühlt unter diesem Blick. Und als ich mit ihm zusammen gewesen war, mit dem König unserer Schule, dem heißen Traum aller meiner Mitschülerinnen, da war es so etwas wie ein Gesetz, dass ich die Schönste war. Scott Luckner würde sich nie mit der Zweitschönsten zufriedengeben. Voller Stolz trug ich meine kurzen Röcke und engen Hosen, wenn ich mit ihm durch die Straßen spazierte. Und nein, ich zog mich nicht deshalb so an, weil er es wollte. Ich zog mich so an, weil ich diese Filme, von denen Pen sprach, liebte, und weil ich so sein wollte wie diese Mädchen darin. Weil ich wie sie mein Glück finden wollte und weil ich sie von klein auf für ihre blonde Schönheit vergöttert hatte.

Und nun wurde *ich* vergöttert für *meine* blonde Schönheit. Scott trug mich auf Händen, betete mich an, war verrückt nach mir, konnte seine Finger nicht bei sich behalten, bettelte um einen winzigen Kuss, um jede Berührung. Er zeigte der Welt, dass ich die Eine war. Die, für die man alles tat. Selbst wenn es schwierig wurde und man Gegenwind bekam. Das liebte ich ganz besonders an Scott, dass er mich immer in Schutz nahm, stets zu mir hielt, gegen jeden Widerstand.

Als ich die Einladung zu dem persönlichen Gespräch geöffnet hatte, war mir einen Moment durch den Kopf gegangen, dass ich noch nie so glücklich gewesen war wie in diesem Moment, als ich das las. Aber jetzt schweiften meine Gedanken ab in jene Zeit vor fast fünfzehn Jahren. Damals hatte ich mich ebenso glücklich gefühlt wie heute Abend – und zwar jeden Tag. Mein Leben war perfekt gewesen. Zumindest für eine kurze Zeit.

Zur großen Verwunderung meines Umfelds liebte ich meinen Job im Kaufhaus. Ich arbeitete gerne dort. Ich genoss es, die Kundinnen zu beraten, den ganzen Tag mit Dingen zu tun zu haben, die gut rochen, großartig aussahen, heiße Begierden weckten. Ich sah meine ehemaligen Klassenkameradinnen, die mit sehnsuchtsvollen Blicken um die hochwertigen Mascaras herumschlichen, ehe sie mit einer deutlich günstigeren Packung zur Kasse marschierten. Ich war in meiner Welt. Ich verdiente mir nicht gerade eine goldene Nase, aber das war auch nicht nötig. Scott brachte ausreichend Geld für uns beide mit. Und zur Hochzeit bekamen wir von seinen Eltern tatsächlich ein kleines Reihenhäuschen geschenkt. Spätestens da fühlte ich mich wie in einer amerikanischen Glitzerkomödie. Ich meine, wem passierte so was? Wessen Eltern konnten sich so eine Extravaganz leisten? Nur meine neuen Schwiegereltern. Und obwohl es im Vergleich zu ihrem eigenen Heim sehr einfach war, wurde es zu meinem Märchenschloss, in dem mein Märchenprinz auf mich wartete und mich mit jedem Tag mehr liebte. Ich hätte nie gedacht, dass man so glücklich sein konnte, selbst an den Tagen, an denen nichts lief und alles schiefging. Dass es das wirklich gab, dieses unfassbare Glück, das dich ausgewählt hat, um es besser zu haben. Ich war sehr dankbar und voller Zuversicht, dass ich nie in meinem Leben dieses Glück verlieren könnte.

Vielleicht hing ich deshalb so sehr an meinem Look, überlegte ich. Weil er mich daran erinnerte, was für ein tolles Leben ich gehabt hatte? Weil er der Grund dafür war, dass ich diese Chance bekommen hatte? Scott war nicht so oberflächlich, dass er mich nur für mein Aussehen liebte, aber trotzdem musste ich zugeben, dass er es ohne das nicht getan hätte. Weil ich ihm sonst nicht aufgefallen wäre. Und Scott hätte mich vermutlich niemals angesprochen, wenn ich ausgesehen hätte wie die arme Molly Peabody mit ihren kleinen, wässrigen Augen, den ewig strähnigen Haaren und der viel zu großen, dicken Nase. Das klingt nicht schön und das ist es auch nicht, aber leider ist es die Wahrheit. In unserer Welt, in unserem Viertel der Stadt hatten wir nur diese eine Währung. Wir konnten uns nicht mit Markenklamotten übertrumpfen, und die wenigsten von uns würden sich lange genug auf der Schule herumtreiben dürfen, um einen Abschluss zu machen. Oder gar, welch Luxus, auch noch Zeit auf der Uni verbringen. Vor allem nicht, wenn man die Älteste war. Uns blieb nur ein anderer Weg, um gesellschaftlich aufzusteigen, so hart das klingt. Ich beobachtete, wie manche meiner Freundinnen sich mit Kerlen einließen, die ihnen genau das ermöglichen konnten, und dafür in Kauf nahmen, dass es nicht die große Liebe war. Nicht einmal eine kleine, und in ein paar ganz traurigen Fällen noch sehr viel weniger. Wer kann mir also verübeln, dass ich mich wie die Auserwählte fühlte, weil mir dieses Glück mit einem Mann beschieden war, den ich von ganzem Herzen liebte und der mich vergötterte?

Seufzend zwang ich mich, die Vergangenheit zu verlassen und mich wieder meiner Gegenwart zu stellen. Hier warteten genug Herausforderungen auf mich, ich hatte keine Zeit für Sentimentalitäten. Mein aktuelles Vorhaben würde mir mehr abverlangen, als ich naiverweise gedacht hatte. Die persönliche Bewerbungsrunde für meinen Traumjob sollte ganze drei Tage dauern, was durchaus erschreckend war. Man hatte uns in einem großen Hotel Zimmer reserviert und meine Filiale war bereits informiert, dass ich in der entsprechenden Zeit nicht vor Ort sein würde.

Sheila hatte mich vor Freude fast erdrückt, weil ich es geschafft hatte. Seit ich hier in der Londoner Filiale arbeitete, war sie meine Vorgesetzte, und ich liebte diese Frau. Sie war stämmig, mit einem fröhlichen, roten Gesicht und einem unglaublichen Elan gesegnet. Sie hielt unbeirrt an ihrer reichlich gewagten Frisur fest, einer winzig gewickelten Dauerwelle, die ihr graues Haar in einen wirren, kurz geschnittenen Lockenkopf verwandelte und sie, unter uns, ein wenig wie einen Pudel aussehen ließ. Sie hatte mich anfangs streng unter die Lupe genommen und sich dabei Zeit gelassen, um ihr Urteil zu fällen. Das machte sie immer. Sie war keine von denen, die sich nach einem ersten Blick eine Meinung gebildet hatten, von der sie nicht mehr abwichen. Das mochte ich an ihr. Sie gab jedem eine Chance, sich zu beweisen. Und sie setzte sich für ihre Mitarbeiter ein. Es konnte keine bessere Chefin geben als sie.

»Zeig es denen, Mädel«, sagte sie und rieb sich die Hände. »Zeig denen, dass man seine Träume verwirklichen kann. Zeig denen, was in dir steckt.«

Ich nickte und fühlte, wie sich ein Kloß in meinem Hals bildete. »Das mach ich, Sheila.«

»Und lass dich nicht verbiegen. Wenn du da mitmischst, dann mach es auf deine Art. So wird nichts schiefgehen.«

Wieder nickte ich und dachte an den gestrigen Abend, an die Klamotten und Pens gut gemeinten Rat, mich ein wenig umzustylen. Ja, ich verstand ihre Motivation, aber ich hatte mich bereits entschieden. Ich war so weit gekommen, hatte so viel gearbeitet. Es würde mir falsch vorkommen, wenn ich mich jetzt in eine Frau verwandeln würde, die ich nicht war. Ruby Ferguson hatte sich geschworen, das zu packen, und sie sollten Ruby Ferguson haben wollen oder eben niemanden.

Und so fuhr ich wenige Tage später in aller Herrgottsfrühe mit einem Koffer los, den ich mir von Maisie geliehen hatte, um mich dem wichtigsten Termin meines Lebens zu stellen. Und ich hatte nur meine eigenen Klamotten dabei. Allerdings hatte ich mit Pen und Maisie am letzten Samstag noch einen schnellen Einkaufstrip eingelegt und mir ein paar neue Sachen gekauft. Sachen, die zu mir passten und von denen die beiden dachten, dass sie geeignet wären. Eine ziemlich trendige fliederfarbene, weiche Stoffhose mit einem Paperbag-Bund, dazu eine hellgraue Bluse, die beinahe aussah wie aus Seide und recht schlicht gehalten war. Ich kam mir darin vor wie eine Karrierefrau und fand das Ensemble extrem clean und trotzdem frisch.

»Für deine Verhältnisse bestimmt«, hatte Pen kommentiert und mir einen echt coolen Rock in die Kabine gereicht. Er hatte vorne eingelegte Falten und sah recht klassisch aus, hinten jedoch war er ohne Falten gearbeitet und formte einen ausnehmend hübschen Po. Das sanfte Salbeigrün des Stoffes glänzte leicht. Ich hatte mir dazu einen eng anliegenden, schlichten Pulli mit Rollkragen ausgesucht. Er war nudefarben, mit einem winzigen Hauch ins Rosarote, meiner Lieblingsfarbe, und vermutlich hätte selbst Pen ihn getragen. Schließlich hatte ich noch einen knielangen Rock gekauft, schmal geschnitten und eigentlich ziemlich das, was man von einem Kostümrock erwartete. Allerdings hatte ich mich nicht für eine gedeckte Farbe entschieden, sondern für die Variante in Puderrosa. Dazu wählte ich einen schwarzen Pulli aus einem leichten Baumwollstrick, der einfach der Hammer war. Madonna hätte ihn in den Achtzigern geliebt, und ich liebte ihn auch. Im Grunde war Schwarz nicht meine Farbe, aber dieses Teil hatte mich spontan umgehauen.

Der eckige Ausschnitt war nicht zu gewagt und dennoch auffallend. Der schmale Schnitt und das breite Taillenbündchen machten eine tolle Figur, und dann diese Schulterpolster, nicht zu mächtig und dennoch sehr modern und großartig. Ich fühlte mich in diesen Kleidern wohl und fand, dass ich einer Businesslady so nahekam, wie das eben ging.

Kapitel 7

Das Prozedere, auf das ich mich gerade voller Elan einließ, nannte sich offiziell Assessment-Center. Ich mochte eigentlich den Begriff »Bewerbungsgespräch« lieber als Assessment, also »Bewertung« oder »Abschätzung«, aber so war das nun mal. Und ich hatte eine Übersicht bekommen, was uns in diesem Assessment-Center erwartete.

Zu Beginn sollten wir begrüßt werden und noch einmal einen kurzen persönlichen Einblick in den Ablauf erhalten. Danach standen die ersten Einzelgespräche an, bei denen wir jeweils eine Dreiviertelstunde Zeit haben würden, um »uns von sich zu begeistern«. Diese Gespräche sollten parallel laufen; also würden zwei sogenannte Mentoren sie durchführen, vermutete ich. Damit war der erste Tag schon ziemlich durch, und ich fragte mich, weshalb man uns nicht einzeln einbestellt hatte. Ich meine, da war ja ziemlich viel Leerlauf für uns drin.

Gegen Abend war noch ein erstes Gruppengespräch geplant und am folgenden Tag eine Gruppenarbeit. Am Nachmittag waren wieder Einzeltermine aufgelistet. Für den dritten Tag sah es ähnlich aus: Gruppentermine und Einzelgespräche und dazwischen immer wieder eine Leerzeit. Das Ganze fand in dem Hotel statt, in dem wir auch untergebracht waren. Abends sollte es gemeinsame Essen geben, aber ob das auch in Barbesuche oder so mündete, stand nirgends. Ich vermutete eher nicht. Diese Mentoren waren schließlich auch nur Menschen und hatten bestimmt irgendwann auch einmal Feierabend.

Ich war an diesem schicksalhaften Morgen frühzeitig vor Ort und checkte erst einmal ein. Das Hotel sah von außen nicht besonders aufregend aus. Es war ein großer, eckiger und ziemlich schlichter Kasten. Die Halle war modern eingerichtet, ohne zu viel Schnickschnack und recht praktisch. Aber es gab ein Schild, das zu einem hauseigenen Fitnessstudio wies, und einen ebenfalls schlichten, durchaus ansprechenden Restaurantbereich, in dem noch die letzten Frühstücksgäste saßen. Ich bekam meine Zimmerkarte ausgehändigt – natürlich im fünften Stockwerk. Seufzend warf ich einen Moment lang ein Auge auf den großen Fahrstuhl, der einladend seine Türen geöffnet hatte, und wandte mich dann entschieden der Treppe zu. Die war definitiv nur für den Notfall gedacht, das Treppenhaus war schmucklos und für so ein großes Gebäude recht schmal. Ich packte meinen Koffer fester und wagte den Aufstieg.

Oben angekommen erwartete mich eine Überraschung. Statt eines einfachen Zimmers betrat ich eine kleine Wohnung. Ein Eingangsbereich, der in eine Art Wohnzimmer überging, mit einer kleinen Küchenzeile, die nicht nur über einen Kühlschrank, eine Kaffeemaschine, einen Wasserkocher und ein Spülbecken verfügte, sondern sogar eine kleine Spülmaschine hatte und eine Waschmaschine. Eine kurze Theke mit zwei Barhockern ersetzte den Tisch. Eine Flasche Wasser und ein Tablett mit einer Auswahl Kaffeekapseln und Teebeuteln samt einer kleinen Packung Schokoladenpralinen begrüßten mich. Eine dunkle Schiebetür stand offen und gewährte einen Blick in ein Badezimmer, das mich restlos begeisterte. Eine ebenerdige Dusche, riesig, wie ich fand, die mit einer breiten Glaswand abgetrennt war, ein breites Waschbecken mit verschwenderischen Ablagemöglichkeiten, flauschige weiße Handtücher auf einem Heizkörper, verlockende kleine Fläschchen mit Duschgel, Bodylotion und Conditioner.

Eine weitere Tür führte in das Schlafzimmer, in dem ein breites, hohes Bett wartete. Ich nahm kurz Platz und klopfte anerkennend auf das Kissen. Wenn das nicht ein echtes Boxspringbett war! Gegenüber an der Wand war ein großer Flachbildfernseher montiert. Ein vergleichbares Modell hatte ich auch schon drüben erspäht, gegenüber vom Sofa, das im Wohnzimmer stand. Ich ließ mich zurücksinken und lächelte einen Moment mit geschlossenen Augen. Das fühlte sich alles großartig an und ich wusste einmal mehr, dass dieser Job genau meins sein würde. Alles an ihm passte und war verlockend.

Schwungvoll sprang ich auf und blickte auf die Uhr. Ich hatte noch Zeit, um meine Kleider in den schmalen Schrank zu hängen und mein Make-up aufzufrischen. Anschließend würde ich mich lässig unten an die Bar setzen und darauf warten, dass das Abenteuer losging.

Als ich fünfzehn Minuten vor der offiziellen Zeit wieder aus dem Treppenhaus in die Eingangshalle trat und die Bar ansteuerte, saßen dort bereits drei Menschen. Eine kühl wirkende junge Frau mit einem strengen Knoten im Nacken und einer Kunststoffbrille, die eine durchsichtige Fassung hatte und fast das ganze schmale Gesicht bedeckte. Daneben eine zweite Frau mit einem edlen Kurzhaarschnitt, der ihre Wangenknochen perfekt betonte und einen satten, kastanienfarbenen Glanz hatte. Und ein junger Mann mit sorgsam gegeltem Haar, der alles dafür tat, um lässig rüberzukommen. Neben mir ging der Fahrstuhl auf und zwei weitere Männer traten forsch heraus, schauten sich um, blickten fast synchron auf große, glänzende Armbanduhren und steuerten vor mir die Bar an. Ich folgte ihnen und hörte hinter mir, wie der zweite Fahrstuhl dezent bimmelte. Ich warf einen Blick hinüber und sah zwei weitere Frauen heraustreten. Eine war sehr groß und ziemlich gut aussehend. Sie hatte ihr schokoladenbraunes Haar ebenfalls zu einem strengen Knoten gebunden und war in ein sehr konventionelles, gut sitzendes Kostüm gekleidet. Die andere war ein wenig stämmig und hatte meine Größe. Auch sie trug einen dunkelgrauen Anzug, ein ziemlich unauffälliges Modell, und hatte das braune Haar zu einem tief sitzenden Knoten geschlungen. Ihr hübsches Gesicht wurde schmeichelhaft von zwei locker fallenden Strähnen umspielt. Sie sah ein wenig angespannt aus. Sie ließ der anderen den Vortritt und folgte ihr dann weit weniger selbstsicher zur Bar. Ich lächelte ihr spontan zu. Sie nickte dankbar und holte tief Luft.

»Auch zum Assessment?«, fragte ich, woraufhin sie erneut nickte.

»Cool. Ich bin Ruby.«

»Charlotte.« Nun lächelte sie richtig. »Das ist alles ganz schön beeindruckend, oder?«

Ich bestätigte das und ließ meinen Blick dem ihren folgen, hinüber zu den anderen, die sich jetzt alle versammelt hatten. *Sie sitzen nebeneinander auf den Hockern wie in einer Ausstellung*, dachte ich. Und alle wirkten sie so, als könne sie nichts erschüttern. Ihre Mienen waren verschlossen. Ich war mir ziemlich sicher, dass sie sich darauf konzentrierten, so gelassen wie nur möglich auszusehen.

»Aber es werden bestimmt sehr spannende Tage«, sagte ich und lächelte Charlotte aufmunternd zu. »Ich meine, wir haben es bis hierher geschafft. Das ist doch etwas, auf das wir schon mal stolz sein können, oder?«

Charlotte und ich nahmen ebenfalls auf zwei Hockern Platz und beobachteten den Fahrstuhl, der nun erneut aufging und zwei weitere Kerle ausspuckte. Auch sie sahen sich kurz um, ihr Blick blieb für einen Moment an uns hängen. Dann merkte man, wie sie sich aufrichteten und mit zielsicheren Schritten auf uns zustrebten. Nachdem sie die letzten beiden Hocker mit Beschlag belegt hatten, beugte ich mich vor und spähte kurz nach rechts und links. Wir mussten ein ziemlich abgefahrenes Bild abgeben, wie wir da alle saßen, die Beine lässig übergeschlagen oder sorgfältig nebeneinander angeordnet, je nach Klamotte, alle bemüht aufrecht und alle aufgeregt der Dinge harrend, die kommen würden. Und alle, bis auf mich, in Schwarz oder zumindest einem gedeckten Grau oder einem dunklen Blau gekleidet. Ich warf noch einmal einen Blick nach rechts, aber es änderte sich natürlich nichts. Alle trugen diese langweilige Bürouniform, die Kerle handelsübliche Anzüge, die sich nur durch die Krawatten unterschieden, die einen winzigen Farbtupfer setzten. Die Damen in Kostümen, wahlweise mit Rock oder Hose, aber durchweg mit einem klassischen Blazer. Und allesamt mit sauber aufgeräumten Haaren, die zu einer ordentlichen und akkuraten Frisur zurechtgemacht waren beziehungsweise einen sauber frisierten Kurzhaarschnitt hatten, der den strengen Look unterstrich. Daraufhin schielte ich kurz auf meine Beine hinab, die in der fliederfarbenen Hose steckten. Ich hatte mich oben noch einmal im Spiegel betrachtet und befunden, dass ich gut darin aussah und dass dieses Outfit seriös wirkte. Neben diesen ganzen Nicht-Farben allerdings glich ich einer leuchtenden Plakatwand. Auch mein blondes Haar stach aus diesen ganzen Köpfen heraus. Es war tatsächlich um einiges heller als das der anderen, und meine Locken, die wie gewohnt sanft über meine Schultern fielen, wirkten geradezu wild. Von meinem Oberkopf-Pferdeschwanz völlig zu schweigen, der ganz klar eine sehr viel eigenwilligere Definition des Themas Hochsteckfrisur war als hier wohl üblich.

Ich lehnte mich wieder zurück und blickte auf meine Uhr. Noch zehn Minuten. Ich trank den Espresso, den mir der freundliche Barmann auf meine Bitte hin gemacht hatte, und überlegte, ob wir hier abgeholt werden würden oder uns irgendwo einfinden mussten. Stand da nicht etwas von einem Konferenzraum? Ich beschloss, dass ich einfach warten würde. Irgendeiner dieser fabelhaft vorbereitet wirkenden Menschen um mich herum würde es schon wissen, und ich musste mich nur der Gruppe anschließen.

Kapitel 8

Fünf Minuten vor zehn kam Bewegung in die Truppe. Der Erste, einer der Anzugträger, stand auf, und sofort sprangen alle von ihren Sitzgelegenheiten. Ich auch. Wie eine Armee marschierten wir los und folgten unserem Anführer. Ich hielt mich mit Charlotte ganz hinten im Feld auf und tat so, als wüsste ich, wo es hingehen sollte. Durch einen hell beleuchteten Gang gelangten wir schließlich zu einem Raum, vor dem ein Aufsteller stand, der verkündete, dass hier das *Jola*-Assessment-Center stattfinden sollte.

Ich ließ den anderen den Vortritt und musste mich daher mit einem Platz in der zweiten Reihe begnügen. Der Raum war zu schmal, um zehn Stühle nebeneinander aufzustellen, aber ich fand die zweite Reihe ohnehin angenehmer. Meiner Erfahrung nach konnte man von dort aus besser den Überblick bewahren. Vorne, uns gegenüber, waren vier Tische aufgestellt, hinter denen vier Stühle standen. Auf jedem Tisch lagen ein dicker Block und ein Kugelschreiber. Wasserflaschen und Gläser standen ausgerichtet da und warteten wie wir auf das, was kommen sollte.

Pünktlich um zehn öffnete sich eine Tür im hinteren Teil des Zimmers, die ich bisher noch gar nicht wahrgenommen hatte, und vier Menschen betraten den Raum, dunkel gewandet in dem hier vorherrschenden Businessmodethema. Zwei Männer, zwei Frauen. Ich musste grinsen. Man schien es hier ziemlich genau zu nehmen mit den gerechten Chancen für Männlein und Weiblein, denn auch unsere Truppe bestand, ob Zufall oder nicht, aus exakt fünf Damen und fünf Herren. Sie marschierten zu ihren Plätzen und blieben hinter den Stühlen stehen.

Ich sah sie interessiert an und spürte plötzlich, wie meine Knie ein wenig nachgaben. Oder nachgegeben hätten, wenn ich nicht gesessen hätte. Einen davon hatte ich schon mal gesehen. Die dunkelblonden Haare wurden heute nicht von einer Schirmmütze bedeckt und waren ebenso akkurat frisiert wie die meiner Mitbewerber. Außerdem hatte er sich tatsächlich den Bart abrasiert, was ich etwas schade fand, und die Sonnenbrille gegen eine normale Brille mit dunkler Fassung ausgetauscht. Anstatt der lässigen Klamotten und der stylishen Jeans trug er einen ebenso gut sitzenden Anzug, was ihn ganz anders wirken ließ. Ich erkannte das Gesicht natürlich, es war Beau Rutherford, der Sohn der *Jola*-Inhaber und Begründer Jocelyn und Lance Rutherford, und seit einigen Jahren ein hohes Tier im Unternehmen. Sein Bild tauchte immer mal wieder in den Hausmitteilungen auf. Er war aber auch der ungeduldige Kerl, der sich so über Mr Brightman aufgeregt hatte und dem ich gesagt hatte, er sei Unkraut. Beinahe hätte ich mich bei einem Biohähnchen-Essen auf einen Flirt mit ihm eingelassen. Das alles wurde mir jetzt mit Schrecken klar, als mir schlagartig auffiel, weshalb mir Mr Löwenzahn damals vage bekannt vorgekommen war.

Die Dame neben ihm räusperte sich und ich zwang mich, meine Konzentration auf sie zu lenken. Sie lächelte und begrüßte uns alle, stellte sich selbst als Paula McIness vor und dann der Reihe nach die anderen. Die zweite Frau und der unbekannte Mann waren ebenfalls Mentoren des Programms und in den nächsten Tagen für das Auswahlverfahren mitverantwortlich, was wir uns schon hatten denken können.

»Und diesen Herrn muss ich Ihnen vermutlich nicht vorstellen: Beau Rutherford«, sagte sie strahlend und zeigte auf Mr Löwenzahn. »Begründer dieses Ausbildungsprogrammes und vielleicht Ihr zukünftiger Chef.«

Alle nickten brav, ich auch.

Anschließend schilderte sie uns erst einmal die historischen Hintergründe der Firma. Vermutlich waren auch das keine Neuigkeiten. Jeder, der bei *Jola* arbeitete, kannte das bereits. Man bekam diese Fakten gleich zu Beginn verpasst, wie eine Geschichte, die innerhalb einer Familie zu jedem Festtag erzählt wird und bei der alle mit glänzenden Augen lauschen, egal, wie oft man schon dabei gewesen ist. Und wer noch nicht hier arbeitete, war vermutlich schlau genug gewesen, sie auf der Homepage des Unternehmens nachzulesen. Trotzdem hörten wir aufmerksam zu, während sie uns berichtete, dass der Grundstein der aufstrebenden Parfümeriekette bereits von Jocelyn Rutherfords Vater, einem gewissen Paddy Littleborn, gelegt worden sei. Er war Seifensieder, ein Beruf, den heutzutage kaum noch einer kannte, und stellte hochwertige Produkte her, die seine Frau dann in dem kleinen Laden, der zum Betrieb gehörte, verkaufte.

Seine Tochter hatte das Geschäft übernommen, aber mit weit großartigeren Plänen, als ihr Vater sie gehabt hatte. Und mit Lance Rutherford hatte sie den perfekten Weggefährten gefunden. Die beiden entwickelten ein völlig neues Konzept und nahmen die gängigen Parfümerieartikel in das Sortiment auf. Die kleine Seifensiederei behielten sie bei, ließen neben den Seifen auch Zahnpasta, Sonnenmilch und andere Dinge produzieren, die sie unter ihrem Namen vertrieben. Sie änderten den

Namen *Littleborns Seifenmanufaktur* ab in *Jola* und begannen, ihn zu einer echten Marke auszubauen. Als sie erkannten, dass ihre Waren für mehr Menschen bezahlbar sein mussten, investierten sie in modernste Maschinen, um effektiver zu produzieren. Schon bald eröffneten sie Filialen. Langsam, aber sicher bauten sie das Unternehmen auf. Sie hatten dabei eine Menge Ideen und Visionen und stets einen Blick für das, was der Markt wollte. Sie schienen immer einen Wimpernschlag früher zu wissen, was gewünscht war, als der Kunde selbst das ahnte. Aus diesem Grund nahmen sie irgendwann Aktionswaren auf, die in regelmäßigen Abständen angeboten wurden und neue Kunden in die Läden lockten. Schöne Dinge, die zum Sortiment passten und denen ein Hauch Luxus anhaftete, die dabei jedoch bezahlbar waren. Das Konzept ging auf, sie erweiterten beständig, bis sich das Unternehmen daraus entwickelt hatte, das wir heutzutage alle kannten. Sie waren nicht die Größten im Bereich der Parfümerien, aber stetig im Wachstum und unaufhaltsam auf dem Weg zu einem der beliebtesten Läden der Engländer.

Der Name, hörten wir jetzt, sei noch heute Programm. *Jola*, ein Zusammenschluss aus den beiden Vornamen Jocelyn und Lance, stünde für die Verbundenheit der Familie mit ihrem Unternehmen. Sie hatten sich beständig geweigert, an die Börse zu gehen oder die Verantwortung aus den Händen zu geben. Es waren immer noch die Rutherfords, die die letzte Entscheidungsgewalt besaßen. Seit einigen Jahren zählte Beau dazu. Er hatte gerade rechtzeitig einsteigen können, um den Posten seines inzwischen verstorbenen Vaters zu übernehmen, der sich seinerzeit aus gesundheitlichen Gründen aus dem operativen Geschäft hatte zurückziehen müssen. Seine Mutter jedoch stand nach wie vor an der Spitze des Unternehmens. Sie führte es momentan offiziell alleine, bis ihr Sohn sich den Posten des CEOs erarbeitet und verdient hatte, und galt als eine

Art Übermutter der Firma. Letzteres sagte Mrs McIness natürlich nicht, das war meine Interpretation der Lage.

Lächelnd übergab sie das Wort an Mrs Billish, die uns in kurzen Sätzen erklärte, was uns heute erwartete. Sie war charmant und unglaublich sympathisch. Ich mochte sie sofort. Ihr Kollege, Mr Potter, »aber leider Humphrey und nicht Harry«, wie er sich mit einem etwas flachen Witz vorstellte, war nicht ganz so einnehmend. Er wirkte recht distanziert und steif, trotz seines Versuches, witzig zu sein. Vielleicht lag es auch daran, dass er neben all diesen dynamischen, gut aussehenden und erstaunlich jungen Menschen optisch doch etwas abfiel. Er war ebenfalls nicht alt und alles andere als lethargisch, wirkte aber unnahbarer. Sein Gesicht war eines von denen, das man sah und sofort wieder vergaß, weil es weder ausnehmend schön noch besonders hässlich war. Sein Haarschnitt war gepflegt, aber konservativ. Sein Anzug war sicher teuer gewesen, allerdings mit weiter geschnittenen Hosenbeinen, als es aktuell modisch war. Und seine Mimik war distanzierter, vorsichtiger und wachsamer als die der anderen. Während uns seine Kollegen noch mit einer fast heiteren, zwanglosen Stimmung beruhigen wollten, wirkte er ein wenig wie der strenge Mathematiklehrer, der dich keine Sekunde vergessen lässt, dass du dich in einer Prüfung befindest.

Nur Beau Rutherford hatte bisher noch nicht zu uns gesprochen, und als er es jetzt endlich tat, hielt er sich recht kurz. Er dankte uns allen, dass wir hier waren, beglückwünschte uns, dass wir es bis hierher geschafft hatten. Er forderte uns auf, in den nächsten drei Tagen wir selbst zu sein und ihm und seinen Kollegen zu zeigen, wo unsere Stärken lagen und weshalb ausgerechnet wir einen der begehrten Plätze im Programm erhalten sollten. Dabei schaute er freundlich in die Runde. Mir fiel wieder ein, dass ich seine Stimme gemocht hatte, dass sie einen warmen Klang bekam, wenn er lächelte.

»Und Sie können sofort damit loslegen, uns von sich zu überzeugen. Wir beginnen mit den persönlichen Gesprächen. Mr Potter und Mrs Billish erwarten Sie im blauen Konferenzraum, Mrs McIness und ich werden im grünen die Gespräche führen. Wir haben uns jeweils ein Zeitfenster von fünfundvierzig Minuten gesetzt, um Sie ein wenig besser kennenzulernen. Für diejenigen Kandidaten, die gerade nicht in einem Gespräch sind, wird es hier eine erste kleine Aufgabe geben. Mrs Billish wird Ihnen dazu gleich Genaueres erläutern. Und nun freuen wir uns darauf, was Sie uns in den nächsten Tagen von sich zeigen werden.«

Ich war nicht direkt dran mit dem persönlichen Kennenlernen und musste mit acht anderen hierbleiben, um *eine kleine Aufgabe* zu lösen. Zu meiner Überraschung packte Mrs Billish jede Menge Buntstifte, dicke weiße Kartonagen, farbiges Papier, Klebestifte und Scheren aus. Sie wies uns an, ein neues Logo für *Jola* zu entwerfen.

»Wir sind offen für alles, und natürlich interessiert es uns ganz besonders, wie Ihr Blick auf das Unternehmen ist«, sagte sie und lächelte aufmunternd. »Es kommt nicht drauf an, ob Sie gut zeichnen können. Wir würden nur gerne sehen, wie kreativ Sie sind.«

Ich konnte die unterdrückten Schreckensseufzer fast hören, die sich alle hier zu verkneifen schienen.

»So was stand aber in keiner Beschreibung«, murrte der Mann neben mir leise und schien ein klein wenig panisch zu sein.

Stühle wurden gerückt, die ersten beiden Gesprächskandidaten ersucht, direkt mitzukommen. Wir anderen wurden dem bunten Basteltisch überlassen und unserer Vision eines neuen Logos für unseren hoffentlich neuen Arbeitgeber.

Als ich anderthalb Stunden später höflich gebeten wurde, zu meinem Vorstellungsgespräch zu kommen, hatte ich eine recht bunte Skizze vor mir liegen, die ziemlich chaotisch wirken musste. Aber ich begann so langsam, einen Plan zu entwickeln. Das jetzige Logo war gut, was mich anfangs etwas blockiert hatte. Aber nach einer Weile hatte ich begonnen, mir aufzuschreiben, was ich mit dem Unternehmen verband. Danach dachte ich an Mr Brightman und an viele andere Kunden, was sie bei uns einkauften, was sie mir erzählten. Und schließlich überlegte ich, wie es wäre, nach einem langen Arbeitstag müde und auf dem Heimweg zu sein und spontan die Entscheidung zu treffen, sich noch etwas zu gönnen. Ich hörte mit einem Ohr, wie an den Nebentischen von »Rot als starke Farbe« und »Gelb als Energiespender« gemurmelt wurde. Ich sah einen Augenblick lang die bekannten, klassischen Designs großer Labels vor mir, die ganz oft in genau diesen Farbtönen gehalten waren. Und da entschied ich mich, einen anderen Weg zu wählen.

Als ich die Wortfetzen nebenan aufschnappte, war mir spontan etwas in den Sinn gekommen, was wir neulich am Küchentisch diskutiert hatten. Unser WG-Staubsauger hatte den Geist aufgegeben und wir waren auf der Suche nach einem Ersatz gewesen. Wir hatten uns online informiert und verschiedene Modelle angeschaut. Pen war für den ganzen technischen Kram zuständig und hatte darauf geachtet, dass die Saugleistung hoch und die Geräuschbelastung relativ niedrig war. Maisie und ich allerdings gingen nach der Optik, und wir waren beide etwas enttäuscht gewesen.

»Wissen die denn nicht, für wen sie diese Dinger machen?«, hatte Maisie gemeckert. »Alle sehen irgendwie gleich aus. Und keiner davon hat eine wirklich schöne Farbe.«

Wir hatten nach »Staubsauger rosa« gegoogelt, und tatsächlich: Nach den ersten wenig erfolgreichen Treffern, die direkt zu Kinderspielzeug führten, hatten wir ganze drei Modelle gefunden, die optisch so richtig was hermachten. Eines davon überzeugte sogar die technikverliebte Pen, und so hatten wir jetzt einen Riesenspaß, wenn wir mit unserem pinkfarbenen oder, wie der Hersteller es nannte, softberryfarbenen Staubsauger die Wohnung sauber machten.

Aber das Ding war doch, dass nie einer daran zu denken schien, dass praktische Gegenstände auch schön sein konnten. Dass man den Spaß dadurch deutlich steigern konnte, wenn man einen Gegenstand ein bisschen aufhübschte. Und dass Frauengehirne da durchaus anders tickten als die von Männern. Meines tat es auf alle Fälle. Und das wollte ich in meinem Logo zeigen.

Jetzt musste ich meinen Entwurf allerdings erst einmal liegen lassen, um zu meiner ersten Befragung zu gehen. Ich war dermaßen in meine Gedanken vertieft gewesen, dass ich ganz vergessen hatte, deshalb nervös zu sein. Nun jedoch kam die Aufregung mit aller Macht zurück, als mich Mrs McIness höflich anlächelte.

»Mr Rutherford erwartet Sie jetzt, Mrs Ferguson.«

Kapitel 9

Ich behaupte jetzt mal selbstbewusst, dass mein bisheriges Leben ein paar Eigenschaften in mir hervorgebracht hat, die nützlich und auch gut sind. Zum Beispiel, dass ich eine gewisse Härte entwickelte. Härte im Sinne von Disziplin und Durchhaltevermögen. Und in dem Sinne, dass ich am Ende gelernt hatte, für mich selbst zu sorgen, und vor allem, zu mir zu stehen. Also zu dem, was ich bin und wie ich eben bin. Ich werde und will meine Herkunft nie ganz ablegen, auch wenn ich nach einem besseren oder genauer gesagt sichereren Leben strebe. Ich möchte nicht wie meine Eltern ewig in der Sorge leben, dass das Geld nicht einmal für die elementarsten Dinge reicht, auch wenn ich mich krumm arbeite. Ich strebe nicht nach Reichtum, aber ich will genug haben, um abends ohne Sorgen einschlafen zu können. Und dabei will ich dennoch Ruby bleiben können, das Mädchen, das im Arbeiterviertel groß wurde und nichts geschenkt bekam. Denn es war trotz allem eine schöne Zeit, in der ich so geliebt wurde, wie ich war.

Aber nicht so toll war es, dass ich das auch dadurch geschafft hatte, dass ich mich manchmal in Fantasien geflüchtet hatte. In Tagträume, die so intensiv waren, dass ich sie wirklich spüren konnte. Das war meine Art, mich zu motivieren. Mir selbst so fest und gründlich eine Zukunft zu erschaffen, bis ich daran glaubte, dass sie wahr werden könnte. Ohne diese Hilfe hätte ich es wohl nie gewagt, nach London zu ziehen, mit nichts im Hinterhalt als einem Job, bei dem ich nicht wusste, ob ich ihn über die Probezeit retten konnte. Ohne Freunde, ohne Kontakte, ganz auf mich alleine gestellt, zum ersten Mal im Leben. Und vor allem in einer Zeit, als ich gerade den Verlust von Scott verarbeiten musste – der Liebe meines Lebens.

Lange Zeit dachte ich, dass ich mich nie wieder verlieben würde. Ich wollte es auch gar nicht. Ich fühlte mich wie Queen Victoria, die für den Rest ihres Lebens den Witwenschleier nicht mehr ablegte. Ich konnte mir nicht vorstellen, dass es einen Mann gäbe, den ich so lieben könnte wie Scott. Und nachdem ich diese echte, tiefe Liebe erfahren hatte, wäre alles andere nicht zu ertragen.

Pen und Maisie versuchten natürlich, mich vom Gegenteil zu überzeugen. Sie waren die ersten und einzigen Menschen hier, denen ich von Scott erzählt hatte. Ich wollte nicht darüber reden. Ich hatte Angst, dass ich die Erinnerung beschmutzen könnte, wenn zu viele Leute darin herumredeten. Ich wollte nicht ihre Meinung und ihre Interpretation hören und vor allem nicht, dass sie mir erklärten, dass ich irgendwann erkennen würde, dass das Leben immer einen Plan hat.

Aber natürlich hat das Leben tatsächlich immer einen Plan, ob es uns passt oder nicht. Selbstverständlich heilt die Zeit zwar keine Wunden, aber sie sorgt dafür, dass man sich daran gewöhnt und irgendwann plötzlich aufwacht und spürt, dass sich etwas verändert hat. Dazu gehört, sich anders zu fühlen, sich irgendwie vorstellen zu können, dass es doch möglich wäre, sich wieder zu verlieben. Bisher hatte ich das nicht wirklich getan, aber ich hatte durchaus ein paar Mal gemerkt, dass mich ein Mann wieder auf eine andere Art ansprach als in den Jahren zuvor.

Meine Freundinnen befeuerten das und unterstützten meine Heilung nach Kräften. Eine Zeit lang gingen wir gemeinsam aus und flirteten, ganz harmlos und ohne, dass es ernster wurde, zumindest in meinem Fall. Maisie und Pen waren beide ebenfalls noch auf der Suche und eher geneigt als ich, den einen oder anderen Kandidaten einer genaueren Prüfung zu unterziehen. Wenn wir nicht ausgingen, verbrachten wir den Abend häufig vor dem Fernseher und sahen uns Liebesfilme an.

»Das ist wichtig für dich«, behauptete Maisie dann grinsend. »Damit du siehst, was dir entgeht.«

Und tatsächlich zeigte es mir das, und ich musste zugeben, dass ich diese Filme liebte.

Weshalb ich gerade so weit aushole, obwohl ich auf dem Weg zum wichtigsten Bewerbungsgespräch meines Lebens war? Weil wir gestern Abend, als ich wie eine Irre und völlig nervös in der Wohnung herumstreifte, auch einen Filmabend eingelegt hatten. Zum Abschalten, wie die beiden sagten. Dummerweise hatten wir uns wieder einmal »Fifty Shades of Grey« angesehen. Und genau daran musste ich jetzt denken, wie Maisie gegrölt hatte, als dort die Sekretärin bedeutsam »Mr Grey erwartet Sie nun« sagte.

»Echt jetzt.« Maisie kicherte. »Stellt euch das mal vor. Ihr geht zu einem Termin, und dann sagt einer diesen Satz. Mach dich bereit, Ruby, wenn Mr *Jola* dich morgen erwartet«, hatte sie mit schwülstiger Stimme gehaucht.

Wir lachten und ich hatte ein Kissen nach ihr geworfen. Jetzt wünschte ich, dass das Kissen deutlich größer und mit etwas Festerem als Watte gefüllt gewesen wäre, denn in dem Moment, als Mrs McIness genau das zu mir sagte, begann mein Gehirn Amok zu laufen.

Es war also Maisies Schuld, dass ich gerade mit ziemlich unpassenden Gedanken auf dem Weg war, Mr Rutherford zu treffen. Und es war ebenso unpassend, dass der mit undurchsichtigem Blick hinter seinem Tisch saß, als ich eintrat. Und mich einen Augenblick zu lange musterte, ehe sich ein Lächeln auf seinem Gesicht andeutete und er endlich aufstand, mir die Hand entgegenstreckte und mich begrüßte.

»Mrs Ferguson. Ich freue mich, Sie kennenzulernen.« Falls Mr Löwenzahn mich erkannt hatte, zeigte er es nicht.

Ich bedankte mich artig und versicherte, dass die Freude ganz auf meiner Seite wäre. Ich versuchte dabei, nicht zu bemerken, dass dieser Mann hier eindeutig eher meinem Geschmack entsprach als Mr Übellaunig Grey. Vor allem jetzt, wenn er lächelte und sich in seinen Wangen tatsächlich zwei zauberhafte Grübchen zeigten. Also schnell den Blick hinüber zu Mrs McIness wandern lassen, auch ihr ein Lächeln schenken und dabei versuchen, das Gehirn wieder in die Spur zu bringen.

»Vielleicht erzählen Sie uns erst einmal etwas von sich«, forderte er mich auf, und ich nickte.

Diese Frage hatte ich erwartet und mich vorbereitet. Ich begann also mit klarer und für die Umstände doch sehr ruhiger Stimme zu berichten. Von meiner Schulzeit und dann von meinen Jobs. Leider war da nichts, was ich ein wenig ausführlicher darlegen konnte, denn wie Pen bemerkt hatte, war mein Lebenslauf nicht gerade aufregend und auch nicht unbedingt spektakulär. Zumindest nicht der Teil, den ich preisgeben wollte.

»Warum haben Sie die Schule so früh beendet?«, unterbrach er mich.

»Nun, ich hatte meinen Abschluss und wollte auf eigenen Beinen stehen«, antwortete ich nicht ganz ehrlich.

»Und weshalb haben Sie keine Ausbildung begonnen?«

»Ich liebte es schon immer, mit Menschen zu arbeiten. Sie zu beraten. Der Job war wie für mich gemacht, und ich freue mich auch jetzt noch jeden Morgen darauf, zur Arbeit zu gehen. Ich bin gerne unter Menschen, und ich arbeite wirklich gerne.«

»Das beantwortet nicht meine Frage.« Er lächelte kurz, um den Worten etwas Schärfe zu nehmen. »Sie hätten eine Ausbildung als Kauffrau im Einzelhandel oder als Verkäuferin machen können.« Er musterte mich einen Moment. »Damit hätten Sie eine ganz andere Basis gehabt.«

Ich sah ihn an und überlegte nur kurz. Klar, dann wäre ich jetzt keine ungelernte Kraft, eine, die ganz unten in der Hierarchie stand. Konzentriert sprach ich weiter, und mein Ton blieb ruhig und freundlich.

»Das stimmt. Aber die Umstände waren nicht auf meiner Seite. Ich wollte Geld verdienen, um meine Familie zu unterstützen. Und ich glaube, dass ich inzwischen alles gelernt habe, was ich in der Ausbildung vermittelt bekommen hätte.«

Er nickte langsam. »Danke für Ihre Offenheit.«

Ich nickte ebenfalls und wünschte, dass er das nicht gesagt hätte. Irgendwie kam es mir jetzt so vor, als ob ich ein Almosen wollte oder einen Versuch unternommen hätte, ihn moralisch für mich einzunehmen.

»Bitte, reden Sie weiter.« Er machte eine knappe Bewegung mit der Hand, und ich brauchte einen Moment, um wieder zu wissen, wo ich gewesen war, ehe er mich unterbrochen hatte.

»Ich denke, dass ich diese Liebe zu meinem Beruf und die Verbundenheit, die ich mit dem Unternehmen spüre, noch besser einbringen könnte. Es ist großartig, ein Teil des *Jola*-Teams zu sein. Ich würde sehr gerne all meine Kraft und Kreativität dafür einsetzen, *Jola* weiter voranzubringen und den Mitarbeitern einen angenehmen Arbeitsplatz zu sichern.« Ich hatte mich ein wenig in Wallung geredet. Aber das war nicht gespielt, ich stand hinter jedem meiner Worte. Ich brannte für diesen Job und ich wollte ihn unbedingt haben.

»Danke schön.« Mr Rutherford hatte mich einen Moment gemustert.

Seine Kollegin war wenigstens so nett gewesen, mir ein Lächeln zu schenken, während seine Miene wieder so verdammt unlesbar geblieben war. Jetzt aber änderte sich das. Als sich seine Mundwinkel hoben und die Augen einen neuen Ausdruck bekamen, wusste ich, dass ich es nicht ganz so schlecht gemacht hatte.

»Sie haben mich gerade sehr überrascht und auch begeistert, das muss ich zugeben.« Er sah einen Moment zu seiner Begleitung, die nickte und seine Worte bestätigte. »Es freut mich natürlich sehr zu hören, wie Sie von unserem Unternehmen reden und welche Punkte Sie herausgestellt haben, die uns in Ihren Augen zu etwas Besonderem machen. Man hört, dass Sie wissen, wovon Sie sprechen. Und ich mag Ihre Ehrlichkeit. Sagen Sie, Mrs Ferguson, haben Sie sich auf dieses Treffen vorbereitet?«

Ich stutzte kurz, weil mich die Frage überraschte. Natürlich hatte ich das, was dachte er denn? Ich hatte mich sehr gründlich vorbereitet, allerdings auf meine Art. Ich hatte Erfahrungsberichte zu diesen Assessment-Centern gelesen und mir diverse Ratgeber zu Gemüte geführt. Und dann meine Schlüsse daraus gezogen und mich auf meine Weise präpariert. Die Eingangsfrage »Erzählen Sie uns etwas über sich« zum Beispiel hatte ich gründlich bearbeitet und lange daran gefeilt und meinen Text geübt, bis ich ihn flüssig und sicher aufsagen konnte. Anderes jedoch … Nun, anderes hatte ich bewusst nicht gemacht. Einer der besten Tipps, fand ich, den ich zum Umgang mit solchen Assessment-Centern gelesen hatte, kam von einem Kerl, der solche Veranstaltungen seit Jahren von der anderen Seite kannte, weil er sie selbst durchführte. Und der hatte seinen Lesern geraten: *Bereiten Sie sich gar nicht vor. Versuchen Sie erst gar nicht, sich etwas zurechtzulegen oder sogar eine Person zu sein, die Sie nicht sind. Das wird auf die Dauer nicht klappen, und spätestens, wenn Sie den Job haben, fliegen Sie auf. Vertrauen Sie stattdessen darauf, dass man Sie so will, wie Sie sind.* Das entsprach zu hundert Prozent dem, was meine Logik mir geraten hätte, und ich hatte diese Empfehlung nur zu gerne beherzigt. Aber das war vermutlich nicht das, was er hören wollte.

»Natürlich.« Ich lächelte.

»Und wie?«

Himmel, der konnte auch keine Ruhe geben.

»Ich habe mich selbstverständlich noch genauer über das Unternehmen informiert«, berichtete ich, und er wedelte fast ungeduldig mit der Hand. »Ich habe mir auch den Teil mit meinem Werdegang überlegt«, gestand ich, was er ebenfalls nicht allzu spannend fand. »Und«, ich holte tief Luft, »ich habe mir Gedanken gemacht, wer ich bin. Was ich wirklich möchte. Weshalb es für mich so wichtig ist, diesen Job zu bekommen.«

Seine Augen sahen jetzt ein wenig interessierter aus. Vermutlich konnte es ganz schön langweilig sein, solche Befragungen durchzuführen und ständig die gleichen, vorgefertigten Antworten zu hören.

»Und ich habe darüber nachgedacht, wie ich auf Sie wirken will. Welche Seiten ich Ihnen gerne zeigen möchte. Und dass es mir vor allem wichtig ist, dass es am Ende ich bin, die Sie haben wollen. Keine geschönte Version von mir, die Sie später enttäuschen könnte. Ein echter Mensch mit all seinen Stärken und Schwächen.« Ich brach ab und bemerkte, wie er sich vorbeugte. Sein Blick war jetzt derart intensiv, dass ich nicht wegsehen konnte.

»Und Sie beginnen bereits damit, mich dafür zu interessieren, wer Sie wirklich sind. Danke, Mrs Ferguson. Das war ein sehr interessantes Gespräch.«

Ich nickte, lächelte mechanisch und konnte immer noch nicht den Blick von ihm wenden. Seine Stimme klang nun sanft und gleichzeitig verheißungsvoll. Ich hatte eben vermutlich auch ein wenig zu viel Adrenalin abbekommen und mein nicht geplantes Geständnis verwirrte mich zusätzlich. Ich fühlte mich für einen Augenblick nicht wie in einem Vorstellungsgespräch, sondern wie bei einem Date mit einem Kerl, von dem ich hoffte, dass er sich nicht in den ersten fünf Minuten mit einer lahmen Ausrede verabschieden würde. Ich rieb mir mit den Handflächen über meine Schenkel, um mich selbst wieder zur Ruhe zu bringen, und stand zögernd auf.

»Mrs Ferguson«, sprach er mich noch einmal an, ehe ich mich umdrehen konnte. Er hatte den Blickkontakt bis zu diesem Moment nicht abreißen lassen. »Wo sehen Sie sich in fünf Jahren?«

Im Bett mit dir, zuckte es durch meinen Kopf, und ich erschrak beinahe zu Tode. Nein, so etwas hatte ich nicht gedacht und schon gar nicht gemeint. Nach wie vor starrte er mich an. Er kniff dabei leicht ein Auge zusammen und strich sich dann mit seinem Zeigefinger nachdenklich über die Oberlippe, während er auf meine Antwort wartete, was es überhaupt nicht besser machte.

»Ich sehe mich in Ihrem Unternehmen«, erwiderte ich schließlich lahm und lächelte schwach. »Ich weiß nur nicht genau, wo.«

Kapitel 10

Ich brauchte eine Weile, um nach diesem Gespräch wieder zu mir zu kommen und zurück in die andere Aufgabe zu finden, die ich erledigen sollte. Ich beobachtete meine Mitbewerber, als sie aus ihren Interviews zurückkehrten, aber niemand schien so außer Fassung zu sein wie ich. Sie verschafften sich kurz einen Überblick und widmeten sich wieder dem Entwerfen des Logos. Ich dagegen starrte viel zu lange auf meine Notizen und grübelte, ob es gerade gut oder schlecht gelaufen war. Ich ließ mir einige Passagen noch einmal durch den Kopf gehen und überlegte dabei, ob es schlau gewesen war, so ehrlich zu sein. Dann riss ich mich endlich zusammen. Es war gut gewesen, und ich hatte es richtig gemacht. Und nun, nachdem ich bereits großspurig angekündigt hatte, dass ich hier die echte und wahre Ruby zeigen wollte, konnte ich auch endlich damit beginnen, meinen Logoentwurf präsentabel umzusetzen. *Volles Risiko*, hätte Phil gesagt. Ihn hatte ich natürlich im Vorfeld auch zurate gezogen. Er hatte mich darin bestärkt, dass ich mich nicht verstellen sollte.

»Ich habe immer die genommen, bei denen ich das Gefühl hatte, dass sie authentisch rüberkommen. Wenn du das eine Weile machst, erkennst du tatsächlich die ganzen

Standard-Antworten, die es überall in diesen kostenlosen Tipps zu lesen gibt. Weißt du, manchmal geht es gar nicht um die Antwort an sich, als vielmehr darum, was du sonst noch sagst.« Das war sein Tipp gewesen, und daraufhin hatte er mir versichert, dass er mich seinerseits ohne mit der Wimper zu zucken eingestellt hätte. »Und wenn nicht, dann hast du immer noch deinen Job in der Filiale, oder? Den verlierst du ja nicht, wenn du den anderen nicht bekommst. Du bleibst auf alle Fälle das charmanteste *Jola*-Girl der Welt.«

»Und mit den Farben demonstrieren wir, wie agil das Unternehmen ist. Orange wird im Allgemeinen als dynamisch und warm empfunden. Mit dem roten Lippenstift erreichen wir eine Signalwirkung, unterstreichen, was unser Geschäft ist, und versprechen Stärke. Den Schriftzug habe ich bewusst in sehr klaren Lettern gestaltet, damit er gut lesbar ist, auch von Leuten, die das Lesen nicht allzu gut beherrschen.«

Der Mitbewerber, der gerade dabei war, seinen Vorschlag zu präsentieren, lachte, und ich fand, dass es gar nicht sympathisch klang. Herablassend und nicht unbedingt so, als ob er den Durchschnittskunden als besonders intelligent einschätzte. Sein Name war Tom, wie ich mir eingeprägt hatte, als wir uns vorher, zu Beginn der Präsentationsrunde, endlich alle kurz vorstellen sollten.

»Ich habe als Hintergrund Gelb gewählt, die heiterste Farbe, und somit all die positiven Eigenschaften dieser Farbe auf unseren Namen projiziert. Gemeinsam entsteht ein Feuerwerk aus Gelb, Rot und Orange, alles starke Farben, die das Unterbewusstsein ansprechen und unbewusst für uns arbeiten. Orange ist einladend und freundlich, Gelb offen und kommunikativ und Rot ist stark und dynamisch. Perfekt für *Jola*, das Unternehmen, das all dies ist.«

Zufrieden legte er seinen Stift beiseite, mit dem er auf die entsprechenden Stellen gedeutet hatte, und schaute sich um. Er war bereits der Neunte, der hier seinen Entwurf vorstellte, und mir war langsam schlecht. Alle Entwürfe waren recht ähnlich, zeigten ein Kosmetikprodukt, wahlweise eine Parfümflasche oder einen Lippenstift, und »starke, positive Farben, die das Unterbewusstsein verleiten, bei uns einzukaufen«. Keiner hatte das so ausführlich dargelegt wie Tom eben. Bei ihm klang es besonders professionell und sehr überzeugend.

»Danke«, sagte Beau Rutherford und lehnte sich zurück. »Sie scheinen sich sehr gut auszukennen.«

Tom nickte erfreut.

»Wie steht es mit Blau? Welche Wirkung hat diese Farbe auf Sie?«, fragte Rutherford interessiert.

»Blau wird allgemein als eher kühl bewertet«, antwortete Tom sogleich eifrig und stockte plötzlich. Ihm fiel wohl gerade das offizielle Firmenlogo ein. »Gleichzeitig ist Blau natürlich sehr beliebt für seine Ehrlichkeit und Klarheit. Es verspricht Beständigkeit, deshalb wird es so gerne und oft für Logos verwendet.«

»Also Beständigkeit. Das ist gut.« Beau Rutherford rieb sich wieder über seine Oberlippe. »Aber nicht unbedingt etwas, das sich abhebt. Die sichere Nummer.«

»Nun, die hat sich bewährt.« Tom lachte, doch jetzt klang es ein wenig unsicher.

»Danke, Mr Saunders«, sagte unser angehender Chef noch einmal und blätterte in seinen Papieren. »Was denken Sie, meine Damen und Herren?«

Wie zuvor auch war es nun an uns, den Vorschlag zu diskutieren. Tom erntete viel Lob für seine bewusste Farbwahl und ein wenig Kritik, weil das Ganze zu aufgesetzt wäre und eine Spur zu einfallslos. Der Konkurrenzkampf hatte ganz offensichtlich begonnen, und man wollte es den Mitbewerbern nicht zu leicht machen.

»Ich hätte mir etwas Spannenderes als einen Lippenstift gewünscht«, erklärte Mary fest und starrte Tom an. Neben Tom war sie die einprägsamste Mitkandidatin, was nicht nur an ihrer beeindruckenden Erscheinung lag. Wie er schien sie zu glauben, dass man hier kräftig auf den Busch klopfen musste, und strotzte vor Selbstbewusstsein. Sie selbst hatte ein cooles Logo präsentiert und war definitiv die Begabteste von uns allen, was das Zeichnen anging. Sie hatte ein Bild entworfen, in dem eine perfekt gezeichnete, geschwungene Wimperntuschen-Bürste den Buchstaben »J« ersetzte und mit wunderschön gemalten Lettern den Schriftzug in einem kleinen Halbbogen inszeniert. Die übrigen Buchstaben waren weiß gewesen, auf einem blauen Hintergrund, der sich ziemlich an den Originalfarben anlehnte.

»Der Lippenstift ist das präsenteste Make-up-Tool.« Tom grinste. »Er ist das Lieblingshilfsmittel der Engländerinnen, wenn sie sich aufhübschen wollen.«

Wie gesagt, es offenbarte sich bereits, dass wir hier in einer Wettbewerbssituation waren, und alle gingen damit unterschiedlich um. Mary und Tom waren ganz klar der Meinung, dass man den Mentoren ein wenig Hilfestellung geben musste bei der Frage, wer was nicht so gut machte, und dass man wusste, wie man es selbst besser hinbekam. Andere, darunter ich, versuchten, ihre Kritik sachlich zu halten und die guten Seiten zu loben. Auch Charlotte handelte nach dieser Maxime, genauso wie Leo und Andrew. Diese beiden hatten mich angenehm überrascht, weil sie die Zeit nicht dafür genutzt hatten, sich auf Kosten anderer hervorzutun, und dennoch sachlich und fair kritisierten, wenn es angebracht war. Sadie, die Frau mit den beeindruckenden Wangenknochen und den kurzen Haaren, und Daniel, ein recht kleiner blonder Mann, fand ich fast zu still, wohingegen Betty versuchte, ihre Kompetenz dadurch zu beweisen, dass sie ständig auf ihre Erfahrungen hinwies. Sie machte kaum eine Bemerkung, in der sie nicht Parallelen zu einem Praktikum, einem Volontariat oder einer Vorlesung zog. Ich fand das recht anstrengend und auch ein wenig übertrieben angesichts ihres Alters. Den Letzten in der Runde, einen attraktiven Kerl namens Ryan, konnte ich noch immer nicht wirklich einschätzen. Größtenteils war er fair, doch dann rutschten ihm Bemerkungen heraus, die beinahe Toms Niveau erreichten. Er schien noch zu sondieren, wer ihm wirklich gefährlich werden konnte, und hatte Tom und Mary besonders scharf angegriffen.

Nun, ich würde mich auch weiterhin an das halten, was man mir beigebracht hatte. *Behandle andere immer so, wie du selbst behandelt werden willst*, hörte ich meine Mutter sagen. Und ich hoffte schwer, dass ich gleich nicht in der Luft zerrissen wurde für meinen, nun ja, gänzlich anderen Ansatz.

Als auch die übrigen sich geäußert hatten – es war keine Option, nichts zu sagen, und die vier Prüfer machten sich dabei stets Notizen, wenn man seine Meinung kundtat –, raschelte Beau Rutherford noch einmal in seinen Unterlagen herum.

»Dann fehlt nur noch … Mrs Ferguson. Bitte, wir sind gespannt.«

»Ich bin ein wenig anders an die Aufgabe herangegangen«, begann ich meine Präsentation und versuchte ein Lächeln. »Ich habe mir überlegt, wer unsere Kunden sind, aber auch, was mich persönlich ansprechen würde. Menschen wie mich, die sich nach einem harten Tag etwas Schönes gönnen wollen.« Ich registrierte, wie sich alle vier Mentoren etwas aufrichteten und interessiert zu mir hersahen. Tom hingegen verschränkte die Arme, ließ sich entspannt auf seinem Stuhl zurücksinken und ein unangenehmes Lächeln über sein Gesicht huschen.

»Ich stelle mir vor, wie ich nach einem langen Tag erschöpft die Straße entlanggehe. Vielleicht gab es heute Probleme mit meinem Chef, oder die Kinder haben sich in der Schule nicht benommen. Möglicherweise wurde ich für etwas verantwortlich gemacht, was ich nicht verschuldet habe, und bin deswegen schlecht gelaunt und bräuchte eine Aufmunterung. In so einem Moment biege ich um die Ecke und sehe *Jola*.« Ich drehte mein Plakat um und hörte das Raunen und leider auch das Kichern meiner Zuschauer.

Ich hatte mich für ein sicherlich recht gewagtes Logo entschieden. Es war quadratisch und hatte einen gestreiften Hintergrund, weiß und ein dunkles Pink. Softberry, ähnlich wie unser Staubsauger. Darauf hatte ich, nicht gerade kunstfertig, eine weiße Tasche platziert, die ich aus Karton ausgeschnitten hatte und der ich verzweifelt den Look einer Korbtasche hatte verpassen wollen. Genau diese Art Tasche, die man sich lässig über die Schulter hängte, um an den Strand zu spazieren, und die für mich der Inbegriff von Entspannung und Laisser-faire war. In demselben Pinkton wie der Hintergrund und in einer leicht geschwungenen Schrift, die leider nicht annähernd so gut gelungen war wie Marys, prangte darauf der Schriftzug des Ladens.

»Ich weiß, ich bin nicht wirklich gut im Zeichnen«, gestand ich und lächelte entschuldigend. »Ich hoffe, diese zauberhafte Korbtasche ist für alle zu erkennen. Sie ist natürlich mein Hinweis darauf, dass es bei uns mehr zu kaufen gibt als das klassische Parfümeriesortiment, denn wie ich weiß, machen die Aktionswaren einen sehr stabilen und nicht zu vernachlässigenden Anteil am Umsatz aus. Der gestreifte Hintergrund erinnert an eine Markise, wie sie früher an kleinen Läden angebracht war. Sie ist eine Verbindung zu den Anfängen, dem kleinen Einzelhandel, der die Geburtsstätte des Unternehmens war. Gleichzeitig vermittelt sie ein heimeliges Gefühl, steht für Ordnung und Wohlbefinden und die heile Welt, nach der wir uns alle manchmal sehnen. Und die es noch gab, als wir früher unter genau so einer Markise ein Eis bekamen und damit alles Glück der Welt in unseren Händen hielten.« Ich brach ab und blickte in die Runde. Charlotte wirkte ehrlich angetan, aber auf Toms und Marys Gesicht spiegelte sich ein Grinsen, das mir nicht gefiel.

»Das ist eine interessante Sicht.« Beau Rutherford nickte wieder einmal und ließ nicht erkennen, was er wirklich dachte. »Ich bin gespannt auf Ihre Meinungen.«

Charlotte war die Erste, und sie fand, dass ich meine Aufgabe gut gelöst hätte.

»Mir würde es Freude bereiten, hier einzukaufen. Ich würde gerne dort hineingehen und mich verstanden und willkommen fühlen. Es ist, wie Ruby sagt: Wir bieten damit eine Flucht in eine heile Welt, die wir manchmal dringend brauchen«, meinte sie und lächelte mir zu.

Auch die anderen lobten meine Überlegungen, gaben teilweise zu, dass es ihnen zwar nicht zusage, sie das Gesamtkonzept jedoch stimmig fänden. Sie mochten das eine oder andere Detail und hoben es lobend hervor. Es war ähnlich wie bei den anderen. Schließlich kam die Reihe an Mary.

Sie fand das Logo *niedlich* und die Farben *überraschend*. Die Idee mit der Markise war ihr zu weit hergeholt und erinnerte sie eher an eine Candy-Bar als an eine Parfümerie, und ihrer Meinung nach sollte ich noch einmal über meine Geschlechterdefinition – an dieser Stelle zwinkerte sie mir scheinheilig zu – nachdenken, weil ich mit meiner *mädchenhaften Farbwahl* indirekt unterstellen würde, dass nur Frauen bei uns einkauften und ich die Männer ganz außen vor ließe. Sie schaffte es, alles einigermaßen nett klingen zu lassen und mir dennoch mit jedem Wort ihren Spott entgegenzuschleudern. Dann endlich durfte Tom seine Meinung kundtun, und ich spürte, dass er es kaum erwarten konnte.

»Das Ganze erinnert mich an den Kaufladen, den ich meiner süßen, fünfjährigen Nichte letztes Jahr zu Weihnachten geschenkt habe«, startete er sein Kritikplädoyer und setzte sich bequemer zurecht. »Und ich gebe Mary recht, es bedient natürlich auch genau dieses Klischee und ignoriert mein Geschlecht komplett.« Er zupfte seine Krawatte zurecht, und ich zwang meinen Mund zu einem Lächeln, obwohl ich viel lieber mal eben hinübermarschiert wäre und ihm einen saftigen Tritt gegen sein tolles, von mir angeblich ignoriertes Schienbein verpasst hätte. »In der Realität denke ich allerdings, dass solch ein Konzept«, er wischte mit der Hand, »eher zu eindimensional ist. Wir verkaufen schöne Dinge, aber wir tun das doch mit mehr Ernsthaftigkeit als meine Nichte in ihrem Laden.« Er lachte übertrieben. »Die Farbe ist zudem ein wenig eigenwillig. Rosa steht nicht unbedingt für Professionalität und wirkt einigermaßen naiv. Bestimmt eine gute Farbe für kleine Prinzessinnen, aber ganz sicher nichts für Frauen, die mitten im Leben stehen und unsere Kundinnen sind.« Er lächelte, und ich beherrschte mich mühsam. Was für ein arroganter Blödmann! »Nun ist es aber auf der anderen Seite dein Logo, Ruby, und wenn ich es so betrachte, dann muss ich sagen: Gut gemacht. Es passt perfekt.«

Ich sah, wie sich die Augenbrauen von Beau Rutherford amüsiert hoben und er seinen Blick zu mir wandern ließ. Ich las darin die Aufforderung, dass ich mich jetzt äußern durfte, und atmete einmal tief durch.

»Danke, Tom. Es freut mich, dass du mich darin erkennst. Darum ging es ja, nicht wahr? Unsere Persönlichkeit und unsere Sicht auszudrücken. Und ich bin froh, dass du die Farbe hervorgehoben hast. Zufällig las ich erst neulich, dass Rosatöne einen großen Zuwachs in ihrer Beliebtheit erfahren. Sie vermitteln Sicherheit, man spricht in diesem Zusammenhang sogar von einem Cool-down-Effekt. Mehr noch, wo ihre große Schwester, die Farbe Rot, oftmals Angstgefühle auslöst und Fluchtreaktionen in Gang setzt, verzeichnete man bei der Mischfarbe eher, dass sie die Menschen mit ihrer Herzlichkeit einnehmen kann.«

Ich sah ihn mit erhobenem Kopf an. Das alles hatte ich in der Tat erst neulich gelesen. Nun gut, es ging dabei um die Wahl des richtigen Nagellacks bei einem ersten Date und dass man da besser auf ein gedecktes Pink setzen sollte als auf ein aggressives Rot, weil es die Laune hebt und nicht so selbstbewusst wirkt, dass der Kerl direkt Angst bekommt, man könnte stärker sein als er. Aber das musste ich ja nicht laut verkünden. Ich schaute einen Moment auf meine eigenen Nägel herab, die ich im Zuge dessen für heute ebenfalls in einem schönen, überhaupt nicht billig wirkenden Himbeerrosé lackiert hatte, passend zum Lippenstift. Es stimmte, stellte ich fest, ich fühlte mich sofort ruhiger und sicherer.

Ich hob den Blick wieder und spähte von Tom zu Mr Rutherford, der mich einmal mehr fixierte. Seine Augen waren schwer zu lesen, aber auf seinem Gesicht lag ein anerkennendes Lächeln.

»Gut gemacht, Mrs Ferguson.« Kurzzeitig verstärkte sich sein Lächeln, und dann brach er den Blickkontakt ab. Einen Moment fühlte es sich so an, als wäre die Temperatur im Raum mit einem Schlag um mindestens fünf Grad gesunken, und ich blinzelte kurz.

»Sie alle haben es gut gemacht und uns sehr interessante Ideen und Einblicke geboten. Ich denke«, er sah auf seine Armbanduhr und schaute dann wieder auf, »Sie sind sicherlich ebenso hungrig wie wir. In einer halben Stunde wird es Essen geben. Wir treffen uns im Restaurant, ein Tisch ist reserviert. Die Zeit reicht Ihnen hoffentlich, um sich davor zu erfrischen und ein wenig legerer zu kleiden. Sie alle haben den ersten Tag gut gemeistert, und nun sollten wir uns ein wenig entspannen, ehe es morgen früh um acht hier weitergeht.«

Kapitel 11

Meine Gedanken rasten, als ich die Treppe hinaufspurtete. Und sie hatten nichts damit zu tun, welche Reaktionen ich gerade auf meine Präsentation bekommen hatte. Ich dachte vielmehr darüber nach, was man hier wohl unter »legerer kleiden« verstand. Ich hatte gedacht, dass wir direkt zum Essen gehen und uns nicht vorher umziehen würden. Natürlich hatte ich ein Kleid dabei, für den Fall, dass wir abends ausgehen würden, aber bei der Auswahl dessen hatte niemand explizit »leger« gesagt. Es war eher nach dem Motto: »Wir gehen essen, also brezeln Sie sich alle mächtig auf.«

Ich dachte nach und entschied, als ich eben im fünften Stock aus dem Treppenhaus trat, dass ich es nicht anziehen würde. Zum Glück hatte Pen, die Gute, mich dazu überredet, auch für diesen Fall etwas mitzunehmen. Sie hatte bei der Gelegenheit wieder versucht, mir etwas von ihren eigenen Kleidern unterzujubeln, doch ich hatte dankend abgelehnt und meine eigenen Klamotten eingepackt. Und die ging ich jetzt fix durch und entschied spontan, dass ich gar keine andere Wahl hatte, als die rosafarbenen Chinos mit der weißen, weiten Hemdbluse zu tragen. Das war ich Tom und mir geradezu schuldig, fand ich. Und zudem war die Hose extrem erwachsen geschnitten, mit Bügelfalte und etwas Weite an den Oberschenkeln, sodass selbst Pen sie abnicken würde. Und sie passte zu meinen Fingernägeln. Wenn das auch allen anderen egal sein würde, mir zumindest war es das nicht.

Ich stellte schnell fest, dass sich nicht alle so fest an die Vorgaben hielten wie ich. Die Männer hatten unter leger überwiegend verstanden, einfach das Sakko auszuziehen. Sie trugen aber weiterhin ihre Anzughosen und Hemden. Tom hatte das Modell gewechselt und nun statt des weißen Hemdes eines mit blauen Streifen auf weißem Grund angezogen. *Die Firmenfarben, dieser Schleimer*, dachte ich. Zwei ganz Verwegene, Andrew und Leo, hatten die Krawatten ausgezogen und den obersten Hemdknopf geöffnet. Ich sah genauer hin und musste grinsen. Leo hatte nicht nur den Knopf geöffnet, er hatte tatsächlich ein anderes Hemd an, und zwar ein zart rosafarbenes. Augenblicklich war er mir noch sympathischer, als er es den ganzen Tag schon gewesen war.

Meine Geschlechtsgenossinnen hatten leger ebenfalls sehr unterschiedlich interpretiert. Charlotte trug eine schwarze Jeans mit einer weißen Bluse, allerdings sehr viel klassischer als ich. Sie hatte sie sauber in den Bund der Hose gesteckt und das ganze Outfit wirkte sehr formell. Ich hingegen hatte mein Hemd, das ein wenig so aussah, als hätte ich es eben aus dem Schrank meines sehr viel größeren und breiter gebauten Freundes gezogen, nur vorne in den Bund meiner Hose gesteckt. Hinten hing es lässig heraus und wirkte dadurch deutlich weniger korrekt als Charlottes Look. Auch Betty und Sadie gingen auf Nummer sicher und hatten sich für eine abgewandelte Form des Businesslooks entschieden, hatten die strengen Kostümröcke gegen gut sitzende Hosen eingetauscht und waren alles in allem den gedeckten Farben treu geblieben.

Betty hatte den strengen Dutt gelöst und trug ihre Haare nun zu einem tiefen, lockigen Zopf gebunden.

In dem Moment erschien Mary als Letzte und ich wusste augenblicklich, dass sie diesen Auftritt sehr gut geplant hatte. Alle wandten sich zu ihr um, niemand verpasste diesen Anblick. Sie hatte ihr elegantes Kostüm ausgezogen und trug nun einen Jeansrock, aber einen, wie ich ihn noch nie gesehen hatte. Er war geschnitten wie ein Bleistiftrock und aus einem weichen, elastischen Stoff gefertigt, der sich perfekt um ihre Kurven schmiegte. Selbst aus der Entfernung konnte ich erkennen, dass dies ein sehr exklusives Teil sein musste und einen geradezu aufforderte, über den Stoff zu streichen, um seine besondere Textur zu erspüren. Dazu hatte sie eine weiße Seidenbluse gewählt, die lässig geschnitten war und sich dennoch perfekt um ihren Körper herum ergoss. Die Schluppe war nachlässig gebunden, seitlich, um den Blick auf das Dekolleté nicht zu verbergen. Auch sie hatte ihren strengen Dutt gelöst und trug nun eine sehr messy inspirierte, tief sitzende Variante davon. Ein paar Strähnen hatten sich daraus gelöst und umspielten schmeichelhaft ihr Gesicht. Und auf der Nase trug sie eine strenge, schwarze Brille.

»Sorry, die Kontaktlinsen. Es tut so gut, die herauszunehmen«, sagte sie lächelnd, und ich war mir sicher, dass sie sie nicht deshalb entfernt hatte. Wenn sie überhaupt welche trug. Sie wusste nur zu genau, wie das Gesamtprodukt wirkte. Ich konnte förmlich hören, wie sich die Speichelproduktion beim männlichen Teil der Anwesenden auf einen Schlag verdoppelte. Mindestens.

»Dann sind wir vollzählig«, sagte Beau Rutherford endlich. Auch er hatte einen Moment zu lange gebraucht, um den Blick zu lösen, und sofort fühlten wir anderen uns wie Aschenputtel. »Folgen Sie mir bitte.«

Beim Essen saß ich bei Charlotte und Leo. Das war gut und ich spürte, dass ich mich bei ihnen ein wenig entspannen konnte. Nicht zuletzt Marys Auftritt hatte mir wieder demonstriert, dass es hier in jeder Sekunde darum ging herauszustechen, besser und schöner zu sein als die anderen, möglichst viel Aufmerksamkeit zu ernten. Sie hatte sich findig einen Platz neben Beau Rutherford gesichert und ihr Lachen perlte bis zu uns ans andere Tischende herab. Neben mir saß Mrs McIness, die sich unaufdringlich an unserem Gespräch beteiligte. Die Mentoren hatten recht geschickt ihre Plätze belegt, immer so, dass jeder von uns einen in Gesprächsweite hatte. Und auch wenn sie sich jetzt mit uns ganz entspannt über Charlottes Leidenschaft, die Londoner Museenwelt, unterhielt, war es doch ein wenig anstrengend. Zumal ich zu diesem Thema nicht wirklich viel beitragen konnte. Aber als die Sprache auf moderne Kunst kam und wir diskutierten, ob Graffiti eben das oder schlicht Schmiererei wäre, war ich wieder dabei. Unsere Schule hatte einmal im Rahmen einer Projektwoche einen Kurs dazu angeboten, und ich hatte es superspannend gefunden, wie viel Überlegung und Handwerk darin steckte.

»Und dieser Banksy. Der ist doch voll der Star, oder? Ich meine, der sprüht was auf eine Wand und zack, alle rennen los und sofort wird eine Schutzscheibe davor angebracht. Und zu Recht, denn was der da fabriziert, das ist schon ziemlich cool, oder?« Damit hatte ich es geschafft, das Thema so zurechtzubiegen, dass ich wieder mitreden konnte, und wir hatten eine lebhafte Diskussion. Es stellte sich heraus, dass Leo eines seiner Werke schon in echt gesehen hatte. Er bestätigte, dass sie unglaublich gut gemacht seien und der Hausbesitzer sich die Hände riebe, weil nun ein Kunstwerk an seiner Fassade prangte.

»Nur leider ist es etwas schwierig abzunehmen und zu verkaufen, wenn ein Notfall eintritt«, gab ich zu bedenken.

»Dann verkaufst du eben das ganze Haus. Mich beeindruckt viel mehr, wie er es immer wieder schafft, das so schnell fertigzustellen, dass er nie dabei erwischt wird.«

Das Thema trug uns durch den gesamten Hauptgang.

»Es kommt nicht selten vor, dass ein Stück Haus mit seiner Kunst herausgelöst wird«, erklärte mir Mrs McIness gerade. »Und dann wird es für horrende Summen verkauft.«

»Und wer bekommt das Geld?«

»Der, dem das Haus gehört.«

»Und genau da verstehe ich das alles nicht. Ich meine, der Typ ist ein Genie. Talentiert, ohne Frage. Aber wovon lebt er?«

»Das ist in der Tat nicht ganz einfach zu beantworten.« Sie legte das Besteck zur Seite. »Er verkauft manchmal etwas. Bei irgendwelchen Auktionen, bei denen er unerkannt bleibt. Da gab es einmal einen Verkauf, bei dem er jedes seiner Bilder für sechzig Dollar das Stück veräußert hat. Niemand ahnte, dass es Originale sind. Später hat er dann bekannt gegeben, wer zu der und der Zeit an diesem Ort etwas gekauft hätte, besäße jetzt einen echten Banksy.«

»Aber davon kann ja auch keiner leben.«

»Nun, er hat Rechte an den Bildern. Er stellt Poster her oder Postkarten. Er arbeitet mit Agenturen und so. Ich weiß es nicht ganz genau, aber offenbar kann man sehr gut davon leben. Man muss nur genügend Durchhaltevermögen haben, um an diesen Punkt zu gelangen, an dem das irgendwie klappt.«

Ich seufzte. »Durchhaltevermögen. Was auch sonst?«

»Sie scheinen in dieser Hinsicht auch einiges aufbieten zu können.« Aus dem Nichts war Beau Rutherford hinter uns aufgetaucht und lächelte in die Runde. »Sie interessieren sich für Kunst?«

»Schon«, erwiderte ich unverbindlich. »Aber Mrs McIness versteht es auch, sehr interessant darüber zu plaudern.«

Ich sah, wie er ihr einen Blick zuwarf und sie sofort aufstand.

»Leider weiß ich viel zu wenig darüber. Aber Mr Rutherford kann Ihnen bestimmt noch viel mehr dazu sagen. Ich sitze auch bereits viel zu lange hier und genieße Ihre Gesellschaft.« Sie sah uns der Reihe nach an. »Ich wollte mich auch noch mit den anderen unterhalten. Viel Vergnügen weiterhin.«

Sie verschwand, und ohne Umschweife ließ sich Beau Rutherford auf ihrem Platz nieder. Er hatte seine eigenen Worte am besten umgesetzt und trug eine Jeans mit einem schmal geschnittenen Pulli. Er sah wieder mehr aus wie der Mann, den ich als Kunden bedient hatte. Leider unverschämt gut. Himmel, wie konnte ein Mann, der so aussah, auch noch Beau heißen? Das war echt fast zu viel.

»Das Thema Banksy«, sagte er entspannt, »zeigt recht gut, dass Marktwirtschaft auf die unterschiedlichsten Weisen funktioniert. Das erste Gebot ist, überhaupt einen Marktwert zu schaffen. Begehrlichkeiten zu wecken.«

Er blickte mich an und ich nickte mechanisch. Ich tat gerade alles, um genau das nicht zu tun, denn das wäre der Anfang vom Ende. Wenn ich zuließ, dass ich für diesen Mann irgendeine Art der Begehrlichkeit entwickelte, die über einen Job hinausging, dann hatte ich keine Chance. Ich konnte nicht überzeugend und lässig agieren, wenn mein Herz sich jedes Mal zusammenzog, nur weil er den Raum betrat.

»Er hat sich natürlich im Hintergrund ein Geschäftsmodell aufgebaut. Er hat Mitarbeiter, die seine Interessen vertreten. Er verkauft Werke, er beschäftigt einen Agenten, hat Ausstellungen. Nebenbei hat er einen Bestseller geschrieben, der sich um Kunst dreht, und einen Film gemacht, der sogar eine Oscarnominierung erhalten hat.«

»Das ist sehr spannend«, kommentierte ich und kam mir selbst superlangweilig vor.

»Das ist es in der Tat«, versicherte mir Beau Rutherford und lehnte sich zurück. »Ich liebe Kunst. Ich bin in einem Haus groß geworden, in dem immer Kunst zu finden war. Sie ist ein idealer Ausgleich zur Arbeit.« Er beugte sich wieder vor. »Man muss nur die richtige Art für sich entdecken.«

Kapitel 12

Es war anstrengender, als man denken sollte, sich mit Beau Rutherford zu unterhalten. Ich meine, er war ein charmanter Mann, der die Kunst beherrschte, ein wenig Konversation zu machen. Er tat sein Bestes, um uns nicht das Gefühl zu geben, immer noch in einer Prüfung zu sein. Doch er hatte diese Augen, diesen Blick, der sich an einem festsaugte und dir bewusst machte, dass man eben doch geprüft wurde. Es war eine seltsame Situation, die mich fast mehr stresste als am Tag. Zudem hatte man am Tag mehr mit den gestellten Aufgaben zu tun, konnte sich darauf konzentrieren. Jetzt lenkte mich nichts davon ab, dauernd festzustellen, wie anziehend dieser Mann auf mich wirkte. Und das war völlig verrückt, denn er war ein ganz anderer Typ als Scott.

Scott hatte ich von Anfang an durchschauen können, er war wie ein offenes Buch gewesen und hatte auch gar kein Interesse gehabt, anders zu sein. Ich wusste vom ersten Wort an, dass er mich mochte und alles dafür tat, dass auch ich ihn gut fand. Bei diesem Mann hier war ich mir nicht so sicher. Ich hatte teilweise das Gefühl, dass er mich sehr mochte, dann dachte ich wieder, dass er sich heimlich über mich amüsierte. Er war nett und witzig, aber plötzlich wieder fast verschlossen, distanziert und kühl. Es war nicht leicht. Ich war wirklich froh, dass Leo mit der ganzen Situation weit weniger Schwierigkeiten zu haben schien. Was ja auch keine Kunst war, immerhin fiel bei ihm die sexuelle Anziehungskraft weg. Ich kniff mich selbst ziemlich heftig in meinen Oberschenkel, als ich bemerkte, dass ich die Begriffe »Beau Rutherford« und »sexuelle Anziehungskraft« gerade in einem Atemzug – oder besser Gedankengang – benutzt hatte. Ich musste einen Weg finden, das wieder abzustellen, sonst konnte ich gleich meinen Koffer packen.

Letztendlich bot mir der gute Rutherford selbst eine Möglichkeit, mich wieder ein wenig zur Vernunft zu bringen. Ich hatte mir mit zunehmendem Abend und je länger er bei uns blieb, obwohl seine Kollegen mittlerweile bereits wieder die Plätze getauscht hatten, immer mehr eingeredet, dass sein Interesse an mir ein anderes wäre als an den anderen. Auf Charlotte blieben seine Augen nie so lange haften, bei ihr machte er auch keine so aussagekräftigen Pausen. Ich war inzwischen so weit, mir einzureden, dass ich ihn heute mehr hatte beeindrucken können als die übrigen, dass er sich mehr für mich als Person interessierte. Ich sage das bewusst, denn ich hatte zu keinem Zeitpunkt den Eindruck, sein Interesse gälte mir als Frau. Dass er mich eventuell ebenso anziehend finden könnte, wie ich es bei ihm fast tat. Nun ja, wie auch immer, ich machte mir Hoffnungen, dass ich mich bisher nicht schlecht geschlagen hatte und zumindest noch im Rennen war.

Und dann kam Mary zu uns. Sie zog sich umstandslos einen Stuhl heran, schob ihn zwischen Leo und Charlotte und saß damit jetzt mir und ihm gegenüber. Sie begann, unbefangen zu plaudern und zu lachen und das Gespräch ein ganz klein wenig zu dominieren. Sie hatte Sport als Thema ausgerufen, etwas, das anscheinend ihre ganze Freizeit beherrschte und zu dem ich nicht allzu viel beitragen konnte. Auch Charlotte war alles andere als sportlich und wurde wieder zunehmend stiller.

»Meine Mutter hat mich als Kind ins Ballett geschickt. Ich hasste es, aber heute bin ich ihr dankbar. Man lernt Disziplin und Körperbeherrschung.« Sie warf Charlotte einen Blick zu, die zusammengesunken dasaß und sie anstarrte. »Das vergisst man nie wieder. Immer aufrecht, und wenn es noch so wehtut. Und lächeln, selbst wenn deine Zehen dich umbringen. Was machen Sie, Mr Rutherford? Sie treiben auch Sport, oder?«

»Ski fahren«, bestätigte er.

»Ich liebe das Skifahren«, juchzte sie und strahlte ihn an. »Am liebsten im Tiefschnee, aber das kann man halt nicht immer haben. Doch am allerliebsten …«, sie beugte sich kurz vor und fixierte ihn. »Am allerliebsten reite ich.« Lässig lehnte sie sich wieder zurück, ohne den Blick vom ihm zu nehmen.

Ich hielt einen Moment die Luft an. Wie machte sie das nur? Da saß sie und lächelte unschuldig, gleichzeitig schaffte sie es, diesen harmlosen Satz ganz anders klingen zu lassen. Es wirkte verrucht und ich war mir sicher, dass nicht nur ich plötzlich alle möglichen schmutzigen Gedanken hatte. Und Mary lächelte weiterhin unbefangen und sah gleichzeitig aus wie der fleischgewordene Männertraum einer Sekretärin, die es nicht erwarten konnte, zum Diktat gebeten zu werden.

Ich konnte nicht anders, ich musste einen Blick auf Beau Rutherford riskieren. Und ich sah gerade noch, wie sich seine Augen einen Moment verdunkelten, ehe er sich wieder im Griff hatte. Das schwächte meine Begeisterung für ihn doch ein wenig ab. Kerle! Man musste lediglich die richtigen Reize setzen und sie reagierten alle gleich. Auch wenn sie sich bemühten, wie er das gerade tat, gab es doch stets diesen winzigen Moment, in dem die Kontrolle noch nicht da war und sie einfach von ihren Trieben übermannt wurden.

»Was treibst du denn, Ruby?«, wandte sie sich an mich und lächelte wieder süßlich. »Bei deiner Figur machst du doch sicherlich auch etwas, oder?«

Nun, ich stieg jede Treppe zu Fuß und ich arbeitete im Laden. Wir waren viel auf den Beinen, füllten Regale nach, holten Nachschub im Lager. Aber das war nichts, womit ich sie beeindrucken konnte.

»Yoga«, log ich deshalb ins Blaue hinein.

»Das habe ich auch mal gemacht. Früher«, kommentierte sie und ließ erahnen, dass das hieß, ehe es jeder Normalsterbliche für sich entdeckt hatte.

»Ich mache ebenfalls Yoga«, sprang mir Leo nun zur Seite. »Es ist das Beste, was du deinem Körper antun kannst, gerade wenn du den ganzen Tag am PC sitzt. Welche Stellung magst du am liebsten?«

Ich war in Gedanken noch bei Mary und ihren kleinen Anspielungen, bei Beau, der nun wieder mich mit seinen Augen fixierte, die einfach verboten gehörten, und dachte: *Oben.* Da bemerkte ich, wie Leo mich musterte und auf meine Antwort wartete.

»Den Krieger«, antwortete ich spontan. Keine Ahnung, ob das eine gute Wahl war oder nicht, aber ich hatte gehört, dass es den gab. Und im Moment fühlte ich mich recht kriegerisch, also passte es.

»Süße, vielleicht solltest du langsam ernsthaft darüber nachdenken, dir einen Kerl zu suchen. Was du da erzählst, klingt nach akutem Notstand und passt so gar nicht zu dir.« Maisie kicherte und stieß Pen in die Seite. »Oder?«

»Zumindest kennen wir dich nicht so. Wo ist die Frau, die keine Zeit hat für Beziehungen und Gefühle und so konsequent ihr Ziel verfolgt? Und vor allem: Wo kommen denn plötzlich deine ganzen schmutzigen Gedanken her?« Pen beugte sich feixend vor und einen Moment konnte ich beinahe in ihre Nase sehen.

»Hey, könntet ihr bitte einmal daran denken, dass ich mich in einer extremen Stresssituation befinde? Ich habe euch nicht angerufen, um mich jetzt auch noch fertigmachen zu lassen!«

Wir hatten vereinbart, dass ich mich abends melden und berichten würde, wie der erste Tag gewesen war. Ich lag gerade bäuchlings auf meinem bequemen Hotelbett und hatte das Handy an meine Handtasche gelehnt, um ausführlich per Videotelefon mit meinen Freundinnen den Tag zu besprechen. Und obwohl es genug Eindrücke und Geschichten gab, die ich weitertratschen konnte, war der Abend irgendwie in den Vordergrund gerückt, und ich hatte nicht verhindern können, dass ich mich viel zu sehr über Mary und Beau aufgeregt hatte. Natürlich war es den beiden nicht entgangen, dass mein Hauptaugenmerk dabei auf Rutherford lag, und sie waren voll auf das Thema angesprungen. Und anstatt mir zu helfen, den Kopf freizubekommen, stopften sie nun noch mehr überflüssige Gedanken hinein.

»Du bist schon viel zu lange ohne Kerl. Aber ich verstehe dein Problem.« Pen versuchte immerhin, ernst zu sein.

»Ich habe kein Problem. Außer vielleicht, dass ich nicht genügend Klamotten mithabe.«

»Quatsch. Du besitzt kein Sexy-Sekretärinnen-Outfit, und das ist gut so. Du hast doch hoffentlich nicht heimlich einen deiner kurzen Röcke eingepackt?«

»Nein, Mum«, sagte ich und verzog den Mund.

Pen grinste. »Gut. Denn du bist nicht auf einer Singlebörse, sondern bei einem Bewerbungsgespräch.«

»Das ist mir bewusst. Und ich habe auch gar kein Interesse …«

»Klar hast du«, unterbrach mich Maisie. »Und meiner Meinung nach ist das nicht nur gut, sondern überfällig. Wie lange bist du jetzt schon Single? Fünf Jahre? Sechs?«

Ich antwortete nicht.

»Ruby, es wird langsam Zeit, mit Scott abzuschließen.« Pens Stimme klang sanft.

»Im Moment habe ich andere Sorgen, und ihr seid nicht gerade hilfreich.«

»Wenn du meinen Rat früher befolgt hättest, wärst du jetzt nicht in diesen Schwierigkeiten. Du hättest einen anderen Kerl oder wenigstens einen gehabt und wärst nicht so ausgehungert, dass du dich Hals über Kopf in diesen Beau verliebst. Was ist das überhaupt für ein Name?«

»Das ist französisch«, erklärte ich dämlich, um nicht auf das andere eingehen zu müssen.

»Das weiß ich, und es klingt doch etwas affig.«

»Tut es nicht. Ich finde, es klingt sehr schön und …« Passt, hätte ich hinzufügen können. Beau, der Schöne. »Und überhaupt habe ich mich nicht verliebt. Er …« Ich seufzte, dann holte ich tief Luft. »Er setzt mir zu, irgendwie. Ich kann ihn nicht einschätzen. Und mein ganzes Leben hängt von diesem Mann ab.«

»Du wirst theatralisch«, warf Pen mir trocken vor. »Dieser Job hängt von ihm ab. Und du solltest dir vielleicht noch einmal überlegen, ob er wirklich der Richtige für dich ist. Dieser Job, meine ich. Wenn du gleich nach einem Tag in seiner Gesellschaft so durchdrehst, wie wird das dann erst, wenn ihr zusammenarbeitet?«

»Ich würde ja nicht mit ihm arbeiten. Im echten Leben wäre ich draußen und würde ihn vermutlich nie sehen. Und du weißt, dass ich diesen Job wirklich will.«

»In dem Fall solltest du dringend deine Fantasie in den Griff bekommen. Und sobald du wieder hier bist, werden wir ausgehen und einen Typen für dich suchen. Einen, der dir hilft, wieder nach vorne zu blicken und die Vergangenheit endlich dort zu lassen, wo sie hingehört. Und der deinen Notstand behebt«, fügte sie grinsend hinzu.

Ich streckte ihr die Zunge heraus und legte auf. Mein Notstand ging niemanden etwas an und war sowieso nur in ihren schmutzigen Gedanken existent.

Kapitel 13

Am nächsten Morgen wurden wir mit dem beruhigenden Hinweis empfangen, dass uns heute ein voller Tag bevorstünde. Wir sollten also das Frühstücksbuffet nutzen und unsere Energiereserven auffüllen, wie Mr Potter uns riet, denn heute würden die grauen Zellen gut beschäftigt werden.

Anders als gestern Abend hatten sich die Mentoren alleine an einen Tisch zurückgezogen. Ich saß wieder bei Leo und Charlotte. Am Tisch nebenan unterhielten sich Tom und Mary selbstbewusst darüber, dass heute wohl die Intelligenztests anstehen würden.

»Ich habe bestimmt fünfzig davon gemacht, zur Vorbereitung. Ich denke nicht, dass die mich überraschen können«, prahlte Tom selbstsicher. »Und natürlich auch den ganzen anderen Kram. Beim Persönlichkeitstest kommt es darauf an, dass du ganz genau weißt, wie du dich in einer bestimmten Situation einschätzen musst, um am Ende zu dem Ergebnis zu kommen, das am besten ist.«

»Geht es bei diesen Persönlichkeitstests nicht eher darum herauszufinden, wer du bist, als darum, die Antworten zu geben, die zu dem passen, der du zu sein vorgaukelst?«, fragte ich Leo und Charlotte leise.

Leo schüttelte den Kopf. »Die sind nicht dumm. Meinst du, die merken das nicht? Der erste Tipp in nahezu jedem Ratgeber, den ich gelesen habe, war: ›Versuchen Sie nicht, eine andere Person zu sein.‹«

»Ganz genau«, ereiferte ich mich.

»Lass ihn. Ich hoffe, sie merken es. Ganz unter uns, er wäre nicht gerade mein Wunschkandidat, um mit ihm gemeinsam diese Ausbildung zu machen.« Leo widmete sich wieder seinem Frühstücksei.

»Und dennoch wird er dabei sein«, prophezeite Charlotte düster. »Diese Typen schaffen es doch immer, oder?«

»Ich weiß nicht«, überlegte ich bedächtig. »Aber vermutlich hast du recht.«

»Ich glaube, ihr beide solltet ein wenig mehr Vertrauen zu unseren Mentoren haben. Die sind nicht dumm, und die machen das nicht erst seit gestern. Und ganz besonders er«, Leos Kopf ruckte fast unmerklich in Richtung Beau Rutherford, der sich eben seinen Teller ein zweites Mal gefüllt hatte und mit zügigem Schritt an seinen Tisch zurückging. »Habt ihr das gestern nicht bemerkt?«

»Was denn?«, fragte ich und sah ihn an.

»Na, die gute Mary.«

Ich nickte grimmig. O ja, und wie ich das bemerkt hatte.

»Da hat sie sich ein wenig zu weit nach vorn gewagt, würde ich behaupten.«

»Wie meinst du das?«, fragte ich überrascht.

»Hast du es nicht bemerkt? Komm schon, ich habe dein Gesicht gesehen. ›Am liebsten reite ich.‹ Dir ist es auch aufgefallen, ich weiß es.«

Ich nickte.

»Und hast du sein Gesicht nicht gesehen?«

»O doch, das habe ich«, bestätigte ich knapp.

»Dem sind fast die Gesichtszüge entglitten.«

»Nicht nur fast.« Ich dachte an den winzigen Moment, als seine Augen ihn verraten hatten.

»Das war unprofessionell, und so kam es auch an. Und Mary hat es auch bemerkt, keine Frage. Wie auch nicht, so schnell, wie er sich davongemacht hat. Ich denke nicht, dass das auf ihrer Plus-Seite landen wird. Aber unter uns, ich hätte ihr etwas mehr zugetraut. Ich meine, wie dumm kann man sein? Bei so einem Verfahren einen der Prüfer anzumachen? Und dann noch den Chef selbst? Gerade in diesem Unternehmen?«

»Du meinst also nicht, dass er sie … ansprechend fand?«

»Ich meine, dass er sie unprofessionell fand«, antwortete Leo und knüllte seine Serviette zusammen. »Wir sind hier, um einen Job zu ergattern, nicht einen Kerl. Und ich denke, Ersteres wird nun schwieriger für sie. Vielleicht bekommt sie ihn als Trost, und wer weiß, vielleicht reicht ihr das. Uns aber nicht. Und deshalb: Los geht's, Mädels. Es wird Zeit, sich auf das Wesentliche zu konzentrieren und denen zu zeigen, dass wir noch längst nicht aus dem Rennen sind, selbst wenn sie das meinen.«

Zwei Stunden später dachte ich, dass uns Mr Potter mit seinem Hinweis, wir sollten uns genügend Energie zuführen, vielleicht doch einen wohlmeinenden Rat hatte geben wollen. Ich hatte es vorher nicht gesagt, aber ich hatte ebenfalls im Vorfeld ein paar dieser Mustertests gemacht. Dieser Teil des Prüfungsverfahrens, so hatte ich beschlossen, zählte definitiv nicht zu dem Bereich, in dem ich mich einfach auf mich selbst verlassen wollte oder sollte. Ich war nie schlecht gewesen in der Schule, aber mir fehlte einfach dieses Basiswissen, das andere ganz selbstverständlich aus ihrem Elternhaus mitbekommen hatten. Bei uns war Kultur nie ein Thema gewesen. Wir wurden nicht gefördert oder mit Wissen überhäuft oder auch nur von unseren Eltern in irgendwelche Diskussionen zu bestimmten Themen verwickelt, weil ihnen dazu schlicht die Zeit, das Geld und die Kraft fehlten. Das war der Bereich, in dem ich mir selbst am wenigsten zutraute, also hatte ich nicht nur Musterbögen bearbeitet, sondern auch so ziemlich jede Folge von »Wer wird Millionär« gesehen, die in den letzten zwei Jahren produziert worden war. Und tatsächlich half mir das sogar ein wenig. Obwohl ich feststellen musste, dass es noch genügend Fragen gab, bei denen ich einfach ins Blaue raten musste.

Dann folgte der Persönlichkeitstest, und als wir endlich zum Mittagessen gehen durften, war ich ziemlich erschlagen. Um mich herum sah ich angespannte, erschöpfte Gesichter. Selbst Tom und Mary wirkten nicht mehr ganz so forsch wie sonst.

Ohne Pause lief es nach dem Essen weiter. Zu meiner Überraschung standen wieder Interviews an, dieses Mal in der Gruppe. Ich war mit Charlotte, Andrew, Betty und Mary in Gruppe A und sollte mich im blauen Zimmer einfinden. Als wir ankamen, saßen Mr Potter und Mrs Billish bereits hinter ihren Tischen.

»Wir hatten ja gestern noch nicht das Vergnügen, also stellen Sie sich bitte noch einmal kurz vor«, forderten sie uns auf, und nacheinander spulten wir ein weiteres Mal unseren Lebenslauf ab.

»Sie sind die Älteste hier, Mrs Ferguson.« Mr Potter sah mich an. »Denken Sie, dass das ein Vorteil ist oder ein Nachteil?«

»Nun, ich denke nicht, dass es ein Nachteil ist«, sagte ich so selbstbewusst wie möglich. »Ich bin vielleicht ein wenig älter als die anderen, dafür durfte ich schon etwas mehr Lebenserfahrung sammeln.«

»Sie erwähnten, dass Sie drei Semester Wirtschaftswissenschaften studiert haben, Mrs Graham, ehe Sie auf Management umschwenkten und dort Ihren Abschluss machten. Weshalb sollten Sie für diesen Job geeignet sein, wenn Sie dachten, dass das Studium nichts für Sie ist?«

Verwundert blickte ich erst Mary, der diese Frage galt, dann Mr Potter an. Der machte jedoch munter so weiter, stellte Fragen, hörte aufmerksam zu, ging aber überhaupt nicht auf die Antwort ein. Er machte sich eifrig Notizen und uns mit jeder Minute, die verstrich, nervöser. Diese Art des Interviews war nicht zu vergleichen mit dem netten Gespräch gestern, bei dem eine ganz andere Atmosphäre geherrscht hatte. Mrs Billish sprang ein, wenn ihrem Kollegen gerade keine Frage einfiel, und ich fühlte mich wie in einem Kreuzverhör bei der Polizei. Der Kopf begann, wirre Gedanken zu entwickeln, Angst machte sich breit, wie das hier ausgehen könnte. Man musste unentwegt voll da sein, denn die Fragen sprangen ohne jegliches Muster hin und her; manchmal wurde man in kurzer Folge dreimal drangenommen, dann lange gar nicht. Manche Fragen betrafen den Lebenslauf, andere allgemeine Themen. Auf Charlotte schienen sie sich besonders eingeschossen zu haben. Sie wurde gefragt, wie sie zu unserer Monarchie stünde, was ihrer Meinung nach ihre größte Stärke beziehungsweise ihre größte Schwäche sei und ob sie sich zutrauen würde, im Job jegliche persönliche Emotionen auszuschalten, wenn es darum ginge, Arbeitsstellen einzusparen und dabei Kollegen auf der Liste stünden, mit denen sie eine Freundschaft verband und die eher für die Kürzungen infrage kämen als andere, nur namentlich bekannte Mitarbeiter. Sie schlug sich recht gut, auch wenn ich mir wünschte, dass sie ein wenig mehr Selbstsicherheit an den Tag legen würde.

»Planen Sie Kinder, Mrs Reid?«, fragte Mrs Billish schließlich, und beide Mentoren starrten sie an.

Charlotte zögerte nur kurz. »Ich denke nicht, dass die Antwort auf diese Frage eine Entscheidungshilfe dabei ist, ob ich mich für diesen Job eigne«, sagte sie ruhig und klang endlich selbstsicher.

Beide Prüfer blickten sie einen Moment an, kritzelten etwas auf ihre Blätter und begannen, Andrew zu befragen.

Dann kam ich dran und musste ähnlich verwirrende Fragen beantworten. Ich dachte, dass ich mich ganz gut schlug, bis Mr Potter aufsah.

»Sie sind die Einzige, die ihren Familienstand nicht angegeben hat. Hat das einen Grund?«

»Nein«, erwiderte ich und sah ihn nicht an. »Ich bin mir einfach sicher gewesen, dass diese Information nichts dazu beitragen kann, ob ich mich für den von Ihnen angebotenen Job eigne oder nicht.«

Ähnlich ging es mit den anderen Kandidaten weiter. Wenn wir uns gerade ein wenig entspannen wollten, weil wir dachten, dass wir durch waren, bekamen wir wieder eine Frage, und als die zwei Stunden um waren, war ich erledigt.

»Vielen Dank. Sie haben sich eben gut geschlagen, meine Damen und Herren.« Mr Potter schenkte uns eines seiner seltenen Lächeln. »Ich denke, wir alle haben uns jetzt eine Tasse Tee verdient. Eine Erfrischung wartet drüben im Restaurant auf uns. In dreißig Minuten treffen wir uns wieder hier für den nächsten Teil.«

Zum Abschluss des Tages erwartete uns eine Sache, über die ich einiges gelesen hatte und vor der ich ziemlichen Respekt hatte. Wir bekamen jeder einen Arbeitsplatz mit einem Laptop zugewiesen und sollten uns der sogenannten Postkorbaufgabe widmen. Dabei ging es im Wesentlichen darum, dass man sein Zeitmanagement sowie seine Stressfähigkeit unter Beweis stellen sollte und nebenbei zeigen, wie gut man delegieren konnte.

Uns erwarteten ein Terminkalender mit diversen Terminen, die wir im Blick haben sollten, zwanzig ungelesene Mails und ein

Stapel Telefonnotizen. Ich war gerade dabei, die Unterteilung in »wichtig«, »unwichtig«, »heute« und »morgen« vorzunehmen, als das Handy, das ebenfalls an unserem präparierten Arbeitsplatz lag, sich meldete.

»Rutherford«, hörte ich, und mein Herz setzte einen Moment aus. »Mrs Ferguson, ich hätte da noch eine Frage zu Ihrem Logoentwurf.«

»Das freut mich, Sir«, antwortete ich und schaute mich um. Auch an den Tischen neben mir klingelten die Apparate. Hastig dachte ich nach. Dieser Anruf gehörte augenscheinlich in die Kategorie »Nicht sofort zu erledigen«.

»Vielleicht könnten wir beim Abendessen darüber reden? Ich werde Ihnen gerne alles beantworten, was Sie dazu wissen wollen.«

Er lachte leise. »Gut. Also sehen wir uns da.«

Damit war das Gespräch beendet und ich starrte den Apparat einen Moment an. In der Zwischenzeit waren zwei Meldungen aufgepoppt. In einer wurde mitgeteilt, dass das Dienstmeeting auf siebzehn Uhr verschoben worden war, in der anderen, dass sich zwei Mitarbeiter krankgemeldet hätten. Einer davon sollte in zehn Minuten einen potenziellen neuen Lieferanten empfangen und Konditionen aushandeln. Ich fluchte leise und sah noch einmal auf meine Liste verfügbarer Mitarbeiter, wen ich stattdessen zu den Verhandlungen schicken könnte.

Ich wurde noch zweimal vom Telefon unterbrochen. Einmal wies mich Mr Rutherford darauf hin, dass ich mich noch nicht bezüglich des geplanten neuen Designs für die Präsenter der hauseigenen Kosmetikprodukte geäußert hätte. Nachdem ich ihn gefragt hatte, bis wann er meine Meinung dazu haben wollte, versprach ich, dass er sie pünktlich zum Wochenende haben würde. Ich trug den Termin gleich im Kalender ein, ehe mich sein dritter Anruf dies vergessen ließ. Dieses Mal wollte er wissen, ob es mein Wagen wäre, der den Chefparkplatz blockierte.

Jeder einzelne Anruf riss mich wieder aus meiner Konzentration. Wenn er nicht anrief, schickte er Mails, die teilweise sogar witzig waren. Neben den offiziell klingenden Nachrichten, die irgendwie das Tagesgeschäft betrafen, kamen welche, in denen er mir anvertraute, dass ein ominöser Mitarbeiter namens Tattler jetzt anscheinend durchdrehe und in seinem Büro wie ein gackerndes Huhn im Kreis laufe. Kurz darauf vermeldete er fröhlich, dass dessen Kollege eben ein Ultimatum gestellt habe, weil das Gackern ihn verrückt mache, und dass wir dringend ein freies Büro auftreiben sollten. Schließlich rief er erneut an, um mir zu berichten, dass ein gewisser Mr Bradwick sich weigere, dieses Jahr wieder den Weihnachtsmann auf der Betriebsfeier zu geben. Er sei immer noch nicht darüber hinweggekommen, dass sich die alte Mrs Miller aus der Logistik zehn Minuten lang geweigert hätte, von seinem Schoß zu klettern, und ihm ins Ohr geflüstert habe, was sie sich ganz privat und intim so alles vom Weihnachtsmann wünschte.

Es waren so skurrile Nachrichten und Anrufe, dass ich beim letzten einfach laut lachte und spontan ausrief: »Ich kann sie verstehen, die Gute. Im Moment hätte ich auch so einiges, was ich dem Weihnachtsmann ins Ohr flüstern wollte. Ich werde mir Gedanken machen.«

»Was Sie sich wünschen?«, fragte Rutherford interessiert.

»Nein, wer als Ersatz infrage kommt. Es ist ja noch ein wenig Zeit bis dahin.«

»Sie könnten es mit mir versuchen.«

»Sie bewerben sich um den Job als Weihnachtsmann? Sehr gut, ich mache mir gleich eine Notiz.«

»Es kommt darauf an, wie die genaue Stellenbeschreibung aussieht. Und wessen Wünsche ich mir anhören darf. Ich gestehe, mir macht die gute Mrs Miller ebenfalls ein wenig Angst. Zumindest, wenn sie in die Nähe von Punsch gerät.« Seine Stimme klang herausfordernd und amüsiert.

»Mr Rutherford, Sie wissen, was die oberste Maxime ist? Jeder Mitarbeiter ist gleich. Alle oder keiner, das ist also die bittere Wahrheit.«

Ich hörte, wie er ansetzte, etwas zu entgegnen, und ich hätte das Gespräch gerne noch ein wenig weiter vertieft. Doch ein Blick auf die Uhr zeigte mir, dass das Zeitfenster beinahe abgelaufen war und er es offensichtlich darauf anlegte, mich abzulenken.

»Denken Sie einfach darüber nach, es eilt ja nicht. Ich komme dann zu gegebener Zeit wieder auf Sie zu. Einen schönen Tag noch«, beschied ich ihn souverän und legte auf.

Kapitel 14

Beim Abendessen benahmen wir uns wie früher in der Schule. Wir verglichen unsere Ergebnisse, was wir wohin verschoben hatten, und vor allem, wie viel von der Aufgabe wir geschafft hatten. Niemandem an meinem Tisch war es gelungen, sie komplett zu bearbeiten. Tom hatte uns besserwisserisch versichert, dass das auch nie möglich gewesen wäre und eben dieser nicht zu packende Umfang einen zusätzlichen Stressfaktor der Postkorbprüfung ausmache. Ich war froh, dass Mary und er sich wieder ans andere Ende der langen Tafel gesetzt hatten. Ich hatte kein Interesse, mir anzuhören, wie er die Sache angegangen war und was natürlich damit auch der einzig richtige Lösungsansatz wäre.

Dafür lauschte ich, was Leo und Charlotte berichteten. Wir hatten durchaus verschiedene Lösungswege beschritten, aber auch das sollte erst einmal nichts bedeuten. Viel interessanter fand ich außerdem die Unterbrechungen. Leo war ebenfalls auf Beau Rutherfords Telefonliste gewesen und hatte wie ich ein paar sehr verwirrende Anrufe erhalten.

»Er wollte fragen, wo ich mein Hemd von gestern Abend gekauft hatte, und hat mir erzählt, dass ein Kollege denkt, er wäre ein Huhn, und der ließe nun anfragen, ob man nicht einen extraflauschigen Teppich im Büro verlegen könne. Er hätte Angst um seine Eier«, schloss Leo, und nach einer winzigen Sekunde prusteten wir los.

»So ähnlich war es bei mir auch. Und die Geschichte mit dem Weihnachtsmann!«

»Die hat er bei mir nicht probiert. Nach dem Huhn war Schluss.«

»Ich hatte Mr Potter«, berichtete Charlotte und sah kurz hinüber an den Tisch, wo die vier Mentoren eifrig diskutierten, während sie aßen.

»Und?«, fragte ich und sah sie an. »Schlimm?«

»Eigentlich nicht«, antwortete Charlotte langsam. »Ich wurde darüber informiert, dass die Filialen neue Betriebsklamotten bekommen und dies bitte im nächsten monatlichen Infobrief bekannt gegeben werden solle. Und dass ich für die Firmenjubiläen Blumen bestellen solle. Und«, sie beugte sich etwas vor, »ob ich mir vorstellen könnte, im Laufe der Woche ein Gespräch mit einer gewissen Mrs Miller zu führen. Anscheinend ist die Dame der Meinung, dass sie seit Neustem eine ernste Phobie hätte – und zwar die vor schönen Männern. Und nun bringt sie die ganze Firma in Aufruhr, weil sie vor manchen Mitarbeitern keine Angst habe und die sich jetzt gebrandmarkt fühlten.« Sie grinste.

Alle drei wandten wir unseren Blick zum Tisch der Mentoren.

»Ich glaube, die hatten heute mächtig Spaß mit uns«, sagte ich. »Und noch mehr, als sie sich diese ganzen Storys ausgedacht haben.«

»Eigentlich finde ich das ziemlich cool.« Charlotte sah noch immer hinüber. »Und außerdem: Heute war ein stressiger Tag. Ich meine, die haben uns schon ziemlich drangenommen. Aber irgendwie haben sie es geschafft, dass wir jetzt nicht komplett am Ende sind, sondern mit einem Grinsen an diesen Tag zurückdenken. Und das muss denen erst mal jemand nachmachen.«

Auch an diesem Abend mischten sich die Mentoren unter die Kandidaten und begannen kleine Gespräche. Wir saßen heute Abend mit Mr Potter zusammen, der so langsam begann, sich echte Sympathien zu erarbeiten. Er hatte einen trockenen Humor, der immer mehr durchkam und mir ziemlich gut gefiel. Wir hatten alle sehr viel Spaß damit, diese verrückte Geschichte mit Mrs Miller weiter auszuarbeiten. Erst später kam mir der Gedanke, dass auch dies ein Teil der Prüfung gewesen sein könnte, aber ich war zu müde, um mir jetzt noch Sorgen zu machen. Dann war es eben so. Irgendwie schienen wir uns hier in einer seltsamen Zeitblase zu befinden, in der es nichts anderes mehr gab als Tests und Beurteilungen. Allmählich zuckte ich innerlich die Schultern und legte nicht mehr jedes Wort auf die Goldwaage.

Der Tag war lang gewesen und ich verabschiedete mich, sobald ich gesehen hatte, dass unsere Prüfer sich zurückzogen. Als ich in der Halle ankam und die Tür zum Treppenhaus ansteuerte, registrierte ich, dass Beau Rutherford eben den Fahrstuhl betreten hatte. Er sah mich kommen und streckte zuvorkommend eine Hand aus, um die Türen daran zu hindern, sich zu schließen. Auffordernd blickte er mich an, aber ich schüttelte den Kopf.

»Danke, ich nehme die Treppe.«

Einen Moment wirkte er überrascht. »Sie fahren nicht mit dem Aufzug? Oder liegt es an mir?«

Ich schüttelte den Kopf.

»Haben Sie Angst, stecken zu bleiben?« Er klang interessiert und auch ein wenig besorgt.

»Nein.«

»Macht Ihnen die Enge Schwierigkeiten? Haben Sie Platzangst?«

»Nein«, wiederholte ich.

»Was ist es dann?« Er musterte mich aufmerksam.

Der Fahrstuhl machte mich nervös, weil er ständig versuchte zuzugehen, aufgehalten wurde, sich wieder öffnete. Und sein Blick machte mich nervös, weil er wieder viel zu intensiv war für meine Nerven.

»Gar nichts. Ich benutze einfach keinen Fahrstuhl.«

»Es ist nie gar nichts.« Er trat heraus, gerade, als Mary, Tom und zwei weitere Hotelgäste die Kabine erreicht hatten. »Fahren Sie. Ich nehme die Treppe«, verkündete er und sah zu, wie sich die Türen endlich schlossen.

»Das müssen Sie nicht.«

»Ich weiß. Ich möchte es tun. Und Sie haben hoffentlich nicht vergessen, dass wir beide noch ein Date hatten?«

»Ein Date?« Ich sah ihn wohl ziemlich erschrocken an, denn er lachte.

»Keine Sorge, Sie haben keinen Termin verpasst. Mein Anruf. Das Logo, Sie erinnern sich?«

»Oh. Aber das war doch nur ein Teil der Ablenkungsanrufe, oder nicht?«

»Stimmt. Wie es scheint, durchschauen Sie uns recht gut.«

»Nicht wirklich. Aber ich gebe mein Bestes.«

»Das tun Sie.« Er setzte mittlerweile wieder diesen Blick auf, bei dem man nicht wegsehen konnte. Man wusste nicht so genau, was er dachte, und hoffte, dass sich gleich diese kleinen Fältchen zeigen würden, die signalisierten, dass er lächelte. Dieser Kerl, so viel war sicher, strotzte nur so vor Selbstbewusstsein, auf eine sehr ansprechende Art. Nicht so arrogant wie Tom, sondern einfach gefestigt und selbstsicher.

»Mrs Ferguson«, sagte er und klang sehr spontan, »wie wirke ich auf Sie?«

»Was?« Okay, jetzt hatte er mich erwischt. Volle Breitseite. Konnte er Gedanken lesen oder war mir anzusehen, was ich dachte?

»Wie würden Sie mich beschreiben? Was wären … nun, was wären Ihre drei Worte für mich?« Er ließ nicht locker und sah mich weiter unverwandt an.

»Meine drei Worte?«

»Wenn Sie drei, und nur drei, Adjektive verwenden dürften, um mich zu beschreiben. Welche wären das?«

Ich kniff ein Auge zusammen und trat einen Schritt zurück. »Ist das jetzt wieder eine Prüfung?«

Er lachte. »Vielleicht. Also?«

»Und gehört das nicht zu den Fragen, die ich nicht beantworten und Sie nicht stellen sollten?«

»Wenn Sie das so sehen, dann gehört sie wohl in diese Kategorie. Aber manchmal, Mrs Ferguson, muss man etwas wagen. Manchmal muss man sich trauen. Ich hätte eigentlich gedacht, dass Sie es wagen würden, mir Ihre drei Worte zu sagen. Und ich hätte mir etwas Interessanteres als *gut aussehend, erfolgreich* oder *selbstbewusst* erhofft.«

Hinter ihm pingte der Aufzug und öffnete seine Türen. Ein eng umschlungenes Paar wurde sichtbar, das sich erschrocken umsah, kicherte und rasch die Kabine verließ.

»Wie sieht es aus? Fahren Sie immer noch nicht mit?«

Ich schüttelte den Kopf.

»Na dann … Eine gute Nacht wünsche ich.« Damit verschwand er im Fahrstuhl, und das Letzte, was ich sah, war sein undurchschaubares Lächeln und eine erhobene Hand, ein kurzer, fast freundschaftlich wirkender Gruß, ehe sich die Türen schlossen und ich verwirrt die Treppen in Angriff nahm.

Natürlich lag ich kurze Zeit später im Bett und dachte darüber nach, welche drei Worte ich zu ihm gesagt hätte, wenn nichts davon abhing und ich mich getraut hätte. Und ehrlicherweise musste ich zugeben, dass sein Vorschlag recht gut passte, auch wenn er das langweilig fand. Er war gut aussehend, und er wusste das natürlich. Und er war erfolgreich und sein Selbstbewusstsein stand genauso wenig zur Debatte. Was wollte er hören, wenn nicht das? *Heiß*? Das würde es ebenfalls treffen, aber das war noch weniger etwas, was man einfach so sagte. Schon gar nicht zu einem Mann, bei dem man gerade einen Job haben wollte, und das bitte schön ohne die oft zitierte Besetzungscouch. Und doch, wenn ich genauer darüber nachdachte, keimte in mir die Hoffnung auf, dass er diese Option vielleicht gar nicht zur Debatte stellte. Ich hatte beobachtet, wie er sich mit Mary unterhalten hatte, als wir mit Mr Potter unsere wilden Theorien über die imaginäre Mrs Miller entwickelten. Mein Eindruck war gewesen, dass er doch recht reserviert war. Vielleicht war es auch nur Wunschdenken, aber zumindest hatte er nicht zugegriffen. Er hätte eben nur zu ihr in den Aufzug springen müssen, ihr Blick war einladend genug gewesen und ihr keckes Zurückwerfen der Haare ebenfalls. Aber er war bei mir geblieben. Ein winziges Detail, das mir durchaus nicht entgangen war. Aber was dann? Ich drehte mich auf den Rücken, starrte an die Decke und nagte an meiner Unterlippe. *Undurchschaubar*, kam es mir unaufhörlich in den Sinn. Nicht einzuordnen, schwer zu greifen, verwirrend und ein wenig beängstigend. *Mächtig*. O ja, und welche Macht er und seine Kollegen gerade über uns hatten! *Witzig*, blitzte es auf, als ich an seine Störanrufe heute dachte. *Anspruchsvoll*, wenn ich mir in den Sinn rief, was er von uns verlangte. *Interessiert* und *distanziert*. *Charmant,* dachte ich und sah wieder sein Lächeln, seine erhobene Hand, seine ganze Körperhaltung, ehe sich die Tür schloss. *Komplex* wäre wohl das passende Wort, überlegte ich und drehte mich entschieden zur Seite. Viel zu komplex und zu dominant in meinen Gedanken und leider, ja, leider auch viel zu gut aussehend.

Kapitel 15

Der dritte und letzte Tag brach an und ich zog mein letztes Outfit aus dem Schrank, den blassrosa Rock und den grandiosen Madonna-Pulli. Dann band ich mir meinen obligatorischen Half Ponytail und ließ die blonden Locken über meine Schultern fallen. Ich war bereit, meine letzte Chance zu nutzen.

Als Erstes stand heute eine Gruppendiskussion an. Eine Stunde lang widmeten wir uns dem Thema, ob Literaturverfilmungen ein adäquater Ersatz zum schriftlichen Originalwerk sein könnten.

Ich vertrat die Meinung, dass dem so wäre und damit auch Menschen, die sonst vermutlich keinen Zugang zu solchen Geschichten finden würden, nun wussten, wer Romeo und Julia waren. Nebenbei, aber das nur unter uns, fand ich, dass hier ein paar Menschen wirklich über einen großartigen Sinn für Humor verfügten und sicherlich jede Menge Spaß gehabt hatten, als sie dieses Thema aussuchten. Wir hatten mit etwas gerechnet, was in direktem Zusammenhang mit dem Job stünde, wie der Frage, ob man das vegane Pflegesortiment erweitern solle oder mit welchen Methoden man die Lieferketten optimieren könnte.

»Und das siehst du als Vorteil an, wenn diese Menschen dann denken, Romeo sähe aus wie Leonardo DiCaprio in seinem Hawaiihemd und spräche vor allem wie er?« Mary hatte sich für die Gegenseite entschieden.

»Menschen sind nicht unbedingt dumm, nur weil sie keinen Zugang zu Bildung haben. Und ist es nicht so, dass diese Werke auf ganz verschiedenen Ebenen ansprechen? Die Geschichte, die Botschaft, der Zauber einer Liebe …« Ich brach ab und musste mich einen Moment sammeln. »Natürlich kann kein Film exakt die Sprache transportieren, dieses Gefühl, wenn sich die Geschichte in deinem Kopf zu einem Film entwickelt. Aber ich glaube dennoch, dass dies ein Weg sein kann, um vielen Menschen diese Welt zu eröffnen.«

»Das Original wird immer unerreichbar sein. Einem Film fehlt entschieden die haptische Erfahrung.« Sie sah mich an und lächelte. Ich lächelte zurück und würde ihr nicht den Gefallen tun zu fragen, was Haptik bedeuten sollte. »Das Gefühl der raschelnden Seiten unter deinen Fingerspitzen. Der Geruch des Papiers. Lesen spricht viel mehr Sinne an als Zusehen. Lesen bringt eine sinnliche Erfahrung mit ein, die der Film so nicht hat.«

»Aber der Film kann der Weg sein, um zum Buch zu kommen. Der erste Schritt, sich einer Welt zu nähern, die bisher fremd war. Und ganz nebenbei: Wenn du krank bist und die Wahl hast, gar kein Medikament zu bekommen oder eines, das dich zwar nicht sofort gesund macht, aber die Symptome deutlich lindert und den Heilungsprozess beschleunigt, was würdest du tun? Würdest du sagen, dass du es nicht willst, weil es nicht perfekt ist und dich sofort wieder gesunden lässt? Oder würdest du das angebotene nehmen?« Charlotte hatte sich eingeschaltet und ich sah sie bewundernd an. In den letzten beiden Tagen war sie zwar mehr aus sich herausgekommen, aber dennoch im

Vergleich zu den anderen sehr ruhig gewesen. Wenn sie jedoch etwas äußerte, dann hatte es Hand und Fuß, fand ich.

Im Anschluss an die Diskussion, die übrigens wie wohl jede zu diesem Thema in einem Unentschieden endete, ging es direkt über zu einem Rollenspiel.

Der Reihe nach mussten wir so tun, als wären wir bereits eingestellt und nun verantwortlich und mächtig und so, und dann mit einem Mitarbeiter oder Kunden eine bestimmte Situation durchspielen. Jeder bekam etwas anderes zugeteilt; im Anschluss daran wurde die Szene kurz besprochen und analysiert, was man gut und was man falsch gemacht hatte. Tricky daran war nicht nur, dass einem alle zusahen, sondern dass die Mentoren der Reihe nach die Rollen der Untergebenen einnahmen. Auf dem Tisch lag ein Stapel Briefumschläge, und wer drankam, zog einen. Wie bei der Oscarverleihung wurde er dann feierlich geöffnet und verkündet, was drinstand: »Dein Kunde beschwert sich, weil das Verhältnis der Umverpackung in keinem Maß zu seinem Inhalt steht« oder »Dein Mitarbeiter beantragt Urlaub, der für ihn sehr wichtig ist und den du aus betrieblichen Gründen nicht genehmigen kannst« und »Ein Kunde behauptet, dass er aufgrund unseres Duschgels eine allergische Reaktion entwickelt habe, obwohl der von ihm aufgeführte Zusatzstoff nicht darin verwendet wird« zum Beispiel. Tom musste mit einem Kunden diskutieren, der nicht einsehen wollte, dass die Rabattaktion der letzten Woche jetzt nicht mehr gültig und sein Coupon abgelaufen war. Charlotte legte ein tolles Krisengespräch mit einem Mitarbeiter hin, der sich in letzter Zeit zu oft im Ton gegenüber seinen Kollegen und Kunden vergriffen hatte. Sie hatte Mr Potter, ihren Gesprächspartner, dabei richtig gut im Griff. Sie schaffte es, ihm den Sachverhalt verständlich und dennoch bestimmt zu vermitteln und sich Respekt zu verschaffen, was mich enorm freute. Mehr als Marys hervorragende Performance, wie sie einem Kunden, der dreist einen leeren Hautcremetiegel zurückgeben wollte, weil er inzwischen befand, dass er den Geruch nicht möge, sachlich klarmachte, dass er in diesem Fall erstens die Geruchsprobe an den dafür bestimmten Töpfchen hätte machen können und zweitens in diesem Fall nicht erst die gesamte Creme hätte verwenden dürfen, bis er das merkte.

Und dann war ich dran und bekam ein Motivationsgespräch mit einem meiner Untergebenen, der in letzter Zeit einen deutlichen Knick in seiner Leistungskurve hatte. Und mein Partner war Beau Rutherford.

Er hatte Talent, das musste ich zugeben. Er gab den jugendlichen Mitarbeiter mit Bravour, der seit zwei Jahren im Unternehmen war und sich bisher durch seine fröhliche Art ausgezeichnet hatte, seit geraumer Zeit aber antriebslos und demotiviert war. Er hatte das Jackett ausgezogen, die Ärmel aufgekrempelt und lümmelte Kaugummi kauend auf dem Stuhl vor mir. Seine Augen waren gesenkt, seine Stimme ganz anders, leiser und schleppender.

»Ich habe das Gefühl, dass meine Leistung hier nicht wirklich gewürdigt wird«, knallte er mir an den Kopf, und ich überlegte kurz.

»Beau«, sagte ich langsam und kam mir ein bisschen abenteuerlich dabei vor. »Ich denke, dass das nicht der Hauptgrund ist. Ich kenne dich«, ich musste kurz schlucken, weil es sich ziemlich seltsam anfühlte, ihn zu duzen, »seit zwei Jahren. Und in diesen zwei Jahren habe ich einen jungen Mann kennengelernt, der mit viel Freude und Elan seiner Arbeit nachging. Das habe ich dir auch immer wieder so zurückgemeldet. Allerdings weiß ich, dass wir in den letzten Monaten unterbesetzt waren und die Arbeit für alle mehr geworden ist.«

»Die Überstunden haben mir nix ausgemacht«, sagte er und sah noch immer seine Schuhe an. »Früher gab's das ja auch schon. In letzter Zeit«, er nestelte an seinen Ärmeln herum, »ist es aber anders. Es wird vorausgesetzt, und das ist nicht recht. So behandelt man keinen.«

Ich dachte nach. Da sprach er etwas an, was ich durchaus aus dem täglichen Berufsleben kannte, von dem ich aber nicht gewusst hatte, dass es der Geschäftsleitung bekannt war. Nicht nur meine Filiale lief momentan mit einer sehr knappen Besetzung, überall häuften sich die Sonderschichten.

»Ich muss dir zustimmen«, bestätigte ich, und er hob den Blick. »Das läuft gerade nicht alles so, wie es sein sollte. Das ist ein Thema, das alle beschäftigt und unter dem wir im Moment gemeinsam zu leiden haben. Ich kann dir leider keine sofortige Besserung der Situation versprechen. Aber ich werde das mit der Personalabteilung besprechen. Ich werde nicht zusehen, wie mir meine guten Mitarbeiter langsam wegbrechen oder krank werden. Ich werde mich noch einmal darum bemühen, einen Springer zu bekommen, und langfristig darum, dass die Personaldecke wieder auf einen Normalzustand angehoben wird. Bis dahin«, ich beugte mich vor und sah ihn an, »kann ich dich nur bitten durchzuhalten. Ich weiß, dass es kein leichter Job ist, den wir hier machen. Es ist so viel mehr, als die Regale einzuräumen und die Kunden zu beraten. Und bisher war es für uns doch auch mehr als ein Job, oder nicht? *Jola* ist ein guter Arbeitgeber, der eigentlich sehr viel für seine Mitarbeiter tut. Wir bekommen Prämien und Gesundheitszulagen. Das Arbeitsklima hier empfand ich bisher als sehr angenehm. Täusche ich mich da?«

Beau schüttelte langsam den Kopf. Sein Blick hing wieder einmal auf meinem Gesicht, der Kaugummi ruhte.

»Aber du bist auf dem Sprung, habe ich recht?«

Er nickte langsam.

Ich blickte ihm in die Augen und ließ mir einen Moment Zeit, ehe ich wieder etwas sagte. Verrückt, aber in diesem Moment war er wirklich der junge, frustrierte Beau, den ich so gut verstehen konnte, weil ich eine ähnliche Phase durchgemacht hatte. Ich war seine Vorgesetzte, die versuchte, ihn zu halten, weil ich wusste, dass er den Job gut machte.

»Du bist ein Mitarbeiter, wie man ihn sich nur wünschen kann, Beau. Es tut mir leid, dass ich dir keine schnelle Lösung anbieten kann. Ich hoffe, dass du und die anderen an meiner Seite bleiben, bis sich die Situation wieder entspannt. Wirst du das zumindest versuchen? Ich würde es sehr bedauern, dich zu verlieren.«

Beau starrte mich einen Moment an.

»Ich ebenfalls«, sagte er dann, und ich spürte, wie sich eine Gänsehaut über meine Arme ausbreitete.

»Dann gib mir einen Monat Zeit«, bat ich. »Danach werde ich berichten, wie es weitergeht. Das ist ein Versprechen.«

»Danke«, erwiderte er leise.

Unsere Augen hielten immer noch Kontakt, und in seinen waren so viel Wärme und ein plötzliches Lächeln verborgen, dass mir ganz feierlich ums Herz wurde. Ich schluckte und spürte, wie sich meine Mundwinkel ebenfalls anhoben.

»Danke«, wiederholte er, dieses Mal laut und bestimmt, und mit einem Mal war der Zauber gebrochen. Das Band, das uns eben noch verbunden hatte, war zerrissen, die Wärme, die mich umhüllt hatte, war weg. Ich musste tatsächlich kurz blinzeln und dann in den Raum sehen, um wieder zu realisieren, wo ich war.

Beau war aufgestanden, seine Stimme klang fest und dynamisch. »Mit wem geht es weiter?«

Kapitel 16

»Wahnsinn! Noch ein paar Stunden, dann haben wir es geschafft«, hatte Charlotte beim Mittagessen konstatiert und damit ein unerwartetes Gefühlschaos bei mir ausgelöst.

Ich hatte mich sehr auf diese Tage gefreut, weil ich die Chance bekam zu zeigen, dass ich für diesen Job infrage kam. Und ich hatte mich davor gefürchtet, dass ich mich komplett doof anstellen und keine Aufgabe richtig lösen würde. Ich hatte gehofft, dass es gut gehen würde und gleichzeitig schnell vorbei wäre. Jetzt jedoch merkte ich, dass es mir Unbehagen bereitete, daran zu denken, dass wir in wenigen Stunden unsere Sachen packen und abreisen würden.

Zuvor jedoch mussten wir uns noch einmal einer Aufgabe stellen, und die war vielleicht die gemeinste von allen. Eine weitere Präsentation sollte vorbereitet und gehalten werden. Und das Thema waren wir. Genauer gesagt einer von uns, den wir wieder einmal zugelost bekamen, und über den wir dann sagen sollten, weshalb er für diesen Job geeignet war, was seine Soft Skills waren und was ihn vor allen anderen qualifizierte.

Ich bekam Charlotte und war sehr glücklich damit. Es fiel mir nicht schwer, ihre besonnene und ruhige Art herauszustreichen, ihre Fähigkeit zuzuhören und nachzudenken, ihre

Ruhe, wenn es hektisch wurde, ihren messerscharfen Verstand. Ich gönnte ihr einen der Plätze und legte mich ins Zeug, dass ihre guten Eigenschaften wahrgenommen wurden, denn sie war leider eine der Ruhigsten gewesen und diejenige, die sich am wenigsten in den Vordergrund gespielt hatte.

Charlotte selbst hielt eine ziemlich gute Präsentation über Mary und schaffte es, sie dabei wirklich kompetent und sympathisch zu schildern. Sie übertrieb nicht und hatte mit ihrem feinen Gespür all die kleinen Momente bemerkt, in denen Mary eine überzeugende und auch innovative Performance hingelegt hatte. Sie konnte deren etwas aufdringlichere Eigenschaften sogar in ein positives Licht setzen und hätte selbst mich fast davon überzeugt, dass auch Mary unbedingt einen der Posten haben sollte.

Und so ging es weiter. Die meisten hatten ein paar sehr gute Ansätze, und es war äußerst interessant zu hören, wie sie ihre Mitbewerber wahrgenommen hatten und mit diesen Erkenntnissen umgingen.

Und dann war ich an der Reihe. Tom hatte meinen Namen bekommen und sich augenscheinlich diebisch darüber gefreut.

Zuerst hob er meine Frische und meine unkonventionellen Ansätze hervor, die sogar wettmachen würden, dass auch meine Handlungen durchaus unkonventionell seien. Er lobte meine Empathie, die seiner Meinung nach eine bewundernswerte Eigenschaft war, wenn sie auch die Gefahr mit sich brachte, dass ich in den wirklich schwierigen Momenten eventuell dazu tendieren könnte, zu sehr auf der Seite meiner Mitarbeiter zu stehen. Aber, beendete er mit einem süffisanten Grinsen seinen Vortrag, auf alle Fälle würde ich die Sprache der Angestellten sprechen, was mir eine Verbindung zu ihnen einbrächte, die sich sicherlich als sehr nützlich erweisen könnte. Ich hätte zudem schon einiges an Lebenserfahrung gesammelt, was immer ein Pluspunkt sei. Und ich würde ganz eindeutig Farbe ins Leben bringen und das wäre, wie er fröhlich endete, doch auch eine Eigenschaft, die man nicht zu wenig wertschätzen dürfte.

Ich zwang mich, mein Lächeln beizubehalten und höflich in den Applaus einzustimmen. Der Mistkerl hatte es geschafft, hier nett verpackt alles anzubringen, worüber er sich seit drei Tagen amüsierte und was ihn sowie einige andere immer wieder zu gut versteckten Spitzen animiert hatte. Dass ich älter war als die anderen, dass mein Akzent mich als Zugehörige einer ganz anderen Schicht auswies als ihn mit seinem geschliffenen Englisch, das einer teuren Privatschule und somit guter Bildung entstammte. Dass ich auch anders aussah als sie alle. Ich hatte an sämtlichen Tagen mit meiner Garderobe und meiner Frisur aus ihren konformen, langweiligen Kostümen und Anzügen herausgestochen. Aber was mich am meisten ärgerte: Er hatte mein Rollenspiel von eben, für das ich durchweg gute Kritiken bekommen hatte, verdreht und es geschafft, mich dabei als unqualifiziert hinzustellen. Es klang alles nett, was er losließ, doch jeder Satz, jedes Wort schienen eine zweite, andere Bedeutung zu haben. Er sagte nichts Schlechtes, aber alles Nette so, als müsse man mir ein Almosen geben. Und tatsächlich hatte er bei allem, was er aussprach, nicht einen Punkt angeführt, der mich wirklich auszeichnete, mich von den anderen abhob und besser machte als sie. Wie ein Politiker, der eine zehnminütige Rede hält und dabei eigentlich nichts sagt, was von Belang ist und worauf man ihn später festnageln kann.

Ich durfte mich nicht zu sehr darüber aufregen, denn wir mussten noch einmal in ein Einzelinterview; dabei wollte ich nicht unkonzentriert und beleidigt erscheinen. Außerdem sollten wir, wenig überraschend, die Wartezeit auf unsere fünfzehn Minuten damit verbringen, einen letzten Test zu machen. Offiziell wurde er als Leistungstest bezeichnet und war im Prinzip so ähnlich wie der Intelligenztest. Wir mussten Reihen ergänzen, Muster erkennen, dazwischen Wörter zuordnen und bekamen zwischendurch plötzlich Zettel hingelegt, die uns aufforderten, für das Interview noch über dies und das nachzudenken. Wer dran war, ging und machte danach weiter.

Als ich endlich aufgefordert wurde, mich dem Gespräch zu stellen, hatte ich die Hälfte der Aufgaben mehr oder weniger gut bearbeitet. Dieses Mal waren Mr Potter und Mrs Billish als unsere Beobachter abgestellt. Somit war klar, dass der Chef selbst mit Mrs McIness die Befragungen durchführte.

Ich denke, es lief ganz gut. Die letzten Fragen, die kamen, konnte ich recht gut und zu meiner Zufriedenheit beantworten. Ich freute mich wie verrückt, als man mir mitteilte, dass meine Leistung hier sehr gut gewesen sei und ich die beiden ziemlich beeindruckt hätte. Nun, vermutlich sagte man das jedem, denn die Entscheidung, wer letztendlich den Job bekam, würde nicht hier und heute verkündet werden, aber es machte mich dennoch glücklich.

»Wie hat Ihnen die Zeit hier mit uns gefallen?«, fragte mich Mrs McIness, und ich konnte wahrheitsgemäß berichten, dass ich sie sehr gut gefunden hatte.

»Denken Sie, dass dieses Assessment Sie weitergebracht hat?«, forschte sie, und auch das konnte ich aus ganzem Herzen bejahen. Es war anstrengend gewesen, aber durchaus auch eine Erfahrung, aus der man einiges lernen konnte.

»Würden Sie mit dem Wissen, das Sie jetzt haben, das Ganze anders angehen? Eine andere Entscheidung im Vorfeld treffen? Ihre Selbstpräsentation verändern?«, wollte Beau wissen, und ich dachte einen Moment nach.

»Nein. Ich denke, dass die Person, die Sie hier kennengelernt haben, ich bin. Und das war der Grund, weshalb ich hier war.« Ich sah seinen Blick und plötzlich ritt mich der Teufel. Toms Worte saßen leider immer noch zu tief. »Wenn es darauf ankommt, welche Kleidung man trägt oder welchen Akzent man hat, dann bin ich vielleicht nicht die geeignetste Kandidatin.

Aber wenn ich recht habe und es andere Werte sind, dann denke ich, dass ich zeigen konnte, was ich dem Unternehmen bieten kann. Ob das ausreicht, liegt nicht in meiner Entscheidung.«

Mrs McIness lächelte.

»Und …«, begann sie, doch Beau Rutherford neigte sich vor und machte eine kurze Handbewegung, die sie zum Schweigen brachte.

»Wenn Sie die Möglichkeit hätten, einen Test zu wiederholen, welcher wäre es und was würden Sie anders machen?«, bohrte er und klang dabei, als würde er diese Frage spontan entwickeln, während er sie stellte.

»Nun, ich denke, dass ich bei allen mein Bestes gegeben habe und keinen bei einer Wiederholung …«, begann ich, ehe er mir ins Wort fiel.

»Das«, sagte er langsam und deutlich, »war nicht meine Frage, Mrs Ferguson.«

Der Teufel in meinem Nacken richtete sich auf und brachte seine imaginäre Peitsche in Position.

»Einen Test. Gibt es ihn oder nicht?«

Ich sah in seine Augen und wusste plötzlich, worauf er anspielte. *Nur drei Worte. Manchmal muss man sich trauen, Mrs Ferguson*, hörte ich ihn sagen. Die Peitsche knallte und sauste auf meinen Nacken hinab. Langsam nickte ich und ließ mich einmal mehr vom verheerenden Bann seiner Augen übermannen.

»*Hartnäckig*«, sagte ich langsam. »*Unberechenbar*. Und«, ich holte tief Luft und ließ mich verführen von diesen Augen, die gerade nur für mich zu leuchten schienen. »*Charismatisch*.«

Ich sah, wie sich ein Lächeln in seinem Gesicht zeigte, überrascht und anerkennend. Mrs McIness neben ihm drehte verwundert den Kopf. Ohne mich aus dem Blick zu lassen, brachte er sie zum Schweigen, ehe sie etwas äußern konnte.

»Später, Paula«, bat er nur, und sie nickte.

»Danke, Mrs Ferguson.« Entspannt lehnte er sich zurück, und wie so oft war der Augenblick, in dem der Bann brach, fast schmerzhaft. Ich spürte, dass er sich entfernte und gerade dabei war, mich zu entlassen, und dass sich das nicht so gut anfühlte, wie es sich anfühlen sollte. Ich räusperte mich und wusste plötzlich, dass ich jetzt eine Antwort gehabt hätte auf die Frage, welchen Test ich gerne wiederholt hätte. Er hatte mich herausgefordert und ich hatte unüberlegt geantwortet. Nun kam ich mir absolut dämlich vor. Vor allem, weil ich mich von ihm hatte einwinkeln lassen und so etwas total Peinliches wie *charismatisch* gesagt hatte, anstatt *gefährlich*. Denn das, erkannte ich zu spät, wäre mindestens ebenso treffend gewesen, zumindest in meinem Fall.

Ich fürchte, den restlichen Test bestritt ich nicht gerade gut. Ich konnte mich nicht mehr konzentrieren und starrte die Zahlenreihen vor mir an, ohne auch nur im Ansatz zu erkennen, ob sie einem Muster folgten.

Als wir später alle ein letztes Mal in diesem Raum saßen und mit warmen, motivierenden Worten verabschiedet wurden, versichert bekamen, dass wir uns hier großartig geschlagen und uns der außergewöhnlichen sowie sicherlich sehr stressigen Situation mit Bravour gestellt hätten, wünschte ich mir sehnlichst, dass ich mich mehr darüber freuen könnte. Ich jedoch hatte das Gefühl, es auf den letzten Metern noch so richtig verkackt und am Ende doch noch gezeigt zu haben, dass ich in Wahrheit einfach eine naive, dumme, zu blonde Blondine war, die dachte, dass man hier mit rosafarbenen Fingernägeln und einem Mundwerk, das nicht an das Gehirn angekoppelt war, durchkommen würde. Und gleichzeitig wusste ich, dass ich alles dafür gegeben hätte, nicht gehen zu müssen, auch wenn mein Herz gerade vor Scham brannte. Und was am allerschlimmsten war: Ich wusste nicht mehr, ob ich den Job tatsächlich haben wollte. Ob ich ihn wirklich antreten wollte, weil ich damit wieder Gefahr lief, Beau Rutherford und seinen verdammten Augen zu begegnen. In dem Fall würde ich zügig lernen müssen, dass sie mich eben doch nicht so ansahen, wie ich mir das einen Moment lang eingebildet hatte.

Kapitel 17

Als ich endlich den Brief, der alles entscheiden sollte, in den Händen hielt, wusste ich immer noch nicht ganz genau, was ich mir wünschen sollte.

Es waren seltsame zwei Wochen gewesen. Es war klar, dass wir diese Zeit abzuwarten hatten. Einerseits war das gut, denn so hatte ich etwas Bedenkzeit, auf der anderen Seite machte es mich aber zu einem nervlichen Wrack. Deshalb ließ ich mich nur zu gerne von Pen und Maisie ablenken, die einstimmig beschlossen hatten, dass es für mich jetzt endlich an der Zeit wäre zu leben. Seit fünf Jahren hatte ich mich verbissen auf meine Ausbildung konzentriert und diszipliniert gelernt und gearbeitet. Für alles andere war keine Zeit gewesen. Nun schleppten die beiden mich abends in Clubs und Bars.

Wie ein Kind, das staunend zum ersten Mal in einen Süßigkeitenladen geführt wird, stand ich da und entdeckte eine Welt neu, in der ich früher zu Hause gewesen war. Mit einem Mal war alles wieder da, die Freude am Tanzen, an der Geselligkeit. Und zum ersten Mal sogar wieder die Freude an einem Flirt.

Es war ein sehr harmloser Flirt, aber es war der erste seit Scott. Wäre ich ehrlich gewesen, dann hätte ich zugeben müssen, dass ich mich auch deshalb darauf einließ, weil ich hoffte, dass damit meine Gefühlswelt wieder ein wenig ins Lot kam. Pen hatte mir nämlich recht eindrucksvoll erklärt, dass ich vielleicht deshalb so auf Beau Rutherford angesprungen sei, weil er der erste Mann seit Scott wäre, den ich an mich herangelassen hätte. Und dabei hätte ich sein berufliches Interesse mit etwas anderem verwechselt, meinte sie. Ich wäre schließlich so ausgehungert nach einer Beziehung, dass ich, als ich endlich einmal zuließ, dass ein Mann mir mehr als zwei Fragen zu meiner Person stellen konnte, sein Interesse ganz falsch interpretiert hätte. Ihrer Ansicht nach würde vor allem mein Unterbewusstsein laut aufheulen und mir mitteilen wollen, dass mein Körper sehr bereit wäre, endlich mal wieder mit einem Kerl zusammen zu sein.

Den letzten Teil bestritt ich zwar vehement, aber der Rest gab mir zu denken. War es so? Wollte ein Teil von mir einfach nur wieder von vorne anfangen und eine Beziehung haben, ein Leben, das man mit einem anderen teilte? Und war das Ergebnis, dass ich deshalb dachte, die falschen Gefühle zu haben?

Als wir abends unterwegs waren, taten die beiden auf jeden Fall alles, um mir Gelegenheiten zu verschaffen, das herauszufinden. Und nach anfänglichem Sträuben fing ich an, es auszuprobieren. Leider ist das auch etwas, bei dem man ein wenig aus der Übung geraten kann. Und man geht ja auch nicht los und denkt: *So, jetzt wäre es nett, einen tollen Mann zu treffen*, und zack, steht dein Traummann vor dir.

Aber dieser Eine war ganz niedlich und wir hatten einen schönen Abend. Und ich küsste ihn sogar. Leider war es kein besonders guter Kuss. Auch kein schlechter, technisch betrachtet war er durchaus im vorderen Bereich, würde ich behaupten. Aber das, was einen Kuss erst zu einem guten Kuss macht, dieses Gefühl, genau am richtigen Ort zu sein, dieses intensive Spüren des anderen, diesen Wunsch, er möge nie aufhören und du könntest in ihn hineinkriechen, das stellte sich nicht ein. Deshalb beschloss ich, dass es bei dieser kleinen Knutscherei bleiben würde, auch wenn er durchaus anbot, die Sache ein wenig zu intensivieren. Ich lehnte in den kommenden Tagen auch alle eingehenden Einladungen ab, mich erneut auf eine kleine Küsserei einzulassen. Ich musste ja nicht über Nacht komplett durchdrehen und mein Leben um einhundertachtzig Grad drehen. Es kam mir eh schon so vor, als wäre das passiert.

Seltsamerweise fehlte mir das Lernen manchmal fast. Ich erklärte Maisie und Pen, dass es mir gerade ausreichte, ein paar nette kleine Flirts zu haben, um langsam wieder in Übung zu kommen, und ansonsten zu tanzen, bis ich ins Bett fiel und so müde war, dass ich traumlos schlafen konnte.

Und nun war dieser Brief da und ich starrte ihn an und überlegte, was ich darin zu lesen hoffte. Langsam schlitzte ich ihn auf und zog den gefalteten Bogen Papier heraus. Ich klappte ihn auf, erst den unteren Teil, dann den oberen, dabei hielt ich meinen Blick starr auf die Wand vor mir gerichtet. Als Nächstes holte ich tief Luft, schloss für eine Sekunde die Augen und zwang mich, meinen Rücken durchzustrecken. Ich machte mich bereit, den Blick zu senken und endlich zu erfahren, ob sich alles gelohnt hatte. Und in dem Moment, als ich meine Augen nach unten wandern ließ und sie sich sofort auf die Suche nach der einen Botschaft machten, wusste ich, dass ich den Job noch immer haben wollte, so unbedingt wie nichts anderes. Und dann streiften meine Augen den einen Satz. Ganz unschuldig stand er mitten im Text, nicht in Fettschrift, nicht extra eingerückt, nicht von einem einleitenden »Herzlichen Glückwunsch« flankiert, sondern nach einem austauschbaren Einleitungstext, der mir für meine Teilnahme am Assessment-Center dankte und sowohl in einer Zu- als auch in einer Absage enden konnte.

Wir freuen uns, Ihnen eine Stelle in unserem Traineeprogramm anbieten zu können.

Meine Beine gaben nach, und als Maisie eine halbe Stunde später endlich kam, saß ich nach wie vor am Küchentisch, mit vor Glück ganz rot geweinten Augen.

»Ihr benehmt euch, als würde ich ins Kloster gehen«, sagte ich weitere vier Wochen später lachend zu meinen Mitbewohnerinnen.

»Wo du dich ganz sicher wohlfühlen würdest«, meinte Pen spitz.

»Sehr witzig! Kannst du jetzt bitte aufhören, mich so anzusehen, und dich einfach mit mir freuen, dass es morgen losgeht?«

»Ich freu mich doch für dich. Und ich gönne es dir von Herzen. Aber weißt du, was du dir da aufgeladen hast? Ich habe mich mal ein wenig umgehört – diese Traineeprogramme sollen echt hart sein.«

»Natürlich sind sie das. Aber sie sind es wert. Dafür werde ich gerne alles geben.«

»Vor allem wirst du deinen heißen Chef wiedersehen«, warf Maisie ein und grinste.

Ja, das war der einzige Haken an der Sache. Ich war mir weiterhin nicht sicher, wie ich das fand. Nein, ich war mir ziemlich sicher, dass ich mich darauf freute, wenn ich ehrlich war. Ich fürchtete nur, dass es nicht gut war, mich zu sehr darauf zu freuen.

»Ich denke nicht, dass ich ihn allzu oft sehen werde«, antwortete ich und versuchte, mich selbst zu überzeugen. »Er hat bestimmt anderes zu tun, als seine kostbare Zeit mit uns zu verbringen. Und ich werde ja viel außerhalb der Firma sein. Mit den Mentoren in den Filialen und so.«

»Und vielleicht in ganz England unterwegs«, seufzte Maisie. »Wir werden dich vermissen.«

»Es ist ja nur ein Dreivierteljahr«, entgegnete ich und sah sie an. »Und anfangs sind wir erst einmal zu einem Crashkurs hier in London. Ich werde jedes Wochenende heimkommen.«

Zu meiner Überraschung sollten wir in dieser Zeit wieder in einem Appartementhotel untergebracht sein, weshalb ich gerade damit beschäftigt war, meine Koffer zu packen. Acht Wochen, vollgepackt mit Kursen und Training, damit wir nicht ganz unbedarft nach draußen geschickt wurden. Irgendwann gab ich auf und schlang meine Arme um Maisie. »Ich werde euch auch vermissen.«

»Glaub ich nicht«, widersprach Pen und ließ dennoch zu, dass ich sie ebenfalls umarmte. »Du wirst so viel Neues erleben, dass du gar keine Zeit hast, um uns zu vermissen.«

Ob sie ahnte, wie prophetisch ihre Aussage war? Die nächsten acht Wochen waren vermutlich die intensivste Zeit, die ich je erlebt hatte. Das Programm war ähnlich dicht gepackt wie bei der Auswahlprüfung und mir schwirrte abends der Kopf. Zu meiner großen Freude waren auch Leo und Charlotte dabei, dazu noch Andrew und, keine wirklich schöne Überraschung, Mary. Aber dafür hatte Tom es offensichtlich nicht geschafft, was mich nicht nur freute, sondern nebenbei auch meinen Glauben an Karma stärkte.

Nach dem Abendessen saß ich mit Charlotte und Leo zusammen, doch anstatt uns zu entspannen, büffelten wir den Stoff oder bereiteten uns auf den nächsten Tag vor. Jedes Unternehmen hat sein eigenes Traineeprogramm, jedes setzt andere Schwerpunkte. Aber allen ist gleich, dass man bereit sein muss, an seine Grenzen zu gehen. Dafür erwartete uns nach einem knappen Jahr ein Job, der uns fordern und ausfüllen würde und nebenbei auch sehr gut bezahlt war. Selbst jetzt, in der Ausbildung, bekamen wir ein gutes Gehalt. Doch man hatte uns direkt zur Begrüßung auch mitgeteilt, dass wir nicht zu sicher sein sollten. Wer nicht lieferte, musste gehen, lautete die klare Botschaft, auch wenn sie es in nettere Worte verpackt hatten.

Ich brach sogar mein Versprechen, an den Wochenenden nach Hause in unsere WG zu kommen, denn am Ende des Intensivtrainings stand eine Prüfung an, wie wir nun wussten. Die Kurse, die wir durchliefen, waren im Wesentlichen eine Fortsetzung der Dinge, die ich im Studium gelernt hatte, und sehr anspruchsvoll, zumal das Tempo wirklich straff war. Ich lernte eine ganz neue Seite an Mr Potter kennen. Ich hatte eine immense Hochachtung vor ihm, wie er mit Wissen und Zahlen jonglierte und dabei staubtrockene Kommentare einstreute, die uns zum Schmunzeln brachten. Dazu kamen die Kurse bei Paula McIness, die alles umfassten, was mit Personal zu tun hatte, und die bei Thea Billish, in denen wir viel über die hauseigenen Strukturen und Verfahrensweisen erfuhren. Zusätzlich lernten wir noch einen neuen Mentor kennen, Peter Adams, der über den Bereich Logistik und Warenwirtschaft referierte. Ich bemerkte bald, dass Beau Rutherford nicht zu denen gehörte, die Vorträge für uns hielten, und auch sonst machte er sich mehr als rar. Ich sah ihn die ganze Zeit nicht, und ich hatte mit jedem Tag weniger Zeit, das zu bedauern.

Erst als wir diese Phase hinter uns hatten und unsere Tests schon ausgewertet waren, sollte ich ihn wiedersehen. Es gäbe eine kleine Feierlichkeit, hatte Mr Potter uns versprochen, auf der man dann gesagt bekäme, ob man die Prüfung bestanden habe. Anscheinend konnte man wirklich an dieser Stelle aus dem Programm fliegen, wenn man nicht die erforderliche Mindestpunktzahl erreichte, was mich, ganz nebenbei, doch ziemlich stresste. Aber auf alle Fälle sollte uns Beau Rutherford dann persönlich beehren und uns mitteilen, wie der zweite Abschnitt unserer Ausbildung aussehen würde.

Wir waren fast ebenso aufgeregt vor diesem Termin wie vor der Prüfung selbst. Mary, die einzige meiner Kollegen, mit der ich nach wie vor nicht warm wurde, hatte uns nämlich eine Angst in den Kopf gepflanzt, die uns nun alle fest im Griff hatte. Sie hatte sachlich festgestellt, dass es genau vier Mentoren waren, die hier lehrten, und dass man uns anfangs mitgeteilt hatte, dass wir nach der ersten Phase einen festen Begleiter an die Seite gestellt bekommen sollten. Nach dieser einfachen Rechnung waren wir schlicht ein Kandidat zu viel.

»Vermutlich gehen sie davon aus, dass es eh nicht alle schaffen«, unkte Mary und warf einen kurzen Blick in die Runde. »Wir sollten uns also darauf einrichten, dass wir nicht alle weitermachen werden.« Ihre Miene verriet, dass sie sicher war, dass dieses Schicksal nur einen von uns treffen konnte.

Wir sprachen später alleine darüber, aber ihre Aussage ergab Sinn, und wir machten uns weiterhin Sorgen. Dann war endlich der große Tag da. Heute sollten wir in den zweiten Teil der Ausbildung treten, der im kommenden Monat starten würde.

Bei dieser Gelegenheit traf ich zum ersten Mal seit dem Assessment auch Beau Rutherford wieder. Er sah noch besser aus als in meiner Erinnerung, fand ich, und saß bei den anderen, während wir unsere Plätze einnahmen. Endlich stand er auf, trat nach vorne und lächelte uns an. Und ich wünschte mir aus ganzem Herzen, dass nicht ich heute das Programm verlassen würde.

»Sie alle können sehr stolz auf sich sein«, begann er seine kurze Ansprache. »Wir sind es jedenfalls.« Er lächelte und nahm sich die Zeit, jeden anzublicken. »Sie haben in den letzten acht Wochen bewiesen, dass wir die richtigen Kandidatinnen und Kandidaten ausgewählt haben. Sie haben diszipliniert und leidenschaftlich damit begonnen, Ihre Zukunft bei *Jola* zu gestalten. Nun werden Sie den nächsten Schritt gehen und dort Erfahrungen sammeln, wo Sie später arbeiten werden: in unseren Filialen, bei unseren Kunden und Mitarbeitern. Ich mache Ihnen nichts vor, es wird nicht weniger anstrengend und intensiv werden.« Er machte eine kurze Pause und lächelte, und mein Herz schlug plötzlich schneller. »Jeder, der Sie auf diesem Weg begleiten wird, kann Ihnen versichern, dass Sie sich nicht den leichtesten Job ausgesucht haben. Und doch ist es für uns der schönste Beruf der Welt. Ich hoffe, dass er das für Sie ebenfalls werden wird. Sie werden gleich von Mrs McIness Ihre Ergebnisse bekommen und erfahren, wem Sie für die nächsten Monate zugeteilt werden. Natürlich erhalten Sie alle dieselbe Ausbildung. Sie werden im letzten Teil auch bei hoch qualifizierten Mitarbeitern in unserem Stammhaus sein und alles lernen, was Sie wissen müssen. Doch ab heute wird jedem Kandidaten ein persönlicher Mentor zur Seite gestellt, an den Sie sich mit allen Fragen und Problemen wenden können.« Er drehte sich um und Paula McIness nickte.

»Nun werde ich Sie nicht länger auf die Folter spannen und das Wort übergeben. Meine Damen und Herren, ich freue mich, dass Sie Ihre Zukunft mit uns teilen möchten.«

Die Anspannung war jetzt schier mit den Händen zu greifen. Keiner von uns wollte, dass sein Name genannt und gesagt wurde, dass man derjenige war, der mit der niedrigsten Punktzahl ausscheiden musste. Und ich gönnte das auch keinem, nicht mal Mary. Mrs McIness eilte nach vorne und lächelte beruhigend.

»Ehe wir beginnen, muss ich noch sagen, dass wir dieses Jahr ein kleines Problem hatten. Sie wissen natürlich mittlerweile, dass wir bei *Jola* Probleme nicht als solche betrachten, sondern sie als Herausforderungen annehmen. Unsere fünfte Mentorin, Clara Bogish, hat uns leider recht kurzfristig aus privaten Gründen verlassen. Damit haben wir dieses Jahr nur vier Mentoren, und Mr Potter hat dankenswerterweise Claras Teil der Vorlesungen übernommen. Allerdings wäre es nicht fair, ihm auch zwei Trainees zu geben. Deshalb standen uns nur vier Traineeplätze zur Verfügung.« Sie machte eine kleine Pause.

»Nach den ersten Tagen war bereits abzusehen, dass wir in dieser Runde fünf außergewöhnlich engagierte und fähige Kandidaten für unser Programm gewinnen konnten. Wir haben intern frühzeitig begonnen, Überlegungen anzustellen, wie wir diese Situation lösen könnten.«

Wieder machte sie eine Pause, und ich griff nach Charlottes Hand und drückte sie. Jetzt war es so weit. Jetzt kam der Name, auf den wir alle warteten.

»Die Prüfungsergebnisse haben bestätigt, was wir die ganze Zeit erahnten.« Sie raschelte mit ihren Papieren und ich begann, sie zu hassen. Bis eben hätte ich mir genau sie als Mentorin gewünscht, aber so langsam kam mir der Verdacht, dass in Paula McIness eine ziemlich sadistische Ader stecken könnte.

»Sie alle«, sagte sie und strahlte plötzlich über das ganze Gesicht, »haben die Aufgaben, die wir Ihnen stellten, mit Bravour gemeistert. Selten hatten wir eine Truppe, die so dicht beieinanderlag, so durchgehend mit guten Leistungen, Einsatz und Engagement überzeugte.«

Meine Fingernägel krallten sich in Charlottes Handballen.

»Und ich bin sehr froh, dass mir die Entscheidung abgenommen wurde, einen von Ihnen nach Hause zu schicken, weil wir ihm oder ihr keinen Mentor zur Seite stellen können. Stattdessen haben wir eine Lösung gefunden, die es uns ermöglicht, Sie alle, wie Sie es verdient haben, in die zweite Runde mitzunehmen. Und nun habe ich Sie lange genug auf die Folter gespannt. Meine Damen und Herren, ich werde Ihnen jetzt Ihre Mentoren zuweisen. Sie werden dann mit ihm oder ihr besprechen, wie es nächste Woche weitergeht. Und: Herzlichen Glückwunsch Ihnen allen. Sie haben mich sehr stolz gemacht.«

Wieder ließ sie eine kleine Pause eintreten. Ob sie wusste, welche Ängste wir gehabt hatten? Dann räusperte sie sich und begann: »Mary Graham, herzlichen Glückwunsch. Sie haben achtundachtzig Punkte und werden in Zukunft mit Mr Adams arbeiten.«

Ich sah Marys Gesicht aufleuchten. Peter Adams war ein äußerst charmanter Mann und sah recht gut aus. Deutlich besser als Humphrey Potter, auch wenn ich dachte, dass der, was den fachlichen Teil anging, die bessere Wahl war. Peter Adams war der Jüngste der Mentoren, hatte selbst vor noch nicht allzu langer Zeit hier gesessen und eine echte Blitzkarriere hingelegt. Er hatte uns einmal anvertraut, dass er sogar der jüngste Mentor war, den das Unternehmen je berufen hatte, und dass wir daraus lernen sollten, dass alles möglich wäre, wenn man nur bereit war, alles zu geben. Wie passend, überlegte ich, dass ausgerechnet unsere ehrgeizige Mary nun ihm zugeteilt wurde. Vermutlich würde sie seine Laufbahn nicht nur ebenfalls einschlagen, sondern ihn sogar in den Schatten stellen. Mary jedenfalls war zufrieden und schlug elegant ein Bein über, während sie Peter anlächelte.

»Andrew Meyer, herzlichen Glückwunsch, Sie haben sechsundachtzig Punkte erreicht. Ihr persönlicher Mentor wird Thea Billish sein. Leo Simmens, meine Gratulation zu hervorragenden neunundachtzig Punkten. Ich freue mich, dass ich in Zukunft mit Ihnen zusammenarbeiten darf.«

Ich sah kurz zu Charlotte. Nur noch wir beide, und nur noch Humphrey Potter als Mentor.

»Charlotte Reid, Ihr Ergebnis liegt bei überragenden zweiundneunzig Punkten. Sie haben das hier sehr gut gemacht. Mr Potter hat mir versichert, wie stolz er darauf ist, Sie als Mentor zu begleiten.«

Charlottes Hand zuckte, und ich ließ sie los. Dann spürte ich, wie alle meine Mitstreiter mich kurz musterten. Was war nun mit dieser tollen Lösung, von der Paula gesprochen hatte? Unruhig begann ich, meinen linken Daumen zu reiben.

»Und last but not least Ruby Ferguson. Herzlichen Glückwunsch, Sie haben ebenfalls neunundachtzig Punkte erreicht. Ich möchte noch einmal erwähnen, dass wir nicht oft so durchweg gute Ergebnisse verkünden dürfen. Niemand von Ihnen ist auch nur in die Nähe der Grenze gekommen, die uns dazu gezwungen hätte, einen von Ihnen nach Hause zu schicken.«

Jaja, dachte ich und wurde jetzt ernsthaft unruhig. *Toll, aber jetzt sag schon. Was habt ihr mit mir vor? Werde ich jetzt als Einzige direkt in das Stammhaus verfrachtet?*

»Sie, Mrs Ferguson, werden ab nächster Woche mit Beau Rutherford arbeiten. Keine Sorge, er kennt das Programm vermutlich besser als jeder andere hier, denn er hat es aufgebaut. Er war bereits früher als Mentor tätig und freut sich, dass er jetzt einen triftigen Grund hat, das erneut tun zu dürfen.«

Kapitel 18

»O mein Gott!«, rief Charlotte und traf es damit so ziemlich. »Das ist ja unfassbar. Wir sind alle dabei.«

Ja, okay, das auch, dachte ich. *Aber Beau! Und ausgerechnet ich!* Ich zwickte mich schon das dritte Mal und rechnete immer noch damit, endlich aufzuwachen und festzustellen, dass ich im Bett lag und dieser Tag noch gar nicht begonnen hatte.

»Glückwunsch!« Charlotte flog nun der Reihe nach den anderen um den Hals, und einen Moment lang benahmen wir uns wie Kinder, die eben die lang ersehnte Einladung zum besten Kindergeburtstag des Jahres bekommen hatten. Diese Partys, die früher bei den angesagtesten Mitschülerinnen gefeiert wurden und die entschieden, ob man dazugehörte oder nicht. Unsere Mentoren sahen uns milde lächelnd dabei zu und gönnten es uns, unsere Anspannung auf diese Weise ein wenig abzubauen.

»Beim Chef selbst, was?«, fragte Mary und klang eindeutig neidisch. »Wie hast du das gedreht?«

»Gar nicht«, sagte ich überrascht. »Wusstest du, dass er dieses Jahr dabei ist? Mir war das neu.«

Sie zuckte mit den Achseln. »Nun, ob es ein Vorteil ist? Er hat natürlich weit weniger Erfahrungen draußen als die anderen. Vermutlich wirst du die halbe Zeit alleine sein, weil im Büro etwas Wichtiges ansteht. Oder du kochst ihm Kaffee, während er dringende Geschäfte erledigen muss, die nicht aufzuschieben sind.« Sie schien sich selbst überzeugen zu müssen und grinste mich mitleidig an. »Nein, ich denke, am Ende ist es vielleicht doch nur die zweitbeste Lösung, aber du wirst das schon schaffen.«

»Er hätte das nicht gemacht, wenn er keine Zeit hätte«, sprang mir Charlotte zur Seite. »Und überhaupt bin ich der Meinung, dass jeder Mentor seine Vor- und Nachteile hat.«

»Natürlich«, erwiderte Mary und wandte sich ab. »Dann werde ich mal mit Peter die nächsten Schritte planen.«

»Sie ist angepisst, weil sie nicht die Beste war«, beschied uns Leo und traf damit vermutlich ins Schwarze. »Aber das war mir klar. Keiner von uns hatte eine Chance gegen dich, Charlotte. Gut gemacht! Aber ansonsten hat sie recht. Wir sollten jetzt wieder zur Vernunft kommen und zu unseren Mentoren gehen.«

»Mr Rutherford«, sagte ich und streckte ihm meine Hand entgegen. »Ich freue mich, dass ich weiter bin, und will Ihnen erst einmal danken für diese Chance, die ich hier bekommen habe.«

»Das ist alleine Ihr Verdienst«, erwiderte er lächelnd.

»Ja. Natürlich. Dennoch freut es mich.« Meine Augen huschten hinüber zu Charlotte, die mit Humphrey Potter lachte. »Und es freut mich, dass ich Ihnen zugelost wurde und nun von Ihnen lernen darf.«

»Oh, das wurde nicht gelost.«

Ich sah ihn überrascht an.

»Die Mentoren und ihre Schützlinge werden sehr viel Zeit miteinander verbringen. Natürlich versuchen wir, die Paarungen so zu machen, dass es bestmöglich passt.«

»Ah«, sagte ich und spähte wieder hinüber zu den anderen, dieses Mal zu Leo, der sich angeregt mit Paula McIness unterhielt.

»Ich hoffe, dass es für Sie keine zu große Enttäuschung ist, mich zu bekommen.« Er schaute mich aufmerksam an.

»Nein. Natürlich nicht. Ich meine, weshalb auch?«, gab ich mit einem unsicheren Lachen zurück.

»Ich habe um Sie gekämpft«, gestand er und setzte wieder sein umwerfendes Lächeln auf. »Ich habe meinen Chef-Bonus in den Ring geworfen.«

»Oh«, machte ich und kam mir langsam dämlich vor. Als ob mein Vokabular nur noch aus Silben bestünde.

»Keine Angst, jeder hat einen seiner Wunschkandidaten erhalten. Ich denke, wir haben dieses Jahr perfekte Teams.«

»Ja.«

»Sie sind nicht überzeugt, oder? Ich versichere Ihnen, Mrs Ferguson, dass Sie es schlechter hätten treffen können. Ich werde mein Bestes geben.«

»Natürlich.« Ich holte tief Luft. »Haben Sie denn Zeit dafür? Für die Ausbildung?«

»Die habe ich. Und unter uns, Sie tun mir einen Gefallen. Ich war immer viel lieber draußen unterwegs, als nur im Büro zu sitzen. Das war mein Job, und ich habe ihn gerne gemacht. In letzter Zeit haben die Verpflichtungen im Haus zugenommen. Nun habe ich eine reelle Chance, ihnen zu entgehen und wieder verstärkt das zu tun, was ich eigentlich möchte. Wollen wir uns nebenan einen Kaffee bestellen? Dann können wir besprechen, wie es nächste Woche weitergeht.«

Am kommenden Montag fand ich mich wie verabredet um halb acht vor der Zentrale ein. Ich war viel zu früh dort, weil ich ziemlich aufgeregt war. Ich trank meinen Kaffee, den ich mir unterwegs besorgt hatte, und überlegte, was die nächste Zeit bringen würde.

Nach dem ersten Schreck, dass ich Beau zugeteilt worden war, war das Gespräch mit ihm recht angenehm verlaufen. Er hatte mir sachlich erklärt, dass ich nun sein Schatten sein solle und meine erste Hauptaufgabe darin bestünde, ihn zu beobachten. Das war keine allzu schwere Aufgabe, die ich besser hinbekommen sollte, als er ahnte. Er hatte mich freundlich behandelt und es geschafft, mich ein wenig zu entspannen, und vor allem, mir Lust darauf zu machen, mit ihm unterwegs zu sein. Ich musste nur versuchen, ihn als einfachen Mentor zu sehen und nicht gleich als einen der obersten Bosse. Nun ja, und sein Aussehen nicht zu sehr in den Vordergrund rücken zu lassen.

»Das ist deine Chance«, hatte Pen gemeint. »Du kannst direkt an der richtigen Stelle beweisen, was du draufhast. Und denk immer daran: Auch die allerhöchsten Tiere kochen nur mit Wasser. Bleib einfach du selbst, dann wird das schon. Außer«, sie hatte eine Pause gemacht und gegrinst, »es gibt noch einen anderen Grund, weshalb du so nervös bist. In dem Fall hast du sogar zwei Chancen und kannst ihn dir schnappen.«

»Sehr witzig«, hatte ich entgegnet und versucht, cool zu klingen. »Ich werde das professionell angehen und mir gar nichts schnappen außer einem guten Job. Und zudem«, kam es mir plötzlich in den Sinn, »ist ein Kerl wie der bestimmt längst vergeben. Solche Typen laufen doch nicht als Single herum.«

»Solche Typen«, wiederholte Pen langsam. »Wahrscheinlich hast du recht. Sie haben alles, um sich eine Frau zu angeln. Im Notfall sogar ein dickes Bankkonto.«

»Was er nicht braucht«, platzte ich heraus.

Pen verzog den Mund.

»Nicht, wie du wieder denkst! Aber er ist echt nett, glaube ich.«

Ich dachte an das Gespräch nach der Verkündung, dass er mein Mentor sein würde. Er war wirklich freundlich gewesen, hatte mein Unbehagen gespürt und versucht, es mir zu nehmen.

»Ich kann ihn einfach nur schwer einschätzen. Weil er manchmal diese fünf Minuten hat, in denen er eine Frage raushaut, die mich komplett aus der Bahn wirft. Aber ansonsten ist er … verständnisvoll. Nett. Ich weiß nicht«, seufzte ich frustriert. »Ich denke, er ist umgänglich, wenn auch anspruchsvoll. Bestimmt kann ich viel von ihm lernen. Und ich werde mich nicht von ihm einschüchtern lassen. Ich werde tun, was ich immer getan habe, nämlich einfach Ruby sein und darauf hoffen, dass das reicht.«

»Und wie das reichen wird.« Maisie hatte mich fest in die Arme genommen und gedrückt. »Du wirst dem Kerl zeigen, wie froh er sein kann, dich in seiner Firma zu haben.«

Jetzt dachte ich wieder darüber nach, ob es tatsächlich reichen würde, einfach ich zu sein. Scott hatte es gereicht, aber Scott war nicht mein Chef gewesen, sondern mein Mann. Er hatte nie versucht, mich zu verändern, weder im Wesen noch optisch. Und das, obwohl Scott mit seiner Meinung zu mir alleine stand.

Es hatte nicht allzu lange gedauert, bis ich gemerkt hatte, dass seine Familie weit weniger von mir begeistert war als er. Seine Eltern hatten sich etwas Besseres für ihn erhofft, das bekam ich immer deutlicher zu spüren. Und langsam dämmerte es mir, dass der Wunsch, ihrem Sohn eine opulente Hochzeit auszurichten, nicht der Grund für die mehrmalige Verschiebung des Termins gewesen war. Vielmehr versuchten sie im Hintergrund, das Ganze komplett abzusagen, oder besser, Scott zu überzeugen, dass es zu früh wäre, sich zu binden, und dass wir uns Zeit lassen sollten. Er könne sich ja gerne mit mir – oder an mir – seine Hörner abstoßen und ein wenig Spaß haben, aber müsse mich doch bitte schön nicht gleich heiraten.

Charmant, hatte ich gedacht, als ich es irgendwann durchschaut hatte. Aber zu dem Zeitpunkt waren wir bereits verheiratet, und allen Befürchtungen zum Trotz waren wir glücklich. Scott war glücklich, und das, dachte ich, würde sie am Ende überzeugen. Ich war vielleicht nicht das, was sie sich erhofft hatten, aber ich war kein schlechter Mensch, nicht dümmer als viele andere. Ich war gewillt zu arbeiten und später, wenn ich die Chance bekam, im Gebrauchtwagenhandel mit anzupacken. Ich würde sie überzeugen, dass ich die Richtige war, so wie ich immer schon überzeugen musste, dass mehr in mir steckte, als man dachte. Ich hätte vielleicht damit beginnen können, meine Haare anders zu färben und mir diese langweiligen Klamotten zuzulegen, wie Beatrice Longley sie trug. Sie wäre natürlich eine passendere Wahl gewesen: Als Tochter des Bürgermeisters garantierte sie den gesellschaftlichen Aufstieg.

Ich entschied mich bewusst dagegen. Wenn es nur an Äußerlichkeiten lag, dass ich nicht genügte, nun, dann würde ich damit leben. Ich mochte mich nämlich so, wie ich war, und Scott mochte mich auch. Er fand mich schön und begehrenswert. Das war weit wichtiger, als dass ich den Ansprüchen meiner Schwiegereltern gerecht wurde. Und außerdem war ich mir sicher, dass uns beide nichts und niemand auseinanderbringen würde.

Ich war so in Gedanken, dass ich zusammenzuckte, als ich plötzlich von hinten angesprochen wurde.

»Mrs Ferguson, Sie sind pünktlich. Das ist gut.«

Ich sprang von der kleinen Mauer, die den Eingangsbereich zur Zentrale umgab, und fuhr herum. »Ja. Ich habe Sie gar nicht kommen sehen.«

Er lachte und deutete nach hinten zur großen Glastür. »Ich war im Büro und habe noch ein paar Dinge erledigt, ehe wir anfangen. Sie hatten also keine Chance, ich habe mich von hinten angeschlichen.«

»So früh schon im Büro?«

Er zuckte die Schulter. »Ein Termin. Unangenehme Dinge erledigt man besser gleich, anstatt sie die ganze Woche vor sich herzuschieben. Nun ist mein Kopf frei und ich kann mich den Dingen stellen, die meine Aufmerksamkeit erfordern. Und natürlich Ihnen.« Er lächelte. »Also, bereit? Dann legen wir los.«

Kapitel 19

Im Wagen gab Beau mir einen Ausblick, was uns diese Woche erwarten würde. Als Erstes standen diverse Besuche in Filialen an, die sich unter seiner Leitung befanden. Jeder Regionalleiter hatte feste Geschäfte, die er betreute, und sein Gebiet lag im näheren Umkreis.

»Weil ich nebenbei mehrere Projekte im Hauptsitz betreue«, erklärte er mir. »Sie werden mir auch dabei über die Schulter blicken. Noch hat meine Mutter die Geschäfte fest in der Hand, aber in Zukunft werde ich mehr und mehr davon übernehmen.«

»Obwohl Sie lieber draußen sind?«

Er warf mir einen schnellen Seitenblick zu, anschließend konzentrierte er sich wieder auf den Verkehr. »Die Firma war immer in der Hand der Familie. Natürlich ist sie längst zu groß, um alles alleine zu machen, aber die Zügel sind stets in den Händen der Rutherfords gewesen, und so wird es auch bleiben. Ich genieße die Zeit, die mir bleibt, ehe ich dauerhaft im Büro festsitze. Im Gegensatz zu meiner Mutter mag ich die Arbeit an der Front. Da komme ich mehr nach meinem Vater. Sie war diejenige, die im Büro die Entscheidungen traf, während er draußen in den Läden war.«

»Cool«, sagte ich. »Das klingt nach einer modernen Arbeitsteilung.«

»Ja«, entgegnete er knapp.

»Das mit Ihrem Vater tut mir leid.« Ich sah ihn kurz an, aber sein Blick blieb auf die Straße gerichtet. Jeder wusste, dass Mr Rutherford vor ein paar Jahren gestorben war, nachdem er schon länger aus gesundheitlichen Gründen nicht mehr gearbeitet hatte. Aber ich hatte das Gefühl, jetzt etwas dazu sagen zu müssen.

»Danke«, erwiderte Beau nach einem kurzen Moment recht knapp und holte tief Luft. »Meine Mutter leitet das Unternehmen seither alleine, weshalb es für mich langsam eng wird. Sie ist zweifelsohne in der Lage, das noch ein paar Jahre zu tun, doch sie gehört zu denen, die nichts dem Zufall überlassen und alles bestmöglich vorbereiten wollen.«

»Sie ist bestimmt stolz auf Sie.«

»Meine Mutter ist eine starke Frau, die an sich selbst die höchsten Ansprüche stellt. Und an jeden, der mit ihr arbeitet. Es ist nicht leicht, sie stolz zu machen. Ich tue, was ich kann, weil ich sie sehr schätze und großen Respekt davor habe, was meine Eltern sich aufgebaut haben. Auch wenn der Preis dafür kein geringer ist.« Er brach ab und fluchte leise, als vor uns der Verkehr zum Stocken kam.

Ich lehnte mich zurück und beschloss, für eine Weile meinen Mund zu halten, schließlich wollte ich nicht schuld sein, wenn wir hier den nächsten Auffahrunfall verursachten. Außerdem wusste ich nicht, was ich darauf entgegnen sollte. Wie hoch konnte der Preis sein, wenn man solch ein Unternehmen besaß? Viel Arbeit? Das ganz sicher. Wenig Zeit für die Familie und viele Verpflichtungen. Aber auch jede Menge Privilegien. Ihm hatte man bestimmt nicht die Chance genommen, einen guten Schulabschluss zu machen oder an der Klassenfahrt teilzunehmen, weil das Geld einfach nicht reichte. Nicht einmal die Sorge, ob man den Job bekam oder nicht, den man so sehnlichst wollte, kannte er aus eigener Erfahrung. Nein, vermutlich würde ich ihn in jedem einzelnen Punkt schlagen, aber es war nicht seine Schuld und bestimmt auch nicht schlau, ihm das unter die Nase zu reiben.

Ein paar Stunden später war ich immer noch still, nun aber aus einem anderen Grund. Wir hatten mit moderater Verspätung die erste Filiale erreicht. Ich hatte schnell gelernt, dass Zwischenfälle hier zum Tagesgeschäft gehörten und ich ihn vorher durchaus ein wenig stressresistenter hätte einschätzen dürfen. Wenn er schon durchdrehte, weil er vollgequatscht wurde, während er einen Unfall umkurvte, dann hätte er in diesem Job vermutlich keinen Monat überlebt. Natürlich hatten wir genug davon gehört, dass es anstrengend wäre. Ich hatte mitbekommen, wie es war, wenn unser Regionalleiter auftauchte – der übrigens nur das war und nicht zusätzlich als Mentor fungierte –, aber heute erhielt ich einen ganz anderen Einblick. Beau schritt mit den Filialleitern die Regale ab, besprach, was gut war und was anders gemacht werden sollte. Er hörte interessiert zu, als ihm die Ergebnisse des Versuchs berichtet wurden, die neuartigen, wiederverwendbaren Abschminkpads direkt bei den Foundations zu platzieren und damit deren Umsatz anzukurbeln. Er warf einen Blick auf die Bestands- und Bestelllisten. Er besprach Mitarbeiterfragen und diskutierte in einem Fall, wie man das anstehende Problem lösen könnte, das mit einer geplanten Großbaustelle und der damit verbundenen Straßensperrung einherging. Er war konzentriert, entscheidungsfreudig und trotz des Zeitdrucks nie ungeduldig. Ich bemerkte, dass ihm mit Respekt begegnet wurde, der nicht allein darauf basierte, dass er der Chef war. Also *der* Chef, nicht der Chef. Und ich sah, dass man ihn mochte, in manchen Fällen sogar anhimmelte. Er überraschte mich, weil er mit den Mitarbeitern scherzte und von fast jedem den Namen zu kennen schien.

»Das ist mein Job«, erklärte er, als ich ihn darauf ansprach. »Ich wäre ein schlechter Vorgesetzter, wenn ich meine Leute nicht kennen würde. Hat Ihr Regionalleiter Sie nicht namentlich angesprochen?«

»Doch«, gab ich zu. »Aber das ist ...«

»Das ist überhaupt nichts anderes. Sie haben Schwierigkeiten damit, oder?«

»Womit habe ich Schwierigkeiten?« Ich sah alarmiert auf. Was ich ganz bestimmt nicht wollte, war, dass ich bereits am ersten Tag überfordert wirkte oder mit etwas Schwierigkeiten hatte.

»Sie hätten lieber einen anderen Mentor gehabt«, stellte er fest und fixierte mich wieder einmal. Ich war so in seinem Bann, dass ich viel zu lange brauchte, um zu antworten.

»Nein«, begann ich, brach dann aber ab.

»Sie hätten sich für einen anderen entschieden. Aber aus den falschen Gründen. Sie hätten es getan, weil Sie denken, dass es einfacher gewesen wäre. Ich habe mich doch nicht so in Ihnen getäuscht?«

»Ich ...«, stammelte ich und starrte auf meine Tasse. Wir saßen in einem kleinen Café und besprachen den Tag, von dem ich dachte, dass er eigentlich vorbei wäre, was er anscheinend anders auffasste. »Na gut.« Ich hob den Blick und sah ihn an. »Ja, ich finde es schwierig, weil Sie nicht nur mein Mentor sind, sondern auch mein Boss. Der oberste. Beinahe. Äh ... der oberste nach Ihrer Mutter. Und ja, vermutlich hätte ich gedacht, dass es weniger anstrengend ist, einen anderen Coach zu haben. Ich weiß nicht, dann landet nicht jeder Fehler direkt in der Chefetage.« Ich versuchte zu grinsen, er blieb höflich interessiert. »Es ist nichts Persönliches. Also, ich meine damit nicht, dass ich Sie nicht mag, oder denke, Sie hätten den Job nicht drauf …« Ich brach wieder ab, ehe ich mich ganz in Teufels Küche redete.

»Genau diese Gründe bringt meine Mutter jedes Mal an, wenn es um dieses Thema geht. Und ich widerspreche ihr jedes Mal. Tue ich das zu Unrecht?«

»Was? Nein.« Ich spürte ein leichtes Unbehagen aufkommen. Bei mir, nicht bei ihm. Er sah ehrlich interessiert aus.

»Mrs Ferguson«, ein Lächeln zog sich über sein Gesicht, »lassen Sie uns das gleich zu Beginn klarstellen. Ich möchte nicht, dass Sie diese Chance verpassen, weil Sie sich unwohl fühlen. Ich glaube, dass Sie es verdient haben und dass Sie sehr gut in diesen Job passen. Und ich dachte eigentlich, dass Schwierigkeiten Ihr Ding sind, dass Sie Herausforderungen annehmen, anstatt wegzulaufen.«

Ich nickte.

»Es hat mich beeindruckt, Ihren Lebenslauf zu lesen. Sie haben die nötigen Qualifikationen neben Ihrem Job erworben, das verlangt Disziplin und einen eisernen Willen. Und Sie haben beim Assessment untermauert, dass Sie sich nicht vorschnell einschüchtern lassen. Und jetzt? Jetzt blockieren Sie sich, weil ich Ihre Ausbildung übernehme?«

Wieder schüttelte ich den Kopf. »Nein. Nein, das bekomme ich in den Griff.«

»Ich hoffe es. Und ich denke, ich weiß auch wie.«

»Ach ja?«

»Ja.« Wieder grinste er. »Ich bin Beau.« Er streckte mir seine Hand entgegen.

»Ich weiß«, sagte ich leicht verunsichert.

»Gut. Dann sprich mir nach: ›Es freut mich, Beau …‹« Er sah mich herausfordernd an.

»Es freut mich, Beau«, wiederholte ich brav.

»Dass du meine Ausbildung übernimmst.«

»Dass … Halten Sie das für eine gute Idee?« Ich starrte ihn erschrocken an.

»Ich halte es für eine hervorragende Idee. Ich habe bereits gesagt, dass ich denke, dass ich so ziemlich der Beste bin, den …«

»Das meine ich nicht, und Sie wissen das«, warf ich leise ein.

»Ich denke«, sagte er und sprach jetzt ebenfalls leiser und eindringlich, »dass man manchmal unkonventionelle Wege beschreiten muss. Ich habe mich für dich starkgemacht, dass du in das Programm kommst. Weil ich glaube, dass du gut bist, und weil ich denke, dass du es verdient hast. Du wirst eine hervorragende Regionalleiterin werden, wenn du dich traust, zu dir zu stehen, und dich nicht einschüchtern lässt von den Umständen, den Menschen oder irgendwelchen Titeln. Ich sehe viel in dir, und ganz nebenbei mag ich es nicht, wenn ich zugeben muss, dass ich mich getäuscht habe.«

»Aber könnte das nicht …« Ich dachte nach. »Falsch interpretiert werden? Mir am Ende zum Verhängnis werden?«

»Wir alle kennen die Regeln«, beschied er mich knapp, dann wurde sein Gesicht wieder freundlicher. »Und das war es auch nicht, was ich dir angeboten habe.«

»Natürlich«, erwiderte ich schnell und wurde rot wie eine Tomate. »Das wollte ich auch gar nicht andeuten …«

»Gut. Dann lass es uns versuchen. Ich glaube einfach, dass du einen Weg brauchst, um den Nachteil auszugleichen, dass du mir untergeordnet wurdest. Es war eine spontane Idee, aber ich halte sie für gut, und ich vertraue gerne meinem Instinkt. Es gibt immer wieder Trainee-Mentoren-Gespanne, die sich duzen, wenn beide Parteien denken, dass es passt. Das sollte für dich kein Nachteil sein.«

Ich nickte nachdenklich.

»Versuchen wir es noch einmal. ›Ich freue mich, Beau‹«, sprach er mir wieder vor, und ich hielt seinem Blick tapfer stand.

»Ich freue mich, Beau«, wiederholte ich ein weiteres Mal.

»Dass du meine Ausbildung übernimmst.« Er zog die Augenbrauen hoch und legte den Kopf leicht schief.

»Dass du meine Ausbildung übernimmst«, wiederholte ich immer noch leicht zögernd.

»Na also.« Er schob seine leere Tasse zur Seite und stand auf. »War doch gar nicht so schwierig. Und nun geht es weiter. Auf uns wartet noch eine Filiale.«

»So einfach ist das eben doch nicht«, beschwerte ich mich zwei Tage später, und er zog wieder einmal seine Augenbraue hoch.

»Ernsthaft, das stresst mich. Du«, es kam mir nach wie vor sehr schwer über die Lippen, diese unvertraute Anrede zu benutzen, »du verlangst von mir, dass ich dich duze, aber vor den anderen reden wir uns mit ›Sie‹ an.«

»So ist der offizielle Ton«, gab er gleichmütig zurück. »Das mache ich mit jedem aus meinem Mentorenteam.«

»Ich denke ständig nach, ob gerade jemand in der Nähe ist, das macht die Sache nicht wirklich einfacher. Können wir nicht einfach …«

»Nein. Im Ernst, Ruby, wenn diese Aufgabe bereits zu viel für dich ist und dich stresst, dann bist du vielleicht doch nicht die Richtige.«

Ich erkannte zu spät, dass ich hereingelegt worden war.

»Schon wieder so eine verdammte Prüfung?«, fragte ich und sah ihn empört an. »Ist das wieder einer deiner fiesen Tests, die du so gerne magst?«

»Nein.« Er lachte. »Dieses Mal nicht. Aber ich habe noch ein paar auf Lager, keine Angst.«

»Die habe ich nicht«, grummelte ich.

Wir saßen während dieser Unterhaltung auf der Rasenkante eines großen Kundenparkplatzes, den sich einer unserer Läden mit einem Supermarkt teilte, und hatten eigentlich darüber gesprochen, was er eben mit der Filialleitung an Neuerungen diskutiert hatte. Neben uns belud eine Frau den Kofferraum und spähte misstrauisch zu uns herüber, wie wir hier saßen mit unseren Pappbechern aus dem Kaffeeautomaten und unseren feinen Anzügen. Nun ja, er mit seinem feinen Anzug. Ich trug heute meine rosafarbene Hose mit einer weißen Bluse und kam mir sehr chic darin vor.

Neben der Frau balancierte ein etwa fünfjähriger Knirps auf der Abschlusskante, die Arme weit ausgebreitet und lachend. Er ging wackelig bis zum Ende der Reihe und drehte dann um.

»I like to move it, move it«, sang er und bemühte sich, das Gleichgewicht zu halten, während er auf uns zusteuerte.

Seine Mutter warf ihm einen Blick zu und hob einen Sixpack Wasser in den Wagen.

»Am letzten Tag des Assessment-Centers«, sagte Beau plötzlich und sah mich an, »als du schon fast draußen warst und dich dann noch einmal umgedreht hast. Das war der Moment, in dem ich wusste, dass du das Zeug hast.«

Ich dachte zurück. Ich ahnte, was er meinte.

»Du warst nicht die Einzige, der ich diese Frage stellte, und ja, das war eine meiner miesen Fallen.« Er grinste frech.

Ich nickte langsam. »*Gut aussehend*, *erfolgreich* und *selbstbewusst.*«

»Die Standardantwort. Nun ja, *gut aussehend* mag mutig gewesen sein, aber der Rest …«, er stieß die Luft aus.

Ich überlegte, wer das gesagt haben könnte. *Kein Kerl*, dachte ich spontan. Und Charlotte ganz sicher auch nicht. Mary, erkannte ich. Es würde zu ihr passen.

»Damals hast du dich getraut. Das hat mich beeindruckt. Kein anderer hat seine zweite Chance genutzt.«

»I like to move it, move it«, schmetterte der Junge immer noch, und ich schaute kurz zu ihm, wie er diese Zeile lauthals und fröhlich grinsend sang, völlig uninteressiert, was irgendjemand dachte.

Seine Mutter warf ihm einen erneuten Blick zu und beeilte sich augenscheinlich, den Einkaufswagen leer zu bekommen.

»Du hast das mit allen gemacht?«

»Nein«, bekannte er. »In einigen Fällen hat mir Thea das abgenommen. Wenn ich das mit, sagen wir, Tom Saunders gemacht hätte, wäre die Wirkung vermutlich eine ganz andere gewesen.«

Ich nickte und dachte daran, wie ich einen Moment gemeint hatte, diese Frage ziele auf … nun ja, auf eine nicht ganz so geschäftliche Einschätzung ab.

»Wobei es vermutlich sehr interessant gewesen wäre, wie er reagiert hätte«, überlegte ich laut und musste grinsen. »Ich würde ihm unterstellen, dass er sehr weit geht, um das zu bekommen, was er will.«

»Nun, ich tue das nicht. Und ich habe wenig Interesse daran, dass es da zu falschen Interpretationen kommt.«

»Kommt es nicht sowieso dazu? Wissen die anderen, wie diese Frage gemeint war? Dass es ein Teil der Prüfung war?«

»Die Situation wurde im Abschlussinterview natürlich geklärt.«

»Wie bitte?« Ich sah ihn an und spürte, wie ich rot wurde. »Mir hat das keiner erklärt.«

»Du hast anders reagiert als die anderen. Du warst die Einzige, die sich traute, das zu sagen, was sie wirklich dachte. Zumindest hoffe ich das. Ich mag deine Einschätzung, und ich denke, dass du gar nicht mal so falsch liegst. Vor allem mit *charismatisch.*«

»Du bist …« Ich war empört und stutzte kurz, ob ich genau jetzt ein weiteres Mal sagen sollte, was ich gerade wirklich dachte.

»I like to move it, move it«, verkündete der Knirps noch enthusiastischer und war jetzt dicht bei uns. Drei Schritte noch, dann würden seine Schuhe meine Hose berühren.

»Ozzy«, rief seine Mutter warnend und schlug den Kofferraumdeckel zu.

»Move it!«, beendete der Kleine mit einem extra lauten Ausruf seinen Gesang, warf wie ein Showstar seine Arme in die Luft und verstummte. Er fixierte mich, als erwartete er eine Antwort. In seinen Augen blitzten Lebensfreude und die Frage, ob ich diese mit ihm teilen würde.

»Yes!«, rief ich und fühlte mich plötzlich so viel freier als die letzten Tage. »Move it!«

Der Kleine nickte, als hätte ich seine Erwartungen erfüllt, dann ließ er die Arme sinken, sprang von der Randbegrenzung und flitzte zu seiner Mum.

»Kinder sind cool, oder? Die sagen einfach, was sie denken und fühlen. Sie scheren sich einen Dreck darum, was andere davon halten.« Ich schaute zu, wie der Knirps in das Auto kletterte.

»Unbedingt.« Auch Beau starrte dem Kind hinterher und hob nun grüßend die Hand, als es fröhlich durch die Scheibe winkte. »Weshalb also tun wir es ihnen nicht nach?«

»Keine Ahnung. Und ganz nebenbei, Beau Rutherford«, sagte ich und sah ihn grinsend an, »ändert es nichts daran, dass du dir gerade selbst ein Bein gestellt hast. Ich denke nicht, dass ich dir irgendwann wieder richtig vertrauen kann. Ich lasse *unberechenbar* und *hartnäckig* stehen und ziehe *charismatisch* zurück.«

»Und welches Wort kommt für dich stattdessen in Betracht? Komm schon, Ruby, es müssen drei sein. Ich warte, also enttäusch mich nicht.«

Ich schloss die Augen. »*Schweißtreibend*«, verkündete ich spontan, und er lachte.

Kapitel 20

Endlich war der Knoten geplatzt. Ich erkannte, dass ich in den letzten Tagen, ohne es zu merken oder zu wollen, viel zu viel Energie darauf verschwendet hatte, darüber nachzudenken, was ich tat oder sagte. Und dass es nicht darum ging, den Respekt zu verlieren oder zu vertraulich zu werden oder was auch immer. Ich spürte, dass mein Respekt für Beau im Gegenteil noch einmal gewachsen war, weil er mein Problem nicht nur erkannte, sondern mir die Hand reichte, um es zu überwinden. Es war ganz sicher unkonventionell, aber es passte genau zu mir und auch zu ihm, wie ich mit jedem Tag mehr feststellte.

Die Arbeit mit ihm war unbeschreiblich spannend, interessant und lehrreich. Nach jedem Einsatz besprachen wir, was ich gerade miterlebt hatte. Immer öfter traute ich mich, mit ihm andere Lösungsmöglichkeiten zu diskutieren. Er ermutigte mich, nach alternativen Wegen zu suchen, und lachte nie über einen Vorschlag, der zu naiv oder zu undurchdacht war. Und obwohl ich das niemals erwartet hätte, begann ich, in ihm wirklich meinen Mentor zu sehen und zu vergessen, dass er doch so viel mehr war.

Am Freitag nach unserer ersten gemeinsamen Woche war es wieder spät geworden, bis wir mit dem Tagespensum durch waren. Ich bewunderte Beau, wie er das alles packte. Bisher hatten wir uns jeden Morgen vor dem Konzerngebäude getroffen, und er war an jedem einzelnen Tag bereits in seinem Büro gewesen, wenn wir uns auf den Weg machten. Abends stieg ich dort wieder aus dem Wagen, und ich hatte den starken Verdacht, dass er dann noch einmal in das Gebäude ging.

»Du wirst auch diesen Teil meines Jobs miterleben«, hatte er gesagt, mich jedoch bisher noch nicht dazu aufgefordert, ihn zu begleiten. Und ich war dankbar dafür, denn obwohl ich es gewohnt war zu arbeiten, war ich abends echt platt.

Heute musterte er mich, ehe er den Wagen startete. »Wie sieht es aus? Wollen wir etwas essen gehen?«

»Jetzt?«

»Es sei denn, da wartet jemand dringend auf dich. Ich würde dir gerne ein kurzes Feedback geben und über nächste Woche sprechen.«

»Nein. Ich meine, nein, da wartet niemand auf mich.« Ich räusperte mich.

»Gut«, meinte er knapp und scherte aus dem Parkplatz aus. »Dann heißt das also Ja.«

Ich hatte Beau die Wahl des Restaurants überlassen. Zu meiner Verwunderung landeten wir in einem kleinen, unspektakulär aussehenden Familienbetrieb, in dem er recht überschwänglich begrüßt wurde. Nicht unterwürfig oder wie ein hohes Tier, sondern fast freundschaftlich und vor allem ohne irgendwelche Andeutungen, wie nett es wäre, dass er mit einer neuen Bekanntschaft kam. Ich hatte das Gefühl, dass er hier öfter zu Gast war und dass man ihn mochte und schätzte. Und vor allem gefiel mir, dass ich nicht den Eindruck hatte, als würde er hier ständig mit irgendwelchen Begleiterinnen auftauchen. Ich verbot es mir im selben Augenblick, diesen Gedanken weiterzuverfolgen. Das ging mich nichts an und sollte mich nebenbei auch nicht interessieren.

Wenn ich ganz ehrlich war, interessierte es mich zwar sehr, aber das wollte ich mir selbst nicht eingestehen. Es gab so vieles, was mich interessierte und nicht zur Sprache kommen würde. Beau hatte mir oft genug einen Satz hingeworfen, bei dem ich nichts lieber wollte, als nachzuhaken. Weshalb hatte er ausgerechnet mich als Trainee haben wollen? Wer hatte mich auch gewollt? Das hatte er vor genau einer Woche gesagt, dass er um mich gekämpft habe. Ich wollte fragen, weshalb er sich für mich eingesetzt hatte, für andere nicht. Welche versteckten Tests wir noch durchlaufen hatten und weshalb Tom nicht im Programm war, die ebenso unsägliche Mary es aber geschafft hatte. Ich wollte wissen, wie das genau mit diesen Drei-Worte-Tests abgelaufen war, und vor allem, ob auf ihn ebenfalls niemand wartete. Aber ich verkniff es mir und hörte stattdessen zu, was nächste Woche anstehen würde.

»Die Schonzeit ist vorbei«, eröffnete er mir, und ich lachte überrascht.

»Diese Woche nennst du Schonzeit? Ich habe mehr Stunden als in der Filiale gearbeitet, und dort habe ich nahezu jeden Tag ein, zwei Stunden drangehängt.«

»Und es wird noch mehr. Ist das ein Problem?«

Ich schüttelte den Kopf. »Nein.«

»Gut.« Er legte die Speisekarte zur Seite. »Ich werde dich ab nächster Woche mit ins Büro nehmen. Wir planen gerade die kommenden Sonderaktionen für das nächste Jahr. Das ist ein spannendes Thema. Es tauchen jedes Mal Probleme auf, die zeitnah gelöst werden müssen. Ich stehe deshalb in engem Kontakt mit den Einkäufern. Ich denke, es schadet nicht, wenn du einen Einblick bekommst. Außerdem werden wir nächste Woche auch eine neue Filiale besichtigen, die demnächst eröffnet wird. Ein ganz neues Konzept, und wenn es ankommt, werden wir nach und nach alle umstellen. Das ist ein wichtiges Projekt, denn wenn es schiefgeht, haben wir nicht nur eine Menge Zeit, sondern auch viel Geld in den Sand gesetzt. Es werden lange Tage werden, wenn du dem zustimmst.«

Wieder nickte ich. »Das ist kein Problem.«

»Weil niemand auf dich wartet.«

»Genau.« Ich sah ihn an, und dann gab ich doch meiner Neugierde nach. »Und bei dir? Wartet auf dich ebenfalls niemand?«

Er blickte mich einen Moment an, und ich brach sofort ein. »Das geht mich nichts an, es tut mir leid.«

»Nein«, erwiderte er und nun entspannte sich sein Gesicht. »Du musst dich nicht entschuldigen. Die Frage ist berechtigt, und die Antwort lautet: Nein, es wartet niemand.«

»Weshalb nicht?«, hätte ich gerne weitergemacht, aber ich wagte es nicht.

Er seufzte. »Es ist nicht einfach, das ist dir bereits aufgefallen. Man hat nicht allzu viel Zeit, und im Moment ist es besser für mich, wenn ich nicht auch noch … andere Verpflichtungen habe.«

»Aber eine Beziehung ist doch keine Verpflichtung«, warf ich ein, ehe ich mich stoppen konnte. »Ich meine, sie sollte es nicht sein. Oder?«

»Nein. Und doch … Nun, es ist, wie es ist. Im Moment wartet niemand auf mich, was deine Frage beantwortet haben sollte. Ich bin dran.«

»Womit?«, wunderte ich mich und nickte dem jungen Kellner dankbar zu, der eben unsere Teller brachte.

»Ich bin dran mit Fragen.«

»Ich dachte, wir besprechen die nächste Arbeitswoche.«

»Das haben wir bereits getan. Du weißt, was auf dich zukommt. Ich werde dir das Wochenende nicht mit Details verderben. Es reicht, wenn du den Rest nächste Woche erlebst.«

Ich lachte. »Sehr rücksichtsvoll.«

»Also, ich bin dran. Weshalb benutzt du keinen Aufzug?«

»Was? Das ist eine ziemlich persönliche Frage.«

»Persönlicher als die nach meinem Beziehungsstatus? Ernsthaft?« Er sah mich spöttisch an.

»Nun«, wich ich aus. »Irgendwie schon.«

»Jetzt bin ich noch neugieriger.« Er taxierte mich, dann wurde sein Blick ernst. »Du hast eine schlechte Erfahrung gemacht, ist es das? Deshalb steigst du nicht mit fremden Männern in diese engen Kabinen.«

»Was?«

»Es tut mir leid. Es war unsensibel von mir, auf einer Antwort zu beharren.«

»Nein.« Der Groschen war gefallen, und ich errötete. »Nein, das ist nicht der Grund. Es ist«, ich holte tief Luft, »etwas anderes. Du wirst darüber lachen.«

»Bestimmt nicht.«

»Es ist so«, sagte ich nach einer kurzen Pause zögernd. Über dieses Thema sprach ich normalerweise nicht besonders gerne. Aber irgendwie hatte ich das Gefühl, dass er es besser verstehen können würde als andere. »Es ist so, dass ich irgendwann an einem Punkt war, an dem ich dachte, mein Leben sei selbst ein Fahrstuhl und es gäbe nur eine Richtung. Es war eine dumme Idee, spätnachts und geprägt von Selbstmitleid, aber ich habe mir spontan geschworen, wenn ich schon an meinem Leben nichts ändern kann, dann zumindest daran. Es war …«, ich wedelte ein wenig mit der Hand durch die Luft, »so eine Art Deal mit dem Universum. Ich steige erst dann wieder in einen Aufzug, wenn mein Leben nicht mehr ständig weiter bergab geht.« Ich lachte unsicher. »Und es war eine dumme Idee, denn dem Universum ist es ziemlich egal, ob ich Treppen steige oder nicht.«

»Solltest du dann nicht langsam wieder damit anfangen? Dein Leben ist im Aufwärtstrend, würde ich behaupten.«

»Nein.« Ich schüttelte den Kopf. Ein Teil meines Lebens, ja, vielleicht, aber noch längst nicht alles. Und meine Gefühlswelt war es schon gar nicht.

»Ich verstehe«, erwiderte er, und ich hoffte, dass er sich täuschte. Nun, er musste sich täuschen, denn er wusste rein gar nichts. Weder davon, was ich war, noch, wer ich war. Oder weshalb ich wirklich so darauf beharrte, ich zu sein, mit allen Konsequenzen.

Kapitel 21

Am Wochenende hatte ich mich gezwungen, mit Pen und Maisie auszugehen, obwohl ich keine große Lust darauf hatte. Aber die beiden hatten recht, wir sahen uns viel zu selten. Unter der Woche war ich abends zu erledigt, um etwas zu unternehmen. Ich hatte sie nur mit kurzen Berichten über den Tag abgespeist.

»Ruby, du musst langsam deine Prioritäten überdenken. Das kann so nicht weitergehen, dass du immerzu nur noch an den Job denkst. Seit Jahren verfolgst du dieses Ziel. So langsam machst du mir Angst. Irgendwann wachst du auf, bist alt und wirst feststellen, dass du dein Leben vergeudet hast.«

»Ich vergeude es nicht. Im Gegenteil, ich bin endlich dabei, es nicht mehr zu vergeuden«, hatte ich widersprochen, doch Pen schüttelte streng den Kopf.

»Süße, man kann nicht nur arbeiten. Lass uns heute Abend ausgehen und Spaß haben. Falls du noch weißt, was dieses Wort bedeutet.«

Und so waren wir losgezogen und hatten einen netten Abend in einem netten Club verlebt. Ich wusste, dass die beiden hofften, dass wir wie beim letzten Mal nach Kerlen Ausschau halten würden, aber danach stand mir der Sinn gerade gar nicht.

Das Gespräch mit Beau war mir noch zu nahe. Er hatte keine Ahnung, wie sehr er mich mit dieser Frage nach dem Fahrstuhl erwischt hatte. Beim nächsten Mal, schwor ich mir, wäre ich nicht so dumm. Ich würde einfach sagen, dass ich Platzangst hatte und gut. Es ging niemanden etwas an, dass ich letztendlich deshalb nicht mehr mit ihnen fuhr, weil ich mir und jedem etwas vormachte.

Auf alle Fälle schaffte Beau es irgendwie, sogar während meines Wochenendes präsent zu sein, was mich dann doch ein wenig erschreckte. Bisher war es aus ganz anderen Gründen Scott gewesen, der mich daran hinderte, mich am Wochenende auf die Art zu entspannen, die meinen beiden Freundinnen vorschwebte. Obwohl sie mir unentwegt vorhielten, dass es schlichtweg dumm von mir sei, und ich das sogar selbst wusste, war es eben so. Ich konnte nichts dafür und ich konnte es nicht ändern, dass ich all die Jahre jeden Mann an Scott maß. Keiner konnte es mit ihm aufnehmen, und damit endete jedes Abenteuer, ehe es begann. Und nun war ich plötzlich so weit, dass ich diese Vergleiche nicht mehr anstellte, was ja gut war. Aber weniger gut war, dass ich mit einem abwesenden Lächeln den durchschaubaren Komplimenten eines wirklich adretten Kerls lauschte, während ich an meinen Chef und die Arbeit dachte. Mir Ideen zurechtlegte, die ich ihm präsentieren könnte, und versuchte, mich bestmöglich auf jede Situation vorzubereiten, in die er mich bringen würde. Vielleicht hatte Maisie recht und ich mutierte wirklich zu einem spaßbefreiten Arbeitstier? Vielleicht war es das jetzt für immer und ewig mit dem leichten Leben und ein wenig Vergnügen? Ich hoffte plötzlich sehr, dass das der Grund war, und zwang mich, dem Typen vor mir endlich die Aufmerksamkeit zu schenken, um die er so buhlte.

»Weißt du, Ruby«, fing Maisie am Sonntagabend an und hieb in dieselbe Kerbe wie Pen neuerdings. »So langsam mache ich mir Sorgen um dich.«

»Um mich? Weshalb das denn?«, fragte ich zurück und ließ mein Buch sinken, mit dem ich einen recht anstrengenden Nachmittag verbracht hatte. Es war sogenannte Fachliteratur, ein Werk über Warenwirtschaft. Ich hatte den ganzen Tag damit zugebracht, das zu verstehen, was ich da las. Ich wollte vorbereitet sein auf die kommende Woche und mich nicht allzu dumm anstellen. Die Wohnung war heute ungewohnt ruhig gewesen, was mir zugutekam. Maisie hatte sich gestern Abend abgesetzt und war mit ihrem neuen Bekannten abgezogen und eben erst wieder heimgekehrt, ein dickes Grinsen im Gesicht. Pen hatte den ganzen Tag mit einem Kerl zugebracht, den sie letzte Woche kennengelernt hatte und mit dem sie heute brunchen gegangen war. Er schien kein völliger Flop zu sein, denn der Brunch zog sich jetzt bereits bis in die Abendstunden hin.

»Sieh dich doch nur an! Du bist jung, du bist wunderschön, süß und nett. Und du hattest gestern einen Jackpot an der Angel. Echt, der Kerl war perfekt. Nett, witzig, unterhaltsam. Er hat sich den ganzen Abend nur um dich bemüht und du hast es gar nicht bemerkt. Ich wette, du weißt nicht einmal mehr, wie er heißt.«

»Und?«

»Das ist nicht normal. Ich meine, ich hab es ja verstanden, als du deinen Schulstress hattest und alles, aber jetzt? Ruby, was stimmt nicht mit dir?«

»Mit mir stimmt alles. Nur weil ich nicht mit dem erstbesten Typen mitgehe …«

»Du gehst mit gar keinem Typen mit. Weder mit dem Erst- noch dem Zehntbesten. Hast du ein Problem damit?« Sie visierte mich mit einem Ernst an, der mich dazu brachte, das Buch ganz zur Seite zu legen.

»Weil ich kein Interesse an ihm habe? Was ist daran ein Problem?«

»Du hast an keinem Mann Interesse. Ruby, das ist nicht gut. Manchmal wünschte ich …«, sie machte eine kleine Pause. »Manchmal wünsche ich mir, dass ich diesen Scott in die Finger bekommen könnte. Ich weiß ja nicht, was er mit dir gemacht hat, aber das ist ungesund.«

»Lass Scott da raus!« Ich hörte, dass meine Stimme schärfer klang als beabsichtigt. »Um ihn geht es hier nicht. Offensichtlich geht es um mich.«

»Gibt es da keine Verbindung? Ruby, wenn du nicht aufpasst, dann ist das Leben vorbei, ehe du es merkst.«

»Ich bin eben nicht so. Wie du und Pen. Ich …« Ich verstummte.

Ich war nicht so locker wie sie. Ich war es nie gewesen. Ich hatte bisher nur einen Mann gehabt, was ich den beiden allerdings nicht verraten hatte. Es gab keinen vor Scott und keinen danach. Ich wusste selbst, dass das nicht normal war, aber ich konnte doch nicht mit irgendeinem Typen in die Kiste hüpfen, nur damit meine Freundinnen endlich Ruhe gaben.

»Als du hier eingezogen bist, haben Pen und ich über dich gesprochen. Das macht man, wenn man so eng mit einer Fremden zusammenleben wird. Wir waren beide sofort von dir eingenommen. Wir waren uns einig, dass es passt. Dass wir menschlich gut miteinander können.«

»Das tun wir doch auch«, bestätigte ich und machte mir ein wenig Sorgen. Das klang nach einem Aber.

»Das tun wir, und du weißt es, Süße. Wir sind viel mehr als Mitbewohnerinnen. Aber was ich eigentlich sagen wollte …« Plötzlich grinste sie ihr freches Feengrinsen. »Ich weiß noch, wie Pen meinte: ›Mit der werden wir was erleben. Die hat es faustdick hinter den Ohren. Leg dir schon mal Ohrstöpsel zurecht, Maisie.‹«

Ich sah sie verwirrt an. »Weil?«

»O mein Gott, Ruby! Du bist tatsächlich so naiv, wie du aussiehst, was?« Maisie lachte, und ich schluckte leicht pikiert.

»Scheint so«, parierte ich ein wenig hochnäsig.

»Dann mal im Klartext: Du siehst aus wie eine, die sich nur zu gerne abschleppen lässt. Ich meine, sieh dich an: Deine Haare, deine Augen und dieser Mund, der immerzu aussieht, als wolle er geküsst werden. Deine Klamotten, deine ewig zu kurzen Röcke und engen Tops. Ganz im Ernst, Ruby, wenn ich dich nicht kennen würde, ich würde sagen, die hat alle Chancen der Welt bei den Kerlen, und die lässt keine einzige davon anbrennen.«

Ich wollte es Maisie nicht sagen, aber sie hatte mich gerade ziemlich verletzt. Nicht mit ihrer Beschreibung meines Aussehens. Das kannte ich und wusste natürlich, dass es eben speziell war. Aber ich mochte es und das war die Hauptsache, oder?

»Ich will dich nicht kritisieren«, versuchte sie, die Kurve zu kriegen, doch ich winkte ab.

»Manchmal sind Menschen anders, als man denkt«, erklärte ich, und meine Stimme klang ein wenig zittrig. »Schau dich doch um! Schau dir Pen an. Sie wirkt so tough und gefestigt, und dennoch fällt sie immer wieder auf diese Blender herein. Und springt mit denen dann viel zu schnell in die Kiste. Und nimm dich. Du siehst aus wie eine Fee aus einem Zeichentrickfilm, die sich nichts Schöneres vorstellen kann, als den ganzen Tag um Blüten herumzuschwirren und Nektar zu sammeln …«

»Was ich durchaus auch gerne mache«, rief sie prustend und zwinkerte frech.

Ich gab auf. »Ich will es einfach nicht, okay? Und nun wäre ich dir dankbar, wenn wir das Thema beenden könnten.«

»Ach, Ruby.« Sie ließ sich neben mir nieder und zog mich an sich. »Ich will dich doch gar nicht verletzen oder so. Ich will nur, dass du glücklich bist. Dass du endlich abschließt und zulässt, dass das Leben weitergeht.«

Kapitel 22

Ich war froh, als es Montagmorgen war und ich wieder zur Arbeit gehen durfte. Denn das hieß, dass mich Beau so fordern und mit neuen Eindrücken füttern würde, dass ich alles andere vergessen konnte. Ich fand mich wie jeden Morgen am Treffpunkt ein und wartete, bis er auftauchen würde. Wie gewohnt kam er aus dem Gebäude.

»Ich dachte, ich darf dir auch im Büro über die Schulter schauen.«

»Das darfst du. Heute Abend, versprochen. Das eben«, er deutete mit dem Daumen über seine Schulter zurück, »war nur halb geschäftlich. Ein Meeting mit meiner Mutter.« Er verzog den Mund. »Sie ist unglaublich. Sie sieht alles, weiß alles, hört alles. Und sie bewertet alles. Manchmal denke ich, diese Frau hat einen doppelt so langen Tag zur Verfügung wie wir anderen.«

»Sie muss eine tolle Frau sein. Ich würde sie gerne kennenlernen.«

»Das wirst du irgendwann. Keiner hält sich in diesem Gebäude auf, ohne dass sie es mitbekommt.« Er lachte und ging los Richtung Auto. Ich folgte ihm und hatte wie immer beinahe Schwierigkeiten mitzuhalten. Er war mit seinen langen Beinen einfach im Vorteil und hatte die Angewohnheit, zügig auszuschreiten. »Aber nicht heute. Heute entrinnen wir ihrem scharfen Blick und gehen an die Arbeit. Wie war dein Wochenende?« Er hielt mir galant die Autotür auf, und ich schlüpfte auf den Sitz.

»Schön, danke. Und deines?«

Wir plauderten ein wenig über unsere Wochenendaktivitäten. Er zog überrascht die Augenbrauen hoch, als ich etwas verschämt zugab, dass ich mich mit einem Buch über Warenketten beschäftigt hatte.

»Das ist lobenswert, aber denkst du nicht, dass man sich auch mal erholen sollte?«

»Das habe ich gemacht. Ich meine, ich lag auf dem Sofa und habe mich keinen Schritt mehr bewegt als nötig.«

»Das meine ich nicht. Man muss den Kopf freibekommen, abschalten.«

»Und wie hast du das gemacht?«, fragte ich neugierig.

»Ich war in den Cotswolds und bin gewandert.« Er sah meinen Blick und verzog kurz das Gesicht zu einer ziemlich süßen Miene, einer Mischung aus »Tja« und »Hättest du nicht gedacht, was?«. Ein wenig »Du wirst mich nie einschätzen können« war auch dabei.

»Ernsthaft? So richtig mit Jeans und Wanderstiefeln und …« Jetzt war ich es, die versuchte, ihre Überraschung mit einer aussagekräftigen Mimik auszudrücken. »… mit einem Rucksack voller Stullen und einer Wasserflasche?«

Er lachte. »Fast. Keine Stullen, es gibt dort ausreichend gemütliche Pubs, die hervorragendes Essen anbieten. Ansonsten: Ja. Und«, er neigte sich ein ganz klein wenig zu mir herüber und senkte seine Stimme zu einem vertraulichen Flüstern, »und mit einem karierten Hemd.«

»Das würde ich nur zu gerne einmal sehen«, erwiderte ich spontan und stellte mir vor, wie er in der von ihm beschriebenen Kluft aussehen würde. O Mann!

»Nun, dann wirst du mich einmal begleiten müssen«, entgegnete er, als wäre es das Selbstverständlichste der Welt. »Hast du Wanderschuhe?«

»Ich fürchte nicht«, gab ich lässiger zurück, als mir gerade zumute war. Mein Herz fand nämlich, dass dies ein guter Zeitpunkt wäre, um mal wieder loszupoltern.

»Das ist nicht schlimm, eigentlich sind sie gar nicht nötig. Rutschfeste Schuhe reichen für den Anfang. Die hast du doch?«

Ich nickte und hoffte, dass meine billigen Turnschuhe seiner Vorstellung entsprachen.

»Warst du schon einmal in den Cotswolds?«, fragte er weiter.

»Leider nein.«

»Dann werden wir das irgendwann ändern. Ein Tag dort ist wie eine Woche Urlaub.«

Ich nickte und überlegte, ob er das wirklich ernst meinte. Vermutlich nicht. Wahrscheinlich hatte er es spätestens heute Abend vergessen, was auch besser wäre.

»Wir sind da.« Er parkte, stellte den Motor ab und wandte sich mir zu. »Hier hatten wir in letzter Zeit immer wieder Probleme. Es gibt Unfrieden unter den Beschäftigten, was zu einem extrem hohen Krankenstand geführt hat. Und leider hat nichts gefruchtet. Ich hatte eine Menge Gespräche und ich habe mir Zeit genommen, um ein möglichst umfassendes Bild zu gewinnen.«

Ich blinzelte kurz, weil er wieder einmal einen so rasanten Wechsel hingelegt hatte. Anscheinend brauchte er nicht einmal bis zum Abend, um die Cotswolds zu vergessen. Also konzentrierte ich mich auf das Gesagte.

»Und nun?«

»Nun ist das Bild fertig. Es ist so, dass die Filialleiterin nicht nur einen Fehler gemacht hat. Sie bevorzugt einen sehr kleinen Kreis ihrer Mitarbeiter und lässt die anderen spüren, dass sie nicht dazugehören. Urlaubstage werden nicht genehmigt, während andere ständig freibekommen. Manche schieben dauerhaft Überstunden und bekommen nur noch die unangenehmen Aufgaben. Es kam zu Zwischenfällen vor Kunden, was gar nicht tolerierbar ist. Es ist sogar noch schlimmer, als ich dachte.«

»Was werden wir tun?«

Er seufzte. »Du wirst jetzt lernen, wie man ein sogenanntes Konfliktgespräch führt. Und du wirst lernen, wie man einen Mitarbeiter entlässt.«

Ich werde die Lehrstunde, die nun folgte, nie vergessen. Wir wurden von einer Frau empfangen, die mir sofort unsympathisch war, aber ich schob es darauf, dass ich eben all diese Informationen erhalten hatte. Sie war jünger als erwartet und ziemlich hübsch. Sie schaffte es, sogar in diesen einheitlichen Arbeitsklamotten irgendwie besonders auszusehen, ich weiß nicht, wie ich es anders beschreiben soll. Ihr Lachen war sehr selbstsicher, als sie uns entgegenkam.

»Mr Rutherford, wie schön, Sie zu sehen! Sie haben uns viel zu lange nicht mehr besucht. Ich dachte schon, es gäbe Grund zur Sorge«, begrüßte sie ihn in kokettem Tonfall und strich sich die glänzenden Haare aus dem Gesicht. »Sie müssen sich unbedingt anschauen, was wir uns für die limitierten Sonderauflagen ausgedacht haben. Seit wir sie nicht mehr bei den zugehörigen Produkten, sondern direkt am Eingang platziert haben, ist der Absatz signifikant gestiegen.« Sie grinste zufrieden.

»Das ist interessant«, entgegnete er höflich, und ich hörte, dass seine Stimme distanzierter klang als üblich. »Ist das nicht der Ort, wo die Roll-up-Banner des neuesten Designerduftes stehen sollten?«

»Ach«, stieß sie gestikulierend hervor, »wir begnügen uns mit den Plakaten im Schaufenster, damit ist doch genug Werbung gemacht. Im Ernst, diese Dinger nehmen so viel Platz weg, der besser genutzt werden kann. Was meine Zahlen beweisen sollten.«

Seine Augen verengten sich leicht. »Es existieren gewisse Richtlinien, Mrs Dana. Pläne für die Bestückung der Filialen. Das ist eines der Konzepte. Die Raumaufteilung wurde nicht willkürlich festgelegt, sondern genauestens durchdacht. Sie basiert auf Analysen von Marktpsychologen und wurde speziell für uns konzipiert.«

»Klar. Die Herrendüfte sind auch brav in Regal fünf bis acht an der linken Wand und die teuersten in Augenhöhe.« Sie lachte noch immer. »Aber kommen Sie! Ich bin mir sicher, wenn Sie meine Zahlen sehen, dann sind Sie mehr als zufrieden. Und wer weiß, vielleicht stehen ja bald in allen Filialen die *Jola Limiteds* im Eingangsbereich. Sie dürfen es gerne das Dana-Konzept nennen. Das tun hier alle.« Sie lachte schon wieder.

Langsam ging es mir auf die Nerven. Es klang viel zu laut und selbstverliebt.

»Mrs Dana, wir sind nicht hier, um über das Bestückungskonzept zu reden«, holte sie Beau aus ihren Träumen. Ich merkte, wie sich seine Stimme verändert hatte. Bisher war er höflich gewesen, und er war es immer noch. Aber da war ein Unterton, der sogar Mrs Dana aufhorchen ließ. Er öffnete die Tür zu dem kleinen Büro, das wir mittlerweile erreicht hatten, und bedeutete ihr voranzugehen.

»Es hat doch nicht schon wieder so haltlose Vorwürfe gegeben? Ich versichere Ihnen, es ist eine echte Herausforderung. Sobald man ein wenig Initiative zeigt, ruft das sofort Neider auf den Plan. Die merken, dass ich auffalle, und das gefällt ihnen nicht.« Sie lachte dieses Mal ein wenig unsicher. »Die mögen es nicht, dass wir beide uns so gut verstehen.« Sie schlug kurz die Augen nieder und schmachtete Beau dann an.

»Leider hat es keine haltlosen Behauptungen gegeben.« Mein Chef ließ sich nieder und klappte den Laptop auf, den er unter dem Arm gehabt hatte. »Es liegen ein paar ernsthafte Probleme vor, Mrs Dana, die wir beide besprechen müssen.«

»Oh … Nun, dann …« Sie schien einen Moment zu brauchen. »… sollten wir beide das tun.« Sie spähte zu mir herüber und verzog ganz kurz den Mund. »Vielleicht kann Ihre Hilfskraft uns so lange alleine lassen? Ich denke, das fällt wohl in den Bereich vertraulich.«

»Mrs Ferguson wird hierbleiben. Sie ist meine Assistentin und absolviert bei mir das Traineeprogramm, wie Sie wissen. Sie ist umfassend involviert.« Beaus Stimme bekam zunehmend einen scharfen Unterton.

Diese Antwort schien ihr gar nicht zu gefallen, aber sie nickte, weil sie keine andere Wahl hatte. Ich angelte mir den dritten Stuhl, den neben Beau, und schob ihn so hin, dass ich beide beobachten konnte. Mrs Dana saß ihm gegenüber und schlug gerade die Beine übereinander. Sie schaffte es, dass es sehr elegant aussah, und als sie sich zurücklehnte, spannte sich die gestreifte Bluse der Uniform auf eine sehr Aufmerksamkeit erregende Art um ihren Busen. Ich war mir sicher, dass sie das wusste, und warf einen Blick zu Beau hinüber. Ihm schien es nicht aufgefallen zu sein.

»Ich habe hier eine Auflistung all der Vorfälle, die uns in letzter Zeit gemeldet wurden. Über manche haben wir bereits gesprochen. Ich habe zugesagt, dass ich mich darum kümmern werde und mehr Informationen einhole. Nun, das habe ich getan«, begann er. Und dann legte er richtig los.

Fasziniert saß ich da und betrachtete den Mann zu meiner Rechten. Ich hatte von Anfang an das Gefühl gehabt, dass er sehr vielschichtig war. Es war mir im Assessment aufgefallen, dass er von einer Sekunde zur anderen witzig, ernst, nachdenklich, konzentriert und gelöst sein konnte. Man wusste nie wirklich, was man bekam, wie bei einem dieser Überraschungseier.

Aber heute lernte ich wieder eine neue Seite kennen, und ich hoffte, dass ich diese nie als direkt Betroffene erfahren würde. Er wurde nicht laut – zu keinem Zeitpunkt. Er sprach mit ruhiger Stimme, die allerdings nicht verhehlte, was er dachte. Sein Standpunkt war in seinem Ton zu spüren. Er hätte seine persönliche Einschätzung der Situation gar nicht in so präzise Worte fassen müssen.

Mrs Dana versuchte, sich zu rechtfertigen, verstrickte sich aber stetig tiefer in Widersprüche und merkte nicht mehr, wie sie etwas bestritt und zeitgleich etwas anderes zugab. Schließlich war sie so weit in der Defensive, dass sie den größten Fehler machte, den man, wie ich gerade bemerkte, bei Beau Rutherford begehen konnte. Sie zog über ihre Mitarbeiter her, nannte sie missgünstig und faul, verlogen und neidisch. Damit war seine Geduld am Ende.

»Das, Mrs Dana, entspricht in keinster Weise unserer Firmenphilosophie. Unsere Mitarbeiter sind Menschen, die jeden Tag ihr Bestes geben. Dieser Standort war lange Zeit eine unserer Vorzeigefilialen. Wissen Sie, wann sich das geändert hat?«

Sie schüttelte langsam den Kopf.

»Als man Sie damit betraut hat, die Filiale zu führen. Es war ein Versuch, und Sie haben uns überzeugt, dass Sie diese Chance verdient hätten. Nun, ich fürchte, Sie haben sie nicht genutzt.«

»Das sind doch alles Lügen«, rief sie und gab ihre entspannte Haltung auf. »Merken Sie das nicht? Die wollen mich loswerden.«

»Das«, bestätigte Beau mit fester Stimme, »ist leider wahr. Wir sind eben jeden Punkt durchgegangen. Sie haben alle Aussagen gelesen. Sie hätten vielleicht noch eine winzige Chance gehabt, wenn Sie ein wenig Einsehen gezeigt hätten, eine Art Bedauern. Mrs Dana, machen wir es nicht schwieriger, als es ist. Ich denke, Sie passen nicht zu *Jola*. Ich habe Ihr Kündigungsschreiben hier. Wir halten die üblichen Fristen ein. Sie sind ab heute freigestellt. Ich möchte Sie bitten, jetzt Ihre persönlichen Sachen zu packen und zu gehen.«

Kapitel 23

»Du warst furchteinflößend«, gestand ich kurze Zeit später halb bewundernd, halb ehrfürchtig, und nahm einen Bissen von dem Thunfischsandwich, das wir uns in einer kleinen Bäckerei geholt hatten. »Vielleicht muss ich *schweißtreibend* wieder austauschen und nehme nun *furchteinflößend* auf in die Liste deiner drei Worte. Oder *gnadenlos*. Oder doch *furchteinflößend*.« Ich musterte ihn nachdenklich.

Er rückte seine Brille zurecht. »Niemand macht so was gerne. Aber es gehört dazu.«

»Du warst echt angenervt von ihr, oder?«

»Ziemlich. Ich dachte, ich hätte es besser im Griff. Es war also offensichtlich?«

Ich dachte nach. Nun, mir war es aufgefallen, weil ich ihn beobachten konnte, ohne wie Mrs Dana unter dem Druck zu stehen, die Situation in den Griff bekommen zu müssen.

Ich hatte viel mehr wahrgenommen als sie, sonst hätte sie vielleicht den einen oder anderen Fehler vermieden. Nicht nur, über ihre Mitarbeiter zu lästern, sondern auch den letzten, ziemlich verzweifelten, als sie versuchte, auf die Mitleidsschiene zu wechseln. Und als das nichts brachte, probierte sie es mit ihren Reizen. Schockiert bemerkte ich, wie sich ein letztes Mal ihre Stimme änderte, ihre Haltung sich wandelte. Wie sie sich vorbeugte und es wie zufällig geschehen ließ, dass ihre Arme ein wenig zu eng seitlich anlagen und ihre Brüste noch offenkundiger die Bluse sprengen wollten. Wie sie ihn fragte, ob es wirklich keine Möglichkeit gäbe, alles noch irgendwie zu klären. Und wie sie ihm versicherte, dass es ihr leidtäte und sie alles tun würde, um ihn davon zu überzeugen. Als sie schließlich vorschlug, dass ich den beiden doch einen Kaffee holen könnte, um die angespannten Nerven etwas zu beruhigen, während sie ihm darlegen würde, wie leid es ihr tat, da wusste ich, dass man es sich bei Beau Rutherford noch mehr verderben konnte als damit, über seine Mitarbeiter herzuziehen. Mit seiner Stimme hätte man Metall schneiden können. Sein Blick war so gefühllos geworden, dass es mich fröstelte.

Nun, ich holte keinen Kaffee und Mrs Dana bekam keine Gelegenheit zu beweisen, was sie alles tun würde, um ihn von sich zu überzeugen. Wir blieben vor Ort, mit ausdruckslosen Gesichtern, bis sie ihre Sachen gepackt hatte und den Laden verließ. Sie tat es ziemlich laut, und wir bestanden darauf, dass sie den Hintereingang nahm. Ich sah die erleichterten Gesichter der Mitarbeiter und wusste, dass sie nichts lieber getan hätten, als applaudierend Spalier zu stehen, um ihren Abgang so richtig zu feiern.

Danach holten wir Silvan, den stellvertretenden Filialleiter, ins Büro und übergaben ihm kommissarisch die Leitung der Filiale. Es gab noch ein paar Dinge zu klären, und letztendlich hatten wir den ganzen Vormittag für diese Angelegenheit gebraucht.

»Es war ziemlich offensichtlich«, beantwortete ich endlich seine Frage. »Ich glaube, ich habe heute einiges gelernt.«

»Und was zum Beispiel?«

»Nun, dass ich nie von dir gefeuert werden will. Im Ernst, du warst beängstigend.«

»Man kann so etwas nicht schönreden. Und man muss hart bleiben. Aber vor allem: Geh nie unvorbereitet in so ein Gespräch.« Er beugte sich vor. »Und geh nie in so ein Gespräch, ohne dir alle Seiten anzuhören. Es ist nicht immer wie in diesem Fall. Es gibt auch die anderen, bei denen man Gefahr läuft, tatsächlich einer Verleumdungskampagne aufzusitzen. Auch deshalb ist es wichtig, dass wir unsere Filialen so gut kennen. Dass wir die Mitarbeiter kennen und wissen, wie sie ticken. Dass wir sie kontinuierlich begleiten und Änderungen wahrnehmen, wenn sie eintreten.«

Ich nickte nachdenklich. »Und uns dann unsere Meinung bilden.«

»Ja. Es ist ein schwieriger Grat, auf dem wir uns bewegen. Wir sind Vorgesetzte und wir müssen auch solche Gespräche führen. Auf der anderen Seite sind wir eine Art Ansprechstation, ein Vertrauenspartner, an den man sich bei Problemen wenden kann. Es erfordert Nähe und gleichzeitig Distanz. Nicht jeder kann das.«

Das stimmte ganz sicher, aber er war der Meister darin. Es war genau das, was ich von Beginn an bei ihm gespürt hatte. Diese Nähe, die dann wieder zu Distanz wurde. Vertrauen und gleichzeitig Wachsamkeit, wenn ich in seiner Umgebung war.

»Wie es scheint, lerne ich beim Besten.«

»Danke.« Er lachte leise. »Und ich denke, dass du es ebenfalls kannst. Du hast die Voraussetzungen dafür. Wir werden diese Fähigkeit in den nächsten Monaten ausbauen und verfeinern.«

»Passiert das oft?«, platzte ich in die Pause, die diesen Worten folgte. »Dass sie dann«, ich zögerte, »alles in die Waagschale werfen?«

Er zog die Augenbrauen hoch. »Du bist eine gute Beobachterin.«

Ich schnaubte. »Das war ja nur schwer zu übersehen. Und ich mag zwar blond sein, aber ich bin nicht blöd. *Die kleine Hilfskraft könnte uns einen Kaffee holen, während ich dir mal eben …*« Ich verstummte. *Was auch immer besorge*, dachte ich und spürte, wie mir schon wieder diese verflixte Röte in die Wangen stieg.

»Ab und zu«, antwortete er und wurde kein bisschen verlegen. »Auch das wirst du lernen müssen, wie man damit umgeht.«

»Ich vermute mal, dass sie mir dieses Angebot nicht unterbreitet hätte.«

»Das mag sein, aber beim nächsten Mal ist es vielleicht ein Kerl, den du entlassen musst. Es wird passieren, das hängt nicht von deinem Geschlecht ab. Du wirst gesagt bekommen, was für eine reizende Frau du doch bist und dass es bestimmt Möglichkeiten gäbe, dieses kleine Missverständnis aus der Welt zu räumen.«

»Ernsthaft? Kennst du solche Fälle?«, fragte ich überrascht.

»Natürlich. Weshalb auch nicht?«

Ich suchte nach den richtigen Worten. Wir waren unvermittelt bei einem Thema, das mir nicht so ganz behagte und bei dem es mir schwerfiel, es mit ihm zu besprechen. »Nun ja, es ist irgendwie doch so, dass es hauptsächlich andersherum ist. Dass es Männer sind, denen man diese Art der Gefälligkeit anträgt. Eine schnelle Nummer auf dem Schreibtisch, was weiß ich.« Meine Wangen mussten heller glühen als eine Ampel, und ich holte tief Luft. »Nun ja. Du weißt, was ich meine.«

»Du denkst, dass es typisch ist? Dass man uns damit bekommt? Dass wir da irgendeine Sicherung haben, die durchbrennt, wenn man uns anbietet, mal eben einen kleinen Job zu übernehmen?«

Die Art, wie er *Job* aussprach, war verheerend. Ich hatte ernsthafte Befürchtungen, dass ich nie mehr mit ihm über einen Job reden könnte, ohne daran zu denken. Verdammt, was war nur mit mir los? Wo kamen diese Gedanken her, so ganz ohne Vorwarnung?

Er sah mich immer noch an, und ich nickte.

»Und du denkst, dass es andersherum nicht funktioniert? Interessant. Aber leider falsch.«

»Bei mir würde es nicht funktionieren«, versicherte ich überzeugt.

»Nein?« Er lehnte sich wieder vor. Ich hielt seinem Blick stand, auch weil ich wusste, dass ich nicht noch röter werden konnte.

»Nein, vermutlich nicht«, stimmte er dann zu und lehnte sich wieder entspannt zurück. »Es gibt regelmäßige Treffen der Regionalleiter. Seminare, Fortbildungen, Zeit, um sich auszutauschen.« Plötzlich klang seine Stimme wieder ganz anders, fast träumerisch. »Du wirst überrascht sein, was du alles zu hören bekommst. Wir besprechen, wie man in solchen Situationen am besten reagiert, wie man sie entschärft, ehe sie zu groß werden. Selbst ich lerne dabei noch einiges, und ich habe bereits einen recht großen Erfahrungsschatz.«

»Das glaube ich aufs Wort«, sagte ich, ohne nachzudenken. Mary fiel mir plötzlich ein, dieser Moment beim Assessment.

»Ach ja?« Er wirkte interessiert. »Und weshalb? Fordere ich diese Szenen heraus?«

Die richtige Antwort wäre ein lautes und deutliches Ja, vermutete ich mal. Er war ein Mann, der durchaus dazu einlud, sich ihm anzutragen. Und er benahm sich manchmal so, als würde er das sogar schätzen.

»Nun, es könnte den Anschein erwecken«, erklärte ich bedächtig und beobachtete ihn genau. Wenn ich irgendein Zeichen von Unmut entdecken würde, müsste ich zusehen, wie ich aus dieser Nummer rauskam. Andererseits wusste ich, dass er recht gut damit umgehen konnte, wenn man ihm sachlich etwas darlegte. Zum Beispiel seine Ausstrahlung auf Frauen.

»Damals, als wir in der Auswahlphase waren …«

Er nickte leicht. »Ja?«

»Diese ganzen Fragen … ›Wie findest du mich? Was sind deine drei Worte?‹ Nun, wenn man nicht wüsste, was es bedeutet, könnte man es durchaus als Aufforderung interpretieren.«

Wieder nickte er.

»Und du weißt das natürlich. Es ist ein doppelter Test. Einmal, ob wir uns trauen, das zu sagen, was wir denken. Oder zu erklären, dass diese Fragen nicht zulässig sind und uns zu weit gehen. Und gleichzeitig, ob wir versuchen würden, die Auswahl ein wenig zu beeinflussen, indem wir darauf eingehen.« Beau antwortete nicht, aber sein Lächeln schien für einen Moment Anerkennung auszudrücken. Er stützte das Kinn auf und schob sich seine Brille zurecht, während ich wieder einmal unter seinem Blick unruhig wurde.

»Ich dachte einen Moment, dass du darauf eingehst. Bei Mary«, sagte ich, weil ich zu viel damit zu tun hatte, mich ansehen zu lassen, um denken zu können.

»Ich erinnere mich. Das hätte sie beinahe die Stelle gekostet. Sie ist ziemlich hart am Wind gesegelt. Es war nicht meine Stimme, die ihr den Platz einbrachte.« Er stockte. »Das bleibt unter uns. Das ist nichts, was ich hätte preisgeben dürfen.« Zum ersten Mal, seit ich ihn kannte, wirkte Beau überrumpelt von dem, was ihm eben entwischt war. Er schien einen Moment zu brauchen, um sich zu sammeln. Als er weitersprach, klang er ernst und dennoch sehr vertraulich.

»Ich hatte es damals registriert, dass du es bemerkt hast. Und ich habe beobachtet, wie sich deine Augen verändert haben. Dass du dachtest, es wäre das, was ich will. Das wollte ich die ganze Zeit klarstellen. Dass es nicht so ist. Und dass ich nie im Sinn hatte, meine Position auf diese Art auszunutzen oder etwas einzufordern, das mir nicht zusteht und woran ich kein Interesse habe.«

Ich nahm mir einen Augenblick Zeit, sein Gesicht zu mustern.

»Danke«, sagte ich schließlich und spürte, dass ich ihm wirklich dankbar war, weil er das eben erläutert hatte. Ich hätte ihn vermutlich dennoch gemocht, weil ich gar nicht dagegen ankam, aber nun, merkte ich, mochte ich ihn noch deutlich mehr. Außerdem fand ich es beruhigend, dass ich jetzt wirklich ganz sicher wusste, dass er jedes Mal, wenn er etwas äußerte, was in meinen Ohren so klang, als wolle er eventuell privat werden, einfach wieder einen seiner Tests fuhr. Oder er es ganz anders meinte. Und überhaupt … Mir fiel gerade noch etwas ein, und das hier schien der richtige Zeitpunkt, um einmal genauer nachzufragen.

»Und überhaupt, gibt es in deiner Firma nicht diesen schrecklich altmodischen Passus in den Verträgen, dass Beziehungen unter den Mitarbeitern nicht erlaubt sind? Ich meine, ob das überhaupt zulässig ist, das habe ich mich ja schon mehrmals gefragt. Oder ist dieser Zusatz schon wieder so modern gemeint, dass diese Art kleiner Gefälligkeiten nicht als Beziehung gilt und deshalb durch das Raster fällt?«

Kapitel 24

Ich hätte schwören können, dass sich seine Miene einen Moment verschloss. »Diese Sache, ja. Ich weiß, wie das wirken muss.«

»Ernsthaft«, redete ich mich langsam in Fahrt, »wie kommt man auf so etwas? Habt ihr euch nicht auf die Fahnen geschrieben, dass ihr die glücklichsten Mitarbeiter im ganzen Einzelhandel haben wollt? Eine recht großspurige Ankündigung, aber egal. Ich meine, wenn sie glücklich sind, weil sie miteinander nicht nur den Job, sondern auch das Bett teilen, was geht das dann irgendwen an? Ist es nicht anmaßend, ihnen vorzuschreiben, dass man das nicht darf?«

»Das ist ein Passus, der inzwischen ein paar Jahre zurückreicht.« Er machte eine kleine Pause. »Damals dachte man anders.«

»Aber wieso schmeißt ihr den nicht endlich raus? Er hat sich doch überholt, nicht wahr? Oder gibt es so viele Angebote, dass es eine Art persönlicher Schutz ist?« Ich zwinkerte ihm zu.

»Nein«, seufzte er.

»Na dann!« Ich machte eine ausholende Geste, um ihm zu zeigen, dass ich es nicht verstand. »Dann sollte man da einfach mal drüber nachdenken. Nicht, dass sich irgendwer dran hält, ganz nebenbei. Aber dennoch, es ist etwas, das man langsam, aber sicher angehen könnte. Ich meine, ihr tauscht die Uniformen aus. Ihr ändert gerade das komplette Filialenkonzept, hast du gesagt. Wäre es nicht der passende Zeitpunkt, das gleich mit zu entsorgen?«

»Vielleicht hast du recht«, überlegte er. »Wir sind auf einem neuen Weg, wir tun alles, um modern zu werden.« Ein Lächeln spielte um seine Lippen, ließ seine Augen warm leuchten und mich strahlen. »Und ich mag deine Argumentation. Ich werde sie vorbringen und hoffen, dass sie ankommt.«

»Das hoffe ich auch. Nicht, dass es mich persönlich kümmert«, warf ich rasch ein. »Aber es wäre dennoch eine Erleichterung für diejenigen, die heimlich in der Mittagspause ein paar Küsse hinter den Müllcontainern austauschen und ständig Angst haben, dabei erwischt zu werden.«

»Sind das denn so viele?«, wollte er interessiert wissen.

»Genug, denke ich. Hey, was erwartest du? Du hast mir selbst erklärt, ihr hättet die tollsten Mitarbeiter. Wundert es dich dann, wenn sich der eine oder andere in einen dieser Kollegen verliebt?«

»Nein.« Er griff nach seiner Serviette, um sich die Finger abzureiben, an denen ein Rest Mayonnaise klebte. »Nein, das wundert mich ehrlich gesagt gar nicht.«

Der Nachmittag war angenehmer, was die Geschäfte anging, und als wir endlich den letzten Außentermin hinter uns hatten, fühlte ich mich richtig beschwingt.

»Und nun?«, fragte ich, als wir zu seinem Auto zurückgingen.

»Nun? Nun geht's ins Büro, wenn du noch kannst.«

»Klar, kann ich noch«, erwiderte ich munter. »Hey, was tust du da?«

Wir waren wieder in einer Filiale außerhalb der City, die sich ihren Platz mit drei weiteren Geschäften teilte und über einen großzügigen Parkplatz verfügte. Ich sah ihm hinterher, als er plötzlich umschwenkte und auf die großen Müllcontainer zusteuerte. Er umrundete sie und kam dann wieder auf Kurs und zum Wagen.

»Was war das?«

»Ich wollte bloß mal nachsehen, ob sich da irgendwer rumtreibt.« Er grinste frech.

»Wehe, du machst das noch mal! Ich will nicht schuld sein, wenn irgendwer seinen Job verliert, weil ich dir das mit den Mülltonnen verraten habe.«

»Keine Angst.« Er hielt mir die Tür auf, wie er es immer tat. »Ich habe ein Herz für Liebende. Ich würde sie nicht denunzieren.«

»Und das hier musst du alles durchsehen?« Als ich den Papierberg auf seinem Schreibtisch erblickte, verlor ich etwas an Schwung. Es waren unzählige Mappen aus dünnem Karton, akkurat aufgestapelt.

»Nicht alle. Ich habe mir ein persönliches System erarbeitet, das es etwas erleichtert.«

»Und das heißt? Du stapelst sie von rechts nach links und das war es dann?«

Er lachte. »Nicht ganz. Das sind die geplanten Aktionen für das nächste Jahr. Die Bestellungen laufen jetzt. Es gibt verschiedene Warengruppen, die wir immer wieder in den Sonderverkauf nehmen.«

Ich nickte. »Ich weiß. Ich verkaufe das Zeug seit einigen Jahren.«

»Da haben wir einmal unsere Hausmarke in den Sondereditionen. Mit Weihnachtsmotiv, Ostereiern oder einem aufgedruckten Seestern. Das sind die grünen Mappen. Die nehmen wir und packen sie nach links.« Er grinste.

»Im Ernst?«

»Ja. Der Mitarbeiter, der für diese Gruppe zuständig ist, ist seit Jahren im Haus. Das wiederholt sich im Prinzip nur. Allzu viel kann man da nicht falsch machen. Wenn es irgendwo Probleme gibt, dann markiert er es netterweise für mich.« Er zog eine Mappe heraus, an der ein neongelbes Post-it klebte. »Hier zum Beispiel. Der Preis für die Glasampullen des Antifaltenserums ist deutlich angestiegen.« Er runzelte die Stirn und holte ein Blatt mit Tabellen aus der Mappe. Rasch ließ er seinen Finger ein paar Spalten entlanggleiten und malte dann seinen Kringel auf das Blatt. »Das geht in Ordnung. Wir sind immer noch in einem attraktiven Preissegment, und die Qualität scheint besser zu sein. Zudem wurde die Sollbruchstelle optimiert.«

Er griff nach den nächsten Mappen und schichtete sie um. Es klebte nirgends mehr ein Post-it, und schnell war der Stapel um einiges kleiner.

»Cooler Job. Würde mir auch zusagen«, meinte ich und lehnte mich auf meinem Stuhl zurück.

»Denkst du? Dann werden wir uns jetzt den roten Mappen zuwenden. Bei denen werfen wir einen intensiven Blick hinein.«

»Und wieso bei denen?«

»Weil unsere Abteilung für den Non-Cosmetic-Bereich manchmal ein wenig zu übereifrig ist. Das ist ein Segment, das eigentlich immer gut läuft, wenn die Waren stimmen. Ich will allerdings nicht mehr erklären müssen, warum die Kerzen zum Valentinstag eine recht eigenwillige Form hatten, die die ältere Kundschaft dauerhaft verstörte, um es einmal so auszudrücken.«

»Und weil es einmal schiefging, gehst du alles durch? Das kann doch passieren, und ein Posten bringt das Schiff sicherlich nicht zum Schwanken. Hast du ein Problem damit, Verantwortung abzugeben?«

»Glaub mir, das hier ist nicht meine Idee«, erklärte er trocken. »Wir tun hier nur unsere Pflicht.«

»Eine Pflicht, der ich nur zu gerne nachkommen werde. Darf ich?« Ich griff nach der ersten Mappe und öffnete sie.

Seit wir mit diesen Mappen angefangen hatten, juckte es mir in den Fingern, das musste ich zugeben. Ich war verrückt nach diesen Artikeln. Sie waren richtig grandios und hatten eine gute Qualität. Sie bedienten die neuesten Trends oder waren ideale Geschenke, wenn einem nichts anderes mehr einfiel. Ich lauschte Beau interessiert, als er sich daran erinnerte, wie umstritten die Entscheidung damals gewesen war, solche Aktionswaren anzubieten.

»Man hat in der Branche darüber gelächelt und behauptet, das würde nicht passen. Aber meine Eltern sahen das anders. Sie haben erkannt, dass man damit Kunden anlocken kann. *Jola* hat sich ein lukratives zweites Standbein geschaffen. Es funktioniert branchenübergreifend, mit Zusatzangeboten zu arbeiten. Man muss nur mutig genug sein, es auszuprobieren. Wir haben Wert darauf gelegt, hochwertige Qualität anzubieten und eigens eine Marke kreieren lassen, um sie zu vertreiben. Mittlerweile werden die Angebote von Influencern und Bloggern gefeiert. Der Hashtag ›*Jola Limiteds*‹ klettert jedes Mal auf einen Spitzenplatz, wenn wir eine neue Aktion starten.«

Ich musste Beau recht geben, es funktionierte hervorragend. Ich hatte oft genug Kundinnen bedient, die sich ein Teil aus den aktuellen Sonderaktionen, den sogenannten »*Jola Limiteds*«, sichern wollten. Und sich dann noch einen neuen Duft oder die gehypte straffende Bodylotion gönnten, die aktuell von jedem Influencer angepriesen wurde.

Ich öffnete also die erste Mappe und blätterte sie durch. Es waren mondäne Sonnenbrillen mit passenden Brillenketten, auffällig und hip. Danach folgten flauschige Bademäntel mit lässigen Statement-Prints auf dem Rücken, glitzernder

Schmuck, der ziemlich cool war, und schließlich wunderbar kuschelig aussehende Decken aus Fake Fur.

»Und? Hast du bisher etwas zu beanstanden?«

»Nein.«

»Und du denkst wirklich, dass das nicht einfach eine Arbeitsbeschaffungsmaßnahme ist? Ein klitzekleines Problem damit, die Verantwortung abzugeben, zu delegieren oder so?«

Er lachte. »Nein. Außerdem habe ich kein Problem damit, etwas zu delegieren.«

Die Art, wie er »ich« betonte, ließ mich innehalten.

»Wer dann?«

»Meine Mutter.« Ich hörte, dass er ein Seufzen unterdrückte.

»Und du tust, was sie will? Wie alt bist du noch mal?«

»Das hat damit nichts zu tun. In der Firma ist sie nicht meine Mutter, sondern meine Vorgesetzte.«

»Ich dachte, das ist ein Familienbetrieb?«, fragte ich neugierig.

»Aber sie ist nach wie vor die Chefin. Sie hat das abschließende Wort, und ihre Meinung ist es, die am Ende zählt.«

»Hm.« Ich griff nach der nächsten Mappe. »Das stelle ich mir nicht gerade einfach vor.«

»Es ist ein Job, und es sind Regeln. Wir kommen damit klar, weil jeder weiß, wo sein Platz ist. Im Moment bin ich ein Angestellter wie jeder andere auch.«

Ich sah ihn an und runzelte die Stirn.

»Okay, nicht wie jeder andere. Ich habe hier ein paar Freiheiten, die andere nicht haben, und die ich mir in den letzten Jahren erkämpfen musste, nur nebenbei bemerkt. Ich bin in einigen Bereichen entscheidungsbefugt, das stimmt. Aber ich bin es auch, der sich dann ihr gegenüber rechtfertigen muss.«

»Doch irgendwann wirst du die oberste Instanz hier sein, und alle anderen müssen sich nach dir richten«, sagte ich und betrachtete ihn mit ganz anderen Augen. Ich meine, das wusste ich bereits die ganze Zeit, aber jetzt gerade fühlte es sich durchaus ein wenig furchteinflößend an.

»So ist der Plan. Aber meine Mutter hat von Anfang an klargestellt, dass ich es mir verdienen muss. Dass ich mich nicht zurücklehnen und einfach abwarten kann. Du kennst sie nicht. Sie hat sehr klare Ansichten und sie kann diese mit Nachdruck darlegen.«

»Falls ich jetzt Mitleid haben soll, kannst du das vergessen. Am Ende läuft es doch trotzdem darauf hinaus, dass du das alles hier bekommst. Du musst nur durchhalten und dir diese Kataloge ansehen, solange sie das will. Wenn du mich fragst, ist das ein Preis, den man sehr wohl zahlen kann.«

Ich griff nach der nächsten Mappe und schlug sie auf. Gleich auf der ersten Seite war eine wirklich süße Handtasche abgebildet, frech und modern, und ich seufzte glücklich.

»O ja, ein sehr bezahlbarer Preis.«

Kapitel 25

»Das scheint dein Ding zu sein.« Beau schien mehr Interesse an meiner Begeisterung zu haben als an den Waren in der Mappe.

Ich vermutete, er machte sich ein wenig darüber lustig, wie ich gerade abging. Wahrscheinlich hatte er selbst nie einen der Artikel besessen, die er da verkaufte, aber es war mir egal. Ich hatte zwischen all den üblichen Waren eine Mappe entdeckt, die richtig cool war. Es war etwas ganz Neues, eine Kooperation mit einer Bloggerin, und die Sachen waren einfach der Hammer.

»Wann kommt das?« Ich blätterte zurück zum Deckblatt. »Das muss ich haben.«

»Weshalb wundert mich das nicht?« Er grinste. »Dieses ganze Rosa und Mintgrün.«

»Das nennt sich Salbei und sieht richtig toll aus. Und siehst du die Spitzenkanten an diesem Strandkleid? Die sind wie von einem großen Designer. Und … o mein Gott! Schau dir diese Tasche an. Das Zeug wird innerhalb von Stunden ausverkauft sein.«

»Das wollen wir hoffen, denn so eine Kooperation ist aufwendig und teuer. Wir beschreiten damit einen neuen Weg und wagen ein Experiment, um *Jola* einen Sonderstatus zu geben. Oder uns der Lächerlichkeit auszusetzen, wenn es schiefgeht.«

Ich nickte nur, ich hatte keine Zeit, um richtig zuzuhören. Das war wie ein wahr gewordener Traum, als hätte jemand genau meine Vorstellungen umgesetzt. Ich blätterte die letzte Seite um und seufzte laut. Ich blickte hinab auf einen Anzug. Sehr clean geschnitten, eine schmale Hose und ein Jackett mit Schulterpolstern. Nicht zu tailliert, ein wirklich angesagter Schnitt, keines dieser damenhaften Teile. Aber das Ganze war in einem dunklen Altrosa, und der Schnitt plus diese Farbe war so modern, so großartig, dass ich einen Augenblick verstummte.

»Den muss ich haben«, flüsterte ich schließlich.

»Warum überrascht mich das nicht?«

»Was?« Ich sah auf und direkt in ein paar spöttisch funkelnde Augen unter hochgezogenen Augenbrauen.

»Dass du den haben musst. Er scheint wie für dich gemacht.«

»Ja.« Ich sah noch einmal hinab und spürte einen wohligen Schauder, wenn ich daran dachte, dass ich dieses Teil, das aussah wie im Schaufenster einer wirklich teuren Boutique, bald besitzen würde. Als ich mich endlich losreißen konnte, starrte Beau mich weiterhin an.

»Was?«, fragte ich.

»Nichts«, gab er zurück.

»Natürlich doch. Was ist?« Ich dachte kurz nach. »Bist du einer von denen, die denken, dass Anzüge und Kostüme immer in gedeckten Farben sein müssen? Dass ein erfolgreicher Look gleichzeitig langweilig sein muss? Die Uniform derer, die es geschafft haben?«

Er fingerte kurz an seiner Krawatte herum, die er zwar gelockert hatte, als wir hier ankamen, aber nicht abgelegt. Sie war in einem netten Schottenkaro gehalten, grün-blau mit etwas Gelb, und ziemlich gediegen. Wie auch sein Anzug, der zwar einen schmalen, modernen Schnitt hatte, aber eben in traditionellem Dunkelblau daherkam.

»Darüber habe ich mir noch nie viele Gedanken gemacht. Wenigstens nicht, ehe ich dich kennengelernt habe.« Er ließ seinen Blick kurz zu meinem Rock gleiten. Es war der in meiner Lieblingsfarbe, den ich für die Bewerbung gekauft hatte. Ich kombinierte ihn für den Job mit einem klassisch geschnittenen Blazer, der hellblau und weiß kariert war. Zusammen gab das den perfekten Look für den beginnenden Sommer ab, luftig und frisch und trotzdem gut angezogen. Fand ich zumindest. Sogar Pen hatte anerkennend genickt, als ich es ihr vorgeführt hatte.

»Und? Bist du zu einer Entscheidung gelangt?«, erkundigte ich mich und spürte, wie ich trotz allem die Luft anhielt. Wenn er jetzt sagte, dass dieser Look, mein Look, seiner Ansicht nach nichts wäre für eine erfolgreiche Geschäftsfrau, was würde ich dann tun? Es ändern? Es beibehalten, obwohl ich wusste, dass ich damit nicht unbedingt Punkte sammeln würde?

»Ich denke, ja.«

»Und?« Ich sollte ihm nicht zeigen, dass ich so interessiert war an seiner Meinung, aber es war noch nie mein Ding gewesen, mich zurückzunehmen.

»Ich gebe zu, im ersten Moment war es überraschend. Du hast herausgestochen aus all den üblichen Business-Outfits. Wir haben überlegt, ob es ein cleverer Schachzug ist oder einfach … Naivität.«

»Naivität?«

Er zuckte mit den Schultern. »Nicht nur deine Klamotten haben dich von den anderen abgehoben.«

Meine Hand fuhr automatisch zu meinen Locken, die wie stets über meine Schultern fielen, die Stirn frei gehalten durch den obligatorischen Oberkopfzopf. »Ich verstehe.«

»Mit solchen Überlegungen musst du rechnen, das weißt du. Du bist nicht so dumm …«

»Wie ich aussehe?«, warf ich ein und war doch ein wenig empört.

»Wie viele dir im ersten Moment unterstellen, ja«, sagte er ruhig. »Du überraschst die Leute, und das mag ich. Du stellst dir selbst die Herausforderung, die Menschen von dir zu überzeugen.«

Ich sagte nichts mehr. Wie genau er das getroffen hatte. Der Anflug von Unmut verschwand und machte etwas ganz anderem Platz. Einem warmen Gefühl des Verstehens und sogar dem Anflug einer Freundschaft, die wohltuend war.

»Um deine Frage abschließend zu klären: Nein, ein klassisches Kostüm macht dich nicht erfolgreicher, aber es macht es dir leichter, erfolgreich zu wirken. Und ich wäre ehrlich enttäuscht, wenn ich dich eines Tages in einer dieser typischen Stewardessen-Uniformen antreffen würde.«

Dafür, dass Beau die Verantwortlichen für diese Produktsparte als nicht ganz vertrauenswürdig einstufte, war der Rest doch sehr konventionell, wie ich fand. Es war einiges dabei, was mir sehr gut gefiel, wie die beschichteten Kosmetiktäschchen und die ziemlich retro angehauchten Netztaschen in einer großartigen pastelligen Farbpalette. Daneben gab es recht viele Produkte, die ich in ähnlicher Form aus den Vorjahren kannte, gerade was das weihnachtliche Zusatzgeschäft betraf zum Beispiel. Kleine nette Dinge, die man zum Hauptgeschenk dazulegen konnte, Mini-Geschenke, die sich perfekt in einem selbst gebastelten Adventskalender machten, und natürlich die ganzen spaßigen Artikel wie leuchtende Rentiergeweihe oder die Socken mit Weihnachtsmännern darauf – alles mit hübsch bedruckten Geschenkschachteln. Wir kamen zügig durch den Stapel, diskutierten das eine oder andere Teil – er hielt die traditionelle Unterwäsche mit den Santas für zu kindisch, ich jedoch fand die witzig und wusste aus Erfahrung so gut wie er, dass die immer gekauft wurde –, und ich stellte mir einen Augenblick vor, wie er so ein Modell tragen würde, gut versteckt unter seinem seriösen Anzug.

»Was grinst du so?«, fragte er, als er meine Miene bemerkte.

»Och«, gab ich zurück und musste noch mehr grinsen. »Nichts.«

»Nichts ist nie nichts. Raus damit.«

»Weißt du, du würdest dich wundern, wer so was kauft. Wenn du an der Kasse stehst, bekommst du das mit. Und ich mag den Gedanken, wenn ich dann weiß, dass der Kerl in seinem seriösen Banker-Outfit heimlich rebelliert und unter dem gediegenen Zwirn so eine Buxe anhat«, formulierte ich meine Gedanken ein wenig um.

»So eine bist du also?«, fragte er zurück, und wieder einmal hatte ich das Gefühl, dass er wusste, was ich wirklich dachte.

Ich nickte trotzig mit dem Kopf. »Und? Ganz unter uns, das macht den Tag doch manchmal einfach etwas spannender. Ich finde es interessant zu sehen, was die Leute kaufen. Sie zeigen damit mehr von sich, als du denkst.«

»Und du stellst dir dann vor, was sie darunter tragen«, schlussfolgerte er und betrachtete mich.

»Hey, das war keine Aufforderung, es hier und jetzt auch mal zu probieren!«, rief ich, ohne nachzudenken. Dann wurde mir bewusst, was ich ihm da eben unterstellt hatte, und ich wurde zur Abwechslung einmal rot. »Nicht, dass du das tun würdest.«

Er schüttelte den Kopf. »Nein. Nicht, dass ich das bisher getan hätte.

Unterwäsche ist eigentlich ein Garant für Umsatz. Selbst wenn die Zeiten schlecht sind, das braucht man immer«, dozierte Beau, während er wieder die Santas musterte. »Ob man dann allerdings zu welchen mit Weihnachtsmotiven greift, sei dahingestellt. Andererseits laufen die tatsächlich jedes Mal gut.«

»Ich weiß«, bekräftigte ich und war froh, dass ich nicht mehr darüber nachdenken musste, welche Art er anzog oder ob er wirklich überlegt hatte, was ich so trug.

Es war mittlerweile recht spät, aber Beau schien das nicht zu kümmern. Draußen wurde es dunkel. Ich spürte, wie sehr ich es genoss, hier mit ihm zu sitzen und diese Mappen durchzusehen. Es fühlte sich weit weniger nach Arbeit an, als ich gedacht hatte.

»Arbeitest du immer so lange?«, fragte ich, als er nach dem letzten Ordner griff.

»Das ist mein Preis, weil ich wieder ins Traineeprogramm eingestiegen bin.«

»Dann ist es also meine Schuld? Das tut mir leid.«

»Es war meine Entscheidung. Ich wusste, dass ich nebenbei auch andere Aufgaben zu erledigen habe, und ich habe es dennoch getan. Der Gedanke, dass ich irgendwann nur noch an diesem Tisch sitzen werde …« Er brach ab. »Ich will so lange draußen sein, wie es geht.«

»Du solltest auch draußen sein«, sagte ich spontan. »Du machst so einen großartigen Job. Du hast Talent, mit den Menschen umzugehen. Sie achten dich, das spürt man jeden Tag. Ich habe schon so viel von dir gelernt. Ich freue mich jeden Morgen darauf, wieder einen Tag mit dir zu verbringen.«

»Danke.« Beau sah mich einen Augenblick an. »Mir geht es genauso. Ich habe das Gefühl, dass es richtig ist, und wenn ich morgens aus dem Gebäude trete und dich in irgendeinem bunten Teil dort warten sehe, kann ich es kaum erwarten loszulegen, deine Begeisterung mitzuerleben und deine Leidenschaft für das, was wir tun. Dich zu unterrichten und das zu lehren, was ich kann.«

Er räusperte sich, und ich schluckte. Mein Nacken prickelte plötzlich, was er sonst nie tat, und was mich ein wenig ablenkte. Entschlossen griff ich nach der letzten Mappe, um meine Gefühle nicht zeigen zu müssen oder gar erneut etwas

Blödes loszulassen. Ich schlug sie auf und schluckte wieder. Neben mir stöhnte Beau auf und griff sich kurz an die Stirn. Vermutlich tat er es aber nicht, weil er wie ich das Gefühl hatte, dass es gerade der unpassendste Zeitpunkt war für das, was uns da erwartete.

»Was haben die sich nur dabei gedacht?«, fragte er schließlich und schüttelte den Kopf. »Das wäre der Super-GAU.«

Ich nickte und wagte es nicht, ihn anzusehen. Langsam blätterte er weiter, und mit jeder neuen Seite schien die Temperatur im Raum anzusteigen. Wir waren wieder im Unterwäschesegment, aber das hier hatte nichts mit den neckischen Weihnachtsmännern in den glänzenden Geschenkkartons zu tun. Das hier sah aus wie aus dem Hochglanzprospekt eines dieser Läden, die ihre Waren in roten Lackkartons verpackten, mit schwarzen Spitzenschleifen geschmückt und jedes einzelne Teil teurer als die hochwertigsten Lederstiefel. Richtig aufwendige Fotografien zeigten die Modelle, stilvoll und recht heiß inszeniert. Da waren Frauen in Unterwäsche, bei denen vermutlich jeder Mann geseufzt hätte, wenn auch aus anderem Antrieb als er. Männer mit Körpern wie gemeißelt standen daneben und sahen mit feurigen Augen zu, wie sie sich halterlose Strümpfe zurechtschoben, oder machten sich selbst an einem Strumpfband zu schaffen, während ihr Mund halb geöffnet war. Aber, und das musste ich ganz klar sagen, es war die allerschönste, aufregendste Wäsche, die ich je gesehen hatte. Zart und sündig, verrucht und detailreich, mit ein paar durchaus gewagten Details – und jedes einzelne Stück etwas ganz Besonderes und nur dazu da, den Körper in Szene zu setzen, die Haut zum Prickeln zu bringen und Vorfreuden zu entfachen. Sie weckte Begierde, wollte gekauft und getragen werden. Und die Preise auf der schmucklosen Tabelle waren einfach der Wahnsinn. Nirgends sonst hatte ich so etwas zu einem solchen Preis je gesehen. Ich hätte mir sofort die halbe Kollektion zugelegt, einfach für mich, weil es ein unbeschreibliches Gefühl sein musste, so etwas zu tragen. Und sei es nur unter einer *Jola*-Uniform.

»Das muss raus«, entschied Beau endlich.

»Warum?« Ich dachte nach. »Das ist doch wunderschön. Etwas Besonderes. Es ist Luxus zu einem bezahlbaren Preis.«

»Reizwäsche? Ich sehe schon die Schlagzeilen. Und ich höre überdeutlich, was hier los sein würde, wenn das in unserem Prospekt auftaucht.«

»Es ist Unterwäsche.« Ich versuchte, das Ganze sachlich anzugehen. »Schöne Unterwäsche. Jeder mag das. Es ist ein guter Weg, sich wohlzufühlen, sich selbst etwas Gutes zu tun. Ein kleines, vielleicht ein wenig frivoles Geheimnis.«

»Sehr frivol«, meinte er und deutete auf die nächste Seite.

Bei diesem Modell war deutlich an Stoff gespart und dafür eine Menge Stoffbänder verwendet worden. Die Brüste waren nur sehr unzureichend bedeckt und bei einem anderen Modell waren klar die Brustwarzen zu sehen.

»Das können wir niemals drucken. Damit bringen wir alle Moralapostel des Landes gegen uns auf. ›Mein Sohn hat euren Prospekt gesehen. Was denkt ihr euch dabei, so etwas zu zeigen?‹«

»Okay, das ist vielleicht nicht ganz geeignet. Aber der Rest?« Ich blätterte um und hörte wieder, wie Beau scharf die Luft einzog.

Da war eine hübsche junge Frau, die blonden Locken fielen glänzend über ihre Schultern, während sie mit großen Augen in die Kamera blickte. Sie trug ein verhältnismäßig unschuldiges weißes Ensemble aus Spitze, das durch den Strumpfhalter ziemlich an Klasse gewann. Hinter ihr stand ein Bild von einem Mann mit dunklen Haaren und in knappen, schwarzen Boxershorts, den Blick leicht gesenkt, die Lippen erwartungsvoll geöffnet. Das alleine hätte Beau vielleicht noch verkraftet.

Doch in seiner Hand hielt der Kerl einen Vibrator, dezent abgeschirmt zwar, aber dennoch glasklar zu erkennen. Weiter unten war das Teil noch einmal abgebildet, in einer glänzenden Verpackung, die sehr edel gewirkt hätte, wäre das Ding nicht darauf abgebildet gewesen.

Beau schlug den Ordner zu und atmete schwer. »Das ist der Grund, weshalb ich diese Mappen durchsehen muss. Ich weiß nicht, was die sich dabei denken, aber das wird es bei *Jola* ganz sicher nicht geben.«

Kapitel 26

»Beau«, bemerkte ich nach einem Moment recht zaghaft und richtete mich dann auf. Er hatte gesagt, dass er mit mir diskutieren wolle und dass ich stets meine Meinung verkünden solle, dass er daran interessiert wäre. *Also vergiss jetzt einfach, dass du mit deinem überaus attraktiven und ziemlich netten Chef alleine in einem leeren Bürohaus sitzt und über Spitzenhöschen und Vibratoren sprichst, und versuche, das ganz professionell zu sehen. Zeig ihm, dass du das kannst.* Auch wenn ich vermutlich eine Umschreibung für »Vibrator« finden musste, denn es auszusprechen, während er mich ansah, erschien mir doch einigermaßen schwierig.

»Denkst du nicht, dass du das Thema vielleicht zu einseitig siehst?«

Er hob die Augenbrauen. »Weiter.«

»Nun.« Ich holte tief Luft. »Das hier«, ich ließ meine Hand zur Mappe gleiten, »das ist eigentlich nur Unterwäsche. Schöne, aufregende Unterwäsche. Du hast es selbst gesagt, das ist etwas, was jeder braucht.«

Er zog seine Augenbrauen noch höher und schwieg sich weiter aus.

»Überleg doch: Was passt in den Köpfen der Menschen besser zusammen als teures Parfüm und edle Unterwäsche? Beides steht für Luxus, für Sinnlichkeit. Für ein Leben wie aus dem Hochglanzprospekt. Und diese Wäsche sieht aus wie vom Laufsteg eines exklusiven Dessouslabels. Aber sie kostet nur einen Bruchteil und wird all die Frauen in Scharen in unsere Läden locken, die sich die teuren Originale nicht leisten können. Und wir haben die Chance, ihnen dann zum Beispiel unsere Hausmarke vorzustellen.«

Ich dachte kurz an früher zurück, an die praktische Baumwollunterwäsche, die meine Mutter stets getragen hatte. Ein einziges Mal hatte sie einen richtig schönen BH mit einem passenden Höschen aus schwarzer Spitze gehabt. Es war ein verwegenes Geburtstagsgeschenk ihrer Freundinnen gewesen. Sie hatte so getan, als fände sie das unmöglich, das Set aber gehegt und gepflegt und superlange getragen, bis es nicht mehr zu stopfen war. Ich selbst hätte mein erstes Mal mit Scott sicherlich mehr genossen, wenn ich etwas Derartiges angehabt hätte, anstatt der praktischen Baumwollschlüpfer. Was ich in meiner Argumentationskette unerwähnt lassen würde.

Beaus Augenbrauen hatten sich gesenkt und er sah interessiert aus. »Das gibt es doch nicht nur im Hochpreissegment.«

»Aber nicht zu einem solchen Preis.« Ich hatte die Zahlen gesehen. »Nicht so etwas.«

Er nickte langsam. »Du scheinst dir sicher zu sein.«

»Das bin ich. Und deshalb würde das einschlagen wie eine Bombe, glaub mir. Das wäre in kürzester Zeit ausverkauft. Ich verstehe natürlich deinen Einwand mit den zu freizügigen Brüsten.« Ich schlug kurz die Augen nieder. Noch so ein Satz, den ich nie in seiner Gegenwart hatte sagen wollen. »Aber diese Modelle könnten wir doch ohne Körper fotografieren lassen, dann muss man nicht gleich sehen, wie durchsichtig sie sind.«

Beau strich sich nachdenklich über das Kinn. »Würdest du das kaufen?«, wollte er schließlich wissen.

Ich nickte und betrachtete interessiert meine Fingernägel.

»Ohne den Schutz, den eine diskrete kleine Boutique bietet? Obwohl du die Kassiererin kennst? Oder die Kundin neben dir?«

»Es ist Unterwäsche«, betonte ich und fühlte, wie meine Stimme immer selbstsicherer klang. Ich kam langsam rein in meine Rolle der Verteidigerin. »Nichts Verbotenes. Nichts Verwerfliches. Und sie wäre vermutlich verpackt, also ja, ich würde das kaufen.«

»Und das andere?«

Ich dachte an die letzte Seite und überlegte kurz. »Warst du in letzter Zeit mal in einem Drogeriemarkt? Die bieten das ebenfalls an, ganz offen, neben den Schwangerschaftstests. Und die haben das bereits seit Längerem im Sortiment. Du kennst dich aus, du weißt, dass Artikel, die nicht laufen, schnell wieder verschwinden. Also muss es einen Markt dafür geben.«

»Aber bei uns? Würdest du bei uns ein Sextoy kaufen? Es ganz lässig zwischen den Lippenstift und deinen neuen Duft legen? Würdest du es mitnehmen und deine Kollegin bitten, den Mitarbeiterrabatt nicht zu vergessen? Würden die Leute sagen: ›Am Montag muss ich unbedingt zu *Jola*, da gibt es erstklassige Vibratoren?‹«

Okay, er hatte keine Probleme damit, manche Worte auszusprechen. Und mich zu fragen, wo ich mir so etwas besorgte, als wären es Vitamintabletten. O Mann! Aber ich hatte diese Diskussion angezettelt, und nun schien er daran Gefallen zu finden.

»Und dann stehst du an der Kasse und hinter dir dein Nachbar, und du nickst ihm höflich zu, während du es einpackst? Vielleicht triffst du noch deine Mutter oder deine Tante. Würden die Menschen auch dazu stehen?«

»Vielleicht«, sagte ich lahm.

»Ruby, würdest du bei *Jola* einen Vibrator kaufen oder ihn dir nicht doch eher diskret per Post zuschicken lassen?« Seine Augen bohrten sich in meine, was nicht eben hilfreich war.

»Nun …«, stammelte ich und brach wieder ab.

»Wo hast du deinen gekauft?«

»Bitte?« Ich wich ein wenig zurück.

»Hast du deinen in der Drogerie an der Ecke mitgenommen oder bestellt?«

»Ich …« Meine Blicke suchten von ganz alleine wieder nach meinen Händen. Nicht, weil die etwas Spannendes taten, sondern weil ich ihm keine Sekunde länger in die Augen sehen konnte.

»Ruby. Es geht nicht darum, ob du so etwas besitzt oder nicht«, sagte er leise. »Es geht mir nur darum, dir zu zeigen, dass es nicht funktionieren würde. Und schon gar nicht als groß beworbene Aktionsware in unserem Prospekt. Meiner Einschätzung nach verlangen solche Produkte ein wenig Diskretion. Auch wenn sie gekauft werden, sprechen die meisten nicht wirklich darüber. Kaum einer wird erzählen, dass er sich heute neue Schuhe, ein Toastbrot und so ein Ding gekauft hat.« Er machte eine kleine Pause. »Ich habe deinen Standpunkt verstanden, und ich kann vielleicht sogar verstehen, was der Beweggrund dafür war, das in die Vorschlagsliste aufzunehmen. Aber ich glaube nicht, dass es funktionieren würde. Und ich weiß, dass es nicht zu *Jola* passt.« Er strich sich kurz über das Kinn. »Ich denke aber auch, dass du mit ein paar dieser Wäschemodelle recht haben könntest. Eventuell überrasche ich meine Kollegen morgen früh und lasse sie ein paar weniger aufreizende Bilder anfordern. Wer weiß, vielleicht machen wir unsere Kundinnen glücklich, indem wir ihnen irgendwann so etwas anbieten.«

Nach dieser Diskussion fand ich es fast schon entspannend, mit ihm auszusuchen, welche Modelle in eine engere Wahl kommen sollten. Zugegeben, es war etwas Überwindung nötig, ihm zu erläutern, welche mich am meisten ansprachen, welche ich tragen würde und welche nicht. Ich versuchte, ihm mit professionellem Interesse zuzuhören, als er seine Meinung kundtat, was er auswählen würde, und mir nicht zu genau zu merken, auf was er ansprang und was ihm gefiel. Wir erledigten einen Job, wie wir das auch vorhin bei der neu geplanten Linie für Männer gemacht hatten, die ein umfangreiches Sortiment an Bartpflegeölen und speziellen Rasierapparaten umfassen sollte. Gut, es waren dieses Mal BHs und Höschen, die wir besprachen, aber hey.

Schließlich klappte Beau die Mappe zu und legte sie zur Seite.

»Danke.« Er streckte sich. »Das war ein sehr interessanter Abend.«

»Ja«, gab ich zurück und stand auf. »Das war es wirklich. Ich danke dir, dass ich dabei sein durfte.«

Er lachte auf. »Ernsthaft? Obwohl ich dich so lange in Beschlag genommen habe? Es tut mir leid, Ruby, ich habe nicht auf die Zeit geachtet. Und außerdem«, er stand ebenfalls auf, »habe ich es viel zu sehr genossen. Normalerweise mache ich das alleine. Es war inspirierend, deine Ansichten zu hören. Und ich freue mich, dass du deine Meinung so unbeirrt vertrittst.«

Ich wedelte verlegen mit der Hand und bückte mich nach meiner Tasche. »Wenn wir für heute fertig sind, dann sollte ich jetzt los, damit ich den Bus nicht verpasse.«

»Nein«, sagte er und angelte sich sein Jackett von der Rückenlehne seines wuchtigen Schreibtischsessels, wo er es früher am Abend hingehängt hatte. »Ich werde dich sicherlich nicht bis in die Nacht aufhalten und dann zu einem Bus rennen lassen. Ich nehme dich mit, das ist das Mindeste. Und du brauchst gar nicht erst zu widersprechen, in diesem Punkt bin ich ausnahmsweise einmal nicht diskussionsbereit.«

»Ernsthaft? Du sitzt alleine mit deinem heißen Chef im Büro, in einem leeren Gebäude, draußen ist es dunkel, nur die Schreibtischlampe erleuchtet die Szenerie, und diskutierst über Dildos und Reizwäsche?«

So gesehen klang es ganz anders als das, was ich eben erzählt hatte, und ich schüttelte vehement den Kopf.

»Nein. Wir saßen in einem gut ausgeleuchteten Raum und haben das Warensortiment des kommenden Jahres besprochen.«

»Welches Reizwäsche und Sexspielzeug beinhaltet.«

»Darum geht es nicht.« Ich dachte nach. »Und ich weiß gar nicht, ob ich das überhaupt hätte ausplaudern dürfen. Es dreht sich um etwas völlig anderes.«

»Ach ja?« Pen grinste breit.

»Und er ist nicht heiß. Nicht so heiß. Also, ich meine, darum geht es auch nicht.«

»Schon klar.« Pen grinste noch breiter.

»Es geht um was anderes.« Ich hatte den Fehler gemacht, viel zu aufgekratzt zu Hause anzukommen und meinen beiden Mitbewohnerinnen berichten zu wollen, was ich heute erlebt hatte. »Es geht darum, wie cool das war. Wie cool das ist, dass Beau mir so vertraut, dass er sich für meine Meinung interessiert und …«

»Beau«, warf Maisie mit einem Seitenblick zu Pen ein und zog das Wort wie Kaugummi in die Länge. »Duzt du deinen Chef?«

»Nein«, gab Pen zurück.

»Ich auch nicht. Leider. Ich würde ja auch mal mit ihm über meine Unterwäsche diskutieren«, bekannte Maisie und verdrehte die Augen. »Oder mir seine Meinung zu diversen kleinen Spielzeugen anhören.«

»Ihr seid blöd«, kommentierte ich kopfschüttelnd, was beide noch mehr zum Lachen brachte. »Und überhaupt, so ist das eben in der Firma. Erst neulich habe ich mit Charlotte geredet.« Ich stand in engem Kontakt zu ihr. Um ehrlich zu sein, ich fand ihre Berichte sehr beruhigend. Auch sie duzte Humphrey, ihren Mentor, mittlerweile, und sie hatten letztes Wochenende einen Ausflug in einen Kletterparcours gemacht.

»Humphrey findet, dass solche Aktivitäten gut sind, um eine Vertrauensbasis zu schaffen«, hatte Charlotte berichtet. Die beiden gingen freitags ebenfalls essen, um die Woche zu beschließen, und sie kannte bereits seinen halben Lebenslauf.

»Charlotte hat erzählt, dass es bei ihr und Humphrey ebenfalls so läuft, und Leo …« Mit ihm hatte ich erst einmal telefoniert, aber das hatte gereicht. »Leo und Paula haben sich sogar schon ein Hotelzimmer geteilt, als es mit den Buchungen schieflief und nichts aufzutreiben war.«

»Ich merke, ich habe den Laden bisher unterschätzt«, kommentierte Pen mit funkelnden Augen. »Scheint so, als ob dein Job deutlich interessanter ist, als wir dachten.«

»Haha«, gab ich zurück.

»Ich verstehe dich«, sprang mir Maisie endlich zur Seite und klang nun nicht mehr spöttisch. »Und ich freue mich für dich. Wir beide freuen uns.« Sie stupste Pen an, die folgsam nickte. »Du scheinst es echt gut getroffen zu haben und es macht dir Spaß. Und das hast du dir auch verdient.«

»Ja.« Endlich waren wir da, wo ich sein wollte. »Ich hätte nie gedacht, dass es so toll wird. Ich meine, dass die mich überhaupt genommen haben. Und als ich Beau zugeteilt wurde … Nun, ich wusste nicht, ob ich das gut finden sollte. Aber es passt, versteht ihr? Wir passen zusammen, wir ticken gleich.«

Wieder stieß Maisie Pen an, wieder grinsten beide nickend.

Ich gab auf. »Ist ja auch egal. Aber eines noch: Wenn wir diese Unterwäsche wirklich kriegen, ich schwöre es euch, ihr beiden werdet die Ersten sein, die bei uns im Laden stehen. Und dann werdet ihr mir auf Knien danken, dass ich erwachsen genug war, das mit ihm zu diskutieren.« Damit stand ich auf und verließ unter dem lauten Grölen meiner Freundinnen die Küche.

Kapitel 27

Mit jedem weiteren Tag lernte ich es mehr zu schätzen, mit Beau Rutherford arbeiten zu dürfen. Er war mit Sicherheit der beste Lehrmeister, den ich mir hätte wünschen können. Und er brachte mich mit so vielen verschiedenen Aspekten dieses Jobs in Berührung, zu denen ich sonst keinen Zugang gehabt hätte. Wir besichtigten die neue Filiale, die mit dem Testkonzept. Ich war stolz, als er sich interessiert meine Meinung dazu anhörte. Ich beobachtete ihn in den unterschiedlichsten Situationen mit Kollegen, bewunderte sein Geschick, mit ihnen umzugehen, seine Ruhe, wenn wir auf Probleme trafen, die eine rasche Entscheidung benötigten, seinen Weitblick und seine Fantasie, wenn es nötig war, unkonventionelle Lösungen in Betracht zu ziehen, weil die althergebrachten aus irgendeinem Grund nicht funktionieren würden. Mit jedem Tag legte ich ein wenig mehr meine Scheu ab und wagte auch einmal Einwände, die ich anfangs nicht angebracht hätte. Ich lernte, dass man mit ihm nicht nur gut arbeiten konnte, sondern auch lachen, und dass er meinen Humor verstand. Und ich lernte, damit umzugehen, dass er nach wie vor einen Heidenspaß daran zu haben schien, mich immer mal wieder an meine Grenzen zu bringen, mich in Situationen zu schubsen, in denen ich mir überlegen musste, ob das wieder ein Test war. Ich dachte stetig weniger darüber nach und folgte mehr meinen spontanen Eingebungen. Ich vertraute mittlerweile darauf, dass ich es richtig machen und er mir nicht gleich den Kopf abreißen beziehungsweise den Job kündigen würde, wenn ich einmal mit meiner Reaktion danebenlag. Ich begann sogar, ihn manchmal ein wenig herauszufordern, traute mich, ebenfalls ein paar kleine Tests zu machen, was ihm offensichtlich gefiel.

An diesem Freitag saßen wir, wie inzwischen gewohnt, an einem kleinen Tisch in einem winzigen Lokal und gingen die vergangene Woche durch. Sie war turbulent gewesen, weil irgendjemand vergessen hatte, gleich zu erwähnen, dass eine lange geplante Sonderkampagne nicht wie gewünscht durchführbar war, da die zugehörigen Give-aways, kleine Make-up-Beutel mit dem Logo des Parfümherstellers, nicht rechtzeitig geliefert worden waren.

»Passiert das öfter?«, wollte ich wissen.

»Zum Glück nicht. Was schlägst du vor?«

»Puh.« Ich stieß die Luft aus und dachte nach. »Gibt es noch Restbestände der Körperpflege-Probesets, die wir letztes Jahr von dieser Firma hatten und die wir damals als Zugabe verschenkt haben? Oder vielleicht könnten wir die Sommerduft-Aktion vorziehen, die in vier Wochen geplant ist. Die Werbebanner sind bereits da, und die extra produzierten Sets mit Parfüm und Pflegelotion stehen auf Abruf bereit.«

Beau nickte zufrieden. »Daran habe ich auch gedacht und die Kollegen gebeten, das zu klären. Sie denken, dass es klappen wird. «

Ich nickte. Allmählich kam ich dahinter, wie hier alles ineinandergriff und was ein winziger Ausfall bewirken konnte.

Genau darüber sprachen wir auch gerade beim Essen. Beau hatte manchmal eine Vorliebe für das Lehren und Referieren, aber es war jedes Mal interessant und ich hörte aufmerksam zu.

Es war nicht zu übersehen, dass er diesen Job ebenso liebte wie ich, dass er mit Herz und Seele dabei war. Er würde, egal, was er sagte, irgendwann einen großartigen Firmenchef abgeben. Er würde auch dann einen Weg finden, ab und zu draußen zu sein. Wenn einem etwas wirklich wichtig ist, dann tut man alles, um es weiterhin in seinem Leben zu haben.

»Wo zwischen den Einfuhrbestimmungen und den Zollvorschriften habe ich dich verloren?«, hörte ich plötzlich Beaus Stimme sanft fragen und zuckte überrascht zusammen, als er zugleich seine Hand auf meine legte.

»Was? Entschuldige, ich war in Gedanken.«

»Das war nicht zu übersehen.« Er lächelte und zog seine Hand zurück. »Du solltest mich bremsen. Es war eine lange Woche. Zumindest den Freitagabend sollten wir nutzen, um nicht zu arbeiten. Es tut mir leid.«

»Nein, das ist in Ordnung. Deshalb sind wir ja hier. Wegen der Arbeit.«

»Schon, aber nicht nur. Wir bilden nun bereits seit achtzehn Wochen ein Team. In absehbarer Zeit wird das enden, wenn ihr alle im Firmensitz in die verschiedenen Abteilungen hineinschnuppern werdet. Denkst du, dass ich bisher meinen Job gut gemacht habe?«

»Ja«, sagte ich überrascht. »Natürlich hast du das.«

»Hm.« Er rieb sich sein Kinn. »Heute Nachmittag, als ich dich gebeten habe, mit der Filialleitung die Bestelllisten durchzugehen und die Bestände zu prüfen, hatte ich eine Videokonferenz.«

Ich horchte auf. Es war nicht ungewöhnlich, dass er mir kleinere Aufgaben übertrug, wenn wir in einer seiner Filialen waren. Er hatte damit vor einiger Zeit begonnen und ich war stolz gewesen, dass er mir diese Jobs zutraute. Ich wusste, dass er die Zeit alleine im jeweiligen Büro nutzte, um andere Dinge zu erledigen. Normalerweise gab er mir später ein kurzes Update, was er getan hatte. Heute war das irgendwie untergegangen, weil wir damit beschäftigt gewesen waren, uns völlig unprofessionell über eine kleine Begebenheit zu amüsieren, die ich in dieser Zeit miterlebt hatte.

»Und? Worum ging es?«

»Eine Besprechung des Mentorenteams. Wir schalten uns von Zeit zu Zeit zusammen, um über unsere Eindrücke zu reden, und darüber, was wir tun und wie es läuft.«

»Und?«, fragte ich noch einmal und bekam plötzlich ein ungutes Gefühl. Lag ich hinter den anderen zurück? Waren wir nicht so weit wie sie, hatten wir irgendetwas vernachlässigt?

»Und wir liegen ziemlich weit hinten«, bestätigte er zu meinem Entsetzen meinen Verdacht.

»Oh.« Ich dachte nach. »Liegt es an mir? Bin ich zu langsam?«

»Nein.« Er lachte kurz, was mich beruhigte. »Es ist meine Schuld.«

»Aber du hast mir so vieles beigebracht«, wandte ich ein, doch er hob die Hand.

»Was das Geschäftliche angeht, ja. Aber ansonsten liegen wir ganz am Ende, fürchte ich.«

»Was meinst du jetzt genau?« Ich hatte gelernt, dass man bei ihm immer genau nachfragen musste, auch wenn man manchmal nicht wusste, ob man die Antwort hören wollte.

»Charlotte und Humphrey bilden mittlerweile ein erstklassiges Team beim Bezwingen diverser Kletterparcours, die irgendwo hoch in den Bäumen angebracht sind. Leo und Paula sind Angelprofis geworden. Thea und Andrew haben das Indoorklettern für sich entdeckt. Und Mary und Peter verbringen gemeinsam Zeit auf Westernpferden.« Er grinste.

»Okay«, erwiderte ich gedehnt. »Aber das ist kein Teil der Ausbildung. Ich meine, ich finde es toll, dass sie das machen, aber auch für euch ist das ein Job. Und in deinem Fall kommt ja noch die ganze Büroarbeit dazu. Niemand kann verlangen, dass man auch noch die Wochenenden miteinander verbringt, oder?«

»Nein, verlangen kann man das nicht.« Er sah mich an. »Du würdest es also nicht wollen?«

»Nein. Ich meine, doch, also, ich würde nicht sagen, dass ich es nicht mache …« Ich brach ab, weil er grinste, während ich mich zusehends verhedderte.

»Dann ist es ja gut, denn wir haben einiges nachzuholen.«

»Ach ja? Ich sag es lieber gleich, ich steh nicht so auf Pferde, genauso wenig auf Fische, und ich habe Höhenangst.«

»Wir werden auch bestimmt nicht deren Ideen klauen. Nein, ich habe gesagt, dass wir beide wandern gehen.«

»Aber das tun wir nicht.« Wir hatten zwar mal davon gesprochen, oder er hatte das getan, doch dann war es irgendwie unter den Tisch gefallen.

»Doch, das tun wir. Morgen, um genau zu sein. Wie gesagt, wir haben einiges nachzuholen.«

»Ich weiß nicht …«, warf ich ein, nur um wieder zu verstummen. Verdammt, wie sollte ich aus dieser Nummer rauskommen, ohne zu sagen, was mir gerade durch den Kopf ging?

»Was weißt du nicht?«

Ich holte tief Luft. »Ob das so eine gute Idee ist.«

»Wandern?«

»Auch. Überhaupt. Nur weil die anderen das machen, heißt das nicht, dass du das ebenfalls tun musst. Ich bin mir sicher, dass ich dafür in anderen Bereichen ganz vorne liege. Also wir, als Team. Ohne irgendein sportliches Freizeitteam zu mimen, und …« Ich brach ab, als ich sein nachdenkliches Gesicht bemerkte.

»Hast du etwas gegen das Wandern?«

»Keine Ahnung. Ich mache das normalerweise nicht.«

»Du brauchst keine Angst zu haben.«

»Ich habe keine Angst. Aber auch sonst nichts. Also keine Schuhe und keinen …«

»Hatten wir das nicht bereits? Du brauchst bloß ein paar feste Schuhe. Und vielleicht eine Flasche Wasser. Das sollte kein Problem darstellen, oder?«

Zaghaft schüttelte ich den Kopf. Nein, das nicht. Aber vielleicht etwas anderes. Vielleicht die Tatsache, dass wir dann einen ganzen Tag zusammen verbringen würden. Um ehrlich zu sein, brauchte ich die Wochenenden, um ein wenig Abstand zu gewinnen, um eine kurze Zeit an etwas anderes zu denken als an die Arbeit – und an ihn. Ich begann zu fürchten, dass Beau Rutherford in meinem Leben zu viel Raum einnahm. Und ich hatte Angst, dass der Tag, an dem dies endete, schrecklich werden würde. Es war keine besonders glückliche Minute gewesen, als mir das klar wurde. Und ich tat alles, um es nicht so weit kommen zu lassen, mich nicht zu privat von seinem Charme einwickeln zu lassen, von seinen Augen, seinem Lachen, seiner ganzen Art. Ich versuchte, um ehrlich zu sein, seit Wochen mit schwindendem Erfolg, mich selbst zu überzeugen, dass mein Interesse, meine Begeisterung für ihn rein beruflich waren.

»Wenn dir allerdings der Gedanke, einen freien Tag mit mir zu verbringen, so zuwider ist, dann werden wir es lassen.«

»Nein.« Ich redete mal wieder schneller, als ich denken konnte. »Nein, das ist es nicht«, gab ich leise zu.

Er rieb sich die Hände und lächelte mir aufmunternd zu. »Dann werden wir morgen endlich an unserer Teamkompetenz arbeiten. Ich hole dich ab, um sieben.«

»Um sieben? Ernsthaft?«

»Ernsthaft. Wir haben fast zwei Stunden Fahrt vor uns, ehe wir loslegen können, und wir wollen den Tag doch ausnutzen. Ich verspreche, ich werde eine Route aussuchen, die dir gefallen wird.«

Pünktlich am nächsten Morgen klingelte er. Ich sauste die Treppen hinunter, ehe meine Freundinnen sich zu sehr darüber ereifern konnten, dass mein Chef und ich jetzt sogar am Samstag miteinander abhingen. Ich hatte ihnen erklärt, dass es sich dabei um eine Teamkompetenz-Entwicklungsaufgabe handelte, was sie nur noch mehr zum Lachen gebracht hatte.

»Klar«, hatte Maisie geprustet. »Ich wünsch euch auf alle Fälle viel Spaß, bei welchen Kompetenzen auch immer.«

In meinem kleinen Rucksack hatte ich eine Flasche Wasser, wie er empfohlen hatte, und ein prall gefülltes Make-up-Täschchen, wie Maisie empfohlen hatte.

»Du willst doch nicht abends mit ihm in einem kuscheligen Pub am Kaminfeuer sitzen und dabei aussehen, als wärst du eben durch die Wildnis marschiert.«

»Was ich getan haben werde«, warf ich ein.

»Eben!« Maisie zwinkerte mir zu. »Deshalb verschwindest du als Erstes in den Waschräumen und verwandelst dich zurück in Ruby, die das ganz lässig wegsteckt und selbst nach einem Tag in der freien Natur noch zauberhaft aussieht.«

»Sagt man nicht, dass man das sowieso tut? Also gut aussehen nach einem Tag an der frischen Luft? Dass die etwas mit deiner Haut anstellt und man so eine Art ›Nature Glow‹ bekommt?«

»Eher einen Natur-Glanz – vom Schwitzen. Vertrau mir und pack das ein. Da ist alles drin, was du brauchst.«

»Bestimmt, das Ding ist riesig.« Aber ich hatte ihr vertraut und es eingepackt, weil es inzwischen recht spät und ich unschlüssig war, ob ich mein Outfit vielleicht noch einmal wechseln sollte.

»Auf gar keinen Fall. Das ist perfekt. Die Jeans sehen lässig aus, obwohl sie knapp sitzen. Und diese Länge lässt deine Fesseln superdünn aussehen.«

»Hey. Die sind dünn!«, ereiferte ich mich.

»Natürlich.« Pen verdrehte die Augen. »Ich wollte nur sagen, für den Anlass perfekt. Und dieses Jeanshemd unterstreicht den Look, lässt dich jung und wanderfreudig aussehen.«

»Hey, ich bin …«

»Wanderfreudig?«, fragte Pen grinsend.

»Zumindest jung«, gab ich zurück und lachte. »Dann lass ich das an, ja?«

»Du siehst verboten gut aus«, ermunterte sie mich. »Wenn dein Beau heute ins Schwitzen kommt, dann sicher nicht wegen der Tour.«

Kapitel 28

Auch Beau trug Jeans, dazu ein kariertes Hemd und derbe Stiefel. Er stand lässig neben dem Wagen und schien voller Vorfreude.

»Bereit?«

Ich nickte.

»Dann los. Wir werden knapp zwei Stunden brauchen, bis wir dort sind.«

»Und wo genau ist *dort*?«, fragte ich.

»In den Cotswolds. Genauer gesagt in Moreton-in-Marsh. Von wo aus wir dann ein Stück auf dem Fosse Way, einer alten Römerstraße, wandern werden, ehe wir durch Weizenfelder und Blumenwiesen weitermarschieren bis nach Bourton-on-the-Water, was man auch das kleine Venedig nennt«, erklärte er und klang wie ein begeisterter Reiseführer. »Es wird dir gefallen, es ist ein bezaubernder Ort.«

»Und zwischen den beiden Ortschaften liegen wie viele Kilometer?«, fragte ich.

»Ungefähr siebzehn.« Er sah kurz zu mir und lachte. »Es sind gut zu gehende siebzehn Kilometer. Und wir haben den ganzen Tag Zeit.«

»Na dann«, seufzte ich, und er lachte wieder.

»Vertrau mir. Es wird dir gefallen.«

Es hätte mir auch gefallen, einfach so den ganzen Tag mit ihm durch die Gegend zu fahren. Ich hatte ein wenig Respekt vor dem, was er heute vorhatte. Energisch schüttelte ich den Kopf. Er kannte mich und er würde mir nichts zumuten, was ich nicht schaffen würde. Von dem er dachte, ich würde es nicht schaffen. Nun ja, ich würde es eben versuchen.

Ich lehnte den Kopf an die Kopfstütze und schloss die Augen. Hier im Dunstkreis von London herrschte reger Verkehr, und ich wollte Beau nicht ablenken. Ich ließ meine Gedanken zurückschweifen und überlegte ein weiteres Mal, wie es dazu gekommen war, dass ich jetzt hier saß und heute siebzehn Kilometer durch die Natur wandern würde. Vielleicht wären Pferde … Nein. Er liebte es, hatte er gesagt, und er machte das regelmäßig, also musste es irgendeinen Reiz haben, den ich noch nicht kannte.

Er liebte es. Und deswegen war ich gewillt, es heute zu probieren, erkannte ich. Weil ich nicht mehr damit zufrieden war, alleine seine Leidenschaft für das Geschäft zu teilen. Weil ich so viel wie möglich über ihn wissen wollte, ihn verstehen wollte. Weil er so begeistert war und ich seine Begeisterung teilen wollte. Das waren nicht gerade beruhigende Gedanken, stellte ich mit Schrecken fest. Schon gar nicht, wenn man einen ganzen Tag miteinander verbringen würde und ausreichend Zeit hatte, um sich auszumalen, was genau man vielleicht teilen könnte. Ich sollte mir dringend etwas anderes suchen, über das ich sinnieren konnte. Mühevoll zwang ich meine Gedanken, zum gestrigen Abend zurückzukehren. *Wenn einem etwas wirklich wichtig ist, dann tut man alles, um es weiterhin in seinem Leben zu haben,* hatte ich überlegt. Genau das war der Moment gewesen, an dem ich Beau und seine Ausführungen über die

Zölle hinter mir gelassen und über andere Dinge nachgegrübelt hatte. Meine Gefühle für Scott, um genau zu sein. Wie unpassend es mir erschienen war, ausgerechnet jetzt an ihn zu denken, ihn mit Beau zu vergleichen. Und vor allem wie unpassend, dann zu bemerken, dass Beau Scott dabei plötzlich um Längen zu schlagen schien.

Das Wichtigste in Scotts Leben, darauf hätte ich jederzeit mein eigenes verwettet, war ich. Und deshalb würde Scott alles tun, um mich darin zu halten, so wie ich alles tat, damit er Teil meines Lebens blieb. Selbst als es schwierig wurde.

Ich hatte gedacht, dass seine Eltern einfach etwas Zeit brauchen würden, um sich mit mir anzufreunden. Im Ernst, ich war nett, ich liebte ihren Sohn und ich machte ihn glücklich. Damit sollte man jede Mutter überzeugen können.

Leider war seine anders, und je länger wir verheiratet waren, desto schwieriger wurde es. Sie begann nicht, mich zu akzeptieren, sondern im Gegenteil damit, ihre Abneigung nicht länger zu verstecken. Sie ließ es mich spüren, dass ich nicht erwünscht war. Sie platzierte kleine Spitzen, wenn Scott dabei war. Der lachte darüber.

»Prinzessin, du hast mich geheiratet, nicht sie. Lass sie reden. Die Hauptsache ist, dass wir zusammen sind, oder?«

Ich nickte und stimmte ihm zu. Doch langsam erkannte ich, dass es eben doch nicht die Hauptsache war. Es setzte mir zu, dass ich ewig dagegen ankämpfen musste, dauernd versuchen, gut genug zu sein. Es wäre einfacher gewesen, wenn Scott nicht dort gearbeitet hätte, wir uns im Ort nicht ständig über den Weg gelaufen wären. Dazu kam, dass mein Mann nicht früh genug Kinder haben konnte. Oh, wir probierten es! Wir taten alles, um welche zu bekommen, auch wenn ich selbst es nicht schlimm fand, dass wir noch ein wenig Zeit für uns hatten. Ich war so jung, er war so jung, und es gab so vieles, was wir noch tun konnten, ehe wir eine Familie gründeten. Ich liebte es, mit ihm am Wochenende durch die Clubs zu ziehen. Ich fand, dass wir entspannt abwarten könnten. Scott gab mir recht, aber ich wusste, dass er es dennoch lieber anders gehabt hätte. Und nein, ich tat nichts, um zu verhindern, dass ich schwanger wurde. Ich ließ mich sogar untersuchen, ob mit mir etwas nicht stimmte, wurde aber beruhigt, dass ich vollkommen gesund wäre.

»Sie sind jung, Sie haben noch viel Zeit«, meinte die Ärztin, und ich nickte zustimmend. Ganz meine Ansicht.

Auch Scott stimmte zu, wenn auch mit weniger Enthusiasmus. Wäre ich zu diesem Zeitpunkt schwanger geworden, wer weiß, wo ich dann jetzt wäre. Aber ich sah die Gefahr nicht, war mir sicher, dass er mich immer lieben würde, ob mit Kind oder ohne. Und dass wir dieses Problem im Notfall medizinisch angehen konnten, wenn wir ein paar Jahre älter wären, sofern es dann noch im Raum stand. Ich kannte niemanden, der Schwierigkeiten hatte, schwanger zu werden. Ganz im Gegenteil. Ich konnte mir nicht vorstellen, dass sich das jemals zu einer Krise auswachsen würde. Einige meiner Schulkameradinnen hätten sich so manchen Kummer erspart, wenn sie nicht derart fruchtbar gewesen wären, und meine Mutter wurde praktisch schon schwanger, wenn mein Vater sie nur ansah. Es konnte lediglich eine Frage der Zeit sein, bis auch ich mit einem dicken Bauch herumwatschelte, hatte ich naiv geglaubt.

Und hier kommt der Fahrstuhl ins Spiel. Und zwar mit aller Macht, auch wenn ich es zu diesem Zeitpunkt gar nicht bemerkte. Ich spürte nicht, dass Gefahr in Verzug war, und war einfältig genug zu glauben, dass wir das alles meistern würden. Ich jedenfalls war gewillt, es auszuhalten, seine Mutter weiterhin für das große Glück zu ertragen, das ich mit Scott erlebte. Ich hätte vermutlich hingenommen, wie meine Schwiegereltern mich behandelten, wenn es einzig darum gegangen wäre, dass ich nicht standesgemäß war. In den ersten Jahren unserer Ehe war es auch das Einzige, was zwischen uns stand. Nun aber warfen sie mir zusätzlich vor, dass ich ihrem Sohn seinen größten Wunsch nicht erfüllen konnte. Sie flüsterten ihm ins Ohr, ich sei daran schuld und würde insgeheim die Pille nehmen. Oder aber, was man sich gut vorstellen könnte bei einer wie mir, dass bei einer früheren, verheimlichten Abtreibung etwas kaputt gegangen wäre.

Ich war entsetzt. Viel zu lange fühlte ich mich bereits gedemütigt und verletzt. Ich erklärte ihnen, dass bei mir alles funktioniere und das sogar ärztlich belegbar sei. Der Grund wäre wohl ein anderer. Es war eine schlechte Idee anzudeuten, dass die Ursache bei Scott liegen könne. Und ganz schlecht war, dass sie ihm das brühwarm erzählten, ihm versicherten, dass ich das munter herumtratschen würde.

Zum ersten Mal hatten wir einen Streit – und zwar einen wirklich schlimmen. Ich hatte gewusst, dass Scott mit dieser Information nicht gut zurechtkommen würde. Deshalb hatte ich mich bisher gehütet, etwas in dieser Richtung anzudeuten. Ich hatte sogar behauptet, dass mein Eisprung laut Ärztin unregelmäßig wäre und es aus diesem Grund einfach ein wenig länger dauern könnte, bis es klappte. *Und es macht uns doch Spaß, es zu probieren, bis es klappt*, hatte ich ihm ins Ohr geraunt und ihn dazu gebracht, gleich in die nächste Übungsrunde zu starten.

Nun jedoch hatte seine Mutter ihm glaubhaft versichert, dass ich in Wahrheit durch die Gegend liefe und überall verkündete, dass mit mir alles stimme und ich das schriftlich hätte, Scott jedoch mit Platzpatronen schieße. Und zusammen mit all den kleinen, in jahrelanger Arbeit gepflanzten Zweifeln und vor allem mit dem mächtig angeschlagenen Selbstwertgefühl meines Mannes endete die Szene in einem furchtbaren Streit. Scott verließ türenschlagend das Haus und ich heulte die ganze Nacht hindurch. Er kehrte erst gegen Morgen zurück, und dann heulten wir gemeinsam. Er versicherte mir, dass er mich trotz allem liebe und nie verlieren wolle.

Wir schienen die Kurve bekommen zu haben. Scott behandelte mich in den folgenden Wochen noch liebevoller und aufmerksamer als sonst. Ich versuchte, seiner seltsamen Unruhe dabei keine Beachtung zu schenken, und war einfach glücklich, dass es seiner Mutter nicht gelungen war, uns zu trennen.

Bis Scott knappe drei Monate später wieder heulend vor mir saß und sozusagen dafür sorgte, dass das Sicherungsseil des Aufzugs riss und mein Leben ungebremst nach unten sauste. Unter Tränen gestand er mir, dass er damals nach dem Streit so verletzt und gedemütigt gewesen wäre, dass er sich in einem Pub betrunken hätte. Und danach Beatrice Longley in die Arme gelaufen wäre. Wie sich herausstellte, war sie so zuvorkommend gewesen, ihn beweisen zu lassen, dass er trotz allem ein echter Mann war, und Scott … nun ja. Eine einzige Nacht, die nicht einmal eine ganze Nacht war, mit der perfekten Tochter des Bürgermeisters. Und wäre das nicht schon mein Untergang gewesen, war Beatrice in dieser Nacht schwanger geworden. Und ich musste mit versteinertem Herzen zuhören, wie Scott mir versicherte, dass er mich ewig lieben würde, aber dass er nicht bereit wäre, sich diese Chance auf eine Familie nehmen zu lassen.

Auch wenn es verachtenswert klingt, aber ich hätte ihm den Seitensprung verziehen. Ich hätte irgendwie damit leben können, dass Beatrice schwanger war. Ich spielte sogar kurzzeitig mit dem Gedanken, dass wir so eine Art abgefahrene Patchworkfamilie sein könnten, bei der sich das Kind abwechselnd bei ihr und bei uns aufhalten würde.

Ich hätte so ziemlich alles ausgehalten, aber nicht, dass ich von jetzt auf gleich aussortiert wurde. Mein Leben lag von einer Sekunde zur anderen in Scherben. Und ich lernte auf die bitterste Weise, dass es mit der Liebe eben anders war, als ich in meinen naiven Träumen gedacht hatte. Scott liebte mich zwar, aber er wollte eine Familie. So unbedingt, dass er bereit war, mich dafür aufzugeben. Beatrice hatte ihm glaubhaft versichert, dass er das Kind nicht ohne sie bekommen würde, und er hatte sich entschieden. Sie hatte ihm weisgemacht, dass sie die Schande nicht ertragen würde und das Kind wegmachen ließe, wenn er nicht zu ihnen stand. Scott wusste, was er zu tun hatte.

Seine Mutter triumphierte. Sie ließ mich deutlich spüren, wie glücklich sie mit der neuen Situation war. Kaum war ich ausgezogen, wurde unser Haus verkauft. Man konnte es Beatrice nicht zumuten, dort zu wohnen, wo ich einst so glücklich gewesen war. Die beiden bekamen ein größeres, schöneres Haus und einige Zeit später einen pausbäckigen, gesunden Sohn. Als sich herausstellte, dass er kaum Ähnlichkeit mit Scott hatte, dafür aber Greg Bardon, dem nichtsnutzigen Sohn des Fleischers, wie aus dem Gesicht geschnitten zu sein schien, war ich schon längst in London. Scott ignorierte alle Gerüchte und hielt eisern daran fest, dass es sein Kind war. Und Beatrice? Nun, sie war glücklich. Sie hatte am Ende bekommen, was sie wollte, und sie wurde von meinen ehemaligen Schwiegereltern verehrt und umsorgt.

Mein Herz war jedoch nachhaltig verletzt. Und ich wusste, dass ich ab diesem Zeitpunkt nie mehr zulassen würde, dass mir jemand sagte, ich wäre nicht gut genug. Ich musste es mir jeden Tag selbst einreden, und ich musste daran festhalten. Das wurde zu meinem Rettungsanker, zu meiner Aufgabe, zu meiner Obsession. Ich musste unbedingt ich bleiben und zusehen, dass ich damit genügte, dass ich so Anerkennung fand. Sonst hätten sie alle am Ende gewonnen. Sonst, das spürte ich instinktiv, würde ich völlig abstürzen und das Einzige verlieren, das ich mein Leben lang gehabt hatte: Selbstachtung.

Und dennoch hatte ich all die Jahre Scott geliebt, hatte mein dummes Herz sich nicht von ihm lösen können. Ich hatte allen anderen die Schuld daran gegeben, dass unsere Liebe gescheitert war. Allen voran meiner Ex-Schwiegermutter und Beatrice, die ihn nie aufgegeben hatte, ihn mir immer geneidet hatte, und die im entscheidenden Moment ihre einzige Chance gewittert und gnadenlos ausgenutzt hatte.

Ich hatte ihn ebenso als Opfer gesehen wie mich, weil ich wusste, dass er mich noch immer liebte, weil ich spürte, dass seine Zerrissenheit echt war. Und es passte zu ihm, dieses Kind zu schützen, alles zu tun, damit es leben durfte, egal, wie groß das ihm abverlangte Opfer war. Auch Beatrice kannte ihn, wusste das und hatte es ausgeschöpft, dachte ich bitter.

Ich hatte geweint, als ich die Scheidungspapiere unterschrieb und als ich meinen neuen Ausweis abholte, in dem wieder wie früher Ruby Ferguson stand. Und noch viel mehr hatte ich geweint, als er nur wenige Monate später eine strahlende Beatrice zum Altar führte und ihr den Namen Luckner, den ich mit so viel Stolz getragen hatte, gab, während seine Mutter lächelnd zusah und ihren Enkel im Arm hielt.

Deshalb hatte ich noch immer an Scott festgehalten, auch wenn das niemand verstand. Aus diesem Grund wollte ich all die Zeit nicht zugeben, dass er trotz allem einfach ein Mistkerl war, der mich betrogen hatte. Und nun, zum schlechtesten Zeitpunkt, den es geben konnte, spürte ich endlich, dass mein Herz frei war, dass Scott es nicht mehr beherrschte. Und dass der Grund dafür dieser wunderbare Mann war, der neben mir saß und uns in die Cotswolds fuhr.

Kapitel 29

»Ruby? Wir sind bald da. Zeit, aufzuwachen«, meldete sich punktgenau in diesem Moment eben jener Mann mit sanfter Stimme. Ich spürte kurz seine Hand auf meinem Knie und schlug die Augen auf. Verlegen ließ ich meinen Blick aus dem Fenster gleiten, um ihn nicht ansehen zu müssen.

»Es tut mir leid.«

»Mir sollte es leidtun.« Er lachte. »Die ganze Woche halte ich dich bis spät in der Firma fest und am Wochenende zwinge ich dich, so früh aufzustehen. Aber es wird sich lohnen, versprochen.«

Ich nickte und dachte, dass er keine Ahnung hatte, wie sehr es sich bereits lohnte, nur weil er neben mir saß.

»Konntest du denn noch ein wenig Schlaf nachholen?«

»Ja, danke.« Ich würde nicht zugeben, dass ich nicht geschlafen hatte. Außerdem war das eine ganz gute Erklärung, weshalb ich so verwirrt war.

Er bog auf einen Parkplatz ab, der zu einem kleinen Hotel gehörte.

»Wir sind da. Und bevor es losgeht, bestehe ich darauf, dass wir hier noch einen Kaffee trinken. Es wäre zu schade, wenn du vor lauter Müdigkeit die Landschaft nicht genießen kannst.«

Die Tour begann mit einem sanften Anstieg. Beim Frühstück – wir hatten uns von den unsagbar lecker aussehenden Brötchen verführen lassen – hatte Beau mir die Strecke noch einmal erklärt. Gute siebzehn Kilometer, moderate Anstiege, die ganze Route eher leicht zu bewältigen, hatte er gesagt. Relativ schnell verdichtete sich dieser sanfte Anstieg zu einem kleinen Hügel, den wir noch munter bewältigten. Die Sonne schien, um uns herum war eine wunderschöne Landschaft zu bestaunen, Schafe und Trockenmauern setzten kleine Akzente, die mich an wohltuende Sonntagabendfilme erinnerten. Wir wanderten in einem gut zu haltenden Tempo. Beau plauderte munter neben mir und erzählte mir zu gefühlt jedem Zaun die passende Geschichte. Als wir endlich das kleine Örtchen Longborough passiert hatten und der Weg sanft nach unten abfiel, dachte ich, dass ich diese Wanderung gut meistern könnte. Der nächste kleine Anstieg schreckte mich auch nicht. Selbst Beaus Ansage, dass wir jetzt, nach zwei Stunden, etwa ein Drittel der Route geschafft hätten, machte mir keine Angst. Er schlug vor, bis nach Stow-on-the-Wold weiterzugehen und dort einzukehren, um eine Kleinigkeit zu essen. Für den Moment saßen wir auf einem großen Findling, tranken einen Schluck Wasser und sahen uns zufrieden um.

»Ich wusste, dass du dich gut schlagen wirst«, freute er sich. »Obwohl ich zur Sicherheit ein paar Schokoladenriegel eingepackt habe. Falls du mir zu jammern anfängst.« Er grinste mich frech an.

»Verlockend. Aber im Moment bin ich noch satt vom Frühstück.«

»Na dann.« Er stand auf und streckte mir seine Hand entgegen. »Auf geht's, weiter munter in den wunderschönen Tag hinein.«

Grinsend marschierten wir los. Ich hatte nach dem wirklich guten Frühstück und zwei großen Bechern Kaffee, die mich belebten und vor allem mein Gehirn wieder zurechtgerückt hatten, beschlossen, dass ich mich jetzt vor allem nicht verrückt machen würde. Ich hatte Scott endlich hinter mir gelassen, und ich durfte jetzt nichts falsch verstehen und mir schon gar nicht etwas einreden. Als ich dann die ersten Kilometer neben dem aufgeräumten, munter Nichtigkeiten erzählenden Beau herging, merkte ich, dass sich jetzt nicht schlagartig alles verändert hatte. Okay, ich fand, dass er heute in diesen Jeans und dem Hemd fast noch besser aussah als im Anzug, und seine gute Laune brachte mich zum Grinsen, aber das war es dann auch. Ich hatte keine Schweißausbrüche und musste mich nicht mit Gewalt daran hindern, ihn anzufallen. Ich genoss es einfach, in seiner Nähe zu sein, seiner Stimme lauschen zu dürfen und durch diese wunderschönen saftig grünen Wiesen zu spazieren. Ich war glücklich, ohne Wenn und Aber, und das war die Hauptsache. Ich redete mir erfolgreich ein, dass ich nicht in ihn verliebt war, sondern nur durch seine ganze Art erkannt hatte, dass es ein dummer Fehler war, immer noch Scott hinterherzutrauern.

Eine halbe Stunde später begann der Weg deutlich an Steigung zuzulegen, und ich hörte auf zu denken. Beau redete nach wie vor, ganz entspannt, doch ich merkte so langsam, dass ich diese Art von Bewegung nicht regelmäßig machte.

»Die sanften Hügel der Cotswolds, heißt es nicht immer so?«, ächzte ich und blieb kurz stehen, um zu verschnaufen. »Sind das sanfte Hügel?«

»Wir überwinden gerade zweihundert Höhenmeter, wenn du es genau wissen willst. Und die meisten haben wir inzwischen geschafft. Wir kommen jetzt bald zu St Edward's Well, da können wir eine Pause machen, wenn du magst. Von da ist es nicht mehr weit bis Stow-on-the-Wold, wo du ein fantastisches Essen bekommen wirst.«

»Das hoffe ich doch. O mein Gott, ist das schön.«

Wir waren langsam weitergegangen und vor uns tauchte ein moosbewachsenes steinernes Becken wie ein großer Brunnentrog auf. Wasser plätscherte sanft aus einem Rohr in das Becken. Der Ort sah so verwunschen aus, dass es beinahe hätte kitschig sein können, und strahlte solch eine Ruhe und Kraft aus, dass ich augenblicklich jede Anstrengung vergaß.

»Hier, den hast du dir verdient.« Beau saß auf dem Rand des Beckens und hielt mir einen Schokoladenriegel hin. »Und? Bereust du es, dass du mitgekommen bist?«

Ich sah mich um, sah ihn, diese Landschaft, roch die klare Luft und schüttelte den Kopf. »Nein. Es ist wunderschön hier.«

»Da bin ich froh. Ich hatte einen Moment Sorge, dass du es nicht magst.«

»Ich bin einfach nicht so trainiert wie du.«

»Dann müssen wir das öfter machen.«

»Ja«, antwortete ich und knüllte das leere Schokoladenpapier zusammen. »Das wäre schön.«

»Und jetzt hast du wirklich das Schlimmste hinter dir. Das, Ruby, ist Stow-on-the-Wold, die höchstgelegene Ortschaft der Cotswolds«, verkündete Beau kurze Zeit später, als wir die letzten Höhenmeter bewältigt hatten und die ersten Häuser vor uns auftauchten.

»Das war ja klar, dass ich da hochmuss.« Ich stützte die Hände in die Hüften, drückte meinen Rücken durch und schaute mich dann um. »Mit etwas weniger für den Anfang hättest du dich auch gar nicht zufriedengegeben.«

Er lachte. »Du doch auch nicht. Ich hatte noch nie das Gefühl, dass du lieber den einfachen Weg wählst. Ich weiß, dass es eine Herausforderung ist, wenn man das nicht so oft macht. Aber es lohnt sich. Und ich wusste, dass du das packst.«

»Du verlangst nicht gerade wenig, Rutherford.« Ich sah ihn streng an.

»Ich verlange nie mehr, als jemand geben kann, Ruby«, parierte er, und seine Augen hörten auf zu blitzen, wurden stattdessen sanft. »Ich mag es, wenn jemand an seine Grenzen zu gehen bereit ist. Menschen, die das nicht machen, sind nichts für mich. Wenn du es nicht gepackt hättest, wäre das auch in Ordnung gewesen, weil du es versucht hast. Aber du hast es durchgezogen. Wenn ich dich morgen frage, wirst du sagen, dass es gar nicht schlimm war. Und dass du es wieder tun würdest. Das ist es, was mich beeindruckt. Das war es auch, was ich von Anfang an in dir sah.«

Ich war froh, dass er offenbar keine Antwort erwartete oder gar wieder direkt fragte, was ich denn in ihm so alles sehen würde. Ich nickte nur knapp, was ihm auszureichen schien, und schaute mich um.

»Also, wo gibt es nun dieses großartige Essen, das mir jetzt zusteht?«

Der Abstieg war dann noch einmal eine kleine Herausforderung. Die Sonne hatte deutlich an Kraft gewonnen, und selbst für Juli war es sehr warm. Ich hatte längst mein Jeanshemd ausgezogen und um meine Hüften geknotet und wanderte in meinem schlichten weißen Tanktop durch die Gegend. Dankbar dachte ich an meine Make-up-Tasche. Die würde ich nachher ganz sicher brauchen. Vermutlich sah ich mit meinem verschwitzten Gesicht und den zerzausten Locken mittlerweile recht verwildert aus. Als wir dann endlich wieder auf ebenes Gelände kamen, strich ich mir die Haare aus dem Gesicht und atmete durch. Ich hatte auch auf diesem Stück ihm das Reden überlassen und mich darauf konzentriert, nicht zu stolpern. Zweimal war ich in meinen alten Turnschuhen beinahe ausgerutscht, doch beide Male hatte Beau schnell reagiert. Seine Hand hatte nach meinem Arm gegriffen und mich sicher gehalten. Beim zweiten Mal rutschte ich noch ein Stückchen weiter. Er packte mit dem anderen Arm meine Hüften und zog mich einen Moment fest an sich.

»Vorsicht, Ruby. Wir haben Zeit. Ich will nicht, dass du dir hier den Fuß verknackst.«

»In dem Fall würdest du mich tragen müssen.«

»Träum weiter«, frotzelte er, und einen Moment war ich in Gefahr, das zu tun. Wenn ich in diesen Träumen weiterhin in seinen Armen bleiben durfte, wäre das nicht die schlechteste Alternative.

»Du wirst mir doch hoffentlich nicht die Schmach antun, beim nächsten Mentorenmeeting zugeben zu müssen, dass du dich unter meiner Führung verletzt hast.«

»Oh, daran hatte ich nicht gedacht. Natürlich werde ich deinen Ruf nicht gefährden.«

»Braves Mädchen«, sagte er leise und mit einer Stimme, die klang, als hätte er eben einen Schluck Öl anstatt Wasser getrunken, und ich machte mich los. Das wurde mir jetzt doch ein wenig zu gefährlich.

»Man soll den Tag nicht vor dem Abend loben. Wehe, du hast mich belogen und da kommt noch ein Berg. Dann wirst du ganz schnell merken, dass ich auch anders kann.«

Er lachte und rückte seinen großen Rucksack zurecht. Ich hatte keine Ahnung, was er da alles drin hatte, und fragte auch nicht. Ich hätte ihm zugetraut, dass es sein Laptop war, und hatte keine Lust, das zu ergründen. Bisher hatte er bloß eine große Flasche Wasser für jeden von uns herausgezaubert und diese Schokoriegel. Meine eigene kleine Wasserflasche war längst leer. Erleichtert hatte ich nach seiner Ersatzflasche gegriffen. Irgendwie hatte ich mir unter dieser Wanderung eher einen gemächlichen Spaziergang vorgestellt, aber so langsam fand ich richtig Gefallen an dieser Tour. Er hatte recht, man bekam den Kopf frei und die Natur war einfach nur wunderschön. Ich war es nicht gewohnt, so viel Grün zu sehen. Ich merkte, dass ich aufhörte, mich zu fragen, wie weit es wohl noch war. Ich genoss es einfach und vertraute darauf, dass er wusste, was er tat, und mich zum Ziel brachte, ehe ich nicht mehr konnte.

»Die letzten fünf Kilometer sind eben«, hatte Beau versprochen, und er hatte nicht gelogen. Dieser Teil der Wanderung war leicht und unser Gespräch trug mich durch den Nachmittag. Wir plauderten über alles Mögliche, hauptsächlich über das, was wir hier sahen. Er lachte, weil ich mich nicht den Schafen nähern wollte. Er reichte mir seine Hand, als wir auf eine Trockenmauer kletterten, um eine bessere Aussicht zu haben. Wieder legte er einen Arm um meine Hüften, als ich kurz schwankte, und hielt mich fest. Dann sah er sich um und seufzte zufrieden.

»Irgendwann will ich hier einmal eine richtige Wanderung machen.«

»Und was war das heute? Ein Spaziergang?«, fragte ich leicht pikiert.

»Nein.« Sein Lachen klang nicht spöttisch. »Ich meine eine richtige Tour. Zehn Tage oder so mit dem Rucksack durch die Cotswolds. Mir Zeit nehmen, die Natur genießen und Ecken entdecken, die ich noch nicht kenne.«

»Gibt es die denn noch? Wenn man dir zuhört, könnte man meinen, du hast bereits jeden Winkel durchstreift.«

»Noch lange nicht. Ich liebe diese Ecke des Landes einfach. Hier kann ich abschalten und endlich einmal ganz ich selbst sein.«

»Und wer bist du, wenn du ganz du selbst bist?«

»Einfach ein Mann, der genießt, was das Leben ihm schenkt. Der keine Verpflichtungen hat und keinen Druck, alles regeln zu müssen und allen gerecht zu werden. Der sich über die kleinen Dinge freuen kann. Dass ich gesund bin. Dass ich dies erleben darf. Dass ich es mit einer so netten Begleitung erleben darf, die es noch perfekter macht.« Er schaute mich an, und mir fiel auf, dass wir immer noch viel zu nahe beieinanderstanden, viel zu wackelig auf dieser Mauer. Letzteres zumindest in meinem Fall, weil es mein Herz war, das unter seinem Blick und befeuert von seinen Worten wieder einmal Samba tanzte.

Verlegen strich ich mir die Haare aus dem Gesicht. »Sieh mich nicht so an. Ich bin total zerzaust und bestimmt läuft mir die Wimperntusche …«

»Nein, Ruby, mach das nicht kaputt! Du siehst wunderschön aus. Du hast noch nie so schön ausgesehen wie jetzt, mit den Cotswolds auf deiner Haut und diesem Strahlen in den Augen, das mir zeigt, dass es dir genauso geht wie mir.«

Kapitel 30

Die restlichen Kilometer schwebte ich wie auf Wolken. Der Weg war einfach und erforderte keine größere Aufmerksamkeit als die, diese wunderschöne Natur zu würdigen. Die Sonne schien immer noch warm und Beau war nach wie vor in Bestform. Er hatte inzwischen begonnen, über unseren Zielort Bourton-on-the-Water zu referieren.

»Der Ort gilt als einer der schönsten in den Cotswolds, aber ich fürchte, das behaupten die Einwohner hier von jedem. Vermutlich haben sie sogar recht. Der Windrush führt durch den Ort. Er wird von mehreren schmalen, geländerlosen Bogenbrücken überspannt. Deshalb auch der Name ›Venedig der Cotswolds‹, was ziemlich passend ist. Es sieht zauberhaft aus.«

»Ohne Geländer? Ist das nicht gefährlich?«

»Nun, der Fluss ist im Ort gerade mal knapp knietief, du musst dich also schon anstrengen, um darin zu ertrinken. Und ich werde auf dich aufpassen, damit dir nichts passiert. Im Notfall springe ich hinter dir her und rette dich.«

»Herzlichen Dank. Warst du schon einmal in Venedig? Im echten, meine ich?«

Beau nickte. »Es ist natürlich nicht zu vergleichen. Es sind beides wunderschöne Orte, aber völlig verschieden, bis auf die Brücken, und die haben im Original durchaus Geländer.«

Daraufhin erzählte er von der italienischen Stadt, von der Atmosphäre dort, die besonders geheimnisvoll gewesen war, weil er seinen Besuch an einem nebligen Herbsttag gemacht hatte. Ich lauschte dermaßen gebannt, dass die letzten anderthalb Stunden wie im Flug vergingen. Als wir den Ort in der Ferne auftauchen sahen, stellte ich verwundert fest, dass wir jetzt bereits seit mehr als neun Stunden unterwegs waren. Es war halb zehn gewesen, als wir heute früh losmarschierten, und wir hatten uns zwischendurch immer mal wieder eine Pause gegönnt und am Nachmittag eine Kleinigkeit gegessen. Nun war es bereits nach sieben Uhr abends. Überrascht stellte ich fest, dass ich inzwischen wieder hungrig war.

Beau führte mich in den Ort, der wirklich ganz bezaubernd war, und über eine der geländerlosen Brücken. Wir schlenderten durch schmale Gassen, die links und rechts von hohen Steinhäusern gesäumt waren und einen verwunschenen, magischen Eindruck machten, am Fluss entlang und immer weiter durch den wunderschön angelegten Ort mit seinen kleinen Geschäften, Pubs und Cafés, bis wir auf der anderen Seite der Ortschaft bei einem beeindruckenden Landhaus endlich abbogen und den Innenhof betraten.

»Und? Wäre das in Ordnung?«

»Es sieht großartig aus.«

Der Innenhof mutete fast italienisch an mit seinen akkurat gestutzten Bäumen und Hecken, den Wasserspielen und den Farbtupfern, die der blühende Lavendel und die Rosen setzten. Dann betraten wir das Haus, und sofort wusste man wieder, dass man im ländlichen England war. Eine Mischung aus modernen Elementen empfing uns, versetzt mit einladenden Sofas in gedeckten Rosenmustern, Hirschgeweihen und gerade der richtigen Menge Plüsch, dass es heimelig, aber nicht altmodisch wirkte. Wir bekamen einen Tisch an einem großen Kamin, der zu dieser Jahreszeit nicht in Betrieb war, und seufzend ließ ich mich nieder.

»War es zu viel?«, erkundigte sich Beau sofort.

Ich schüttelte den Kopf. »Nein. Aber ich muss sagen, jetzt, wo ich sitze, bin ich ziemlich froh darüber. Und es reicht auch für heute, mir zumindest.«

»Mir auch.«

»Normalerweise bist du vermutlich schneller, oder?«

Er zuckte mit der Schulter. »Darum geht es nicht beim Wandern. Man macht keinen Ziellauf und muss andere dabei überbieten. Es dreht sich darum, die Natur zu genießen, mit ihr im Einklang zu sein. An manchen Tagen wandert man schneller, an anderen braucht man länger. Wichtig ist nur, dass man das richtige Tempo für sich findet. Wenn du den ganzen Tag zu schnell sein musst, macht es keinen Spaß.«

»Und wenn dich den ganzen Tag jemand ausbremst?«

»Das hast du nicht getan. Ich habe den Verdacht, dass du nicht ganz ehrlich warst. Du bist fitter, als du sagst.«

»Ich bin viel auf den Beinen. Mein Job …«, ich überlegte kurz, »meine bisherige Tätigkeit war keine, bei der man nur an der Kasse sitzt. Wir sind jede freie Minute damit beschäftigt, die Regale nachzufüllen, umzuräumen oder sonst etwas zu tun. Und ich habe kein Auto, ich gehe also viel zu Fuß. Oder wenigstens laufe ich dem Bus hinterher oder der Tube.«

»Und natürlich die ganzen Treppen«, warf Beau ein.

»Und die Treppen«, stimmte ich lachend zu. »Die haben es vermutlich herausgerissen.«

Unser Essen kam, und wir schwiegen erst einmal. Nachdem der größte Hunger gestillt war, sah ich mich noch einmal im Raum um. Es waren nicht viele Gäste hier, die Stimmung war ruhig und wohltuend. Auf der anderen Seite standen zwei große

Flügeltüren offen und ließen uns einen Blick auf eine großzügige Terrasse erhaschen. Im Moment waren noch ausladende helle Sonnenschirme aufgespannt. Das Licht bekam gerade diesen charakteristischen Farbton, der einen wunderschönen Sommerabend einläutet. Auf den Metallstühlen lagen dicke, einladende Polster bereit.

»Warst du schon einmal hier?«

»Nein. Ich habe mich im Internet schlaugemacht und gelesen, dass man hier gut essen kann. Unter anderem.«

»Mit dem Essen haben sie jedenfalls recht. Das andere kenne ich nicht und kann es nicht beurteilen.«

»War alles in Ordnung? Wollen Sie vielleicht noch einen Kaffee?«, unterbrach uns die nette Dame, die eben unsere Teller abräumte.

»Wollen wir?« Beau sah mich an und nickte dann. »Würden Sie ihn uns auf der Terrasse servieren? Das ist für dich doch in Ordnung, oder hast du für heute genug frische Luft gehabt?«

»Nein, überhaupt nicht. Ich würde sehr gerne draußen sitzen.«

Wir schlenderten hinaus und sahen uns um. Die Terrasse war nicht nur groß, sondern auch sehr liebevoll dekoriert. Es gab sogar einen Außenkamin, und ein paar Schritte weiter glitzerte in einem typischen englischen Garten ein kleiner Teich mit Seerosen darauf. Wir nahmen unter einem der Sonnenschirme Platz und genossen die letzten wärmenden Sonnenstrahlen. Bald würde ich vermutlich mein Hemd wieder brauchen, aber noch war es warm genug. Dieser Gedanke brachte mich dazu, über mein Erscheinungsbild nachzudenken. Vor lauter Hunger und Essen hatte ich völlig vergessen, mal in einen Spiegel zu sehen.

»Ich bin gleich wieder da.« Ich schnappte mir meinen Rucksack und verschwand in Richtung Waschraum.

Mein Anblick war nicht ganz so schlimm wie erwartet. Das Haar war zerzaust, aber auf eine nette Art, die fast ein wenig so aussah, als hätte ich es mit Absicht gemacht. Ich kämmte meine Locken trotzdem durch und machte mir den Halbzopf neu. Meine Haut glänzte, wie erwartet, hatte aber gleichzeitig diesen einzigartigen Look, den man nur hat, wenn man den ganzen Tag draußen war und die Haut Sonne abbekommen hat. Ich beschloss, es so zu lassen, frischte allerdings meine Wimperntusche auf und wischte die leichten Schatten weg, die sich abgesetzt hatten. Und ein wenig Lippenstift konnte auch nicht schaden, zumal ich einen Nudeton dabeihatte, der perfekt zu diesem Landlook passte und die zarte Bräune unterstrich, die ich mir heute geholt hatte. Ich suchte in meinem Beutel nach einem Deo – sicher ist sicher – und einem Parfüm. Ich legte den Eyeliner und das Rouge zur Seite, beides brauchte ich jetzt nicht. Genauso wenig wie den Highlighter, den Primer oder die Foundation. Himmel, Maisie hatte meinen halben Kosmetikvorrat eingepackt. Ich kramte weiter und erstarrte. Ganz unten hatte ich etwas berührt, was sich seltsam anfühlte. Nicht unangenehm, aber völlig unerwartet. *Stoff*, dachte ich und zog daran. Ein winziger schwarzer Slip kam zum Vorschein. Ich kippte kurz entschlossen die ganze Tasche ins Waschbecken, um zu sehen, was ich da noch alles durch die Gegend geschleppt hatte. Abschminktücher, ein winziges Töpfchen Gesichtscreme, eine Zahnbürste samt Minizahncreme und eine große Packung Kondome.

Fluchend packte ich die ganz nach unten und bedeckte sie mit dem Slip. Hastig stopfte ich alles andere zurück, fand endlich das Probefläschchen Parfüm, das ich gesucht hatte, und sprühte einmal auf meine Halsschlagader. Ich starrte mein Spiegelbild an und dachte darüber nach, meine Mitbewohnerin anzurufen und zu fragen, was zum Teufel sie sich dabei gedacht hatte, mich all den Krempel durch die Gegend schleppen zu lassen, ließ es dann aber sein. Ich wusste, was sie sagen würde, und wollte es nicht hören. Aber ich holte noch einmal das Parfüm heraus und sprühte ein wenig auf mein Dekolleté. Einfach so, weil es bestimmt nicht schaden konnte.

Als ich zurückkam, saß Beau in entspannter Haltung auf seinem Stuhl. Der Kaffee stand bereits auf dem Tisch und er hatte sein Handy am Ohr. Er bedeutete mir, dass ich kommen sollte, und beendete eben das Gespräch, als ich mich niederließ.

»Ja, kann ich, kein Problem. Nein, weiß ich noch nicht genau, das hängt noch von verschiedenen Umständen ab, aber ich kann es morgen sicher erledigen. Nein, das ist kein Umstand, mach dir keine Sorgen. Genieß lieber deine Zeit und lass dich verwöhnen. Ja, das mache ich. Bis bald.« Er legte das Telefon auf den Tisch. »Es tut mir leid, das war meine Mutter. Sie ist heute für eine Woche nach Italien gefahren, in die Toskana. Das macht sie jedes Jahr um diese Zeit, eine der wenigen Auszeiten, die sie sich gönnt.«

»Schön«, erwiderte ich.

Er sah mich an und nickte. Plötzlich war ich froh, dass ich mich zurückgehalten hatte mit dem Make-up. Ich wusste, sein Nicken galt meiner Bemerkung, aber so, wie er mich betrachtete, fühlte es sich an, als gelte es mir. Als sähe er mich an und wollte sagen: »Ja, es ist schön. So wie du.«

Kapitel 31

»Darf ich dich etwas fragen?«

»Natürlich.« Beau lächelte mir zu.

Wir hatten den Kaffee ausgetrunken und einen leichten Weißwein auf dem Tisch. Ich wusste nicht, ob das gut war, denn schließlich mussten wir noch zurück nach London fahren. Aber er hatte bisher nur einmal daran genippt und sich ansonsten an das Wasser gehalten. Überhaupt sollten wir vermutlich langsam aufbrechen, aber auch daran wollte ich nicht denken. Es war zu schön hier, an diesem Ort, der jenseits der Zeit und aller Verpflichtungen zu liegen schien.

»Dein Besuch damals. In unserer Filiale …«, fiel mir ein, und ich war nicht überrascht, dass sich seine Augenbrauen wieder einmal fragend hoben. »War das ein Zufall?«

Er grinste. »Glaubst du an Zufälle?«

»Nicht, wenn du darin verwickelt bist.«

»Insofern werde ich erst gar nicht versuchen, es zu leugnen.«

»Also war es kein Zufall?«

»Nein, das war es nicht.«

»Und was war der Zweck? Warst du meinetwegen dort?« Ich kam mir ein bisschen blöd vor, so, als nähme ich mich zu wichtig. Tatsächlich quälte mich diese Frage allerdings, seit ich ihn am ersten Tag des Assessments erkannt hatte.

»Ich denke, ich verrate kein Geheimnis, wenn ich dir erzähle, dass es ab und an Testkäufer gibt. Menschen, die in unserem Auftrag die Filialen prüfen«, gab er freimütig zu.

»Aber der Chef selbst? Im Ernst? Und das soll ich glauben?«

Er grinste frech. »Nun, natürlich nicht. Nur wenn ich gerade aus dem Urlaub komme und ein wenig verwilderter aussehe als üblich.« Sein Blick wurde sanfter. »Und ich gebe zu, es hat zu gut gepasst, um mir diese Gelegenheit nehmen zu lassen. Du warst die Einzige, die bereits bei uns arbeitete, die nicht direkt von der Uni kam. Es ist spannend, einen ersten, unverfälschten Eindruck zu erhaschen.«

»Und deshalb hast du dich aufgeführt wie ein Idiot?« Ich dachte daran zurück, wie er sich über Mr Brightman aufgeregt hatte.

»Es ist immer interessanter zu beobachten, wie Menschen mit unangenehmen Situationen umgehen, auch wenn das heißt, dass man die selbst herbeiführen muss.«

»Also wieder einer deiner bescheuerten Tests.«

»Die sind nicht bescheuert. Und eigentlich nicht einmal ein Test. Ich habe dich besucht und mir angesehen, wie du im echten Leben agierst. Daran ist nichts Verwerfliches.«

»Aber ich hätte einen miesen Tag haben können und blöd reagieren. Und dann hätte ich mir meine Chance verbaut, ohne es zu wissen.«

»Das Auswahlverfahren ist ein wenig komplexer und stützt sich nicht auf einen einzigen Blick auf die Bewerber. Und du hast dir nichts verbaut, im Gegenteil, du hast bereits im Vorfeld Punkte gesammelt. Ich fand deine Reaktion gut. Du hast es mir nicht leicht gemacht, so unhöflich zu bleiben.«

»Trotzdem«, wandte ich ein, doch Beau hob die Hand.

»Ruby, jeder hat einmal einen schlechten Tag, das weiß ich. Aber wenn man mit Kunden arbeitet, muss man auch an diesen eine gewisse Umgangsform wahren können. Ich sehe solche Besuche als Chance. Man kann zeigen, wie man wirklich ist, ohne den Stress der offensichtlichen Prüfungssituation. Und wenn wir euch dann offiziell kennenlernen und ihr plötzlich schüchtern, hölzern, ruhig oder unsicher seid, dann können wir abschätzen, ob das der Normalzustand ist oder eben der Situation geschuldet.«

»Und? War ich plötzlich hölzern?«

»Du warst anders, ja. Viel weniger spontan. Du hast es gut gemacht, aber im Laden … Da hattest du mehr Witz. Esprit. Und du warst spontaner, hast dich mehr getraut.«

Das hatte ich in der Tat. Ich hatte ihn erst gemaßregelt und kurz darauf mit ihm geflirtet.

»Und deswegen warst du enttäuscht beim Assessment?«

»Natürlich nicht. Wie gesagt, wir sind auch nur Menschen, wir wissen, unter welchem Druck die Bewerber stehen. Deshalb finde ich es gut, dass man mehr Zeit hat. Über einen Zeitraum von drei Tagen kann man besser zeigen, wer man ist, bekommt Spielraum, um seine Nervosität abzulegen. Es war spannend, deine Reaktionen zu beobachten. Ich hatte dich in zwei Extremsituationen gebracht. Einmal den Kunden gemimt, der schlecht gelaunt ist und miese Stimmung verbreitet, und dann habe ich dich plötzlich um ein Date zum Abendessen gebeten.«

»Ich erinnere mich. Ich fand, dass du nicht ganz koscher seist, weil deine Stimmung mir gegenüber so komplett schwankte. Sag jetzt nicht, dass das ein Zufall war, dass du im selben Laden aufgetaucht bist wie ich.«

»Doch, war es tatsächlich. Ich konnte bloß nicht widerstehen, die Situation auszunutzen.« Er grinste, als er meine Miene registrierte. »Es tut mir leid. Aber das sind Situationen, in denen die Reaktionen ehrlich sind und vielsagend, deshalb erzeugen wir die auch so gerne.«

»Ich verstehe.« Ein schales Gefühl stellte sich ein. Natürlich hatte er nicht wirklich mit mir geflirtet, aber es so zu hören, war schon ein wenig seltsam.

»Mir hat meine zweite Rolle sehr viel besser gefallen«, sagte er leise und nahm einen kleinen Schluck Wein. »Da musste ich nicht allzu viel vorspielen.«

»Und was hättest du gemacht, wenn ich dich eingeladen hätte mitzukommen?«, fragte ich spontan und hielt die Luft an.

»Es ist verrückt, aber ich war vermutlich der einzige Mann, der eine Frau anflirtet und dabei hofft, dass sie Nein sagt.« Beau ließ mich nicht aus den Augen. »Ich hätte abgelehnt. Aber mit einigem Bedauern.«

Ich schwieg. Der letzte Satz klang in meinem Kopf nach und schrie geradezu danach, ausführlich seziert zu werden.

»Jetzt bin ich dran mit einer Frage«, fuhr er fort, und seine Stimme klang wieder anders, heiterer und weniger intim als eben.

»Okay.« Ich blickte ihn erwartungsvoll an.

»Weshalb hast du beim Interview unsere Frage nach deinem Familienstand nicht beantwortet?«

Ich zuckte zusammen. Diesen Themenwechsel hatte ich nicht erwartet.

»Es ist eine der Fragen, die man nicht beantworten muss«, konterte ich ausweichend.

»Aber sie ist nicht wirklich ein Problem. Ich muss nur auf deine Steuerkarte sehen, um zu wissen, dass du ledig bist.«

»Aber die Antwort darauf ist auch nicht entscheidend für die Jobeignung.«

»Das ist sie nicht, nein.«

»Ich dachte, es wäre wieder einer dieser Tests. Ob man jede Frage beantwortet, die man gestellt bekommt oder so.«

»In diesem Fall war es echtes Interesse. Und jetzt würde ich erst recht gerne wissen, weshalb du ein Problem damit hast zu sagen, dass du nicht verheiratet bist.«

»Ich war es«, antwortete ich und spürte, dass es in meinen Ohren immer noch seltsam klang. »Ich bin geschieden.«

»Oh. Was ist passiert?«

»Vieles. Er hat mich betrogen. Ein einziges Mal, was ich ihm sogar glaube. Sie wurde schwanger. Er wollte das Kind.« Ich zuckte mit den Achseln. »Es waren viele Gründe. Die Umstände waren gegen uns.«

»Umstände kann man überwinden.«

»Das dachte ich auch. Aber anscheinend kann das nicht jeder.«

»Und du trauerst ihm nach wie vor hinterher.«

Langsam schüttelte ich den Kopf. »Nein, nicht mehr. Aber ich habe es sehr lange getan.«

»Es ist gut, dass du es nicht mehr tust. Er muss ein Idiot sein, eine Frau wie dich zu verlassen, egal, wie die Umstände sind.«

»Das ist nett, danke.« Ich bemühte mich zu lächeln. »Er war meine große Liebe, dachte ich. Mein Dreh- und Angelpunkt. Und dass es schiefging, war nicht nur seine Schuld.«

»Und jetzt weißt du es besser? Dass er vielleicht doch der Falsche war?«

»Das ist eine Möglichkeit, der ich immer mehr Bedeutung einräume«, bestätigte ich, obwohl ein simples Nicken die Frage besser beantwortet hätte.

»Beau«, brach ich endlich das Schweigen, das sich in den letzten Minuten aufgebaut hatte. Wir waren beide nachdenklich gewesen, er wieder auf diese Art, bei der er mich offen musterte und die mich dazu brachte, mich kurz zu entschuldigen, weil ich angeblich dringend meine Nachrichten checken musste, in Wahrheit aber nur durchatmen und mein Herz beruhigen.

»Ja?«

»Sollten wir nicht langsam aufbrechen?«

»Willst du das denn?«

Ich lachte überrascht. »Das Leben ist kein Wunschkonzert. Das Auto steht noch drüben in Moreton, und dann müssen wir fast zwei Stunden fahren. Es wird langsam dunkel und es ist … Himmel, schon so spät.«

»Und wenn es ein Wunschkonzert wäre, würdest du dann gehen wollen?«

Ich sah ihn an. »Was meinst du damit?«

»Nun, das andere, was sie hier anscheinend haben, sind erstklassige Zimmer. Wir könnten uns zwei nehmen und hierbleiben.«

»Das geht doch nicht.«

»Wieso? Hast du morgen etwas vor?«

»Nein, aber …«

»Wieso geht es dann nicht? Wir können alles tun, wozu wir Lust haben. Wir könnten einfach noch etwas sitzen bleiben, Wein trinken und uns unterhalten.«

Wie auf Kommando gingen in diesem Moment die Lichterketten an, die in den Sonnenschirmen hingen, und tauchten uns in ein warmes Licht.

»Wir könnten morgen zurückwandern oder uns ein Taxi nehmen, wie wir wollen.«

»Ich habe gar nichts dabei«, erwiderte ich und dachte an Maisies Tasche.

»Was brauchst du denn? Eine Nacht kommst du bestimmt so zurecht.«

»Ich habe keine Wechselkleidung, und das hier«, ich zupfte an meinem Shirt, »hat heute doch ein wenig gelitten.«

»Das ist doch nicht wichtig. Wichtig ist nur, ob du es willst. Wir können jetzt zahlen und uns ein Taxi rufen lassen. Oder wir fragen, ob wir eine Nacht hier unterkommen können. Es ist deine Entscheidung.« Er winkte der Bedienung, dann sah er mich an.

Sie machte ein Zeichen, dass sie gleich kommen würde, und ich versuchte, mich zu entscheiden. Es war unmöglich hierzubleiben. Unvernünftig. Die einzige mögliche Antwort war, dass wir heimfuhren und den Abend beendeten. Und doch wollte ich genau das nicht. Ich wollte hier sitzen bleiben und mit ihm reden, bis mir die Augen zufielen. Ich wollte in dieser Welt bleiben, wo wir nicht Chef und Angestellte waren, Trainee und Mentor, sondern einfach Mann und Frau. Zwei Menschen, die sich zueinander hingezogen fühlten, die eine schöne Zeit miteinander hatten.

Die Bedienung trat an den Tisch, den Block im Anschlag.

»Was kann ich für Sie tun?«

Beau sah mich an, und ich nickte langsam. Ich spürte, dass sich ein Lächeln in meinem Gesicht ausbreitete und bemerkte, wie seine Miene es spiegelte.

»Sagen Sie, haben Sie zufällig noch zwei Zimmer für uns? Es ist so schön hier, und wir überlegen gerade, dass wir diesen Ort noch nicht verlassen wollen.«

»Ich muss nachsehen, ich bin mir nicht sicher. Einen Moment.« Sie lächelte freundlich und verschwand.

»Gute Entscheidung«, meinte Beau und zwinkerte mir zu. »Ich hatte gehofft, dass ich heute nicht mehr Auto fahren muss.«

Einige Minuten später war die Bedienung auch schon zurück und ihr Lächeln weckte Hoffnung in uns.

»Sie haben Glück«, eröffnete sie uns begeistert. »Wir waren fast ausgebucht, aber vor einer halben Stunde kam eine Absage. Sie können unsere Suite haben, und ein kleines Zimmer im ersten Stock ist ebenfalls noch verfügbar.«

»Perfekt. Sie machen uns sehr glücklich«, sagte Beau, und ich strahlte.

»Gut, dann kümmere ich mich um alles.« Sie eilte davon und ich sah zu, wie Beau sich zufrieden Wein nachgoss.

Kapitel 32

»Ich bin dran.« Ich hob die Hand, um Beaus Redefluss zu stoppen. Seit wir beschlossen hatten zu bleiben, war der Weinvorrat deutlich geschrumpft, und wir benahmen uns wie zwei Kinder, die etwas Verbotenes taten und dabei jede Menge Spaß hatten. Für mich fühlte es sich jedenfalls so an. Wann hatte ich zum letzten Mal etwas so Verrücktes getan? Und dabei so viel Spaß gehabt? Es war die richtige Entscheidung gewesen, dachte ich trotzig und nahm noch einen Schluck Wein.

»Also, ich bin dran mit den Fragen. Wer wollte mich noch?«

»Bitte?«

»Du hast gesagt, du musstest darum kämpfen, mein Mentor zu werden. Nun ja, immerhin warst du nicht der Einzige. Also, wer wollte mich noch?«

»Paula hätte dich genommen.«

»Okay.«

»Und Humphrey.«

»Humphrey?«, rief ich überrascht. »Wow. Echt jetzt?«

»Wärst du lieber ihm zugeteilt worden?« Beaus Augen verengten sich leicht.

»Nein. Ich denke nicht.«

»Du denkst nicht? Herzlichen Dank.«

Ich lachte übermütig. »Ich weiß, dass ich ganz zufrieden sein kann. Nein, im Ernst, du bist toll. Aber Humphrey war so … furchteinflößend irgendwie. Cool und witzig, aber auch so ernst, und ich dachte die ganze Zeit, er nähme mich nicht für voll.«

»Anscheinend tut er das doch. Ich habe dir bereits mehrfach gesagt, dass du überzeugt hast. Was willst du also noch? Komplimente abgreifen?«

»Nein.« Ich schlug einen Moment die Augen nieder. Das war vielleicht der falsche Zeitpunkt, aber ich musste das jetzt wissen. »Warum wolltest du mich unbedingt?«

»Weil ich dein Potenzial erkannt habe. Und nicht wollte, dass das untergeht.«

»Denkst du, ich brauche etwas Unterstützung?«

»Überhaupt nicht. Ich denke, dass du jemanden brauchst, der unkonventioneller denken kann als der Durchschnitt.«

»Und ich denke, dass du dich gerade um Kopf und Kragen redest. Unkonventionell, ja?«

»Exakt. «

Sofort meldeten sich meine alten Komplexe zurück. »Warst nicht du es, der sagte, Klamotten sind nicht der Mensch, der in ihnen steckt?«

»Und deshalb wollte ich dich haben. Als Trainee, meine ich.«

»Wegen meiner Kleidung? Nicht wegen meiner Eignung? Das Eis wird immer dünner, mein Lieber.«

»Weil du mich mit Absicht falsch verstehst.«

»Nun«, sagte ich und lehnte mich zurück. »Ich denke, dass du ausweichst, um mir nicht erklären zu müssen, dass ich nach dem aussehe, was ich bin. Ein Kind der Arbeiterklasse, aufgewachsen in einfachen Verhältnissen. Ich entspreche nicht dem, was die teuren Privatschulen hervorbringen. Ich habe lediglich einen Abschluss an der Fernuni. Ich bin noch nie aus England herausgekommen, ich war noch nie zum Skifahren oder hatte ein anderes teures Hobby. Es ist mir nicht verborgen geblieben, dass ich dafür oft genug belächelt oder unterschätzt werde.« Ich dachte zurück an diesen Moment beim Assessment, als Tom vortrug, weshalb ich mich für diesen Job eignen würde. »Und du hast es auch bemerkt. Du dachtest, dass du mich deswegen schützen und es mir eventuell sogar ein bisschen leichter machen musst.«

»Ich habe in den letzten Wochen gelernt, dass ich dir ganz sicher nichts schenken muss und du es auch nicht nötig hast, dass man es dir leichter macht. Im Gegenteil, du hattest es schwerer als die anderen, zumindest bei mir, denn du musstest mich mehr von deinen fachlichen Kompetenzen überzeugen. Aber ja, ich will dich schützen. Ich will dich davor beschützen, dass dumme Menschen dich in dummen Kommentaren anzugreifen versuchen.« Er atmete einmal tief ein. Ich wusste, dass auch er an Tom dachte. Es war ihm aufgefallen, seine Augen hatten ihn verraten. Nicht verraten aber hatten sie, was er davon hielt. Bis eben.

»Ich wollte dich, weil ich denke, dass du einen guten Job machen wirst. Aber ich wollte dich auch, weil es ein Grund war, um dich besser kennenzulernen. Weil du mich als Mensch vom ersten Moment an interessiert hast.«

Manchmal machte es mir Angst, in welche Situationen ich mich selbst brachte. Beaus Worte hatten mich berührt und mein Herz kurz flattern lassen. Es gab nichts, was ich darauf erwidern konnte. *Du hast mich ebenfalls interessiert*, passte auf jeden Fall nicht. Nichts passte, also nickte ich nur und beschloss, den Stier bei den Hörnern zu packen, wo wir eh gerade beim Thema waren, und gleichzeitig eben jenes zu wechseln.

»Weshalb hat er es nicht geschafft? Tom meine ich? Er hatte doch alles, was man braucht. Nur weil er mich in seinem Plädoyer schlecht dargestellt hat?«

»Das hatte viele Gründe, und ich darf über keinen reden.«

»Komm schon! Wir sind unter uns.«

»Trotzdem, Ruby. Es geht nicht.«

»Ich dachte, er hat den Job sicher. Er war so überzeugend, so selbstsicher, so allwissend.«

»Du unterschätzt uns. Wir sind keine Kinder, denen man nur eine Show vorspielen muss. Wir machen den Job lange genug, um Menschen beurteilen zu können. Und zwar das gesamte Paket. Nicht nur ihre Befähigung, sondern auch ihre Teamfähigkeit.«

»Und die ist wichtiger als andere Fähigkeiten?«

»Wir legen sehr viel Wert auf einen kollegialen Umgang, wie du weißt. Und wir sind recht gut darin, standardisierte Antworten zu erkennen.« Er zwinkerte mir vielsagend zu.

»Also habt ihr gemerkt, dass er ein eingebildeter, unsympathischer Blender ist«, stellte ich zufrieden fest.

»Ruby, bitte. Ich werde nicht weiter darüber reden.«

»Hast du ihn auch deinen kleinen Tests unterzogen?«

»Ich habe doch bereits gesagt, dass wir das mit allen gemacht haben.«

»Aber er saß bestimmt nicht irgendwo an der *Jola*-Kasse und hat sich mit einem ungeduldigen Kunden herumärgern müssen.«

Beau seufzte.

»Hast du ihn gefragt, wie er dich findet?« Ich kicherte. »Vermutlich hätte er überlegt, ob er jetzt auf schwul machen sollte und hätte zum ersten Mal keine Standardantwort parat gehabt.«

Beau sagte immer noch nichts.

»Und seine drei Worte für dich? Warte. *Erfolgreich. Mächtig.* Und dann noch irgendetwas Schleimiges. Ich hab's: *Bewundernswert.*« Triumphierend sah ich ihn an.

Beau konnte sich nun ein Grinsen nicht mehr ganz verkneifen. »Diese drei Worte haben dir ganz schön zugesetzt.«

»Natürlich. Ich wünschte, ich wäre mutiger gewesen.«

»Mutiger als *hartnäckig*, *unberechenbar* und *charismatisch*? Wir fanden, dass es für die Situation durchaus mutig war. Wir hören viel öfter *bewundernswert* als *unberechenbar*.«

»Weil ihr viel zu oft die falschen Kandidaten einladet.«

»Was hättest du gesagt, wenn du wirklich mutig gewesen wärst?«, fragte er plötzlich und lehnte sich vor.

»Ich hätte gefragt, was denn deine drei Worte für mich sind.«

»Nein. Das hättest du vielleicht danach gefragt. Was wären die ersten drei Worte gewesen, die dir eingefallen sind? Überleg nicht lange. Die ersten drei, ganz spontan. Trau dich.«

»*Unberechenbar*«, gab ich nach einer winzigen Pause zu. »Dabei bleibe ich. *Interessant*. Und *faszinierend*.«

Er nickte und schien zufrieden.

»Und? Was wären deine drei Worte gewesen? Und wehe du sagst jetzt *blond*, *rosa* und *naiv*.«

Beau nahm sich Zeit. Er trank sein Glas leer und starrte mich die ganze Zeit an, so, als müsse er mich erst genau studieren.

»*Interessant*, da gehe ich mit. *Vielversprechend*. Und *bezaubernd*.«

Was hatte ich erwartet? Dass er *klug*, *beeindruckend* und *intelligent* sagte? Ich hatte doch darauf gehofft, dass er etwas wie *bezaubernd* von sich geben würde. Verlegen saß ich da und wusste einmal mehr nicht, was ich darauf antworten sollte. Ich war dämlich genug, mich zum wiederholten Male in eine Lage zu bringen, in der ich ihm nichts mehr entgegnen konnte, mich unwohl fühlte und gleichzeitig hätte tanzen können. Wäre da nicht unentwegt dieses Gefühl gewesen, mir tatsächlich auf Teufel komm raus Komplimente erschleichen zu wollen.

Die Bedienung rettete mich. Sie trat an den Tisch und sah uns entschuldigend an.

»Wir schließen jetzt die Terrasse.« Ihr Blick wirkte etwas betreten, und Beaus Aufmerksamkeit richtete sich auf sie. »Es gibt doch noch ein kleines Problem.«

»Und zwar?«, wollte er freundlich wissen.

»Wie es scheint, gab es da einen Fehler in unserem Buchungsprogramm. Meine Kollegin hat das Zimmer ebenfalls vergeben. Sie hat die Schlüssel bereits ausgehändigt und es wurde schon bezogen.« Sie legte eine Schlüsselkarte auf den Tisch. »Ich fürchte, ich kann Ihnen nur die Suite anbieten.«

»Die Suite?«, warf ich ein und sah erst sie, dann Beau an. »Wir brauchen zwei Zimmer.«

»Die Suite hat zwei Zimmer.« Sie lächelte vorsichtig. »Ein Schlafzimmer, ein Wohnzimmer. Mit einem bequemen Sofa«, setzte sie hinzu.

»Und es gibt gar nichts anderes? Eine winzige Kammer würde genügen. Ich kann nicht mehr Auto fahren«, Beau deutete auf den Wein, »und ich vermute, dass es um diese Zeit schwierig wird, etwas anderes zu finden.«

»Ich habe bereits bei drei Häusern angerufen«, gestand sie und wirkte zerknirscht. »Es tut mir leid, es ist unser Fehler, und wir werden uns etwas überlegen …«

»Nun, das müssen wir auch«, unterbrach er sie und sah mich an.

Ich kaute auf meiner Unterlippe. Diese Situation war nichts, was ich hatte erleben wollen. Es war klar, dass es nur eine Lösung zu geben schien. Leider eine, die mir viel zu privat vorkam – und zu gefährlich.

»Wir haben die Suite …«

Beau nickte. »Du bist also versorgt.«

»Und es gibt wirklich gar nichts?«, versuchte ich noch einmal mein Glück. Auf das Kopfschütteln hin sah ich wieder Beau an.

»Ich kann losgehen und ein paar Bed and Breakfast abklappern. Die gibt es hier doch?« Er schaute wieder zu der sichtlich zerknirschten Angestellten.

»Schon. Aber ich fürchte …« Sie hob die Achseln und wir mussten den Rest nicht hören. »Es ist mir wirklich äußerst unangenehm.«

Nicht nur ihr. Was ich jetzt vorschlagen musste, war zum Beispiel mir ziemlich unangenehm. Nicht das, was es bedeutete, aber es anzubieten, war ein großer Schritt für mich.

»Nun, diese Suite … Sie hat zwei getrennte Zimmer, richtig? Mit Türen dazwischen und allem?«, hakte ich sicherheitshalber noch einmal nach.

Die Bedienung nickte enthusiastisch.

»Es wäre für dich in Ordnung?«, fragte Beau leise. »Wenn ich das Sofa nehme? Ich verspreche dir, ich bin im Wohnzimmer. Ich bin keiner dieser Kerle, die so eine Situation ausnutzen würden.«

»Das weiß ich.«

»Du kannst mir vertrauen.«

Sein Blick wurde sanft, und ich schluckte. *Immer*, dachte ich. *Dir würde ich immer vertrauen. Aber du wirst im Wohnzimmer sein. Ganz nahe bei mir. Und ich werde die ganze Nacht kein Auge zutun, nur weil du nebenan bist. Und weil ich diesen Blick vor Augen habe und diesen Moment spüre, in dem ich mir vorstellen kann, dass du ähnlich empfindest. Weil ich hoffe, dass du ähnlich empfindest.*

Sein Lächeln war so warm, dass ich wieder schlucken musste. Plötzlich wurde es zu einem völlig unpassenden breiten Grinsen.

»Und weißt du was, Ruby?« Mit einem Mal klang sein Tonfall fast zu heiter. »Ganz nebenbei holen wir damit mächtig auf. Ich hab es doch erwähnt, auch Paula und Leo haben sich bereits ein Zimmer geteilt, als kein zweites zur Verfügung stand.«

Ich richtete mich auf. »Ich warne dich, Beau Rutherford. Wehe, du erzählst das in eurem nächsten Meeting.«

»Keine Sorge.« Er lachte, und plötzlich hatte ich den Verdacht, dass er das nur gesagt hatte, damit die Stimmung kippte. Der intime Moment war vorbei und ich konnte durchatmen.

»Ich werde schweigen wie ein Grab.«

Kapitel 33

»Da ist es.« Etwas verlegen, trotz seiner heldenhaften Bemühungen, die Situation zu entschärfen, deutete ich auf die Tür zu unserer Suite. Natürlich ganz oben, wie immer. Wenigstens hatte dieses Haus nur drei Etagen, die Treppen waren keine zu große Herausforderung. Beau hatte tapfer mit mir die Stufen erklommen, obwohl ich ihm versichert hatte, dass er durchaus den Fahrstuhl benützen dürfe.

Nun ließ er seinen Rucksack zu Boden gleiten und zog die Karte durch den Schlitz. Mit einem dezenten Klicken ging die Tür auf.

Die Suite war wie der Eingangsbereich eine Mischung aus Moderne und Landhaus. Ein geräumiges Zimmer erwartete uns, mit zwei Sesseln und einem breiten Sofa, das in der Tat sehr bequem aussah. Ein Schreibtisch und ein großer Fernseher an der Wand rundeten die Einrichtung ab.

Links stand eine Tür eine Handbreit auf und wir gingen hinüber. Das Schlafzimmer war kaum kleiner und wurde von einem breiten Bett dominiert. Die weißen, luftigen Vorhänge, die um die Bettpfosten drapiert waren, und die geblümte Bettwäsche wirkten überaus romantisch. Am breiten Fenster war eine Sitzbank und zwei zierliche Sessel flankierten eine weitere Tür. Das Badezimmer war modern, mit einer großen, frei begehbaren Dusche und einer Badewanne mit Messingarmaturen.

»Das hat sie uns verschwiegen. Dass das Bad nur über das Schlafzimmer zu betreten ist.«

Beau sah mich an. »Das werden wir schon geregelt bekommen, keine Angst. Hättest du etwas dagegen, wenn ich zuerst unter die Dusche springe? Ich brauche nicht lange, versprochen.«

Er brauchte wirklich nicht lang. Ich hatte mich in das Wohnzimmer zurückgezogen, weil mir das irgendwie unverfänglicher erschien als das arg romantische Schlafzimmer, und in einem der Sessel Platz genommen. Ich wollte meinen beiden Mitbewohnerinnen Bescheid geben, dass wir erst morgen zurückkommen würden. Ich wurde aber von einer Nachricht meiner Mutter abgelenkt, die mir geschrieben hatte, dass Abe, mein jüngster Bruder, voraussichtlich als Jahrgangsbester die Schule abschließen würde, was ihr sein Klassenlehrer heute unter der Hand verkündet hatte. Ich schrieb zurück, dass ich ebenso stolz sei wie sie. So ist das manchmal. Abe, der Nachzügler, hatte die Schule weiter besuchen dürfen, weil wir Großen alle aus dem Haus waren. Ich freute mich für ihn. Er war ein cleverer Kerl und würde seinen Weg machen.

»Das Bad ist frei.«

Erschrocken ließ ich das Handy fallen und sah auf.

»Sorry, ich dachte, du hast mich gehört.« Beau lächelte entschuldigend.

»Nein. Ich war in Gedanken.« Ich sprang auf und verbot mir, ihn weiter anzustarren. Wie konnte es sein, dass ein Mann in einem weißen Frotteebademantel so unglaublich gut aussah? Sein nasses Haar hatte er offensichtlich nur abgerubbelt, nicht gekämmt, was ich ziemlich cool fand.

»Dann werde ich mich auch mal eben drunterstellen, wenn du nicht mehr reinmusst.« Ich war bereits an der Tür und wartete nicht auf seine Antwort. »Gute Nacht dann auch.«

In der Dusche gab es ein kleines Duschgel samt Shampoo, beides von einer sehr teuren Marke. Es roch bereits nach Zitronen, der Boden der Dusche war nass. Klar, wie auch nicht, aber ich fand es dennoch seltsam intim, sozusagen in seinem Duschwasser zu stehen. Natürlich stellte ich mir einen Augenblick vor, wie er vor ein paar Augenblicken hier gestanden hatte und … und drehte das Wasser dann entschlossen kälter. Soll ja gut sein für die Haare, die dadurch viel mehr glänzen, den Kreislauf und überhaupt.

An der Tür hing ein zweiter Bademantel, ebenfalls weiß und sehr flauschig. Ich wickelte mich hinein und beschloss, dass ich mein Haar nicht föhnen würde. Es musste heute eben als Dutt gebunden trocknen, dann würde ich morgen auch schöne Locken haben. Ich kämmte es aus, schlang ein Band darum und dankte Maisie dafür, dass sie mich mit Abschminktüchern und Creme versorgt hatte. Schließlich trat ich hinaus und betrachtete das Bett. Es war so groß, dass wir vermutlich beide hineingepasst hätten, ohne Gefahr zu laufen, uns dabei zu berühren. Aber das war natürlich keine Option. Und ich würde in diesem Fall im Bademantel schlafen müssen. Nun, ich würde auch alleine im Bademantel schlafen, beschloss ich. Alles andere käme mir zu gewagt vor. Ein Klopfen ließ mich zusammenzucken.

»Bist du fertig?«, tönte es durch die Tür.

»Ja«, rief ich zurück.

»Darf ich …? Dein Handy. Es lag noch hier draußen und es kommen wohl einige Nachrichten.«

»Oh!« Ich huschte zur Tür und prüfte unterwegs, ob mein Bademantel richtig geschlossen war. »Klar, komm rein. Danke.«

»Das klingt wichtig.«

Ich warf einen Blick auf das Display. »Ist es aber nicht. Meine Mitbewohnerinnen. Ich wollte ihnen schreiben und habe es vergessen. Sie machen sich Sorgen, weil ich nicht nach Hause gekommen bin. Sie sind das nicht gewohnt und sehen uns wohl schon im Straßengraben.«

»Dann solltest du sie beruhigen. Es ist nett, dass ihr euch so umeinander sorgt und Gedanken macht, wenn eine nicht nach Hause kommt.«

»Oh, sie melden sich nie ab.« Ich war bereits am Tippen und dachte wieder einmal nicht nach, ehe ich sprach.

»Und wieso musst du das dann tun?«

»Ich muss es nicht. Sie kennen das nur nicht von mir.«

»Weil du sonst nie außer Haus schläfst?«, fragte er, als wäre es ein Scherz.

»Richtig.« Ich kam mir vor wie ein kleines Kind.

»Du hast keinen Freund …«

Ich nickte.

»Und du schläfst immer zu Hause.«

Ich kniff die Augen zu. »Und?« Es klang trotzig.

»Nun, es überrascht mich. Ich hätte gedacht, dass …« Er sah mich wieder so seltsam an, dass sich mein Kinn hob.

»Dass ich was?« Plötzlich hörte ich Maisies Stimme. *Du siehst aus wie eine, die sich nur zu gerne abschleppen lässt.*

»Nun, dass du ab und zu nicht zu Hause schläfst. Das ist alles.«

»Warum? Seh ich so aus? Es sind die blonden Haare, nicht wahr? Die *falsch blonden* Haare. Aber so eine bin ich nicht, auch wenn ich vielleicht so aussehe.«

»Das hab ich nicht gesagt, Ruby. Und auch nicht gemeint. Du scheinst mir wirklich nicht zu vertrauen.« Er drehte sich um, und ich hörte an seiner Stimme, dass ich ihn verletzt hatte.

»Beau.«

Er blieb stehen, den Türgriff schon in der Hand.

»Es tut mir leid. Das war dumm. Ich vertraue dir. Ich …« Ich holte tief Luft und sah auf den Boden. »Ich habe gelernt, dass es besser ist, solche Sachen selbst auszusprechen, ehe es andere tun. Es scheint weniger wehzutun, wenn man es selber macht.«

»Es gibt keinen Grund, sich ständig kleinzumachen, Ruby. Du bist du, und ich dachte immer, dass du dazu stehst. Das hat mich zuerst beeindruckt, dass du nicht versuchst, eine andere zu sein.«

»Ich weiß. Aber manchmal ist es schwierig.« Ich zog die Unterlippe zwischen meine Zähne und überlegte, wie ich das am besten erklären sollte. »Es ist ein Reflex, den ich nicht kontrollieren kann. Eine Angst, die ständig da ist, dass ich nicht genüge.«

Er ließ den Türgriff los und kam wieder ein paar Schritte auf mich zu.

»Eine absolut unsinnige Angst. Vor allem bei mir. Ich dachte, das habe ich klar genug gemacht.«

»Das hast du. Danke.« Ich lächelte ihn an, dankbar, dass er verstand und so nett war. »Manchmal sage ich einfach dumme Sachen, um nicht noch dümmere zu sagen.«

»Das wiederum kenne ich.« Er war jetzt bei mir und hätte nur seine Hand ausstrecken müssen, um mich zu berühren. »Warum sprechen wir nicht einfach aus, was wir denken?«

»Weil wir gelernt haben, dass sich das nicht gehört. Stell dir mal vor, jeder würde immer wirklich das loslassen, was er denkt. Die Welt wäre ein Irrenhaus und …«

»Nun, vielleicht gehört es sich nicht«, unterbrach er mein Geplapper. »Und dennoch sollten wir es tun.«

»Ich hatte bei dir noch nie das Gefühl, dass du etwas anderes sagst als das, was du denkst.« Und das war die volle Wahrheit. Gut, manchmal wusste ich nicht, was er dachte, wenn er etwas sagte, aber trotzdem.

»Nein? Nun, erst heute Abend habe ich es getan.«

»Und wann?« Ich spürte, wie sich die Stimmung änderte, wie seine Stimme sich veränderte. Ich hörte, wie sanft sie wurde und rau und wie sich sein Atem beschleunigte. Ich wusste, dass das nicht so sein sollte. Trotzdem wollte ich wissen, was er sagen würde. Ich war wie gebannt und wollte nicht denken, nicht weglaufen, mich keinen Zentimeter bewegen, obwohl es das einzig Vernünftige gewesen wäre.

»Meine drei Worte.«

Ich hatte es gewusst. Und ich hatte genau das hören wollen, auch wenn er genau das nicht sagen sollte.

»*Wunderschön*«, sagte er leise und kam einen Schritt näher. »*Betörend*«, noch ein Schritt, und nun stand er so dicht bei mir, dass sich unsere Körper berührten. Ich spürte seinen Atem, seine Finger auf meiner Haut, als er langsam seine Hand ausstreckte und unendlich sanft über meine Wange strich, mein Kinn, meinen Mund. »*Begehrenswert.*«

So fühlte es sich also an, wenn die Zeit stehen blieb. Wir standen da, nahezu bewegungslos, und doch schien alles zugleich zu passieren. Ich fühlte mich so glücklich, nur weil ich seine Haut auf meiner spürte, seine Finger, die sanft über mein Gesicht strichen und immer wieder zu meinen Lippen fanden. Ich bewegte mich nicht, merkte nur, wie sich meine Augen schlossen und mein Kopf sich leicht zur Seite neigte und nach oben reckte, um ihm entgegenzukommen. Zugleich packte mich eine unsagbare Angst vor dem, was ich hier tat, was er tat. Wie konnte er mich so im Griff haben, dass ich nichts dagegensetzen konnte? Kein Mann außer Scott hatte mich je so berührt. Auf diese Art, die alles ausschaltete außer dem einen Gedanken, dass es nie enden sollte. Ich erschrak vor mir selbst, weil ich so fühlen konnte, so fühlen wollte. Ich hoffte, dass er nicht aufhören würde und seine Finger weitermachten.

Seine zweite Hand legte sich um meine Taille und zog mich fest an sich, und auch das wollte ich. Ohne darüber nachzudenken, bog ich mich seinem Körper entgegen. Ich hörte, wie sich sein Atem ein weiteres Mal veränderte, wie er diesen unverkennbaren Rhythmus bekam, der mir eine Gänsehaut über den Körper jagte.

»Du solltest mich jetzt wegschicken, ehe es zu spät ist. Wenn es bisher einen Moment gegeben hat, in dem du mir nicht vertrauen solltest, dass ich das Richtige tue, dann ist es jetzt.«

Geh, befahl mein Kopf. Mein Mund öffnete sich, um das Wort laut zu sagen. »Bleib«, hauchte er, und Beau gehorchte augenblicklich.

Kapitel 34

»Beau?«

»Hm?« Er zog mich enger an sich und küsste meine Schulter.

Ich überlegte. »Beau, das eben …?«

»Ja?«

»War es für dich nicht das Richtige?«

»Wie kommst du auf so eine Frage?« Er klang aufrichtig überrascht.

»Weil du gesagt hast, dass ich mich gerade nicht darauf verlassen kann, dass du das Richtige tust.«

»Ruby.« Er richtete sich etwas auf und stützte den Kopf ab, während er auf mich herabsah. »Nichts hat sich je richtiger angefühlt.«

Mein Herz machte einen Satz. »Aber weshalb hast du es dann gesagt?«

»Weil ich mich nie hätte zurückziehen können, obwohl ich das hätte tun sollen. Du hast mir heute Abend von deiner Ehe erzählt. Es klang, als wäre das alles noch nicht wirklich abgeschlossen für dich. Ich wollte dich nicht überrumpeln, und ich wollte dich zu nichts drängen. Ich wollte weder die Situation ausnutzen noch die Tatsache, dass wir heute vielleicht ein Glas zu viel getrunken haben. Aber es heißt nicht, dass ich das hier«, seine Hand glitt an meinem Hals hinab bis zum Schlüsselbein, »nicht wollte.«

Ich schloss die Augen und genoss das Gefühl, berührt zu werden. Plötzlich wollte ich nicht mehr reden. Es war egal, ob es richtig war oder nicht, zumindest für diese Nacht. Heute waren wir einen Tag lang einfach nur Mann und Frau gewesen. Diese eine Nacht wollte ich von Herzen genießen. *Morgen früh*, beschloss ich, *morgen früh ist die Zeit, zu der ich mir Gedanken machen kann.* Überlegen, was ich getan hatte und was für Konsequenzen nun anstanden. Beau hatte nicht gesagt, dass er mich liebte, und schon gar nicht, dass er etwas Dauerhaftes wollte. In diesem Fall hätte er auch gar nicht davon angefangen, dass es falsch sein könnte. Nichts daran fühlte sich falsch an, als er seine Küsse ausweitete, als er sanft meinen Bademantel über meine Schultern schob und den Gürtel seines eigenen löste. Und auch wenn der Preis hoch sein würde, den ich zu bezahlen hatte, war es jetzt zu spät. Das Kind war in den Brunnen gefallen, also konnte ich es jetzt auch so genießen, wie ich das genießen wollte. Ich hatte keine Erfahrung damit, wie man mit so einer leidenschaftlichen Nacht umging. Ich hatte absolut keine Ahnung, wie man später seinem Chef in die Augen blicken sollte, wenn man unter seinen Fingern, seinem Mund und seinen ganzen anderen Körperteilen solche Geräusche von sich gegeben hatte. Ich wusste nicht, wie man sich am nächsten Morgen zu benehmen hatte. Stand man auf und bedankte sich nett, oder musste man so tun, als wäre nichts passiert? Da griff Beau nach meinen Hüften und zog mich auf sich, und ich hörte endlich auf zu denken.

Als ich am nächsten Morgen aufwachte, war es bereits recht spät, wenn ich den Stand der Sonne richtig einschätzte. Das Bett neben mir war leer, und mit einem Schlag waren meine Sorgen von letzter Nacht zurück. Ich bemerkte erst, dass Beau unter der

Dusche sein musste, als mir auffiel, dass ich das Wasser nicht mehr rauschen hörte. Dann wurden Schritte laut. Ich schloss die Augen und bemühte mich, gleichmäßig zu atmen. Das Bett gab nach, als er sich neben mir niederließ. Und im nächsten Moment waren da Lippen auf meiner Haut.

»Ruby?«

Die Stimme klang sanft und fragend. Blinzelnd öffnete ich die Augen ein wenig.

»Guten Morgen, du Schlafmütze.«

Bevor ich antworten konnte, küsste er mich. Ein Kuss, so wunderbar, weil er alle Sorgen wegwischte. Ich musste also nicht so tun, als wäre nichts passiert, oder, was noch schlimmer wäre, als wäre etwas passiert – und nun kehrten wir umstandslos zum Alltag zurück.

»Guten Morgen«, bekam ich endlich zwischen zwei Küssen heraus und grinste glücklich.

»Ich habe Hunger«, bekannte Beau und schob sich unter meine Decke.

»Du bist nass«, beschwerte ich mich lachend.

»Und du riechst so gut.« Seine Hände waren wieder dabei, meinen Körper zu erforschen. »Deine Haut ist so weich. Besonders hier.«

Ich wand mich ein wenig. »Ich dachte, du hast Hunger«, neckte ich ihn.

»Und wie. Hunger nach dir.«

Zum Glück war das ein erstklassiges Hotel, denn bis wir endlich zum Frühstück gingen, dauerte es noch ein wenig. Nach der Dusche schlüpfte ich in meine Kleider, denen der gestrige Tag noch anhaftete. Ich war sehr dankbar, wenigstens einen frischen Slip zu haben.

Beau hingegen erwartete mich in einem neuen Shirt samt frischem Hemd.

»Weshalb hast du das dabei?«, fragte ich misstrauisch.

»Beim Wandern kann dich immer das Wetter überraschen. Wenn du einmal nach einem Wolkenbruch samt Temperatursturz noch fünfzehn Kilometer laufen musstest, wirst auch du Wechselkleidung dabeihaben.«

»Und weshalb hast du mir das nicht gesagt?«

»Ich hätte sie dir im Zweifelsfall natürlich überlassen«, meinte er grinsend und zog die Tür auf. »Und jetzt los, sonst gibt es wirklich nichts mehr.«

Beim Frühstück dachte ich über seine Worte nach. Ob das der Grund war? Ich meine, in seinem Rucksack schien er ein echtes Überlebenspaket zu haben. Und neben dem Proviant und den Klamotten hatte er da heute Nacht auch Kondome herausgezaubert, was mich einen Moment echt erschreckte. Gut, ich hätte auch welche gehabt. Aber ganz ehrlich, ich weiß nicht, ob ich sie geholt hätte. Ich wäre mir doof vorgekommen zu sagen: »Hey, was für ein Zufall, wir sind in der Kiste, und Überraschung! Zufällig habe ich Kondome dabei.« Er fand daran nichts komisch und hatte sie wie selbstverständlich rechtzeitig zur Hand gehabt. War das alles doch nicht so spontan entstanden, wie ich dachte? Hatte er darauf gehofft? Oder einfach gedacht, es könne nie schaden, vorbereitet zu sein?

Sein Handy klingelte. Er erhob sich entschuldigend und ging ein paar Schritte, ehe er das Gespräch annahm.

Ich schaute ihm zu, wie er sprach, dabei am hinteren Ende der Terrasse kleine Kreise abschritt. Er wirkte konzentriert und schüttelte mehrmals energisch den Kopf. Ich hatte ihn schon oft so gesehen, und plötzlich war er wieder mein Chef.

Ich schluckte und stocherte in meiner Grapefruit herum. Er war immer noch Beau und immer noch der Mann, der meine Beine dazu brachte, ihren Dienst zu versagen, aber er war auch mein Chef. Und was war er sonst? Ich stellte fest, wie unbedarft ich war. Ich hatte keine Ahnung, wie das heutzutage lief. Damals mit Scott war es einfach gewesen. Damals hatte man noch für klare Verhältnisse gesorgt und brav gefragt, ob der andere mit einem gehen wollte. Nun, von Beau, so viel war mir bewusst, durfte ich so eine Frage nicht erwarten. Aber wie regelte man das heute? Gar nicht? Machte man einfach und hoffte? War es ernst, wenn man einen Wohnungsschlüssel überreicht bekam? War man ein Paar, wenn der andere einen ganz offiziell als seine Freundin vorstellte? Ich schob die Grapefruit zur Seite. Ich hatte die noch nie gemocht. Ich wusste gar nicht, weshalb ich mir heute eine genommen hatte. Weil ich dachte, dass ich damit kosmopolitisch und souverän wurde? Wenn, dann hatte es nicht geklappt.

Ich fasste mal eben für mich zusammen, was Stand der Dinge war. Ich hatte mit meinem Chef geschlafen und es war einfach der Hammer gewesen. Der Morgen hatte zumindest vielversprechend begonnen, aber dennoch wusste ich nicht, was nun war. Er hatte nicht gesagt, dass da etwas war oder dass er mich liebte. Er hatte vieles gesagt, was das nahelegen könnte, aber was auch einfach der leidenschaftlichen Situation entsprungen sein konnte. Da fiel mir etwas anderes ein, und damit war mein Hunger endgültig weg. Was hatte ich da eben gedacht? Wenn man ganz offiziell als Freundin vorgestellt wurde? Etwas, was ich bisher sorgsam unter Verschluss gehalten hatte, poppte plötzlich auf. Dieser Passus in meinem Vertrag, über den ich mich insgeheim so amüsiert hatte. Keine Liebesbeziehungen unter Kollegen. Und vermutlich würde in diesem Kontext auch ein Chef als Kollege gelten.

»Probleme?«, fragte ich und versuchte zu lächeln, als er endlich wieder an den Tisch kam.

Er schüttelte knapp den Kopf. »Nichts, was uns den Tag verderben sollte.« Er griff nach seinem Brötchen. »Bist du schon fertig?«

Ich nickte.

»Du solltest dich stärken. Wir haben heute noch einiges vor.«

»Und was? Wandern wir zurück nach Moreton?«

»Nein. Ich dachte, wir sehen uns den Ort an und nehmen danach ein Taxi. Es tut mir leid, ich muss auf der Heimfahrt noch etwas erledigen.«

»Okay.«

»Es reicht, wenn wir in zwei, drei Stunden aufbrechen. Es wäre zu schade, wenn du das Dorf nicht siehst.«

Ich nickte wieder und lächelte, obwohl ich das Gefühl hatte, dass er mir gerade entglitt.

»Was ist los, Ruby?«

»Nichts, wieso?«

»Weshalb bist du so still?«

Ich dachte nach. Seit wir das Hotel verlassen hatten, schlenderten wir durch diesen wirklich bezaubernden Ort. Beau hatte seinen Arm um meine Schultern gelegt, aber mir ging einfach nicht aus dem Kopf, was jetzt mit uns war. Wäre er einfach irgendein Mann gewesen, dann hätte ich Geduld haben können und erst mal abwarten, ob er sich nach diesem Tag wieder meldete, was schon mal ein recht guter Hinweis gewesen wäre. Beau hingegen musste sich nicht melden, weil ich ihn morgen sehen würde. Aber so langsam machte es mich echt verrückt, dass ich nicht wusste, was wir dann waren. Vermutlich war man heutzutage ziemlich lässig und sagte: *Hey, tolles Wochenende, können wir gerne bei Gelegenheit wiederholen, und nun an die Arbeit!* Nur leider war ich nicht so entspannt und hätte gerne ein kleines Statement gehabt.

»Wir sollten reden«, sagte Beau plötzlich und blieb stehen.

Ich nickte und war froh, als er sich als Erster auf dem Gras niederließ, nur ein paar Schritte vom Fluss entfernt. Das klang ernst, und ich spürte, dass meine Beine etwas wackelig wurden.

»Ruby, du kennst die Regeln.«

Ich nickte und hoffte, dass er sie dennoch erklären würde, weil ich sie nämlich nicht kannte, diese neumodischen Dating-Regeln.

»Und du weißt, was das für uns heißt?«

Wieder nickte ich. Beau blickte mich auffordernd an, als wolle er sagen, dass ich jetzt dran wäre und etwas Konstruktives zum Gespräch beizutragen hätte.

Da platzte es aus mir heraus: »Um ehrlich zu sein, weiß ich es nicht so genau. Früher gab es diese Regeln nicht, nicht bei uns. Da hat man dem anderen gesagt, was man wollte, und man musste nicht herumrätseln und warten und hoffen. Ein Zettel, eine Frage. ›Willst du mit mir gehen, dann kreuze an. Ja. Nein.‹ So was in der Art.«

»Echt?« Er sah überrascht aus und ein wenig amüsiert. »Du bist nicht allzu viel jünger als ich. Und ich erinnere mich, dass ich oft genug gerätselt habe und nicht wusste, woran ich bin.«

»Ich nicht. Scott hat mich nach dem ersten Kuss gefragt, ob ich mit ihm gehen will.«

»Wie alt warst du damals?«

»Fünfzehn.«

Er nickte. »Und nach ihm? Erzähl mir nicht, dass du auch dann noch gefragt wurdest, ob du mit dem Typen gehen willst.« Er lachte.

Ich sah angestrengt zum Fluss hinunter.

»Es gab keinen anderen. Keinen einzigen, oder?«

Ich nickte und starrte immer noch zum Wasser.

»Wie kann das sein?«, fragte er leise.

»Weshalb nicht? Ich war verheiratet.«

»Und dann nicht mehr.«

»Nein«, seufzte ich. »Dann nicht mehr.«

»Und ich war der Erste …« Es war keine Frage und es klang ein wenig fassungslos. Ich kam mir vor wie eine Klosterschülerin und stierte noch angestrengter auf das Wasser.

»Ich werde dich nicht fragen, ob du mit mir gehen willst«, sagte Beau plötzlich und klang zugleich sanft und erheitert. »Aber ich denke, dass ich im Endeffekt dasselbe im Sinn habe wie all diese Kinder, die dir ihre Zettel zugeschoben haben. Nun ja, nicht ganz. Ich vermute mal, die hatten weniger schmutzige Gedanken dabei.«

Er grinste mich an, dann warf er sich ohne Vorwarnung über mich und küsste mich so lange, bis ich alle dummen Zettel vergaß. Schließlich ließ er von mir ab und legte sich auf den Rücken, zog mich in seine Arme, den Kopf an seiner Brust.

»Ich bin verrückt nach dir, Ruby. Ich will dich, und nicht nur für ein Wochenende. Ich will mehr von dir. Aber wir haben ein kleines Problem.«

Ich nickte. »Das ist mir auch schon aufgefallen.«

»Ich weiß, dass es albern ist, aber ich kann mich da nicht einfach darüber hinwegsetzen. Wir müssen vorsichtig sein. Wir sollten uns bedeckt halten. Ist das in Ordnung?«

»Natürlich«, antwortete ich. Alles war in Ordnung, wenn wir nur zusammen waren.

»Ich verspreche dir, ich werde mich darum kümmern. Es ist längst fällig, dass wir diesen Passus streichen.«

»Und ansonsten? Ich meine, du bist mein Chef und mein Ausbilder. Das käme vermutlich auch nicht gut an.«

»Du bist mein Trainee, aber du stehst dennoch unter der Beaufsichtigung aller fünf Mentoren. Du wirst bald in die Zentrale wechseln und dort bei verschiedenen Mitarbeitern hospitieren. Es werden genügend Kollegen bestätigen können, dass du es nicht nötig hast, für einen Job mit dem Chef zu schlafen.« Er grinste. »Auch wenn ich dir vielleicht etwas anderes einreden könnte, so ganz uneigennützig.«

»Du«, rief ich lachend und verpasste ihm einen kleinen Hieb in die Seite. »Pass bloß auf.«

»Ruby.« Sein Gesicht wurde für einen Augenblick ernst. »So etwas habe ich noch nie getan. Ich gehe normalerweise nicht hin und schlafe mit Angestellten. Mir ist durchaus bewusst, dass alles, was du sagst, seine Berechtigung hat. Aber ich hatte auch noch nie eine Kollegin, die solche Gefühle in mir geweckt hat. Du bist etwas ganz Besonderes.«

»Ach, Beau«, seufzte ich und hätte am liebsten aufgeschrien vor Glück. »Das bist du auch.«

Wieder küsste er mich, und alle Sorgen verflogen.

»Ist es wirklich so einfach?«, fragte ich, als er mich endlich freigab und wir aufstanden, um uns langsam auf den Rückweg zu machen.

»Wenn man das will, ja.«

Kapitel 35

Auch wenn Beau fand, dass es einfach war, war es das nicht. Zumindest nicht am Anfang. Ich musste mich so sehr beherrschen, ihn nicht einfach die ganze Zeit dämlich anzugrinsen oder auf der anderen Seite plötzlich sehr viel reservierter aufzutreten, was genauso verdächtig gewesen wäre. Die erzwungenen Stunden, in denen wir nur Kollegen waren, erschufen eine Distanz, die mich verunsicherte. Ich hatte so lange keine Beziehung gehabt und konnte als Erfahrungsschatz nur auf die eine zurückblicken, die ganz anders gewesen war. Ich hätte zu gerne einfach nur jedem mein Glück gezeigt und war doch stets auf der Hut, etwas Falsches zu tun, Beau unter Druck zu setzen, zu viel vorauszusetzen oder zu wenig zu geben. Es war unglaublich schwierig, weil ich ihn einfach nur besser kennenlernen wollte, wie sich das jeder Frischverliebte wünscht.

Wenn wir abends alleine im Büro saßen und er auch nur seine Hände in meine Nähe brachte, versteifte ich mich und hatte Angst, dass uns jemand überraschen könnte, obwohl es mich auf der anderen Seite alle Kraft kostete, nicht nachzugeben. Und dennoch war ich glücklich – die ganze Zeit über.

Wenn wir dann endlich Feierabend hatten und uns in seine Wohnung zurückzogen, war es wie ein Traum. In den

Momenten wusste ich, dass es das wert war, dass er es ernst meinte und dass wir das schaffen würden. Beau, dessen war ich mir sicher, war der wunderbarste, liebevollste und großartigste Mann der Welt. Er versicherte mir unaufhörlich, dass es nur eine Frage der Zeit wäre, bis wir uns nicht mehr verstecken müssten.

»Und natürlich hattest du recht. Es wäre unklug, wenn es jemand mitbekommt, solange du noch unter mir das Programm durchläufst. Aber es sind nur noch ein paar Monate. Die halten wir durch, oder?«

Ich nickte und ließ mich an seinen wundervollen Körper ziehen. Ich würde alles durchhalten für ihn.

Pen und Maisie sah ich nicht mehr allzu oft. Wenn Beau Zeit hatte, war ich bei ihm. Das war uns beiden lieber, denn wer je in einer WG gewohnt hat, weiß, dass es dort nie wirklich privat zugeht. Beau war zwei-, dreimal da gewesen, um mich abzuholen, und er kannte meine Freundinnen mittlerweile.

»Er hat eine Riesenwohnung. Natürlich sind wir lieber bei ihm«, versuchte ich, den beiden zu erklären, weshalb ich mich in letzter Zeit so rarmachte.

»Keine fremden Ohren«, sagte Pen spitz, und ich lachte. »Und wann klärt er das endlich mit diesem Beziehungsmist?«

»Bald«, erwiderte ich. »Wenn der richtige Moment dafür ist. Es ist nicht ganz einfach«, wiederholte ich seine Worte.

»Dann hoffen wir, dass der Zeitpunkt rasch da sein wird.«

»Weißt du, es kann auch ganz nett sein mit diesen Heimlichkeiten«, gestand ich errötend und dachte an letztes Wochenende zurück.

Wir waren auf einer Wanderung gewesen, und als wir uns in einem Supermarkt Wassernachschub besorgt hatten, nahm er plötzlich meine Hand, führte mich hinter den riesigen Abfallcontainer und küsste mich, dass mir die Luft wegblieb.

»Beau«, rief ich überrascht. »Was soll das jetzt?«

»Seit du mir erzählt hast, dass sich unsere Mitarbeiter hinter die Container verziehen, um sich zu küssen, wollte ich genau das mit dir tun.«

»Die ganze Zeit schon?«

»Die ganze Zeit schon«, bekräftigte er und zog mich wieder an sich. »Und ich will nie wieder damit aufhören.«

Pen räusperte sich und ich kehrte zurück in unsere Küche.

»Dir ist schon klar, dass du im dümmsten Fall deinen Job riskierst?«

»Ach was. Was soll mir passieren? Beau kann mich ja schlecht für etwas feuern, was er ebenfalls tut. Und mit sehr viel Enthusiasmus.« Ich kicherte.

»Dein Beau ist nicht der Einzige, der dich feuern kann, vergiss das nicht. Irgendwo in diesem großen Bau sitzt eine alte, neugierige Spinne und sie hat am Ende das Sagen. Das hast du selbst erzählt.«

»Sie ist keine Spinne, sondern seine Mutter. Und sie müsste auch ihn feuern. Ich denke, ich bin ziemlich safe, wenn ich mich noch ein wenig bedeckt halte.«

»Und du bist noch in der Ausbildung. Im Grunde stehst du in einem Abhängigkeitsverhältnis zu ihm.«

»Himmel, Pen. Wir sind erwachsen. Wir können das trennen. Was ist los? Die ganze Zeit versuchst du, mich an irgendeinen Kerl zu verkuppeln. Und jetzt habe ich einen, und zwar den besten, den es gibt. Und plötzlich bist du so …« Ich sprang auf und wedelte mit der Hand.

»Vernünftig? Bedacht?«

»Langweilig. Gönn es mir doch einfach. Und du wirst erleben, das klärt sich alles sehr bald auf.«

»Das würde ich mir sehr wünschen«, versicherte mir Pen sanft.

Ich zuckte die Schulter und verließ die Küche. Ich war zu glücklich, um mich runterziehen zu lassen.

Natürlich verstand ich meine Freundin irgendwo. Sie machte sich Sorgen, weil sie mich mochte und nicht wollte, dass mir etwas passierte. Doch sie sollte auch erkennen, dass ich in den besten Händen war, was Schutz anbelangte.

Vielleicht lag es daran, dass es bei ihr gerade nicht so gut lief? Sie hatte einen Typen kennengelernt, der sie richtig verarscht hatte in den letzten Wochen, der sie hinhielt und immer mal wieder auftauchte und letztendlich ganz verschwand – nachdem zufällig herausgekommen war, dass er die ganze Zeit eine Freundin gehabt hatte. Irgendwie schien das gerade ihr Ding zu sein, sich die falschen Männer auszusuchen. Ich wusste, dass sie eigentlich nur glücklich sein wollte, wie jede von uns den einen Menschen finden, bei dem sie zur Ruhe kam. Aber ich wusste auch, dass sie eine fatale Vorliebe für die falsche Sorte Kerle hatte. Die, die auf den ersten Blick perfekt wirkten. Erfolgreich, gut aussehend, gebildet. Pen war so eine tolle Frau, der ich es wirklich gegönnt hätte, diesen Menschen zu finden. Sie gab sich stark, war witzig, schlagfertig, bewundernswert. Und doch war da irgendwo noch das unsichere kleine Mädchen, das in London nicht nur sein Glück suchte, sondern auch sich selbst.

Und momentan suchte sie meiner Meinung nach bei der falschen Sorte Männer. Dass es wieder nicht geklappt hatte, zog sie natürlich runter. Und dann war da ich, zum Schreien glücklich mit Beau, und Maisie, die seit ein paar Tagen auch nur noch durch die Wohnung schwebte, weil sie in dem Krankenhaus, in dem sie arbeitete, einen neuen Arzt hatten, der ihr verlässlich jeden Tag mit Komplimenten versüßte. Sie behauptete zwar, nicht in ihn verliebt zu sein und dass da überhaupt nichts liefe, aber die ganze Sache gab ihr enormen Auftrieb und sie war offensichtlich zufrieden mit sich und der Welt. Im Gegensatz zu Pen schien es Maisie momentan wirklich zu genügen, einfach von Kerl zu Kerl zu flattern und ein wenig zu flirten. Ich dachte oft, wenn es irgendwann passieren würde, dass Maisie sich so richtig verliebte, dann würde uns eine aufregende Zeit ins Haus stehen. Aber noch war das Zukunftsmusik. Unsere kleine Fee flitzte fröhlich summend von Blüte zu Blüte und wurde stets willkommen geheißen. Klar nagte das alles an Pen. Ich sollte also nachsichtiger mit ihr sein.

»Ab morgen sind wir nicht mehr zusammen«, sagte Beau einige Wochen später, als ich wieder einmal im Schutz seiner starken Arme lag. »Ich kann es mir gar nicht vorstellen. Himmel, ich werde dich vermissen, Ruby.«

Ich kuschelte mich ein wenig enger an ihn und meine Hand zog kleine Kreise auf seiner Brust. »Wir sind *tagsüber* nicht mehr zusammen. Das meinst du, hoffe ich.«

Er nickte. »Freust du dich darauf? Den nächsten Abschnitt zu durchlaufen? Einblicke in die Strukturen des Unternehmens zu bekommen?«

»Und wie. Natürlich wäre es netter, weiterhin mit dir draußen zu sein«, warf ich rasch ein, als ich sein Knurren hörte. »Aber weißt du, es sind nur noch zweieinhalb Monate, ist das nicht irre? Die Zeit ist wie im Flug vergangen, und ich habe meine Ausbildung fast hinter mir. Der Sommer ist vorbei.« Ich machte eine kleine Pause. *Und wir beide sind jetzt seit elf Wochen ein Paar. Elf Wochen voller Glück und Liebe und der Gewissheit, dass du der Eine für mich bist.* »Und wir beide wissen doch, dass das der erste Schritt ist, endlich aus dieser Heimlichkeit herauszukommen. Noch zweieinhalb Monate, dann endet das Programm, und wir haben schon mal eine Sorge weniger.«

Er seufzte. »Du hast recht. Ende des Jahres bist du offiziell nicht mehr mein Trainee. Inoffiziell wirst du es aber bleiben. Es gibt noch so vieles, was ich dir beibringen könnte.«

Er zog mich mit so viel Schwung auf sich, dass ich aufschrie. Tatsächlich gab es so einiges, was Beau mir beibringen konnte. Wie auf jedem Gebiet, auf dem er mich unterrichtete, tat er es mit sehr viel Entschlossenheit und Elan. Und ich war wie auf jedem Gebiet die gelehrigste Schülerin, die er sich wünschen konnte.

Am Anfang war es mir fast peinlich gewesen, mit Beau über meine Vergangenheit zu reden. Er schien das zu spüren und drängte mich nicht, nahm einfach die kleinen Happen an, die ich ihm nach und nach vorsetzte. Im Gegensatz zu ihm war ich nicht besonders viel herumgekommen, weder in der Welt noch in irgendwelchen Betten, was in mir die verrückte Angst weckte, wieder einmal nicht genügen zu können.

Mit Scott hatte ich natürlich Sex gehabt, und zwar ausreichend, aber ich merkte langsam, dass es eben Scott-Sex gewesen war. Sein Muster, seine Vorlieben. Ich hatte gedacht, dass es auch meine waren. Aber nun, als ich plötzlich die Gelegenheit bekam, auch anderes auszuprobieren, merkte ich, dass es durchaus Dinge gab, die mir ebenfalls gefielen. Dass ich Wünsche hatte, die ich bisher fein säuberlich verschlossen gehalten hatte. In meiner Liebe zu Scott hatte ich alles getan, um ihn glücklich zu machen, seine Wünsche zu erfüllen. Beau sah das anders. Also, er bekam ebenfalls sehr gerne seine Wünsche erfüllt, aber er forderte mich auch auf diesem Gebiet heraus, fragte unbeirrt und in seiner direkten Art nach meinen geheimsten Träumen, wollte mir dasselbe schenken.

Wenn wir jetzt an den Wochenenden durch die Cotswolds wanderten, sprach Beau nicht mehr von der Geschichte der Orte, durch die wir wanderten, oder den Legenden, die sich um sie rankten. Nun ja, zumindest nicht mehr so ausführlich, ganz schien er das nie lassen zu können. Stattdessen berichtete er mir viel aus seinem Leben. Das war unsere Zeit, in der wir uns unsere Geschichten anvertrauten. Auch hier stand ich klar hintenan. An welchen Orten der Welt Beau schon gewesen war! Ich hörte fasziniert zu und nickte noch begeisterter, weil er mir versprach, dass er mich in Zukunft mitnehmen würde, wenn er die Welt bereiste.

»Auch wenn ich das weit weniger oft mache als zu meinen Studentenzeiten. Ich habe diese Lebensphase wirklich genossen und in allen Zügen ausgelebt.«

Dem musste ich zustimmen. Denn er war zu dieser Zeit nicht nur in der Welt herumgekommen. Meine zaghaften Anfragen nach seinen bisherigen Beziehungen hatte er ebenso offen beantwortet wie alles andere.

Er hatte zugegeben, dass er recht früh angefangen und es zu Schulzeiten jede Menge Freundinnen gegeben hatte, die aber seiner Meinung nach nicht richtig zählten, weil es nie länger als ein paar Wochen hielt und selten über einen keuschen Kuss und etwas Fummeln hinausging. Dann kam eine längere Beziehung, die zerbrach, als er auf die Uni wechselte. Anschließend sehr viele Abenteuer, von denen ich nichts Genaueres wissen wollte, wieder eine Beziehung, die ein gutes Jahr andauerte, danach ein wilder Reigen ohne Anspruch auf Dauerhaftigkeit.

»Hey, das hört sich schlimmer an, als es war. Ich war Single und jung. Ja, ich habe die eine oder andere Frau im Bett gehabt, mit der es nichts Ernstes war, aber ich war im Vergleich zu meinen Kommilitonen echt ein Waisenkind.«

Gegen Ende des Studiums verliebte er sich in eine Frau, die es schaffte, mit ihm zusammenzubleiben, bis er sein Diplom hatte und anfing zu arbeiten. Diese Beziehung hielt vier Jahre und ich denke, dass es ihm ziemlich ernst gewesen war. Auf meine Frage, woran sie denn scheiterte, zuckte er die Achseln.

»Das Übliche, du weißt ja.«

»Oh, hat sie dich betrogen?«, fragte ich spitz, und er zog mich an sich.

»Nein. Das Leben. Wir wurden nachlässig, entwickelten uns in andere Richtungen. Sie wollte nach Amerika, dort arbeiten, ich wollte hierbleiben, weiter in das Unternehmen hineinwachsen, meinen Verpflichtungen nachkommen.«

Ich nickte nachdenklich. »Und nach ihr?«

»Nach ihr habe ich mich mit gelegentlichen kurzen Begegnungen durchgeschlagen. Bis die eine kam, die alles anders machte. Bis ich dich gefunden habe und wusste, die Zeit der schnellen Abenteuer ist endgültig vorbei.«

Kapitel 36

Für mich war jetzt erst einmal die Zeit an Beaus Seite vorbei, zumindest, was die Arbeit betraf. Ich merkte schnell, dass mir auch dieser letzte Teil unserer Ausbildung sehr viel Spaß machte. Und er brachte ein paar Aspekte mit, die ich sehr mochte.

Alle fünf Trainees waren in den letzten zweieinhalb Monaten des Jahres im Stammhaus. Wir durchliefen nacheinander fünf Bereiche des Unternehmens, wo wir jeweils zwei Wochen lang einen sehr kurzen, aber äußerst intensiven Einblick in die einzelnen Abteilungen erhielten. Wir alle waren auf dem Weg, Regionalleiter zu werden, weshalb das Hauptaugenmerk auf diesem Bereich lag, sollten aber zumindest verstehen, wie alles ineinandergriff und verzahnt war. Jeder von uns begann in einem anderen Sektor, und in den Mittagspausen trafen wir uns in der Kantine. Wir hatten in den letzten Wochen teilweise Kontakt gehabt; mit Charlotte hatte ich sogar so eine Art Freundschaft aufgebaut, die sich jetzt vertiefte. Auch mit Leo und Andrew hatte ich nun sehr viel zu tun. Nur mit Mary wurde ich nach wie vor nicht warm, aber das wurde niemand von uns. Sie war überglücklich mit Peter, ihrem Mentor, beteuerte sie ständig. Doch ich fürchtete, dass sie es mir dennoch nachtrug, dass ich bei Beau gelandet war.

In den ersten zwei Wochen durchlief ich die Abteilung Warenwirtschaft, wo ich in kürzester Zeit Einblicke in die Bereiche Einkauf, Lagerhaltung und Verkauf erhielt und engagierte Kollegen kennenlernte. Natürlich kratzten wir nur an der Oberfläche, aber es half, die Strukturen des Unternehmens immer besser zu begreifen. Und dank Beau hatte ich auf diesem Gebiet bereits einiges Wissen angesammelt, was mir jetzt klare Vorteile verschaffte.

Danach war ich im Marketing, was mir besonders gut gefiel, und sollte dann in den letzten zwei Novemberwochen die Assistenz der Geschäftsleitung kennenlernen. Das war der Teil, auf den ich mich am meisten freute und den ich zugleich am meisten fürchtete. Denn die Geschäftsleitung bedeutete hier wirklich die Grand Dame selbst, *die Spinne, die überall ihre Netze webt*, wie Pen es ausgedrückt hatte. Die große Unbekannte, Beaus Mutter, die so sicher ihre Hand auf allem hatte.

Natürlich hatten wir uns schon ausführlich gegenseitig berichtet, was in den einzelnen Abteilungen auf uns wartete. Da jeder in einem anderen Bereich gestartet war, waren wir so recht schnell ziemlich umfassend informiert.

»Ich habe kaum etwas von ihr mitbekommen«, meinte Leo auf meine Frage hin. »Ich war die meiste Zeit mit Fred und Gwen zusammen, den persönlichen Assistenten. Ich glaube, ich habe nicht mehr als zwanzig Sätze mit der alten Dame gesprochen.«

»Und? Wie ist sie so?«, forschte ich neugierig.

»Hm«, er dachte kurz nach. »Reserviert, aber freundlich. Sehr bedacht, immer aufmerksam. Unnahbar und doch interessiert.«

Ich stellte mir eine ältere Version von Beau vor. Nicht ganz so spontan, nicht ganz so umgänglich, eine andere Generation eben. Aber dennoch mit den Eigenschaften, die sie an ihren Sohn vererbt hatte.

»Ich fand sie sehr nett«, mischte sich Mary ein. »Ich hatte doch einiges mit ihr zu tun, und sie schien sehr interessiert daran, meine Meinung zu hören. Ich denke, es kommt darauf an, wie man ist. Sie ist eine Frau, der man nichts vormachen kann. Sie hat klare Vorstellungen, eine eiserne Disziplin und einen starken Willen. Muss sie ja auch haben, sonst hätte sie nie diese Firma zu dem machen können, was sie ist. Mich hat sie jedenfalls nicht im Vorzimmer versauern lassen«, setzte sie mit einem spitzen Blick auf Leo hinzu. Im nächsten Augenblick stand sie auf und streckte sich. »Na dann. Ich muss los, ich will noch ein paar Schritte an der frischen Luft gehen und Peter anrufen. Er besteht darauf, dass ich ihm täglich Feedback gebe. Viel Spaß noch.«

Wir sahen ihr nach, wie sie zügig aus der Kantine marschierte. Wir mussten das gar nicht kommentieren, denn wir alle empfanden das Gleiche bei ihren Auftritten.

»Peter besteht auf einem täglichen Feedback«, äffte Charlotte sie dann doch nach. »Dumme Kuh. Jeder Mentor macht das, oder?«

Wir nickten. Ich hatte mit Erleichterung festgestellt, dass auch alle anderen Teams weiterhin sehr engen Kontakt hielten. Sie gingen einmal die Woche essen, telefonierten regelmäßig und behielten ihre Wochenendaktivitäten bei. Sie trafen sich nicht jeden Samstag, wie Beau und ich das taten, aber der enge Kontakt, der entstanden war, hielt auch jetzt. Meine Mitstreiter sprachen viel und begeistert von ihren Ausbildern, was gut war, denn dann fiel nicht auf, dass auch ich häufig über Beau redete. Ich erzählte zwar nicht von jedem Wochenende, an dem wir durch die Cotswolds streiften, musste aber auch nicht jedes unterschlagen. Ich freute mich, dass die anderen ebenfalls recht begeistert von ihren Aktionen berichteten. Wir alle waren uns einig, dass dieses Traineeprogramm wirklich jedes Opfer wert war.

»Es ist anders als in anderen Unternehmen, etwas kürzer und mit mehr Schwerpunkten auf dem Außendienst, aber ich finde, es hat genau die richtige Zusammensetzung. Und das wissen auch andere.« Andrew beugte sich vor und bedeutete uns, näher zu kommen. »Ich hatte vorgestern einen Anruf. Ein Headhunter«, flüsterte er.

»Nein«, rief Charlotte überrascht.

»Doch.« Andrew sah sich um und senkte seine Stimme noch ein wenig mehr. »Der wollte mal anklopfen und hören, was ich mir denn für die Zukunft vorstelle. Ob ich bei *Jola* bleiben wolle oder mir vorstellen könnte, in ein anderes Unternehmen zu wechseln. Es gibt anscheinend Bedarf für Leute wie uns.«

»Und?«, fragte Leo langsam. »Was hast du gesagt?«

»Na, dass ich bleibe. Aber das Gefühl, dass es da auch andere Wege gibt, das ist doch gut, oder?«

»Wir brauchen keine anderen Wege«, entschied Charlotte, und ich nickte. »Wir können hierbleiben. Und wer weiß, vielleicht sind wir in ein paar Jahren ebenfalls Mentoren. Das fände ich ziemlich cool. Humphrey meint, dass es der beste Job der Welt sei, aber dass man den nicht ewig machen könne, weil er doch sehr viel Einsatz fordere. Die meisten haben irgendwann Familie und Kinder und dann wird es eng, ihn so zu erledigen, wie man das will.«

Wir nickten verständnisvoll. Ja, der Job verlangte mehr als den üblichen Einsatz, aber wir alle waren gewillt, das auch zu geben.

Als ich meinen ersten Tag in der Assistenz der Geschäftsleitung hatte, war ich sehr aufgeregt. Schließlich würde ich nicht nur die oberste Chefin treffen, sondern auch die Mutter des Mannes, den ich liebte. Ich wollte sie davon überzeugen, dass ich fachlich kompetent war und den Job hier bestmöglich erledigen würde, gleichzeitig aber auch davon, dass ich eine wirklich nette Person war, ihren Sohn verdiente und glücklich machen würde. Dieses blöde Liebesverbot stand immer noch im Raum. Irgendwie hatte ich die Hoffnung entwickelt, dass sich das schon erledigte. Man musste dieser Frau einfach nur mal sagen, was sie damit anrichtete. Vielleicht war ich als Frau dazu besser geeignet als Beau? Ich hatte nicht vor, das gleich zu klären. Es war mir bewusst, dass es eine lange Zeit brauchen würde, und das würde ich in Kauf nehmen. Aber ich dachte, dass es vielleicht der Weg war, der ans Ziel führen könnte, wenn wir nur beharrlich und langsam genug vorgingen und ihr vor allem vorlebten, dass gar nichts Verwerfliches daran war, sich zu lieben, selbst wenn man im gleichen Unternehmen arbeitete. Dass die Arbeit nicht darunter litt, im Gegenteil. Denn auch wenn ich wusste, dass diese Frau hart wie Stahl sein konnte, hörte ich doch aus Beaus wenigen Erzählungen heraus, dass sie ebenfalls eine Löwin war, die für das kämpfte, was ihr wichtig war. Und dass sie ihn ebenso liebte wie ich. Und damit hatten wir doch schon einmal ein gemeinsames Anliegen.

Mrs Rutherford sah in Wirklichkeit noch beeindruckender aus als auf den wenigen Bildern, die es von ihr im Internet gab. Sie war groß gewachsen wie ihr Sohn und hatte seine schönen Gesichtszüge. Ihr Haar trug sie in einem modernen Kurzhaarschnitt, und es war noch immer in einem glänzenden dunklen Blondton gehalten. Ihr Alter sah man ihr nicht wirklich an. Meinen Berechnungen nach war sie Mitte sechzig, was man ihren zackigen Schritten und der aufrechten Haltung nach nie vermutet hätte. Beau hatte viel von ihr, aber seine Augen musste er von seinem Vater haben, denn ihre waren nicht so dunkel und geheimnisvoll wie seine, sondern blau und hell. Sie blickten wach und etwas kühl. Sie war schmal, trug teuer aussehende, perfekt sitzende Hosenanzüge und Schuhe mit halbhohen, soliden Absätzen, auf denen sie zügig das Vorzimmer durchquerte. Sie war das Sinnbild einer Chefin, dachte ich, und eine Person, die sofort und unmissverständlich Respekt einforderte und auch bekam. Ich wurde gleich zu Beginn zu ihr geführt und vorgestellt.

»Mrs Ferguson«, sagte sie und musterte mich genauso unverhohlen, wie ich es von ihrem Sohn kannte. »Willkommen.«

»Danke, Mrs Rutherford.«

Ich hatte eigentlich vorgehabt, ihr zu sagen, wie sehr ich diese Chance schätzte, wie gerne ich hier war und wie mich dieser Job begeisterte, aber nun, da ich vor ihr stand, hatte ich nicht den Mut dazu. Stattdessen musste ich mir tatsächlich einen Knicks verkneifen.

»Es gefällt Ihnen bei uns?«, erkundigte sie sich höflich, nachdem ihr Blick wieder auf meinem Gesicht ruhte.

»Sehr. Ich freue mich, dass ich dieses Programm durchlaufen darf.«

Sie nickte knapp und deutete auf den Besucherstuhl vor ihrem ausladenden Schreibtisch. Ich nahm Platz und achtete darauf, aufrecht zu sitzen und die Beine elegant nebeneinander zu arrangieren, als wäre ich ein Mitglied des Königshauses – oder sie zumindest die Queen, was gar nicht schwer vorstellbar war.

»Ich habe nur Positives vernommen. Sie scheinen sich sehr gut zu machen.«

Erleichtert lächelte ich. »Das freut mich zu hören. Ich gebe mein Bestes.«

»Das ist das Mindeste, was wir erwarten«, fuhr sie mir knapp über den Mund, und ich nickte. Danach wurde ihre Miene ein wenig milder.

»Mein Sohn denkt, dass Sie in unser Unternehmen passen. Er hat dieses Ausbildungsprogramm ins Leben gerufen, und es ist sein Projekt. Ich vertraue ihm, dass er weiß, was er tut.«

»Nun, er ist ein großartiger Mentor. Ich durfte so vieles lernen und ich denke, dass er diese Firma einmal mit viel Umsicht und Engagement leiten wird. Sie müssen sehr stolz sein.«

»Meinen Sie?« Der Anflug von Milde war weg. »Noch leite ich sie, und ich gedenke nicht, das allzu schnell zu ändern.«

»Nein, natürlich nicht. Das wollte ich damit nicht andeuten.« Ich spürte, wie leichte Panik in mir aufstieg. Diese Frau *war* hart wie Stahl und mindestens ebenso direkt wie Beau.

»Ich will offen zu Ihnen sein, Mrs Ferguson. Er macht einiges anders, als ich das schätze. Als wir zum ersten Mal darüber sprachen, ein Traineeprogramm anzubieten und unseren Führungsnachwuchs nach unseren Wünschen auszubilden, gab es einige Diskussionen. Ich bin kein Freund davon, dass die Beziehungen in den Teams zu eng sind. Wir sind hier, um zu arbeiten. Diese ganzen neumodischen Ansätze, dass man dazu ein privates Vertrauensverhältnis aufbaut, entsprechen nicht meiner Ansicht. Wer eine Führungsrolle innehat, muss auch Respekt einfordern, sonst tanzen einem die Angestellten auf der Nase herum. Und Respekt verlangt Distanz. Respekt verlangt, dass man sich nicht gemeinmacht mit denen, die unsere Führung brauchen. Ich hoffe, dass wir da einer Meinung sind?«

Ich nickte vorsichtig, um Zeit zu gewinnen. Was war hier denn los? Ich hatte mit einigem gerechnet, aber nicht mit so einem Empfang. Das klang fast, als wüsste sie, ahnte sie, wie wenig Distanz wir hatten.

»Nun, ich verstehe, was Sie meinen«, wagte ich mich vor, als sie mich weiter fixierte. »Aber ich habe auch beobachtet, wie respektvoll alle Ihrem Sohn begegnen. Und ich hatte zu jedem Moment ebenfalls Respekt vor ihm und jedem Menschen, den ich hier in meiner Ausbildung kennengelernt habe. Respekt hängt doch auch damit zusammen, wie viel ein Mensch auf seinem Gebiet kann, wie er mit anderen umgeht und sich einbringt.«

»Wie er auftritt, meinen Sie?« Ihre Blicke durchbohrten mich und sie stützte ihr Kinn auf ihre Finger, eine sehr elegante Geste. Ihr Oberkörper war gerade, ihr Hals aufgerichtet, die Finger der linken Hand ruhten unter ihrem Kinn, aber so leicht, dass man sah, dass es keine Stütze war. Dass sie keine Stütze brauchte.

»Ja, ich denke, das meine ich«, antwortete ich fest und atmete auf.

»Da ist etwas dran. Der Auftritt ist wichtig. Unser Erscheinungsbild sagt viel mehr aus, als wir vermuten. Die Leute klassifizieren uns, ohne es zu merken. Wissen Sie, was meine Mutter immer sagte?«

Ich schüttelte den Kopf. »Nein, Mrs Rutherford.«

»Sie sagte: Man kleidet sich nicht für den Job, den man hat, sondern für den, den man will.« Sie kniff kurz die Augen zusammen. »Würden Sie dem zustimmen?«

Als ich endlich entlassen wurde, war ich nass geschwitzt. Das war gar nicht gut gelaufen, auch wenn sie zum Ende hin fast umgänglich geworden war. Ich hatte nur genickt und gespürt, dass ich einmal mehr einer Frau gegenübersaß, die mich musterte und von meiner Erscheinung nicht unbedingt begeistert war. Dabei hatte ich heute extra auf Rosa verzichtet und eine dezentere hellblaue Kombination gewählt. Selbst Pen fand, dass es perfekt war, aber Mrs Rutherford gab mir das Gefühl, in einem Jogginganzug vor ihr zu sitzen.

Danach befragte sie mich noch kurz zu meiner bisherigen Ausbildung. Zu meiner Überraschung quittierte sie meinen Lebenslauf mit einem Nicken, das fast bewundernd war.

»Sie scheinen Biss zu haben und einen starken Willen. Das ist eine Eigenschaft, die mein ganzes Leben prägte und die ich sehr schätze.«

Ich spürte wieder ihren Blick auf mir ruhen, lange genug, um alle Konzentration zu brauchen, damit ich nicht anfing zu zappeln.

»Nun, wir bei *Jola* waren von jeher der Auffassung, dass man jedem, der es verdient, eine Chance geben sollte. Nutzen Sie Ihre richtig, Mrs Ferguson.«

Es klang wie eine Drohung, und ich atmete tief ein, als ich endlich wieder im Vorzimmer stand und die Tür zum Allerheiligsten hinter mir schloss.

»Nicht verschrecken lassen.« Gwen, die Assistentin der Chefin, tätschelte mitleidig meine Schulter. »Sie macht das gerne, die Leute erschrecken. Ihre Direktheit kann einen ganz schön ins Schwitzen bringen, aber sie ist eine faire Chefin. Das wird schon.«

Die zwei Wochen in der Geschäftsleitung waren die härteste Zeit des ganzen Programms. Ich arbeitete hauptsächlich mit Gwen und Fred und bemerkte, dass die beiden die Chefin sehr mochten. Sie musste also ihre liebenswerten Seiten haben, auch wenn sie diese nicht jedem zeigte. Sie war auch nicht wirklich schlimm, es war nur diese Aura, die sie umgab, die sie so unnahbar und zum Fürchten machte, um ganz ehrlich zu sein. Mein Traum, mit Beau und seiner Familie, also genauer gesagt mit ihr, gemeinsam Weihnachten zu feiern, verblasste ziemlich schnell. Ich konnte mir nicht vorstellen, an einem Tisch mit dieser Frau zu sitzen und nicht die ganze Zeit komplett unter Strom zu stehen. Nun, zum Glück stand das Thema eh nicht zur Debatte. Wir hatten natürlich ganz generell darüber gesprochen, denn das Fest war in greifbare Nähe gerückt.

»Ich kann sie nicht alleine lassen. Seit mein Vater nicht mehr da ist, feiern wir zusammen.«

Ich nickte. Bisher war das ein echter Brocken gewesen, an dem ich ziemlich herumkaute. Mit einem Mal kam ich mir vor wie eine Geliebte, die nach dem ersten Rausch erkennt, dass sie ewig zurückstehen muss. Natürlich würde er mich nicht zu ihr mitnehmen können, aber trotzdem fühlte es sich demütigend an, irgendwie.

»Ich weiß das doch«, antwortete ich ihm und versuchte ein Lächeln. »Und ich werde ebenfalls zu meiner Familie fahren, das passt schon.«

»Gib ihr Zeit«, bat mich Beau leise. »Sie hatte auch einiges zu ertragen in ihrem Leben, und sie hat Gründe, so zu sein, wie sie ist. Es wird anders werden. Nächstes Jahr feiern wir zu dritt.«

»Was sind das für Gründe?«

»Ich kann nicht darüber reden. Du musst es mir einfach glauben, dass ich sie ein Stück weit verstehen kann.«

»Aber sie und dein Vater … War das keine Liebe?«

Er seufzte. »Ruby, das sind keine Fragen, die ich beantworten werde. Ich habe es versprochen. Die Medien hatten ständig ein großes Interesse an ihr, der Frau, die dieses Unternehmen aufbaute. Und dieses Interesse ist nicht immer schmeichelhaft. Erfolg ruft Neider auf den Plan. Zu viele hätten gerne einmal einen Artikel über sie geschrieben, in dem es nicht nur um das ging, was ihr und Dad gelang. Die beiden haben alles getan, um ihr Privatleben aus der Öffentlichkeit zu halten. Teilweise zu einem sehr hohen Preis.«

»Ich bin nicht die Presse«, entgegnete ich verletzt.

»Das weiß ich. Aber ich habe es versprochen, dass ich ebenfalls alles tue, um es zu schützen. Es gibt Dinge in dieser Familie, die niemand weiß außer uns, und ich fürchte, das wird erst einmal so bleiben.«

»Und wie lange? Wann vertraut ihr jemandem so sehr, dass ihr darüber sprecht, was da abgeht? Hat es deine Freundin gewusst?«

Er schüttelte den Kopf. »Nein.«

»Aber sie hat mit euch Weihnachten gefeiert?«

»Ja. Es waren andere Umstände.«

Ich nickte. Klar, sie war keine Kollegin gewesen.

»Ihr verlangt ganz schön viel, weißt du das?«

»Das weiß ich sehr wohl.« Er zog mich in seine Arme und küsste meinen Scheitel. »Aber ich verspreche dir, es lohnt sich, jetzt durchzuhalten. Gib ihr einfach etwas Zeit.«

Kapitel 37

»Nun, Mrs Ferguson, danke für Ihren Einsatz hier. Sie scheinen gute Arbeit geleistet zu haben. Meine Assistenten sprechen sehr lobend von Ihnen, und ich vertraue Ihrer Einschätzung.«

»Danke, Mrs Rutherford.« Ich hätte schon wieder beinahe einen Knicks gemacht, wie immer, wenn ich vor ihr stand. Die zwei Wochen waren um und ich befand mich zu einem letzten Gespräch im Allerheiligsten.

»Nun, ich muss sagen, Sie haben mich durchaus beeindruckt.« Wieder einmal wanderte ihr Blick vielsagend über meine Erscheinung. »Sie sind selbstbewusst, das schätze ich. Sie scheinen genügend Vertrauen in Ihre Leistungen zu haben.« Sie verzog ihren Mund zu einem kleinen Lächeln. »Und zu wissen, was Sie wollen.«

»Das tue ich.« Ich stand mindestens ebenso aufrecht da wie sie. Ich wusste, dass sie mir eben ein großes Kompliment gemacht hatte, und freute mich sehr darüber.

»Ja, das tun Sie, Mrs Ferguson. Sie haben mich überrascht, das schaffen nicht viele.« Ihr Lächeln signalisierte, dass es eine positive Überraschung gewesen war, und voller Stolz bedankte ich mich.

»Ich werde Sie im Auge behalten«, gab sie mir zum Abschluss mit auf den Weg, was mich nicht unbedingt beruhigte, aber auch nicht mehr so furchteinflößend klang wie noch vor ein paar Tagen.

Ich wusste immer noch nicht, was ich von ihr halten sollte. In den letzten beiden Wochen hatte ich beobachtet, dass diese Frau niemals eine Schwäche zeigte. Sie war stets ruhig, distanziert und fokussiert. Ich hatte nie erlebt, dass sie laut wurde, aber das brauchte sie auch gar nicht. Sie konnte auch in Zimmerlautstärke hinreichend vermitteln, wenn ihr etwas nicht zusagte. Ich hatte aber außerdem bemerkt, dass sie fair war, die Arbeit ihres Teams schätzte und ständig das Wohl der Firma und der Mitarbeiter im Blick hatte.

Auf der anderen Seite jedoch hatte sie mir jeden einzelnen Tag die größte Kraftanstrengung abverlangt. Noch nie hatte mich jemand so dicht an den Punkt gebracht, an dem ich einknicken würde, an dem ich ernsthaft überlegte, ob ich nachgeben und mich dem anpassen sollte, was man von mir verlangte. Nicht, was den Job betraf, sondern meine Erscheinung. Ihre Blicke, jeden Tag, wenn ich ihr über den Weg lief und sie meine Kleidung und meine Frisur betrachtete, an denen ich ihr ansah, wie sie die imaginären Augenbrauen hob, brachten mich fast dazu, auf Pens Kleiderschrank auszuweichen. Aber eisern beschloss ich, dass ich das nicht tun würde. Ich konnte sie auch so überzeugen, und ich musste es tun. Sonst würde ich dauernd nachgeben müssen, ewig in dieser Angst leben, nicht dem Anspruch zu genügen. Ich spürte, dass diese Frau zwar hart war, aber es auch schätzte, wenn andere es schafften, sich ihr zu stellen und ihre Ansichten zu verteidigen. Das hieß zwar nicht, dass sie diese dann annahm. Es kam allerdings doch vor, dass sie sich von guten Argumenten überzeugen ließ. Und ich hatte vor, das beste Argument zu sein, das sie irgendwann brauchte. Ich wollte ihr unbedingt zeigen, dass ich gut war, so, wie ich war, und ihren Respekt verdient hatte. Nicht, weil ich mich in klassische Kostüme zwängte oder meine Haare zu einem strengen Knoten band, wie Gwen ihn trug. Sondern, weil ich es als Persönlichkeit und mit meinem Einsatz für ihr Unternehmen verdient hatte. Und am Ende dieser beiden Wochen, nach ihrer Verabschiedung, war ich ziemlich zuversichtlich, dass ich das schaffen konnte.

Neben meinem Einsatz in den unterschiedlichen Abteilungen arbeitete ich abends stets noch mit Beau in seinem Büro. Wir genossen das sehr, denn er fehlte mir, und ganz nebenbei waren diese Stunden extrem lehrreich. Ich wusste, dass ich Einblicke in ganz andere Themen bekam als meine Mitstreiter. Ich wollte alles mitnehmen, was er mir beibringen konnte. Mittlerweile hatten wir es ganz gut drauf, dass wir unsere Beziehung außerhalb der Firma ließen. Beau hatte verstanden, dass es nicht wirklich intelligent war, das Risiko einzugehen, dass uns jemand in seinem Büro überraschte. Ich fand seine Blicke ungemein aufregend, die er mir manchmal plötzlich schenkte, oder seine Finger, die kurz über meinen Nacken streiften, wenn er an mir vorbeiging. Kurz genug, um harmlos zu sein und nichts in Gang zu bringen, was wir nicht bremsen konnten, aber kleine Vorfreuden auf später, und die Beweise, dass er mich genauso wollte wie ich ihn.

Ich hatte nun auch die Personalabteilung kennengelernt und wechselte zum Abschluss ins Controlling. Weihnachten stand vor der Tür; überall schien sich bereits diese ganz spezielle Stimmung breitzumachen, die alle ein wenig milder stimmte.

»Nur noch zwei Wochen, dann ist deine Ausbildung beendet«, sagte Beau, als wir an diesem Abend sehr spät unsere Sachen zusammenpackten.

»Ja. Ich kann es kaum glauben. Und dann werde ich meine eigenen Filialen bekommen.«

Er nickte. Wir hatten zu Monatsbeginn eine Besprechung gehabt, bei der alle Mentoren anwesend gewesen waren, und über unsere berufliche Zukunft gesprochen. Anfangs sollte die Anzahl der Geschäfte, die wir vom kommenden Jahr an selbstständig betreuen würden, noch überschaubar sein, aber nach und nach würden dann mehr Läden unter unserer Leitung stehen. Ich hatte zu meiner Freude ein Gebiet erhalten, das hier ganz in der Nähe war. Der bisherige Regionalleiter ging zum Jahresende in den Ruhestand, und man hatte es geteilt und Charlotte und mir gegeben. Mary würde an der Ostküste sein, wie sie es sich gewünscht hatte, Leo und Andrew ganz oben in Schottland. Wir würden noch ein Jahr lang einen engen Austausch mit unseren Mentoren haben, die für Fragen bereitstanden und uns in regelmäßigen Abständen auch begleiten würden, um unsere Arbeit zu begutachten. Deshalb wurden auch nur alle zwei Jahre neue Trainees eingestellt, wusste ich mittlerweile. Wir sollten einen Firmenwagen bekommen und ein großzügiges Gehalt.

Meine Zukunft lag in den schönsten Farben vor mir, als ich an diesem Abend mit Beau aus dem Büro trat. Ich hatte stets ein wenig Angst gehabt, dass ich an irgendetwas scheitern würde, aber nun war ich am Ziel, das spürte ich. Und im nächsten Jahr würden wir das letzte Problem lösen, dann würde auch dieses Versteckspiel enden.

Wir schritten den Gang entlang, in dem nur noch die Notbeleuchtung an war. So spät verließen selbst wir selten das Gebäude. Als wir beim Fahrstuhl ankamen, ging ich wie gewohnt bereits weiter zur Treppe, als Beau meinen Arm packte. Seine Augen blitzten, als er mich zurückzog.

»Denkst du nicht, dass es endlich an der Zeit ist, damit aufzuhören? Du hast heute deinen Vertrag unterschrieben. Du wirst den Job haben, den du so lange wolltest. Und du hast mich.« Er zwinkerte mir auf eine sehr vertrauliche Art zu. »Wir haben uns. Meinst du nicht, dass es endlich Zeit ist zuzugeben, dass Fahrstühle dir nichts anhaben können?«

»Ich nehme gerne die Treppen«, sagte ich ausweichend.

»Darum geht es nicht. Es geht darum, dass du ein Zeichen setzt. Ein Zeichen, dass dein Leben gut ist. Dass du dich nicht hast unterkriegen lassen und dass du endlich der Welt gezeigt hast, wer Ruby Ferguson ist.«

Ich schaute zur Treppe hinüber und dachte einen Moment nach. Nach einer Weile nickte ich, erst zögerlich, dann entschieden. Er hatte recht, ich hatte mich viel zu lange kleingemacht und von solchen Gedanken beherrschen lassen. Der Fahrstuhl öffnete sich mit einem dezenten Ping. Beau sah mich abwartend an. Behutsam griff er nach meiner Hand und ich stieg Seite an Seite mit ihm in die verspiegelte Kabine.

»Siehst du, das war doch gar nicht schwierig«, frohlockte Beau, als sich die Türen schlossen.

Ich grinste breit und fühlte mich plötzlich so leicht, als hätte ich einen großartigen Preis gewonnen oder sportliche Höchstleistungen erbracht. Es war die richtige Entscheidung und der richtige Moment.

»Und diese Dinger haben noch einen anderen Vorteil gegenüber Treppen, von dem du unbedingt profitieren solltest.«

Ich kannte diesen Unterton und hätte gewarnt sein sollen. Aber ich drehte mich zu ihm um und fragte unschuldig: »Ja? Und der wäre?«

Seine Arme schlangen sich bereits um meine Hüften, ehe ich zu Ende gesprochen hatte, und seine Lippen saugten die letzten Worte direkt von meinen.

Nur ein Kuss, dachte ich, ehe er richtig loslegte und ich aufhörte zu denken. Ich kenne die Strecke ziemlich gut, und zu Fuß sind sechs Stockwerke relativ viel. Beau hatte jedes Mal unten auf mich gewartet, aber manchmal hatte ich noch das sanfte Geräusch gehört, das die Tür machte, wenn sie ihn ausspuckte. Er amüsierte sich jedes Mal darüber, wie gemächlich das Ding wäre, während ich darauf beharrte, dass ich einfach schnell sei. Nun, wie auch immer, er war zu schnell für einen richtigen Kuss. Wir dachten noch lange nicht daran, uns zu trennen, weil wir vermutlich gerade beide gar nichts dachten, oder zumindest nichts, was etwas mit Fahrstühlen und der Firma zu tun hatte. Als die Türen aufgingen, bemerkten wir es überhaupt nicht. Es dauerte einen Moment, bis bei uns ankam, dass wir längst in der Halle waren. Erschrocken trat ich einen Schritt zurück. Mein Nacken prickelte, als ob mich jemand beobachtete, aber die Halle war leer.

»Das war knapp«, stöhnte ich und trat vor ihm aus der Kabine.

»Aber jede Sekunde wert«, versicherte Beau. Seine Hand streifte kurz meinen Hintern, während er mich hinausschob. »Und nun komm! Lass uns von hier verschwinden und dort weitermachen, wo wir eben aufhören mussten.«

Kapitel 38

An diesem Wochenende war nichts geplant, denn ich hatte vor, die letzten Weihnachtseinkäufe zu erledigen. Natürlich alleine, die Gefahr war zu groß, dass wir in der City jemandem über den Weg laufen würden. Beau wollte später ebenfalls in die Stadt, würde aber vermutlich in andere Läden gehen als ich. Zuvor jedoch wollte er noch ein paar Nachrichten abarbeiten, weshalb ich alleine aufbrach.

»Bis nachher«, rief ich und schlang mir den Schal um den Hals. »Und mach nicht zu lange. Es ist Wochenende.«

Ich trat noch einmal in die offene Küche, wo er an der hohen Theke saß, den Rechner bereits aufgeklappt, und auf den Bildschirm starrte.

»Ist etwas?«

Sein Gesichtsausdruck zeigte eindeutig Anspannung. »Nein.«

»Wieso glaube ich dir das nicht?« Ich trat einen Schritt näher.

Er stand auf und kam mir entgegen.

»Was ist passiert? Schlechte Nachrichten?«

»Eine unerwartete Wendung.« Er versuchte ein schwaches Lächeln. »Ich werde mich darum kümmern.«

»Die sollten endlich mal lernen, dass auch für dich jetzt Wochenende ist«, murrte ich und küsste ihn ein letztes Mal. »Das kann doch bestimmt bis Montag warten.«

»Ich fürchte nicht. Aber jetzt geh. Genieße den Tag. Du triffst dich mit deinen Freundinnen, oder?«

»Ja, es kann also spät werden.«

»Kein Problem. Wir telefonieren.«

Mit Maisie und Pen einzukaufen war eigentlich immer ein Spaß, und heute genossen wir es noch mehr. Ich war mittlerweile so oft bei Beau, dass mir die beiden wirklich abgingen. Und da wir alle irgendwelchen Schichtplänen folgen mussten oder als Angestellte im Einzelhandel selten genug zugleich an einem Samstag freihatten, auch wenn wir immer versuchten, das hinzubekommen, waren diese Tage besonders kostbar.

»Sollten wir über einen neuen Untermieter nachdenken?« Pen sah mich streng an.

»Quatsch. Oder wollt ihr mich loswerden?«

»Eben nicht. Wir vermissen dich.« Sie verzog den Mund. »Er kann dich ja haben, der Traummann, aber er sollte dich mit uns teilen können.«

Ich lachte auf. »Du weißt, dass es nicht einfach ist. Eigentlich sind wir nur in seiner Wohnung sicher.«

»Klar, weil es bei uns vor Spionen wimmelt oder wir euch verraten würden. Anfangs fand ich es ja romantisch, aber so langsam … Wird dir das nicht zu dumm? Er behandelt dich wie seine Affäre.«

»Quatsch.«

»Und wenn …«, wollte sie ihre Unterstellung ausbauen, aber ich winkte ab.

»Wo sollte er denn die Zeit hernehmen für ein weiteres Leben? Echt, wenn ich vor etwas keine Angst habe, dann festzustellen, dass er irgendwo Frau und Kind versteckt.«

»Und wovor hast du Angst?«

Ich dachte nach. »Ihn zu verlieren. Ihn nicht mehr zu sehen, das wäre das Schlimmste, was ich mir ausdenken kann.«

Maisie seufzte und schlang kurz ihre Arme um mich. »Dann bist du sicher. Der Kerl steht wirklich auf dich, das ist offensichtlich. Und jetzt auf. Ich habe eine lange Liste und brauche euren Rat.«

Ein paar Stunden und viele Einkaufstaschen später waren wir fertig mit unseren Besorgungen, aufgekratzt und lachten noch immer.

»Lasst uns heute Abend mal wieder miteinander kochen und essen wie früher«, schlug Maisie vor. »Bitte. Mir fehlen die guten alten Zeiten, als du dafür gesorgt hast, dass unser Kühlschrank immer voll ist und die Waage nie nach unten ausschlug.«

Ich lachte. »Du hörst dich an, als wären wir uralt und ich seit Jahren ausgezogen.«

»Weil es sich so anfühlt.«

»Tatsächlich wohne ich sogar noch bei euch.«

»Aber nur theoretisch«, beharrte Maisie. »Du bist einfach zu selten da. Los, komm, sag Ja. Wir kochen und machen uns einen schönen Abend.«

»Ich weiß nicht.« Ich biss mir auf die Unterlippe. »Ich bin mit Beau verabredet, und ich fahre nächste Woche über Weihnachten zu meinen Eltern, dann sehe ich ihn nicht.«

Pen schnaubte. »In dem Fall soll er dazukommen. Uns siehst du auch nicht, wenn ich das mal anmerken darf. Er ist eingeladen, sag ihm das.«

»Ich frag ihn, was er meint. Ich weiß eh nicht, wieso er sich noch nicht gemeldet hat.«

Ich nahm mein Handy und prüfte sicherheitshalber die Nachrichten. Immer noch nichts. Daraufhin schrieb ich ihm und fragte, ob er Lust habe, heute einen spontanen Koch-Abend einzulegen. Er mochte die beiden, und eigentlich hatten sie recht. Sie waren die Einzigen, die wussten, dass wir zusammen waren, weil ich jeder von ihnen absolut vertraute und Beau mir in dieser Hinsicht vertrauen musste. Und es war einfach auch mal schön, so zu tun, als wären wir ein ganz normales Paar.

Es dauerte eine Weile, bis er antwortete. Seine Nachricht war kurz und sachlich. Er stecke noch fest, ich solle aber unbedingt mit den beiden kochen. Er würde dann in der WG zu uns stoßen, allerdings sollten wir nicht mit dem Essen auf ihn warten.

Ich runzelte die Stirn.

»Will er nicht?«, erkundigte sich Pen sofort.

»Er ist nach wie vor mit diesem Problem beschäftigt, sagt er. Er kommt, aber er weiß noch nicht, wann.«

»Nun, dann fangen wir einfach alleine an«, meinte Maisie munter und hakte sich bei mir unter. »Wir können ihm ja im Notfall etwas aufheben.«

Wir hatten bereits gekocht, gegessen und die zweite Flasche Wein geöffnet, als Beau endlich erschien. Ich öffnete ihm die Tür und brauchte nur einen Blick auf sein Gesicht zu werfen, um zu erkennen, dass sein Tag weit weniger gut gewesen war als meiner. Er sah müde aus, blass und angespannt.

»Du siehst furchtbar aus«, empfing ich ihn und zog ihn in den Flur. »Was ist passiert? Nein, warte. Wir haben dir etwas warm gestellt. Du wirkst, als ob du den ganzen Tag nichts gegessen hast und dringend etwas Warmes brauchst.«

Beau sah mich einfach nur an und ich spürte, dass es mehr als die üblichen Schwierigkeiten waren, was ihn belastete. Furcht machte sich bei mir breit. Dann öffnete er endlich den Mund.

»Ruby, es gibt da ein Problem.«

Wir waren in die Küche gegangen, und ein einziger Blick reichte, um Maisie und Pen zu einem eiligen Rückzug zu bewegen. Beau schien sie gar nicht richtig wahrzunehmen, als Maisie ihm kurz die Hand auf die Schulter legte, ehe sie an ihm vorbeischlüpfte, und Pen ihm ein Weinglas zuschob, bevor sie ebenfalls verschwand.

»Was ist passiert?« Ich setzte mich ihm gegenüber und sah ihn an.

»Ich war heute bei meiner Mutter.«

»O Gott.« Ich presste die Hand an den Mund. »Ist … ist ihr etwas passiert?«

»Nein.« Er senkte den Kopf, fuhr sich mit beiden Händen durch die Haare und ließ sich Zeit, ehe er wieder aufblickte. Ich schenkte ihm Wein ein und wartete. Und wartete.

»Beau«, sagte ich endlich. »Was ist los?«

Er holte noch einmal tief Luft, nahm die Schultern zurück und sah mir fest in die Augen.

»Sie weiß Bescheid. Ruby, es tut mir leid. Sie weiß, dass wir ein Paar sind, und sie hat es nicht gut aufgenommen.«

»Oh«, sagte ich und dann: »Oh … Scheiße!«

»Das trifft es ziemlich gut.«

»Aber … Woher? Und was heißt das jetzt genau?« Ich sah seinen Blick, und mir wurde schlecht. »Ich bin es, die in Schwierigkeiten steckt, oder?«

Er nickte.

»Wie schlimm?«

»Das kann ich noch nicht genau sagen.«

»Du kannst es noch nicht genau sagen?« Ich sprang auf und begann, in der Küche herumzulaufen. Ich hörte selbst, wie hysterisch meine Stimme klang. »Du warst den ganzen Tag dort, richtig? Du hast die ganze Zeit mit ihr darüber geredet. Und du weißt nicht, in welchen Schwierigkeiten ich stecke?«

»Sie will dich sehen. Morgen, im Büro«, erklärte er dumpf.

»Morgen? Am Sonntag?«

»Eben deshalb. Weil das Gebäude da leer ist.«

»Ist das … das ist ein gutes Zeichen, oder? Wir klären das unter uns, richtig? Das ist doch ein gutes Zeichen?«

»Sie will dir einen Deal vorschlagen.«

»Einen Deal? Was denn für einen Deal?«, fragte ich alarmiert.

»Sie will, dass du kündigst und einer Entlassung zuvorkommst.«

Wir saßen lange in der Küche in dieser Nacht. Je länger wir redeten, desto mehr wurde mir bewusst, wie tief ich in der Tinte saß. Beau war heute Morgen zu ihr zitiert und umstandslos mit der Nachricht konfrontiert worden, dass wir aufgeflogen waren. Er hatte versucht, an ihre Vernunft zu appellieren, war aber nach eigenen Worten grandios damit gescheitert.

»Je länger es dauerte, je mehr ich sagte, desto schlimmer wurde es. Ich habe ihr vorgehalten, dass das lächerlich ist und wir im einundzwanzigsten Jahrhundert leben. Dass wir nicht darüber diskutieren müssen, wenn ich mit jemandem zusammen sein will. Da wurde es erst richtig ungemütlich.«

Ich nickte stumm. Was sollte ich dazu auch sagen?

»Sie besteht darauf, dass du deinen Vertrag gebrochen hast. Ich sagte, dass sie es in der Hand habe. Sie müsse nur diese bescheuerte Klausel endlich abschaffen. Es war nicht schön.« Er nahm seine Brille ab, legte sie achtlos auf den Tisch und rieb sich die Augen. »Ruby, ich habe es wirklich versucht. Ich habe alles probiert, was mir einfiel. Ich habe mich bemüht, sie zu überzeugen, zu argumentieren, an ihre Vernunft zu appellieren. Als nichts geholfen hat, habe ich sogar gebeten, das mir zuliebe zu ändern.«

»Was sie nicht tun wird«, bemerkte ich bitter.

»›Wie kann ich das tun, Beau?‹, sagte sie. ›Wie kann ich diese Klausel ändern, nur weil du dich nicht unter Kontrolle hast? Wir haben vor vier Monaten aus eben diesem Grund zwei Mitarbeiter entlassen. Wie kann ich dann heute erklären, dass es für sie keine Konsequenzen hat?‹« Beaus Stimme klang tonlos, als er von seinem Gespräch erzählte.

»Für sie? Und was ist mit dir?«

»Das wird sich morgen entscheiden«, antwortete er leise, und ich ahnte, wer diese Entscheidung zu verantworten haben würde.

»Ich dachte all die Zeit, es wäre ein Witz.« Ich schüttelte verzweifelt den Kopf. »Ein Relikt, etwas, worüber alle lachen. Es lachen *alle* darüber. Und sie hat es die ganze Zeit ernst gemeint. Sie hat Entlassungen deswegen ausgesprochen. Wusstest du das? Und du hast nichts getan?« Ich konnte es kaum fassen.

»Nein, Ruby, ich wusste das nicht. Glaub mir, hätte ich das gewusst … Ich hätte uns ganz sicher nicht in diese Situation gebracht. Ich wäre nie so nachlässig geworden. Und ich hätte alles getan, um jene Entlassung zu verhindern.« Er seufzte laut. »Sie fühlt sich im Recht, und ich weiß nicht, wie ich sie erreichen kann. ›Du hast letzte Woche einen Mitarbeiter entlassen, weil er gestohlen hat, Beau‹, erinnerte sie mich. Ich habe erwidert, dass das was ganz anderes sei. ›Menschen, die uns bestehlen, schaden uns‹, entgegnete ich. ›Aber Menschen, die sich lieben? Wem schaden sie? Der Firma? Wohl nicht. Nur dir.‹ Und das war der größte Fehler, den ich machen konnte.«

»Warum schaden sie ihr?«, fragte ich verständnislos. »Was zur Hölle hat diese Frau für ein Problem?«

Kapitel 39

»Meine Eltern haben die Firma gemeinsam aufgebaut. Sie haben alle Kraft und Energie hineingesteckt. Sie waren ein Team, unschlagbar, und sie waren verliebt. Meine Mutter hat meinen Vater vergöttert.«

Ich hatte mich mittlerweile wieder hingesetzt und lauschte stumm der Geschichte, die Beau erzählte.

»Sie haben schnell expandiert, alles lief wie am Schnürchen. Die ersten Filialen, dann weitere. Ich war bereits auf der Welt und sollte eigentlich Geschwister bekommen, aber es war immer zu viel zu tun. Der richtige Zeitpunkt war nie da; schließlich hatten sie ihn ganz verpasst. Meine Mutter hat das sehr bedauert, sie hätte gerne eine größere Familie gehabt.«

Ich verzichtete auf einen Kommentar. So wirklich wie der mütterliche Typ kam sie mir nicht vor.

»Sie hat sich also auf die Firma gestürzt. Sie hat das Büro übernommen, Dad war im Außendienst. Diese Aufteilung bot sich an, denn er war wesentlich geselliger als sie, konnte gut mit Menschen umgehen. Und er hat es gehasst, im Büro zu sitzen.«

Wie du, dachte ich.

»Es hat prächtig funktioniert, auch wenn er oft tagelang unterwegs war. Und dann kam heraus, dass er irgendwo eine andere Frau hatte.« Er starrte einen Moment aus dem Fenster. »Eine Frau, die eine seiner Filialen führte. Er hatte sie bei der Arbeit kennengelernt und sie hatten eine Affäre begonnen. Eine Affäre, die sich hinzog. Eine Affäre, die zu mehr wurde. Mein Dad hat ein Doppelleben geführt. Das hat meine Mutter nie verwunden.«

»Aber«, warf ich ein, doch Beau hob die Hand.

»Es kommt noch schlimmer. Es gab noch zwei andere, in anderen Teilen des Landes.« Er zuckte mit den Achseln und wirkte plötzlich hilflos. »Nichts Ernstes oder Dauerhaftes. Aber eindeutig zwei sehr intensive Begegnungen. Mein Vater war ein charmanter Mann, die Frauen liebten ihn. Es wurde ihm nicht schwer gemacht, und er hat nicht Nein gesagt. Seither war meine Mutter nicht mehr wie früher. Sie empfand es nicht nur als Treuebruch, sondern auch als Demütigung und als Schande. Und sie konnte nichts tun, als meinen Vater dafür zu bestrafen. Er hat sie geliebt, trotz allem. Er war einfach nur so dumm.«

»Dumm? Du nennst es dumm, wenn er deine Mutter mit gleich drei Frauen betrogen hat?«

»Nein, natürlich hast du recht, es ist weit mehr. Aber so konnte Dad eben auch sein. Er hat einfach nicht nachgedacht, verstehst du? Er hat Mist gebaut, o ja, und zwar ganz gewaltigen. Und danach hat er sie angefleht, ihm zu verzeihen.«

»Was sie nicht getan hat.«

»Natürlich nicht. Aber sie ist bei ihm geblieben. Obwohl sie seit diesem Tag kein Liebespaar mehr waren. Sie hat weiterhin mit dem Mann unter einem Dach gelebt, der ihre große Liebe gewesen war, ihre einzige Liebe. Und dem sie nie mehr vertraute, den sie nie mehr in ihre Nähe ließ. Den sie für den Rest seines Lebens dafür bestrafte, dass er ihr das angetan hatte.« Seine Stimme war stetig leiser geworden. »Und vermutlich hat sie sich selbst noch mehr damit bestraft, ihn in ihrer Nähe zu halten und ihn nicht mehr lieben zu dürfen.«

»Wieso hat sie das getan? Wieso ist sie bei ihm geblieben?«, wollte ich überrascht wissen.

»Weil sie dachte, die Demütigung wäre noch größer, wenn sie es nicht tut. Zu dieser Zeit war das Unternehmen extrem in der Expansion. Wirtschaftszeitungen berichteten davon. Sie suchten nach der *Jola*-Formel, nach dem Erfolgsgeheimnis. Bisher hatten sie ihnen immer erzählt, diese Formel sei die Familie, das Zusammenhalten, die Einheit, die dahinterstünde. Und nun sollte sie zugeben, dass all das zerbrochen war? Nein, meine Mutter hat entschieden, dass das nie jemand erfahren dürfe. Es wurde viel Geld gezahlt und teure Anwälte wurden bemüht, damit die drei Damen kein Wort darüber verlören. Und dann ...«

»Kam diese Klausel in die Verträge«, beendete ich seinen Satz.

»Ja. Sie hat meinen Vater dazu gezwungen. Wäre es wieder passiert, hätte die betroffene Frau ihren Job verloren, er jedoch die ganze Firma. Dieser Zusatz wurde natürlich nie öffentlich gemacht, denn er galt nur ihm.«

»Aber das war etwas ganz anderes. Du bist nicht verheiratet. Diese Leute, die sie entlassen hat, sind nicht verheiratet.«

»Das weiß ich doch selbst. Herrgott, Ruby, ich war so blöd! Ich habe es die ganze Zeit unterschätzt. Ich wusste, weshalb es diese Klausel in Wahrheit gab, und ich dachte, dass ich sie dazu bringen kann, sie endlich zu kippen. Es ging ihr einzig darum, meinen Vater abzustrafen und kleinzuhalten. Weshalb sollte sie mir daraus einen Strick drehen? Um ehrlich zu sein, glaubte ich sogar, wenn sie weiß, dass mein persönliches Glück davon abhängt, zeigt sie spätestens dann ein Einsehen. Wie ich mich getäuscht habe! Vergebung kommt in ihren Plänen nicht vor.«

Das war nicht das, was ich hören wollte. Mit jedem seiner Worte rutschte ich tiefer in diese Misere. »Was will sie von mir? Welchen Deal wird sie mir vorschlagen?«

»Ich vermute, dass du ebenfalls eine Verschwiegenheitsvereinbarung vorgelegt bekommst. Sie wird dir anbieten, in aller Stille zu gehen und vielleicht eine kleine Abfindung zu erhalten.«

»Und du?«

Er sah mich nicht an.

»Ich verstehe. Du bist nicht so ersetzbar wie ich.«

»Ruby …«, begann er, doch ich unterbrach ihn.

»Und wenn ich nicht bei ihrem Deal mitspiele?«

»Dann wirst du entlassen.«

»Und was wird in dem Fall mit dir passieren?«

»Das Gleiche wie dir.«

Ich starrte ihn an, und der letzte Rest Farbe wich aus meinem Gesicht. »Womit sie mir die Entscheidung bereits abgenommen hat, oder?«

»Ruby, du musst das nicht tun. Du musst dich nicht meinetwegen darauf einlassen.« Beau war aufgesprungen und um den Tisch herumgekommen. Nun kniete er neben meinem Stuhl, das Gesicht dicht an meinem. »Ich werde nicht verlangen, dass du das tust.«

»Aber was soll ich tun?«, flüsterte ich. Es hatte ein wenig gedauert, aber so langsam kam das ganze Ausmaß der Katastrophe an. »Was kann ich überhaupt tun? Ich habe doch gar keine Wahl.«

»Doch. Wir werden ihr sagen, dass wir das nicht hinnehmen. Dass sie uns beide haben kann oder keinen.«

»Und du denkst, dass sie darauf eingeht?«

»Es ist zumindest ein Versuch.« Er hörte selbst, wie wenig er daran glaubte.

»Nein«, widersprach ich. Die Welt um mich herum stürzte endgültig ein. Ich sah es an seinem Gesichtsausdruck, dieser Zerrissenheit, die darauf so klar zu erkennen war. »Beau, diese Firma ist dein Leben. Deine Leidenschaft.«

»Ich werde etwas anderes finden«, sagte er leise.

Ich nahm seine Hände in meine. »Das wirst du nicht müssen. Ich werde ihr Angebot annehmen. Ich werde den Job aufgeben.«

»Aber du hast so viel dafür getan. Du hast ihn verdient.«

»Ja«, antwortete ich leise. »Aber wenn ich gehe, dann hat sie nichts mehr in der Hand. Sie kann mir den Job nehmen, aber nicht dich. Das ist doch so, oder?«

In dieser Nacht kam der Schutz, den mir Beaus Arme sonst schenken konnten, zum ersten Mal an seine Grenzen. Er bemühte sich, umschlang mich fest und versicherte mir, dass sich das alles irgendwie klären ließe, wenn wir nur ein wenig warten würden.

»Vielleicht ist es nicht schlecht, wenn erst etwas Ruhe einkehrt. Sie muss sich beruhigen. Und sie fühlt sich in die Ecke gedrängt. Ich kenne sie, das ist eine Situation, in der sie alles mobilisiert. Sie wird jetzt auf keinen Vorschlag eingehen, egal, wie vernünftig er ist, um keine Schwäche zu zeigen. Aber sofern wir ihr Zeit lassen, sobald sie das Gefühl hat, es nicht unter Druck zu machen, sondern aus eigenem Antrieb …« Er seufzte. »Und unterdessen nimmst du dir einfach ein bisschen Zeit für dich. Du hast die letzten Jahre gearbeitet, nebenbei deinen Abschluss gemacht und dein Studium in Rekordzeit durchgezogen. Du hast mehr geleistet, als gut sein kann. Dazu das Traineeprogramm, von dem ich weiß, dass es euch alles abverlangt. Und ich habe dich zudem noch abends ins Büro mitgeschleppt. Du kannst eine Pause sicher vertragen.«

Ich nickte, auch wenn ich lieber geschrien hätte. Ich brauchte keine Pause. Ich wollte keine Pause. Alles, was ich brauchte und wollte, war dieser Job, für den ich all dies in den letzten Jahren auf mich genommen hatte. Und ihn. Doch so, wie es aussah, würde ich nicht beides haben können und mich entscheiden müssen. Beaus Worte, die mich hätten beruhigen sollen, machten mir noch mehr Angst. Hatte ich mich vorher gefürchtet, morgen seiner Mutter zu begegnen, breitete sich jetzt regelrecht Panik in mir aus.

Ich machte mich sorgfältig zurecht, obwohl ich wusste, dass ich dafür nicht gewürdigt werden würde. Ich nahm nach kurzem Zögern meinen besten Anzug in einem warmen Himbeerrot aus dem Schrank und kombinierte ihn mit einer klassischen weißen Schluppenbluse. In jeder einigermaßen modernen Frauenzeitschrift hätte er unter den heißesten Tipps für einen modernen Bürolook rangiert. Tatsächlich war es das erste Teil, das beinahe den Namen Designerklamotte verdiente. Es stammte aus der Designerkooperation eines bekannten Modemachers mit einer ebenso bekannten Modekette. Dort gab es in regelmäßigen Abständen diese Aktionen. Die Sachen waren im Nu ausverkauft, eben weil sie cool, modern und von anständiger Qualität waren, und obendrein auch noch bezahlbar. Ich verdiente zwar recht gutes Geld, seit ich im Traineeprogramm war, aber ich hatte in den letzten Jahren durch die Fernkurse auch einiges an Schulden angehäuft, die ich bald wieder abbezahlen musste. Auch wenn es ein recht günstiges Ausbildungsdarlehen war, wollte ich nicht bis zur Rente verschuldet sein. In diesen Anzug allerdings hatte ich mich augenblicklich verliebt, als die ersten Kampagnenwerbungen auftauchten. Ich hatte mich an besagtem Samstagmorgen bereits um sieben in die Schlange vor dem Laden eingereiht und nur mit Glück eines der begehrten Teile erwischt. Seither trug ich ihn immer, wenn ich wusste, dass wir einen Termin hatten, der knackig werden könnte. Er hatte mich stets gestärkt und meinen Gang aufrechter, mein Selbstvertrauen stärker gemacht. *Wenn ich dieses Teil irgendwann gebraucht habe, dann heute*, dachte ich, als ich in den Spiegel schaute.

Auf dem Weg zur Firma versuchte Beau noch einmal alles, um mich zu beruhigen und bestmöglich zu coachen. Wir waren übereingekommen, dass es das Beste wäre, wenn ich heute tatsächlich meine Kündigung einreichte. Ich sah es ihm an, dass er nur halb zufrieden war mit dieser Lösung. Das ging mir genauso, aber wie er wusste ich, dass es keine andere gab.

Als wir schließlich in das Gebäude traten, griff er nach meiner Hand und drückte sie fest. Er ließ sie auch nicht los, als wir die Halle durchquerten und langsam zum hinteren Ende gingen. Nicht einmal, als ich vor dem wartenden Aufzug zurückschreckte, zog er sie weg. Ich hatte gewusst, dass ich nie mehr im Leben in eines dieser Dinger steigen sollte, und der einzige Versuch, es doch zu tun, hatte direkt in eine Katastrophe geführt. Er versuchte gar nicht erst, mich zu überreden, sondern stieg schweigend neben mir die ganzen Treppen hoch, bis zur obersten Etage, dem Reich seiner Mutter. Selbst als er nach einem letzten tiefen Atemzug entschlossen an die Tür klopfte, ließ er meine Hand nicht los. Erst, als die kalte Stimme uns aufforderte hereinzukommen, drückte er sie ein letztes Mal, nahm seine weg und öffnete die Tür. Sanft legte sie sich auf meinen Rücken und schob mich hinein in die Höhle der Spinne.

Kapitel 40

Wir wurden mit einem kühlen Blick empfangen und der stummen Aufforderung, uns auf die Stühle vor dem Schreibtisch zu setzen. Dem folgte eine lange Stille, in der uns die kühlen, blauen Augen musterten, als wären wir Fremde. Ich spürte, wie ich mich unter diesem Blick immer mehr verspannte.

Beau räusperte sich schließlich unbehaglich. »Mutter …«

Doch sie machte eine kleine, schneidende Bewegung, und er brach ab.

»Ich denke, Ruby«, sagte sie und ließ meinen Namen wie Eiswürfel klingen – oder den eines Schwerverbrechers. Es war das erste Mal, dass sie meinen Vornamen verwendete, und ich wünschte, sie hätte es nicht getan. Doch sie in diesem Augenblick darauf hinzuweisen, erschien mir unmöglich. »Mein Sohn«, wieder ein vielsagender Unterton, »hat Sie hinreichend informiert, weshalb Sie heute hier sind?«

Ich nickte.

»Nun, die Sachlage ist klar. Sie haben Ihren Arbeitsvertrag gelesen, ehe Sie ihn unterzeichnet haben?«

Erneut nickte ich.

»Dann ist Ihnen bewusst, dass Sie«, sie bog den Rücken durch, »gegen die Auflagen, die darin festgeschrieben sind, verstoßen haben?«

»Es tut mir leid«, bedauerte ich, aber wieder schnitt ihre Hand durch die Luft.

»Ist es Ihnen bewusst gewesen?«

Mein Nicken war kaum zu sehen, aber es reichte ihr.

»Sie haben mich, meinen Sohn und die ganze Firma damit in eine sehr prekäre Situation gebracht.«

»Das war nie meine Absicht …«

»Sie haben mit vollem Wissen gegen die Regeln verstoßen. Sie haben das Vertrauen, das Ihnen hier entgegengebracht wurde, vorsätzlich missbraucht.«

»Mutter«, versuchte Beau, sich zum zweiten Mal einzuschalten.

»Schweig!«, herrschte sie ihn an. »Du«, schnaufte sie schwer, dann wurde ihre Stimme leiser und, wenn das möglich war, noch kälter. »Gerade du hättest es besser wissen müssen.«

Eine kleine Stille trat ein, die sie offensichtlich brauchte, um sich wieder zu sammeln. Energisch hob sich ihr Kinn noch ein paar Zentimeter.

»In jedem anderen Fall würde ich Ihnen nun das Kündigungsschreiben aushändigen. Aber natürlich liegt dieser Fall anders.«

Hoffnung begann sich breitzumachen, völlig abwegige Hoffnung, dass sie über Nacht zur Einsicht gelangt war.

»Sie haben mir erzählt, dass Sie unbedingt in unserer Firma arbeiten wollten. Weshalb?«

»Weil …«, stammelte ich unsicher. Beau nickte kaum merklich neben mir, und ich fuhr fort. »Weil ich in diesem Unternehmen schon lange beschäftigt bin und ich immer das Gefühl hatte, dass hier die Mitarbeiter mit Respekt und Würde behandelt werden. Weil ich weiß, mit welcher Leidenschaft und Hingabe gearbeitet wird. Und weil ich wirklich gerne ein Teil dieses Unternehmens bin. Ich bin stolz, dazuzugehören, und ich bin stolz, dass ich hier zeigen konnte, was ich kann.«

»Und würden Sie sagen, dass es respektvoll ist, wenn Sie die Menschen, die Ihnen das ermöglichen, hintergehen?«

Ich warf Beau einen raschen Seitenblick zu.

»Würden Sie behaupten, Sie hätten dankbar gehandelt, indem Sie die Vorschriften übertreten haben? Haben Sie sich dem Vertrauen, das man Ihnen entgegengebracht hat, als würdig erwiesen?«

Ich kam mir vor, als hätte ich die Kasse des gesamten letzten Monats geklaut, und nicht einfach nur einen Mann geküsst, der zufällig auch mein Chef war.

»Ich …«, fing ich wieder an, nur um einmal mehr unterbrochen zu werden.

»Mein Sohn«, ihr Kopf ruckte in seine Richtung, als würde ich ihn nicht kennen, »ist der Meinung, dass dies nicht so schlimm ist. Es wäre ein Unterschied, ob man stiehlt oder einen Menschen küsst. Nun, ich sehe das anders. Regeln sind Regeln, und man kann nicht sagen, diese muss man befolgen, die andere nicht. Damit wären sie hinfällig. Damit wäre der Respekt hinfällig. Was denken Sie, würde passieren, wenn wir anfangen, es nicht mehr so genau zu nehmen? Denken Sie, man kann ein Unternehmen dieser Größe führen, wenn man nicht ganz klare Richtlinien hat, die für alle gelten?«

»Nein«, flüsterte ich.

»Sie haben mich in eine Situation gebracht …« Sie stand auf und schritt zu den raumtiefen Fenstern, die einen wunderschönen Ausblick über die Stadt boten. »… in der ich nicht reagieren kann, wie ich möchte. Sie wissen, was mein Sohn für diese Firma tut. Sie wissen, wie wichtig er für diese Firma ist. Sie wissen, dass die Zukunft Tausender Mitarbeiter davon abhängt, dass er dieses Unternehmen in die Zukunft führt und es zukünftig weiterbetreibt.«

»Ja«, hauchte ich.

»Und nun muss ich ihn entlassen. Wenn bekannt wird, was geschah, werde ich keine andere Möglichkeit haben.«

»Aber vielleicht muss es nicht bekannt werden«, wandte ich leise ein.

»Darauf hoffe ich.« Sie drehte sich um und starrte mich an. »Sie haben vorher große Worte gefunden, um Ihre Verbundenheit zu meiner Firma auszudrücken. Wenn auch nur ein Funken Wahrheit in Ihren Worten steckt, dann wissen Sie jetzt hoffentlich, was Sie zu tun haben.«

Ich starrte auf das Blatt, das vor mir lag. Mrs Rutherford hatte mir die Details sehr ausführlich dargelegt. Ich würde ab Montag nicht mehr hier arbeiten. Ich würde eine Krankmeldung abgeben, die ein befreundeter Arzt netterweise schon unterschrieben hatte, dann meine Kündigung einreichen. Passend zum Attest – Burn-out – würde ich kündigen, weil ich den Anforderungen nicht gewachsen war. Ich würde zudem eine Verschwiegenheitsvereinbarung unterzeichnen, dass ich den wahren Grund für diese Kündigung keinem Menschen gegenüber erwähnen würde. Dafür erhielt ich eine Abfindung, die mich erst einmal absichern würde, selbst wenn es länger dauerte, ehe ich einen neuen Job fand. Unterschrieb ich das, würde Beau begnadigt werden und weiterhin hier arbeiten können. Wenn nicht, dann würde ich eine sofortige Kündigung erhalten und Beau seinen Job verlieren. Ich hatte es nicht geglaubt, dass sie das tun würde, bis ich ihre Augen sah, als sie diese Möglichkeit in den Raum warf. Selbst Beau glaubte ihr, wie sein entsetztes Aufkeuchen zeigte.

Dennoch legte sich seine Hand auf meine, als ich die Unterschrift leisten wollte.

»Warte«, sagte er und sah dann seine Mutter an. »Das ist nicht richtig.«

»Nein?«, fragte sie kühl.

»Sie war das nicht alleine«, gab er leise zurück. »Sie sollte jetzt nicht …«

»Das ist mir durchaus klar.« Die Stimme seiner Mutter war ebenfalls leise, aber eiskalt. »Verdammt, Beau, wie konntest du so dumm sein! Sie ist deine direkte Untergebene, sie durchläuft unter deiner Aufsicht unser Traineeprogramm. Du bewertest ihre Arbeit, du beurteilst sie, du gibst ihr einen Job. Was für ein Licht wirft das auf uns? Auf deine Arbeit mit dem Nachwuchs? Wie konntest du nur dermaßen unüberlegt deinen Trieben nachgeben?«

»Ich kann das durchaus trennen«, rief Beau und sprang auf. »Und ich kann ihre Arbeit beurteilen. Ich kann einschätzen, wie gut sie in ihrem Job ist, mit wie viel Begeisterung sie ihn macht und was sie alles dafür gibt. Sie hat alles da hineininvestiert – ihre ganze Energie und Leidenschaft.«

»Das ist leider offensichtlich«, ätzte seine Mutter zurück. »Vollen Körpereinsatz nennt man das wohl.«

»Sprich nicht so …«

»Kapierst du nicht, welche Ausmaße diese Affäre hat? Es geht hier nicht darum, wen du in dein Bett holst. Es geht darum, was für Konsequenzen das hat. Wie angreifbar du damit geworden bist. Was das für Auswirkungen hat, wenn du ihr einen guten Job zuschiebst oder sie weiterhin förderst. Du hältst meine Regel für antiquiert und überholt. Erkennst du jetzt endlich, wozu sie da ist?«

»Dann straf uns anders ab. Stell eine Abmahnung aus. Zwing mich, wieder ganz im Büro zu bleiben, das Mentorenprogramm abzugeben. Dir fällt bestimmt etwas ein. Aber wenn du das alles für diesen Deal unter den Tisch kehren kannst, weshalb dann nicht für einen anderen? Einen, der menschlicher wäre?«

»Weil ihr mein Vertrauen missbraucht habt. Weil man Regeln nicht verletzt, ohne die Konsequenzen zu tragen. Weil ich mir nie sicher wäre, dass es nicht wieder passiert, dass man mich wieder hintergeht.«

»Es wird nicht mehr passieren, und es tut mir leid, dass es so kam. Und dennoch«, beharrte Beau leise, »ist es nicht recht, dass du Ruby die ganze Schuld tragen lässt.«

»Weil ich keine Wahl habe«, erklärte sie fest. »Weil sie ersetzbar ist, im Gegensatz zu dir. Was du sehr gut weißt und worauf du gebaut hast. Aber trotz allem bin ich auch deine Chefin.«

»Und du bist meine Mutter. Und als diese solltest du dich vielleicht einmal fragen, ob es das alles wert ist.« Beaus Stimme klang fast bittend.

»Nein.« Ihre Hände krachten laut auf die Tischplatte. »Nein, so funktioniert das nicht. Du kannst nicht tun und lassen, was du willst. Weder als mein Sohn noch als zukünftiger Chef. Nicht einmal dann, wenn du wirklich der Chef bist. Warum geht das nicht in deinen Kopf?«

»Ist es denn so schlimm, was wir getan haben? Dass wir zusammen sein wollen? Dass wir glücklich sind?«, fragte Beau leise.

Seine Mutter schien einen Moment wie erstarrt. Kraftlos ließ sie sich in den Sessel sinken.

»Lass uns allein.«

»Was?« Beaus Kopf schnellte alarmiert in die Höhe.

»Lass uns einen Augenblick alleine, Beau.« Sie atmete tief ein, danach setzte sie ruhiger hinzu: »Bitte.«

Ihre Hand wies zur Tür.

Langsam stand er auf, warf mir einen letzten Blick zu, der mir Mut machen sollte und doch nur Unsicherheit ausstrahlte. Mit hängenden Schultern verließ er den Raum und schloss leise die Tür hinter sich.

Kapitel 41

»Mein Sohn«, sagte sie, als Beau das Zimmer verlassen hatte, »war von jeher dafür bestimmt, dieses Unternehmen eines Tages zu übernehmen. Nicht, weil es das Familienerbe ist. Weil es ihm im Blut liegt. Weil es das ist, was er kann und immer wollte.«

Ich nickte. Das war endlich einmal etwas, was ich sofort unterschrieben hätte.

»Darin gleicht er mir. In anderen Bereichen kommt er leider nach seinem Vater. Ich werde nicht zulassen, dass auch er für eine Dummheit alles riskiert.«

Ich schluckte. Eine Dummheit, das war dann wohl ich.

»Sie, Ruby, gleichen uns in mancherlei Hinsicht erstaunlich.«

Überrascht sah ich auf.

»Sie geben alles, um ans Ziel zu kommen. Sie sind nicht dumm, und ich werde nicht lange um den heißen Brei herumreden. Es liegt bei Ihnen, ob Sie seine Zukunft ruinieren. Mein Sohn scheint bereit, für Sie alles hinzuschmeißen. Könnten Sie damit leben? Dass er alles aufgibt, was ihm wichtig ist? Dass er nicht nur seinen Job riskiert, sondern den Tausender anderer Mitarbeiter, deren Zukunft in seinen Händen liegt? Denken Sie, dass das der Weg ins Glück ist? Oder stimmen Sie mir nicht zu, dass er Sie irgendwann dafür hassen würde, dass Sie der Grund waren, dass es so gekommen ist?«

Ich starrte sie sprachlos an.

»Sie haben einen gewissen rudimentären Charme, Ruby, dem mein Sohn offensichtlich verfallen ist. Er denkt vermutlich, dass es Liebe ist, weiß Gott. Aber wir beide, wir wissen es besser, nicht wahr? Es ist Lust, Begierde, ein kurzes Aufflackern. Glauben Sie wirklich, dass Sie auf Dauer die Richtige sind für einen Mann wie ihn? Dass Sie mehr sind als ein schöner Zeitvertreib? Dass Sie die Erste sind, die denkt, dass das der einfachste Weg in ein bequemes Leben ist?«

»Nein«, stammelte ich und versuchte, das zu ordnen, was sie mir da an den Kopf warf.

»Gut. Wie gesagt, ich halte Sie durchaus für eine intelligente Frau. Und deshalb werden Sie auch verstehen, was ich Ihnen jetzt sage. Es waren einige Entscheidungen vonnöten, um dahin zu kommen, wo wir heute sind. Wir haben uns mit Leib und Seele der Firma verschrieben. Unsere erste Priorität war stets dieses Unternehmen, und jeder von uns«, wieder wurde ihr Blick ganz kurz glasig, »hat dafür Opfer gebracht. Ich werde nicht zulassen, dass das umsonst war. Ich werde nicht zulassen, dass nun eine Person kommt, die das alles kaputtmacht. Das oberste Gebot in dieser Familie war immer Integrität.«

Sie machte eine kurze Pause und lächelte mir zu. Es war kein Lächeln, das mir ihre Sympathie zeigen sollte, mich auch nur für eine Sekunde in einer Sicherheit wiegen sollte, in der ich nicht war. Ihre nächsten Worte machten das dann auch deutlich.

»Das bedeutet Ehrlichkeit, Ruby. Vertrauenswürdigkeit«, sagte sie langsam und genüsslich, und für einen Augenblick offenbarten ihre Augen ganz offen, was sie von mir dachte.

Und ich war mir plötzlich sicher, dass sie sich diesen Satz genau zurechtgelegt hatte, ihn so lange geprobt hatte, bis er tödlich war. Bis sie sich sicher war, dass er traf und mir nicht nur signalisierte, dass ich eben nicht vertrauenswürdig gewesen war, weil ich eine bescheuerte Regel brach, sondern nebenbei auch nicht den Bildungsstandard hatte, um zu wissen, was *Integrität* bedeutete.

Ich starrte zurück und in meinem Kopf wirbelten die Gedanken wild herum.

»Ich kann ihm nicht vorschreiben, mit wem er sich vergnügt.« Sie genoss es offensichtlich, wie diese Worte klangen. Billig und schnell. »Aber Sie werden in dieser Familie nie willkommen sein. Ich gebe Ihnen also einen Rat: Nehmen Sie mein Angebot an. Bringen Sie ihn dazu, dass er im Unternehmen bleibt. Wenn Sie auch nur ein wenig ehrliches Interesse an ihm haben, dann sorgen Sie dafür, dass er nicht alles verliert, was ihm wichtig ist. Wenn er das nicht tut, wird es für ihn keine Zukunft bei *Jola* geben, und das wäre ganz sicher nicht in Ihrem Sinne, oder?«

Sie stand auf und nickte, als hätte ich etwas geäußert, das ihre letzte Anspielung untermauerte.

»Genießen Sie die Zeit mit ihm, solange er sein Interesse an Ihnen nicht verloren hat. Genießen Sie es, so lange er seine Begierden über den Verstand stellt. Genießen Sie es, von ihm eingeladen und vermutlich auch mit teuren Geschenken überhäuft zu werden. Nehmen Sie von mir aus mit, was immer für Sie aus dieser Situation herauszuholen ist, ich werde es nicht verhindern können. Aber glauben Sie mir, ich weiß, wie es enden wird. Er ist nicht der erste Mann, der einem hübschen Gesicht und einem blonden Schopf nicht widerstehen kann.« Für einen Moment bekamen ihre Augen einen seltsamen Glanz. »Aber auch er wird im entscheidenden Augenblick wissen, wem seine Liebe und Verbundenheit wirklich gilt.«

Noch nie in meinem Leben hatte ich mich so schmutzig gefühlt wie in jenen Augenblicken, als ich hörte, wie diese Frau über mich dachte. Ich saß da und spürte, wie alles um mich zerbrach. Ich hatte nicht erwartet, dass Mrs Rutherford mich aus der Firma warf, um mich dann mit offenen Armen als die Freundin ihres Sohnes zu empfangen. Ich hatte gewusst, dass es schwierig werden würde. Aber ich hatte nicht mit diesem Hass gerechnet. Dass sie mir nicht verzeihen wollte, dass wir eine Firmenregel gebrochen hatten, war mir bewusst gewesen, Beau hatte das deutlich genug gemacht. Dass sie mir persönlich nicht unbedingt mit Wohlwollen entgegenkommen würde, war die logische Konsequenz daraus, die mich auch nicht überraschte. Aber diese Verachtung hatte mich gerade vollkommen erwischt.

Mit einem Mal war ich wieder achtzehn und stand meiner zukünftigen Schwiegermutter gegenüber, die mir subtil mitteilte, dass ich nie gut genug für ihren Sohn sein würde. Nur dass diese Frau es gar nicht erst subtil versuchte. Vermutlich hatte sie Angst, dass es dann nicht ankommen würde, dachte ich bitter. Ich brauchte alle Kraft, um zu atmen, um ihr nicht zu zeigen, wie tief ihre Worte mich getroffen hatten. Ich bemerkte gar nicht, wie sie zur Tür ging und Beau wieder hereinnickte.

Er durchquerte mit eiligen Schritten den Raum, und erst, als er neben mir Platz genommen hatte und meine Hand fest umschloss, wandte ich den Kopf und sah ihn an. Sein Gesicht spiegelte Besorgnis wider und er musterte mich aufmerksam.

»Ist alles in Ordnung, Ruby?«, fragte er leise.

Die Gedanken wirbelten schneller. Wenn ich ihm jetzt mitteilte, was ich mir eben alles angehört hatte, dann würde hier vermutlich die Hölle los sein. Beau würde etwas tun, was er später vielleicht bereuen würde und ihn irgendwann dazu brachte, mich zu hassen. Ich musste erst für mich selbst damit klarkommen. Ich war gerade zu verletzlich, um etwas zu riskieren. Es war eine verdammte Zwickmühle. Wenn ich ihm berichtete, was sie zu mir gesagt hatte, musste ich erwarten, dass Beau sofort aufsprang, alles hinschmiss, mit ihr brach und ihr erklärte, dass sie sich ihre Firma sonst wohin stecken könnte. Andernfalls würde ich hier und jetzt zerbrechen. Aber wenn er so agierte, wie ich es erwartete, würde er irgendwann bereuen, nicht bedachter gehandelt zu haben. Ich kannte ihn lange genug, um zu wissen, dass er, aus mir gerade unerfindlichen Gründen, diese Frau nicht nur schätzte und respektierte, sondern auch liebte. Ich erwiderte den Druck seiner Hand und nickte leicht.

»Himmel, Junge«, sagte seine Mutter, und ein leicht spöttischer Ton klang mit, »wir haben nur geredet. Ich habe nicht versucht, sie zu fressen. Deine Freundin«, sie schaffte es, sich jeden gehässigen Unterton zu verkneifen, »ist eine intelligente Frau. Ruby und ich haben festgestellt, dass wir in einigen Dingen derselben Meinung sind. Sie hat erkannt, dass es nur einen Ausweg aus dieser Affäre gibt, so bitter er auch ist. Nicht wahr, Ruby?« Sie lächelte und schob das Papier, das immer noch vor mir lag, ein wenig zurecht.

Ich griff ein weiteres Mal nach dem schweren Kugelschreiber, der daneben bereitlag. Ich hatte das Gefühl, dass er Tonnen wog.

»Ruby, du musst das nicht tun.« Beaus Stimme klang wachsam. Ich hörte, dass sich Zweifel darin versteckten. Sein Blick wanderte noch einmal zu seiner Mutter. »Sollte sie nicht wenigstens in Ruhe darüber nachdenken können?«

»Brauchen Sie Zeit, Ruby? Müssen Sie über meine Worte nachdenken?«, fragte sie zurück und klang dabei fast sanft. Unter hochgezogenen Augenbrauen visierte sie mich an.

Ich schüttelte ein letztes Mal den Kopf, dann unterschrieb ich.

»Das lief doch gar nicht so schlecht«, meinte Beau unsicher, als wir wieder in seinem Wagen saßen.

Ich sah ihn an. Er griff nach meinen Händen und seufzte.

»Es tut mir leid, das war dumm. Natürlich lief es schlecht. Was ich damit ausdrücken wollte … Nun, ich denke, dass wir das hinbekommen könnten, wenn wir jetzt durchhalten. Du hast ihr gezeigt, dass du sie verstehst, und euer Gespräch war vielleicht hilfreich, oder? Sie ist nicht einfach, das weiß ich zu gut. Aber sie ist auch nicht dumm. Sie wird sehen, was für eine wunderbare Frau du bist, und sie weiß, dass sie mich nicht verlieren darf. Nicht nur als Mitarbeiter, auch als Sohn. Sie wird irgendwann erkennen, dass wir einfach nur unklug gehandelt haben.« Er lächelte zögernd, und ich nickte einfach, auch wenn ich genau wusste, dass nichts davon passieren würde.

Er räusperte sich. »Ich hätte es wissen müssen. Ich hätte direkt zu ihr gehen müssen und ihr sagen, dass es an der Zeit ist, diese Regel zu kippen, weil sie mich selbst betrifft. Ich habe es vermasselt. Und ich werde mich darum kümmern, es wieder geradezubiegen. Ich brauche dafür nur etwas Zeit. Vertrau mir, Ruby. Nur ein wenig Zeit. Das schaffen wir, oder?«

Kapitel 42

Den restlichen Sonntag hatte ich bei Beau verbracht, der mit allen Mitteln versuchte, an einen guten Ausgang zu glauben. Er versicherte mir unentwegt, dass wir jetzt einfach Geduld haben müssten. Ich erkannte an seiner angespannten Haltung, dass er ein schlechtes Gewissen hatte, weil mich die Auswirkungen dieser Sache deutlich härter trafen als ihn. Ich glaubte ihm, dass er diesen Umstand registrierte und unter ihm ebenso litt wie ich. Und ich tat alles, um mich in seiner Gegenwart unter Kontrolle zu haben, ihm nicht zu zeigen, wie tief der Hieb ging. Mein Gehirn schleuderte mir unaufhörlich die Sätze entgegen, die ich mir heute hatte anhören müssen. Instinktiv wusste ich, dass ich sie ihm gegenüber nicht wiederholen durfte. Die Situation war verfahren genug. Ich musste jetzt erst einmal nachdenken und verhindern, dass sich diese Worte zu tief in mein Herz fraßen. Dass sie noch tödlicher wurden, weil ich sie vor ihm aussprach.

Am Montagmorgen bestand Beau darauf, mich auf dem Weg zum Büro an meiner WG abzusetzen. Wie oft schon war ich nach einer gemeinsamen Nacht zu ihm ins Auto gestiegen? Und wie oft war ich dann nicht an der Zentrale ausgestiegen, sondern in einer kleinen Seitenstraße, um den Rest zu Fuß zu gehen oder den Bus zu nehmen, damit wir nicht zusammen ankamen? Wir hatten jedes Mal darüber gescherzt, und Beau hatte mich zum Abschied geküsst und gelacht.

»Bis gleich, Ruby«, hatte er gesagt. »Ich kann es kaum erwarten, dich an meinem Büro vorbeigehen zu sehen und deinen Morgengruß zu hören.«

Das war ein geheimes Ritual gewesen. Ich war nach ihm eingetroffen, klar, und dann bei ihm vorbeigegangen, ehe ich meinen Dienst in der aktuellen Abteilung antrat.

»Guten Morgen, Mr Rutherford«, hatte ich gesagt.

»Mrs Ferguson«, rief er dann erfreut. »Schön, Sie zu sehen. Hatten Sie einen netten Abend?« Seine Augen hatten dabei gezwinkert und geblitzt, als er weiterfragte. »Und sind Sie gut in den Tag gestartet?«

Ich wusste, dass er wusste, wie gut ich gestartet war, und hatte genickt und mit einem kleinen Seitenblick zu seiner Assistentin – seiner offiziellen, langjährigen Assistentin – geantwortet, dass ich mir keinen besseren Start hätte wünschen können. Es war prickelnd, und wir waren nachlässig geworden.

War jemandem aufgefallen, was wir da taten? Hatten uns die kleinen Untertöne verraten? Bei aller Offenheit und Mitteilsamkeit hatte uns Mrs Rutherford nämlich nicht informiert, woher sie wusste, was wir trieben. Ich hatte immer noch den Aufzug im Verdacht, auch wenn in der Halle niemand gewesen war. Aber so betrachtet, konnte es so ziemlich jeder sein, der einen Verdacht gehabt und uns ein wenig genauer beobachtet hatte. Das war ein überaus mieses Gefühl. Ich hatte mich in der Firma wohlgefühlt, akzeptiert gefühlt. Nun begann ich zu überlegen, ob es ein Fehler gewesen war anzunehmen, dass mich alle mochten und mir jeder gönnte, was ich dort gefunden hatte.

Als ich die Wohnungstür aufschloss, waren meine Freundinnen schon weg, wofür ich überaus dankbar war. Ich wollte ihnen nicht gegenübertreten und zugeben, dass genau das eingetroffen war, wovor sie mich immer gewarnt hatten. Und selbst wenn ich gewollt hätte, ich durfte es nicht sagen, hämmerte es in meinem Hinterkopf. Meine einzige Möglichkeit bestand darin, Flucht in einer Krankheit zu suchen, hatte ich beschlossen. Was gar nicht schwierig war, denn ich fühlte mich antriebslos, sah blass und elend aus. Ich legte mich in mein Bett, ohne schlafen zu können, starrte an die Wand und hatte immer noch keine Möglichkeit gefunden, den beißenden Worten zu entgehen, die mich seit gestern verfolgten. Mit jedem Augenblick, der verstrich, wurden sie schlimmer. Wenn Beau bei mir war, konnte ich versuchen, mich an seiner Zuversicht zu stärken. Alleine merkte ich, dass ich weit weniger daran glaubte, dass es für uns einen Ausweg gäbe.

Die erzwungene Ruhe tat mir nicht gut, aber ich hatte nicht einmal genug Energie, um hinüber ins Wohnzimmer zu gehen und den Fernseher einzuschalten. Ich fragte mich, weshalb ich nicht zornig war oder wegen der Ungerechtigkeit, die ich erfahren hatte, beinahe platzte, aber da war nur eine unglaubliche Trauer in mir. Und Angst. Eine ganz gewaltige Angst, dass ich gerade zum zweiten Mal den Mann verlieren würde, der mir alles bedeutete.

Als am Abend die Wohnungstür mit Schwung geöffnet wurde, war ich tatsächlich vor lauter Sorgen, Nachdenken und Erschöpfung eingeschlafen, und ich schrak hoch. Die Vorhänge waren nicht zugezogen. Draußen war es mittlerweile stockdunkel.

Pen und Maisie betraten die Wohnung. Mir fiel ein, dass die beiden seit Neustem am Montagabend zusammen in ein

Fitnessstudio gingen. Sie hatten versucht, mich ebenfalls dazu zu animieren, aber ich hatte lachend abgelehnt.

Ich brauchte einen Moment, um mich zu erinnern, weshalb ich hier in meinem Bett lag, aber der dauerte nur kurz. Viel zu schnell war alles wieder da. Ich tastete in meinem dunklen Zimmer nach dem Handy. Ich hatte es auf der kleinen Kommode neben meinem Bett abgelegt; meine fahrigen Finger fanden es erst nicht, warfen in ihrer Ungeduld ein dort liegendes Buch auf den Boden, ehe ich es zu packen bekam. Ich starrte auf das Display. Keine neuen Nachrichten. Das Zimmerlicht flammte auf, und Pen stand in der Tür.

»Ruby, was machst du … Scheiße! Was ist denn mit dir los?«

Ihr Ausruf sorgte dafür, dass auch Maisies Kopf augenblicklich im Türrahmen auftauchte.

»Süße, bist du krank? Du siehst ja aus wie bereits einmal gegessen.«

»Mir geht es nicht besonders«, sagte ich und hörte, wie kratzig meine Stimme klang.

»Das erscheint mir die Untertreibung des Jahres zu sein«, bemerkte Pen trocken und kam herüber.

Auch Maisie trat an mein Bett und legte mir in geübter Krankenschwesternmanier die Hand auf die Stirn.

»Fieber hast du mal nicht. Halsschmerzen? Tut dein Kopf weh?«

»Nein. Ich fühl mich einfach schlecht.«

»Das war ja abzusehen.« Pen warf Maisie einen Blick zu. »Sag ich es nicht schon lange? Du arbeitest und arbeitest und gönnst dir keine Pause.«

Ich ließ sie weitermachen. Es war vermutlich das Beste, und wenn schon die beiden dachten, dass ich einfach über meine Kräfte gegangen war, dann würden es vermutlich auch meine Kollegen glauben.

»Wir haben uns was vom Chinesen mitgebracht, das reicht auch für drei. Du musst etwas essen«, befand Maisie energisch. »Du wirst dir jetzt endlich einmal Ruhe gönnen und wir päppeln dich ein wenig auf. Wo ist denn der fabelhafte Beau? Ich hätte erwartet, dass er neben deinem Krankenlager sitzt und deine Hand hält.«

Ich hätte wenigstens erwartet, dass er sich meldete. Das tat er erst spät – und mit einer knappen Nachricht. Er säße in einem Meeting fest und wisse nicht, wie lange es noch dauern würde. Erst nach elf meldete er sich persönlich.

»Es tut mir leid. Ich war bis eben in dieser Besprechung und morgen früh geht es direkt weiter. Ich muss noch ein paar Fakten prüfen und …« Seine Stimme klang erschöpft.

»Kein Problem«, stoppte ich seinen Redefluss und spürte, wie sich mein Herz verkrampfte.

»Soll ich später noch vorbeikommen?«

»Nein. Geh nach Hause und versuch zu schlafen.«

»Ich komme morgen vorbei, versprochen.«

»Das wäre schön«, flüsterte ich.

»Ach, Ruby«, seine Stimme klang sanft. »Ich vermisse dich. Du weißt nicht, wie sehr ich dich den ganzen Tag vermisst habe.«

Als er am nächsten Tag erschien, sah er angespannt aus und sein Lächeln wirkte müde.

»Probleme?«, fragte ich, und er fuhr sich mit den Händen durch die Haare.

»Nichts, was wir nicht in den Griff bekommen werden, hoffe ich. Aber leider auch nichts, was ich ignorieren kann.« Er bemerkte meinen Blick und seufzte. »Die Kontrolle der Arbeitsbedingungen bei einem unserer wichtigsten Handelspartner ist nicht gut gelaufen. Die Sandelholz-Duftstoffe für unsere Hausmarke kommen aus Indien, und es gibt Hinweise darauf, dass die Vorgaben nicht eingehalten werden.«

Ich nickte verständnisvoll. Ich wusste nicht allzu viel über dieses Thema, nur dass es Richtlinien gab, die jeder Partner einhalten musste. Das war ein wichtiger Teil der Firmenphilosophie. Die Kunden wollten zwar günstige Waren, aber nicht zu jedem Preis. *Jola* hatte sich auf die Fahnen geschrieben, dass man nur mit Unternehmen arbeitete, die ihre Mitarbeiter gut und fair behandelten und keine Kinder beschäftigten.

»Wir geraten in Schwierigkeiten, wenn das publik wird. Und wir können auf die Schnelle keinen Ersatz finden. Die Auswahl an Lieferanten ist begrenzt. Unsere Kontaktpersonen versichern, dass es sich um ein Missverständnis handeln würde, was ich zwar hoffe, aber nicht einfach glauben kann.«

»Aber eigentlich ist das nicht dein Aufgabengebiet, oder?«, fragte ich.

Er seufzte noch einmal. »Nun ist es das«, sagte er nur. »Die Sache ist zu wichtig, um sie irgendjemandem anzuvertrauen. Aber jetzt lass uns von etwas anderem reden. Ich brauche dringend ein wenig Abwechslung, und ich hatte gehofft, sie hier zu finden.«

Kapitel 43

Über Nacht war mein Leben zu einem Kraftakt geworden, wieder einmal. Ich versuchte, mich munterer zu geben als ich war, wenn ich Beau traf, was selten genug passierte. Ich musste über Weihnachten zu meinen Eltern fahren und ihnen vorspielen, alles sei in Ordnung. Wie sollte ich ihnen ausgerechnet jetzt beichten, dass es das nicht war? Meine Mutter war so stolz, dass ich in wenigen Tagen meine Ausbildung beenden würde, und ich hatte ihr bereits erzählt, dass ich dann meine eigenen Filialen bekommen sollte samt einem schnittigen Dienstwagen. Ich konnte jetzt nicht damit ankommen, dass ich es vermasselt hatte, und zwang mich zu lächeln und begeistert auszusehen, wenn sie es immer wieder mit glänzenden Augen ansprach. Ich hatte in den letzten Jahren miterlebt, wie aus der ewig von Sorgen geplagten Frau endlich eine wurde, die durchatmen konnte. Die es geschafft hatte, ihre Kinder großzuziehen und sie zu Menschen zu machen, die sich dem Leben stellten und ihren Weg gingen. Sie hatte für ihr Leben genug Kummer gehabt, genug Probleme lösen müssen. Sie hatte es verdient, dass sie sich nun dem bescheidenen Glück hingab, dass ihre Opfer es wert gewesen waren.

»Ich wusste es, Ruby. Ich wusste, du packst das. Ich hätte mir so sehr gewünscht, dass dein Leben einfacher gewesen wäre. Dass du weiter zur Schule hättest gehen können und dass dir dieser Scott erspart geblieben wäre. Er hat dich für seinen Sohn geopfert, der mit jedem Tag mehr aussieht wie dieser Metzger. Er hat sich reinlegen lassen und auf das Beste verzichtet, was er je hätte haben können, nämlich meine großartige, erfolgreiche und kluge Tochter.«

Sie starrte einen Moment grimmig an mir vorbei. Sie hatte ihm weit weniger verziehen als ich, dass er mich so rüde gegen eine andere ausgetauscht hatte. Sie hatte auch viel klarer vorhergesehen, dass seine Mutter mich nie in Frieden lassen und nie für gut genug befinden würde, wie sie mir erst gestand, als es zu spät war. Wie sollte ich nun erzählen, dass mir genau das wieder passiert war? Dass ich erneut nicht gut genug gewesen war, dass ich wieder einen Mann liebte, den ich nicht haben durfte.

Ich entschied, dass ich es erst dann gestehen würde, wenn ich wusste, wie es weiterging. Ich hatte sie nie belogen, aber vermutlich würde es nun einfach nicht anders funktionieren. Ich würde ihr nur Sorgen bereiten – und das wollte ich nicht. Es reichte, wenn ich mir welche machte.

Beau rief mich jeden Tag an, während ich zu Hause bei meinen Eltern war. Es waren schwierige Gespräche, denn er verbrachte die Feiertage bei seiner Mutter. Er wollte nichts berichten, und ich wollte nicht hören, was dort passierte. Ich wusste, dass er das tat, um den Riss zu kitten, um die Hoffnung nicht sterben zu lassen. Ich hatte mich gefragt, wie er gerade jetzt diese Zeit mit ihr verbringen konnte, als wäre nichts gewesen, und die Antwort war einfach. Er tat es für uns. Wie sollte ich ihm das vorwerfen?

Um ihm entgegenzukommen und die Situation zu entschärfen, plauderte ich mit einer Heiterkeit, die ich nicht verspürte, von meiner Familie, dem Trubel, der stets herrschte, wenn alle Kinder hier aufeinandertrafen.

»Mein Bruder Stan hat seine Freundin dabei. Die beiden sind schon ewig zusammen und sie ist ein echtes Unterhaltungstalent. Mum und Dad beten sie an. Sie haben ihm angedroht, ihn zu enterben, wenn er sie nicht heiratet. Nun ja, nicht, dass es bei uns viel zu erben geben wird.« Ich hörte ihn lachen. »Und meine Schwester Filly hat ebenfalls ihren neuen Freund mitgebracht, ein Zuckerstückchen namens Wayne, der zur Abwechslung einmal einigermaßen akzeptabel ist. Filly hat ein Händchen dafür, sich Kerle zu angeln, die zwar zum Anbeten aussehen, aber leider die Arbeit nicht erfunden haben. Dieses Exemplar jedoch scheint ein wenig vom Muster abzuweichen, zumindest, was die Faulheit angeht. Mum beobachtet ihn genau und hat ihn bereits gebeten, den Duschkopf zu wechseln und sich um den Stuhl zu kümmern, der ein wackelndes Bein hat. Dad regt sich fürchterlich auf, weil sie so tut, als würde das alles nie gemacht werden, wenn Wayne sich nicht jetzt auf der Stelle darum kümmert. Und Filly regt sich natürlich ebenfalls auf, was Mum aber auch nicht juckt. Sie hat auch gar keine Zeit, sich deshalb zu schämen, weil sie den ganzen Tag durch das Haus geistert und Ausschau nach etwas hält, was der arme Kerl anschließend reparieren kann. Gestern habe ich sie dabei erwischt, wie sie verdächtig nachdenklich den Toaster betrachtet hat, einen Schraubendreher in der Hand. Und ich bin mir sicher, dass die Dichtungen der Küchenfenster völlig in Ordnung waren, ehe sie sich heute Nacht daran zu schaffen gemacht hat.«

Beau lachte. »Das klingt, als hättet ihr mächtig Spaß.«

»Mum hat Spaß. Du solltest sie sehen. Sie ist eine kleine, zierliche Person, aber sie hat das gesamte Haus im Griff.« Ich musste lächeln. Ja, Mum hatte alle fest an der Kandare, aber wir liebten sie dafür. Wenn sie lachte, dann wackelten die kleinen

Löckchen auf ihrem Kopf hin und her. Obwohl sie jetzt nicht mehr jeden Penny dreimal umdrehen musste, blieb sie dabei, sich regelmäßig von ihrer Freundin eine dieser Do-it-yourself-Dauerwellen verpassen zu lassen, die immer zu stramm gewickelt waren. Sie und Dad wohnten auch nach wie vor in unserem alten Häuschen, einem Sozialbau am Rand der Stadt. Man sollte meinen, dass es nun zu groß war, wo die meisten von uns weg waren. Aber das war es nicht. Es war vielmehr immer für uns alle viel zu klein gewesen. Jetzt, wo Stan und Filly ihre Partner mitbrachten, mussten wir die Zimmerbelegung ganz neu angehen und kamen dabei ziemlich an unsere Grenzen. Aber Mum hatte, pragmatisch wie eh und je, einfach entschieden, dass die Mädchen in einem Zimmer und die Jungs im anderen Zimmer übernachten würden. Fillys empörten Einwand tat sie mit einem gelassenen Schulterzucken ab.

»In meinem Haus würdest du gar nicht mit ihm in einem Zimmer schlafen wollen«, entgegnete sie und stemmte die Hände in die Hüften. »Was du woanders tust, muss ich nicht hören.«

Filly verdrehte die Augen und Dad grinste.

»Aber vielleicht könnten wir ja das kleine Zimmer herrichten. Das von Joanna, in dem all der Krempel lagert, den ihr hier zurückgelassen habt. Ein richtiges Gästezimmer wäre fein, aber jemand müsste all diese Kisten in den Keller schaffen, und es braucht dringend neue Tapeten«, sagte Mum nachdenklich, und ihr Blick traf dabei Wayne. »Wenn ich nur jemanden hätte, der sich darum kümmert.«

Beau amüsierte sich sehr über meine Berichte.

»Dir wird etwas geboten. Es hört sich fabelhaft an.« Er machte eine kleine Pause. »Ich sollte bei dir sein, ich weiß. Aber ich weiß auch, dass es ganz unmöglich gewesen wäre …«

»Schon gut.« Seine Stimme hatte beim letzten Satz so traurig geklungen, dass ich ihm nicht zustimmen wollte. Es war nicht seine Schuld. »Ich glaube, selbst Mum käme an ihre Grenzen, wenn sie zwei potenzielle neue Familienmitglieder testen müsste. Es ist vermutlich besser, dass sie sich nur auf einen konzentrieren kann. Dann hast du irgendwann einmal ihre volle Aufmerksamkeit und Filly kann sich entspannt zurücklehnen und zuschauen.«

Ehe ich meine alte Heimat wieder verließ, machten wir wie jedes Jahr einen Ausflug zur städtischen Eisbahn. Es war nur eine kleine Fläche vor dem Rathaus, die man als Eislauffläche präpariert hatte, aber es war stets das Highlight der Weihnachtszeit gewesen, dort ein paar Runden drehen zu dürfen. Mum und Dad standen zufrieden an der Bande und schauten zu, wie wir wie früher unsere Bahnen zogen, als sie wochenlang darauf gespart hatten, um uns das zu ermöglichen. Ich hatte es geliebt, über das Eis zu gleiten, und auch heute hatte ich Spaß daran. Bis ich es in meinem Übermut ein wenig zu wild angehen ließ und prompt in einen anderen Eisläufer krachte, der an der Bande stand.

»Es tut mir leid …« Ich hatte mich instinktiv an seiner Jacke festgehalten und ihn fast umgerissen, als ich ihn hinterrücks anrempelte.

Nun drehte er sich um, und der Schreck über das unerwartete Wiedersehen ließ mich beinahe wieder stürzen. Und noch mehr der Anblick des kleinen Pakets, das fest und sicher an seiner Brust befestigt war. Ein Kind, dick vermummt in einem Schneeanzug, mit einer rosafarbenen Mütze, die sich mit den seidigen roten Löckchen biss, die darunter hervorblitzten.

»Ruby!« Scotts Stimme klang noch wie früher. Ich konnte sogar noch eine alte Ahnung seiner Liebe darin hören. »Himmel, ich habe dich nicht mehr gesehen, seit …« Er brach ab.

Seit du meinen letzten Koffer aus unserem Haus getragen hast. Seit du mich weggeschickt hast, um eine andere Frau zu heiraten, dachte ich.

»Seit ich nach London ging, ja«, sagte ich stattdessen und bemühte mich um ein Lächeln. »Herzlichen Glückwunsch.« Ich deutete auf das Kind. »Du bist wieder Vater geworden. Toll.«

»Ja.« Sein Blick wurde weich. »Wie lange haben wir darauf gehofft. Die kleine Becky ist ein Wunder.«

Das stimmte vermutlich. Ich betrachtete noch einmal das Haar. Dass diese Farbe in Beatrice' Familie vorkam, war mir nicht geläufig. Und bei Scott? Kein Mitglied der Verwandtschaft, das ich kannte, kein Foto, das ich gesehen hatte, ließ darauf schließen. Ich wusste nur von einem Menschen, dessen Kopf in diesem Kupferton strahlte, und der versorgte halb Ashford mit den besten Bratwürstchen Englands.

»Und? Wie geht es dir?«, fragte ich und bemühte mich, das Kind nicht mehr anzusehen. Stattdessen musterte ich ihn und fand, dass er nach wie vor gut aussah. Ein wenig kräftiger und mit ein paar Fältchen im Gesicht, die ich nicht kannte, aber nach wie vor attraktiv.

»Bestens.« Er wirkte verlegen, sein Lachen war eine Spur zu laut. »Dich muss ich nicht fragen. Du siehst umwerfend aus, Ruby.« Sein Blick streichelte mein Gesicht, fast wie früher. »Geht es … geht es dir gut?«

»Ja«, antwortete ich tapfer. »Mir geht es gut, Scott. Ich habe in London ein neues Leben gefunden.« Auch wenn das bereits in Scherben lag. Doch das würde ich ihm nicht auf die Nase binden.

Er nickte. »Und einen neuen Mann«, schlussfolgerte er leise.

Was stellte er sich vor? Dass ich ihm ewig hinterherweinte, während er ein Kuckuckskind nach dem anderen begrüßte?

»Ja.« Ich dachte an Beau und wusste, dass meine Augen aufleuchteten. »Einen wunderbaren Mann.«

»Ich hoffe, er ist gut zu dir.« Seine Augen flackerten zur Seite. Nervös lachte er und winkte. Ich folgte seinem Blick.

»Das ist mein Junge«, erklärte er und wirkte fast trotzig.

Ich betrachtete den Kleinen, der an der Hand seiner Mutter die ersten unsicheren Runden drehte. Die Leute hatten recht. Da war keinerlei Ähnlichkeit mit Scott, und selbst ich musste sofort an Greg Bardon denken, den man als tatsächlichen Vater verdächtigte. Und dazu musste ich gar nicht auf die roten Locken achten, die unter der Pudelmütze hervorlugten. Beatrice richtete sich auf und sah zu uns herüber. Ich erwiderte ihren Blick und hob zögernd die Hand zu einem Gruß. Sie nickte und drehte sich weg.

»Dein Sohn«, sagte ich und sah Scott wieder an.

»Ruby, was damals passiert ist …«

Ich hob die Hand erneut. »Ist passiert.« Sein Blick war so schmerzerfüllt, dass ich nachgab. »Vielleicht musste es so kommen, Scott. Vielleicht hatte es etwas Gutes. Wir beide sind darüber hinweg. Es sollte einfach nicht sein. Und du bist jetzt glücklich. Du hast eine Familie, genau, wie du es wolltest.«

Scott schluckte. »Fast wie ich es wollte, Ruby.« Einen Moment schaute er mir in die Augen, und ich konnte sehen, wie etwas darin aufflackerte, was ich früher zu gut gekannt hatte. Dann räusperte er sich und das Flackern erlosch. »Beatrice ist eine gute Frau. Sie liebt mich. Sie tut alles für mich.«

O ja, dachte ich. *Das sieht man.* Und vermutlich tat sie es wirklich aus Liebe. Vermutlich tat sie mehr für ihn, als ich gekonnt hätte. Denn das wäre für mich unmöglich gewesen, ihm eiskalt die Kinder eines anderen unterzuschieben. Mich von einem anderen Mann schwängern zu lassen, um ihn glücklich zu machen und ihn an mich zu binden.

»Du musst das verstehen, Ruby. Ich hatte keine Wahl. Jedes Mal, wenn Barry mir lachend entgegengerannt kommt, weiß ich, dass ich richtig gehandelt habe. Auch wenn Beatrice seine Mutter ist und nicht du. Denn du bist noch immer …«, sagte Scott leise.

»Ich bin noch immer nicht Mutter«, warf ich bestimmt ein. Ich wollte das nicht mehr hören, und ich musste es nicht mehr hören. Scott hatte viel zu lange mein Leben dominiert. Ich blickte ihn an und wusste, dass ich endlich damit abschließen konnte. Ich konnte ihn ansehen, und er war einfach ein Mann, der nicht mehr zu meinem Leben gehörte. Der seine Wahl getroffen hatte und sie zwar auf der einen Seite bereute, sich aber im Zweifelsfall noch einmal so entscheiden würde. Obwohl er wusste, was er dafür aufgeben musste.

»Du hast die richtige Entscheidung getroffen. Ich hätte dir nie das schenken können, was Beatrice für dich getan hat. Und wenn wir ehrlich sind, dann hat es eben einfach nicht gereicht, denn sonst wäre alles anders ausgegangen. Man hat immer eine Wahl, egal, wie kompliziert die Situation ist.« Ich holte tief Luft.

Sein Blick offenbarte eine gewisse Scham, und wieder flackerten seine Augen unruhig zu seiner Familie hinüber.

»Es war nett, Scott, aber ich muss los. Ich wünsche dir alles Gute.«

Ich spürte seinen Blick in meinem Rücken, als ich in einem eleganten Bogen zu meiner Familie zurückkurvte und drüben an der Bande wieder stoppte. Mum betrachtete mich genau.

»Was wollte er?«, fragte sie prompt.

»Nur wissen, wie es mir geht«, erwiderte ich leichthin und lächelte.

»Bestens. Dann weiß er jetzt, wie gut es dir geht. Dass du einen tollen Job und einen noch tolleren Mann hast.«

Nun ja, zumindest eines davon stimmt, dachte ich.

»Und er weiß wieder, was er nicht mehr hat. Er kann sagen, was er will, aber er ist nicht glücklich. Er zahlt einen hohen Preis.«

Das, dachte ich nachdenklich, *mag stimmen*. Aber nach wie vor hielt er daran fest, dass es richtig gewesen war. Und damit war es das auch.

»Du hast mir nicht mitgeteilt, dass er wieder Vater geworden ist«, sagte ich und sah Mum an.

»Weil wir beide wissen, dass es eine Lüge ist.« Mum schniefte. »Weil ich meiner Tochter nicht sagen wollte, dass er so dumm war, sich erneut an der Nase herumführen zu lassen.«

»Ich glaube«, überlegte ich laut, »dass er das weiß. Aber dass er einfach nicht dagegen ankommt. Er will es so sehr. Er wollte es immer so sehr. Viel mehr als mich. Er konnte nicht beides haben, und er hat seine Wahl getroffen.«

»Eine dumme Wahl«, beschied Mum und rückte ihre Mütze zurecht. »Aber du hast recht. Manchmal hat man einfach keine Chance.«

Kapitel 44

Ich war froh, als ich nach den Feiertagen wieder zurück nach London fuhr. Obwohl ich ein paar Mal fast vergessen hatte, was mich erwartete, war es anstrengend gewesen, die Maske aufrechtzuhalten. Das Treffen mit Scott hatte mich nachdenklich gemacht und mir wieder einmal gezeigt, wie das so war mit den Chancen im Leben, wie schnell sich alles anders entwickeln konnte.

Einzig meine wunderbare Familie würde ich vermissen. Diese verrückten, liebenswerten Menschen, die wiederum mich liebten, genau so, wie ich war. Mum, die mich mit ihren Aktionen dazu brachte, für ein paar selige Augenblicke alles zu vergessen. Bis ich abends in meinem alten Kinderzimmer lag und dabei zuhörte, wie Joanna leise atmete und Filly sanft schnarchte. Dann kam wieder alles zurück, und ich fragte mich bange, was das anstehende neue Jahr wohl an unangenehmen Momenten und Erkenntnissen für mich bereithalten würde. Vermutlich musste es sich mächtig ins Zeug legen, um das zu toppen, was das ablaufende mir alles beschert hatte. *Nein*, dachte ich und versuchte, meinen alten Trotz wiederzufinden. Ich sollte zuversichtlich sein, denn schlimmer konnte es nicht werden. Und immerhin hatte das Jahr mir auch Beau geschenkt, und das wog alles andere auf.

Zurück in London merkte ich jedoch, dass es durchaus noch schlimmer kommen konnte. Am vorletzten Tag des Jahres saß ich an unserem Küchentisch und bemühte mich vergeblich, mir nicht die Augen auszuheulen. Heute war der Tag, auf den wir uns alle gefreut hatten. Heute sollten wir in einer feierlichen Zeremonie unsere Diplome erhalten. Ab heute waren wir offiziell keine Trainees mehr.

Ich stand auf, als es an der Tür klingelte. Ich hoffte wider besseres Wissen, dass es Beau war, dass er ahnte, wie sehr ich ihn in diesem Moment brauchte. Aber er war es natürlich nicht. Er hielt gerade jetzt eine Rede, gratulierte den anderen zu ihrem Abschluss, feierte mit ihnen die endgültige Aufnahme in die *Jola*-Familie. Mir dagegen starrte nur der Postbote entgegen, einen dicken, großen Umschlag in der Hand.

»Einschreiben für Mrs Ferguson«, nuschelte er gelangweilt und ließ mich den Erhalt der Sendung quittieren.

Es war nicht schwer zu erraten, wer der Absender war, denn das Firmenlogo prangte dick darauf. Ich starrte ihn lange an, ehe ich ihn endlich öffnete. Mein Diplom rutschte heraus und landete auf dem Tisch. Ich hob es mechanisch auf und dachte daran, wie die anderen es genau jetzt aus Beaus Händen entgegennahmen, wie sie strahlten und er ein paar Worte sagen würde, wie großartig sie das gemacht hatten, wie sehr es ihn freute, dass sie alles gegeben hatten. Das dicke Papier glitt mir aus den Händen, und ich bemerkte, dass da noch mehr Unterlagen gewesen waren. Langsam griff ich nach dem zweiten Schriftstück und starrte auf mein Arbeitszeugnis.

Mrs Rutherford hatte ihr Versprechen eingehalten. In lobenden Worten wurden mein Einsatz und mein Engagement gepriesen. Es war keine Formulierung zu finden, die darauf hindeutete, dass ich mich falsch verhalten hatte. Tränenverschleiert las ich den letzten Satz: *Mrs Ferguson verlässt das Unternehmen auf eigenen Wunsch. Wir bedauern ihre Entscheidung sehr und danken ihr für die stets ausgezeichnete und kollegiale Zusammenarbeit.* Ich wusste, dass das eine Handreichung war, dass ich glücklich sein sollte, dass man mir nicht noch mehr Steine in den Weg legte und mit diesem Zeugnis die Chance gab, anderswo neu anzufangen. Aber als ich die Formulierung las, hätte ich am liebsten alles direkt wieder von mir gegeben, was ich heute gegessen hatte.

Als Beau an diesem Abend erschien, einen Blumenstrauß von gigantischen Ausmaßen in der Hand, war mir nicht nach Feiern zumute. Zum ersten Mal kostete es mich mehr Kraft, als ich hatte, um so zu tun, als wäre ich Herr dieser beschissenen Lage.

»Sie wirft uns vor, gelogen zu haben. Und ja, sie hat recht. Aber das hier?« Ich wedelte mit dem Papier durch die Luft. »Ist das nicht auch verlogen?«

»Das ist es«, bestätigte Beau leise.

»Aber sie darf das.«

»Sie versucht, dir entgegenzukommen.«

»Klar.« Ich warf das Blatt auf den Tisch.

»Ruby«, sagte Beau behutsam. »Ich verstehe dich, wirklich. Aber bitte, lass nicht zu, dass es zwischen uns beide tritt. Du hast deinen Job verloren. Aber nicht mich. Oder zähle ich nichts ohne die Anstellung?«

Ich starrte ihn einen Moment lang fassungslos an. »Wie kommst du denn darauf?«

Er schüttelte den Kopf. »Es ist dumm. Ich weiß nicht, wieso ich das gesagt habe. Heute hätte dein Tag sein sollen. Die anderen haben es so bedauert, dass du nicht dabei warst. Sie sind alle der Meinung, dass du wirklich schwer krank sein musst, weil du diesen Termin verpasst hast, und wenn nächste

Woche bekannt wird, dass du gar nicht mehr kommst …« Er brach ab, und ich sah, wie schwer ihm diese Worte gefallen waren. »Glaubst du nicht, dass ich genauso leide – jeden Tag? Dass ich nicht alles tun würde, wenn ich es dadurch ändern könnte? Wenn ich die Zeit zurückdrehen und es anders machen könnte?«

»Doch. Doch, das glaube ich«, antwortete ich und schlang meine Arme um ihn.

»Ich brauche dich, Ruby«, flüsterte er an meinem Ohr. »Du ahnst gar nicht, wie sehr ich dich gerade brauche. Zeig mir, dass sich zwischen uns nichts geändert hat.«

Am nächsten Morgen verabschiedete sich Beau lange, bevor es hell wurde. Er hatte einen herausfordernden Tag vor sich und wollte noch in seiner Wohnung vorbeifahren, um zu duschen und sich umzuziehen.

Ich blieb liegen, auch wenn ich keinen Schlaf mehr fand. Ich hörte, wie Pen und Maisie aufstanden und in der Küche leise und ziemlich ausufernd zu diskutieren schienen. Ich wartete, bis es ruhig wurde, und spähte auf die Uhr. So langsam wurde ich unruhig, ich musste dringend aufs Klo. Ich hörte eine Tür schlagen und seufzte erleichtert. Auch mit meinen beiden Mitbewohnerinnen würde ich endlich reden müssen, aber das schob ich seit meiner Entlassung vor mir her.

Ich huschte ins Bad und beschloss, gleich zu duschen, wenn ich schon hier war. Anschließend wickelte ich mich in mein Handtuch, kämmte meine Haare und trottete in die Küche, um mir einen Kaffee zu machen. Mein Herz machte einen entsetzten Satz, als ich den Raum betrat und nicht wie erwartet alleine war.

Pen saß am Tisch und starrte mir entgegen. In der Hand hielt sie die Dokumente, die ich gestern Abend dummerweise vergessen hatte. »Was geht hier ab?« Sie wedelte mit dem

Zeugnis. »Und sag erst gar nicht, dass es seine Ordnung hat. Das hat es nicht.«

Ich sagte nichts.

»Wieso verlässt du auf eigenen Wunsch das Unternehmen? Du würdest es nie verlassen. Nicht freiwillig.«

Ich ging zur Kaffeemaschine und befüllte sie umständlich.

»Ruby! Verdammt, rede mit mir. Denkst du, wir sind blöd? Deine Krankheit, die keine ist, und dann das?« Sie machte eine kleine Pause. Als sie weiterredete, klang ihre Stimme fast sachlich. »Ihr seid aufgeflogen, oder? Ihr seid aufgeflogen, und jetzt bist du raus.«

Ich sagte immer noch nichts.

»Und er ist es nicht«, spekulierte sie.

Wieder musste ich nichts sagen. Sie konnte es mir ansehen. Sie sprang auf, kam herüber und legte ihre Arme um mich. Ich spürte, wie ich anfing zu beben, und konnte die Tränen nicht mehr aufhalten. Pen drückte mich noch fester an sich und wartete schweigend, bis der erste Anfall abebbte.

»Was ist passiert?«, fragte sie wieder, sehr sanft dieses Mal, und sah mich forschend an.

»Ich kann nicht drüber reden«, flüsterte ich.

»Natürlich kannst du. Du musst es sogar. Du kannst das doch nicht alles in dich hineinfressen. Maisie und ich machen uns seit Tagen Sorgen um dich.«

Sie wartete, ob ich etwas erwidern würde, dann seufzte sie.

»Ruby, was ist passiert? Hat Beau …?«

»Nein«, unterbrach ich sie. »Es ist nicht seine Schuld.«

»Aber dich haben sie rausgeschmissen. Ihn nicht, was?«

Ich nickte stumm.

»Und weshalb?«

»Ich darf nicht darüber reden. Ich habe eine Erklärung unterschrieben«, gestand ich endlich.

Pen schnaubte. »Genau so etwas habe ich befürchtet. Ruby, das darfst du dir nicht bieten lassen. Die machen dich zum Sündenbock, weil du ein kleines Licht bist und er der Chef. Das ist eine himmelschreiende Ungerechtigkeit. Nein, das ist zum Kotzen, um ehrlich zu sein.«

»Nein«, widersprach ich, aber sie kam gerade so richtig in Fahrt.

»O doch. Ruby, so können die nicht mit dir umgehen. Er hängt da genauso drin. Du hast ihn nicht abgefüllt und in dein Bett gezerrt oder mit einem Liebestrank wahnsinnig gemacht oder dich gegen seinen Willen auf ihn gestürzt und ihn zu Sachen gezwungen, die er nicht wollte. Im Gegenteil, wenn ich mich recht erinnere, dann war er es, der dich angebaggert und diese Nacht ausgenutzt hat. Er hat das Ganze begonnen, er hat dich verführt. Und nun sollst du die Zeche zahlen?«

»So ist das nicht.« Ich ließ mich auf einen Stuhl sinken. »Wenn jemand herausbekommt, dass ich dir das erzähle, dann sind wir beide geliefert. Du darfst es keinem verraten.«

Sie wirkte unschlüssig, und ich wusste, was sie dachte.

»Keinem außer Maisie. Versprich es mir. Ihr beide, euch vertraue ich. Ihr würdet mich niemals noch tiefer in die Scheiße reiten.«

Pen hatte schweigend zugehört, und ich sah, wie viel sie das kostete. Schließlich nickte sie grimmig.

»Und er denkt wirklich, dass er das richten kann?«

»Ja.«

»Und du? Glaubst du das auch?«

»Nein«, seufzte ich. »Nein, das wird er nicht. Aber ich habe keine Wahl, Pen. Wenn ich nicht mitspiele, werde ich auch ihn verlieren.«

»Ist es das wert? Ist er das wert?« Sie starrte mich eindringlich an.

Ich hob den Blick und sah sie fest an. »Ja. Ja, das ist er.«

»Dann«, sagte sie und lächelte ein trauriges Lächeln, wie ich fand. »Dann hoffe ich, dass er wirklich eine Möglichkeit findet, das wiedergutzumachen.«

Beau bemühte sich nach allen Kräften, eine Möglichkeit zu finden, das erkannte ich. Aber er bekam dabei Steine in den Weg gelegt, mit denen wir nicht gerechnet hatten. Vielleicht hätte ich Pen erzählen sollen, dass auch er nicht ungestraft davonkam, aber ich hatte die beiden gebeten, das Thema ruhen zu lassen, mir Zeit zu geben, um herauszufinden, wie es für mich jetzt weitergehen sollte. Pens Augen hatten sich einen Moment geweitet, als sie hörte, wie hoch die Abfindung war, die ich erhalten hatte – nicht offiziell, denn offiziell gab es keinen Grund, mir eine zu zahlen. Das Geld wurde von Mrs Rutherfords Privatkonto überwiesen, was mir einen Stich versetzt hatte. Es war als *Ausgleich privater Dienste* deklariert. Ich fühlte mich wie eine Hure, denn nichts anderes als Liebesdienste waren meine *privaten Dienste* ja gewesen. Auch wenn ich das nicht wollte, schaffte sie es, dass ich mich schmutzig fühlte.

Beau wurde es ebenfalls nicht leicht gemacht. Wir sahen uns kaum noch, weil er bis über beide Ohren mit Arbeit überhäuft wurde. Er saß den ganzen Tag im Büro, seine Filialen wurden vorübergehend von Kollegen betreut, und ich wusste, dass das seine Strafe war. Seine Strafe, weil er sich mit mir eingelassen hatte, und noch mehr, weil er mich nicht fallen ließ, als es herausgekommen war. Seine Mutter litt unter einer obskuren, ganz plötzlich aufgetretenen Krankheit, die sie angeblich ans Bett fesselte und ihn zwang, ihre Aufgaben zu übernehmen. Wenn wir uns trafen, sah er blass und müde aus, und mein Herz verkrampfte sich. So wie ich nicht mehr unbeschwert war, verlor er seine Energie, seine Kraft. Er war viel ernster als sonst. Mir fehlten seine spontane Art, sein Lachen, seine Herausforderungen.

Und meine Angst, dass er irgendwann erkennen würde, dass dies meine Schuld war, wuchs beständig. Mrs Rutherford hatte nicht übertrieben. Sie hatte Mittel und Wege gefunden, ihm sein zukünftiges Leben zu zeigen, wenn er an mir festhielt. Und ich war überzeugt, dass mein endgültiges Ausscheiden aus seinem Leben ihre wundersame Genesung zur Folge haben würde.

Als wir aufflogen, hatte ich gedacht, dass wir dadurch wenigstens die Heimlichkeiten hinter uns hatten, aber das war ein Trugschluss gewesen. Natürlich hatten wir die nicht hinter uns, denn wenn wir uns jetzt zueinander bekannten, dann würden die Gerüchte nur so aus dem Boden sprießen. Also trafen wir uns immer noch nur heimlich, und da er morgens nie wusste, wann er abends aus dem Büro kam, im Regelfall bei mir. Manchmal, sofern es nicht zu spät war, holte er mich ab, und wir verbrachten den Abend bei ihm, ehe er mich am nächsten Morgen wieder vor meiner Tür absetzte. Er bot mir an, dass ich in seiner Abwesenheit dortbleiben und auf ihn warten könne, aber das wollte ich nicht. Ich wäre mir noch mehr wie eine Geliebte vorgekommen, die nur auf ihren Gönner wartete, noch schmutziger, obwohl es an unserer Liebe nichts Schmutziges gab.

»Nur noch ein paar Wochen, Ruby«, versicherte mir Beau und sah mich mit angespanntem Gesicht an. »Dann sind die ersten Wogen geglättet. Es ist nicht gerade förderlich, dass deine Kündigung recht viel Aufsehen erregt hat. Niemand versteht es, wie auch, und die Leute tuscheln, was nicht gut ist.«

Ich nickte. Charlotte und Leo hatten mich bereits mehrfach angerufen. Es war mir unsagbar schwergefallen, ihnen gegenüber diese Lüge aufrechtzuerhalten.

»Es ist mir alles zu viel geworden«, erklärte ich immer wieder und überhörte ihr ungläubiges Schnauben.

»Was ist mit den anderen Mentoren? Wissen sie Bescheid?«, fragte ich Beau.

»Nein, niemand weiß es, und sie reden auch nicht. Sie haben es hingenommen«, erwiderte er ausweichend, und ich konnte mir vorstellen, dass auch sie sich ihre Gedanken machten.

»Spätestens im Frühjahr werden wir uns endlich nicht mehr verstecken müssen. Dann ist eine angemessene Zeit vergangen. Wir werden sagen, dass wir nach der Kündigung in Kontakt geblieben sind, weil ich dich überreden wollte zurückzukehren. Und dass wir uns in dieser Zeit verliebt haben. Damit verstoßen wir gegen keine Regel, und sie kann nichts dagegen tun. Nur noch ein paar Wochen«, wiederholte er den Satz, der langsam zu unserem Mantra wurde. »Dann wird alles besser.«

Kapitel 45

Leider wurde es nicht besser, je mehr Zeit verging, sondern immer nur noch schlimmer. Ich hatte keinen Versuch unternommen, einen neuen Job zu finden. Ich log meine Familie an, erzählte ihnen erfundene Geschichten aus meinem Arbeitsleben. Ich hatte den Kontakt zu Charlotte und den anderen abreißen lassen, aus Angst, dass sie immer weiter nachbohrten, weshalb ich so etwas Dummes getan haben könnte – den Job zu kündigen, für den ich zuvor alles gegeben hatte.

Beau hatte in den letzten Wochen deutlich an Gewicht verloren. Er, der früher meine Kraftquelle gewesen war, mein Halt, ein Mann, der vor Energie strotzte und dem kein Tag zu lang sein konnte, brauchte nun bei mir seine letzte Kraft auf. Wenn ich ihm lauschte, mir die Berichte seines Tages anhörte und dabei sah, wie es ihm zusetzte, was gerade von ihm verlangt wurde, verkrampfte sich mein Herz. Er war nicht bereit, seiner Mutter alles vor die Füße zu werfen, das merkte ich. Er wollte auch mich nicht verlieren, das glaubte ich ihm ebenfalls. Aber anders als er begann ich einzusehen, dass er nicht beides würde haben können. Ich konnte das erkennen, denn ich hatte all das schon einmal erlebt. *Manchmal hat man keine Chance*, hatte Mum gesagt.

Eines Morgens wachte ich auf und wusste plötzlich, was ich tun musste. Wie hatte ich diese Erkenntnis bisher unterdrücken, mich so lange dagegen wehren können, das zu kapieren, was hier passierte? Dieses Mal ging es nicht um eine Familie, sondern um einen Job, um eine Firma. Aber wieder konnte ein Mann nicht aus ganzem Herzen mich wählen, obwohl er mich liebte. Und um das Ganze zu krönen, stand auch dieser Mann unter dem Einfluss einer Frau, der er vertraute und die er ebenfalls liebte – und die alles dafür tun würde, dass ich am Ende die Verliererin war.

Nachdem mir das endlich klar war, beschloss ich, dass es dieses Mal anders ausgehen würde. Ich würde nicht mehr zusehen und hoffend abwarten und beten, dass sich das Schicksal auf meine Seite schlug. Ich würde ihm zuvorkommen. Beau hatte Zeit gehabt, sich zu entscheiden. Er hätte mittlerweile erkennen können, dass es nie gut endete. Er hatte, wie mir mit Schrecken klar wurde, schon einmal eine Liebe diesem Unternehmen geopfert. Aber nach wie vor konnte er sich nicht entschließen, sich ganz zu mir oder zu der Firma zu bekennen. Er war gefangen in einem Leben, das ihm nicht guttat, das ihn nach und nach vernichtete und ihn vielleicht zum ersten Mal vor eine Entscheidung stellte, die er nicht treffen konnte. Und auch wenn es mehr wehtat als alles andere, wusste ich, dass ich den einzigen Weg gefunden hatte, um ihn irgendwann wieder glücklich zu machen.

»Das ist nicht dein Ernst!« Beau sah mich an, das Gesicht entsetzt und fassungslos. Er lachte unsicher und kam einen Schritt auf mich zu.

Ich trat automatisch nach hinten und verschränkte meine Arme vor der Brust. Ich wusste, dass ich mindestens ebenso bleich wie er war und dass auch meine Miene angespannt sein musste. Ich war es nämlich, zum Zerreißen gespannt und voller

Entsetzen über das, was ich jetzt tatsächlich durchzog. Und mit einem Herzen in meiner Brust, das so sehr weh tat, dass ich einmal kurz aufkeuchte.

»Bleib stehen. Bitte. Und hör mir zu.«

»Nein. Ich höre dir erst dann wieder zu, wenn du sagst, dass das ein schlechter Witz war. Ruby …«

»Ich kann es nicht mehr.« Meiner Stimme war der Schmerz jetzt anzuhören, aber sie klang fest. »Beau, ich kann das nicht mehr. Ich kann nicht mehr mit dir zusammen sein.«

Er starrte mich mit wilden Augen an. »Ruby, wir haben so viele Opfer gebracht. Es sind nur noch ein paar Wochen, dann wird es wieder besser.«

»Wie lange sagst du das schon? Seit wie vielen Wochen hoffen wir, dass es besser wird?« Ich stellte mich dem Blick seiner Augen. Ich sah, wie es in ihnen aufflackerte, ein kurzes Aufzucken, dass ich recht hatte. »Es wird nicht besser werden, und du weißt es. Im Gegenteil, es wird mit jeder Woche schlimmer. Schau dich an, Beau. Sieht so ein Mann aus, dem es gut geht?«

»Nein«, gestand er leise. »Mein Gott, was erwartest du? Dass es mir gut geht, wenn du sagst, dass du mich nicht mehr sehen willst?«

»Das meine ich nicht, und du weißt das. Seit Wochen beobachte ich, wie du dich veränderst. Wie du schmaler wirst und grauer und weniger. Du bist nicht mehr der Mann, den ich kennengelernt habe.«

»Und deshalb willst du mich nicht mehr?«

Ich holte tief Luft und nickte. Es stimmte ja sogar. Auch wenn es anders war, als es klang. Aber vermutlich war es sogar besser, wenn er denken konnte, denken musste, dass es so einfach wäre.

»Ich dachte, du bist gerne mit mir zusammen. Ich dachte, dass du mich liebst.«

Ich zwang mich, seinen Blick ruhig zu erwidern. »Beau, die Zeit mit dir war wunderschön. Ich habe sie genossen, jede Sekunde.«

Er schwieg fassungslos.

»Aber die letzten Wochen … Du kannst es nicht leugnen, dass sich alles verändert hat. Ich sitze hier zu Hause und warte den ganzen Tag darauf, ob du ein paar Stunden Zeit für mich hast. Ich hocke hier wie eine billige Geliebte, die auf ein wenig Zuwendung hofft.«

»Ich habe dich nie wie eine billige Geliebte behandelt«, sagte er tonlos. »Was ist los mit dir, Ruby?«

»Ich will das alles einfach nicht mehr. Ich will nicht mehr am Rand stehen, mich nicht zeigen dürfen. Ich will nicht mehr zuhören, wie du mir versprichst, dass es besser wird, obwohl wir beide wissen, dass es nicht so kommt. Ich will dir nicht länger dabei zuhören, wie du von der Firma erzählst, von deiner Firma, die mich so behandelt hat. Du hältst mich hin, und das kostet mich Kraft. Kraft, die ich brauche, um endlich nach vorne zu sehen.«

»Ich dachte, wir beide sehen gemeinsam nach vorne. Ist es nicht das? Auch durch schwere Zeiten zu gehen?«

»Nur dass meine Zeiten schwerer sind«, betonte ich, obwohl ich wusste, dass es nicht stimmte. Sie waren nur anders schwer als seine.

»Ruby!« Er kam wieder einen Schritt näher, das Gesicht nach wie vor angestrengt, aber auch wachsam. Ich kannte diesen Ausdruck. Den hatte er, wenn er sich beinahe sicher war, und dann irgendwo in seinem Kopf etwas aufzuflackern schien. Ich hatte das öfter beobachtet. Es war wie ein Reflex, ein sehr gut ausgebildetes Warnsystem, das ihm suggerierte, dass an einer scheinbar klaren Situation irgendein Detail nicht stimmte. Es war eine Warnung, dass er nicht so einfach nachgeben würde, dass er nicht wirklich glaubte, was ich sagte. Dass er wusste, dass ich ihn belog.

»Ich weiß nicht, weshalb du das tust. Und erzähl jetzt nicht, du tust es für mich, denn das wäre ziemlich daneben.« Er streckte eine Hand aus und ich ließ es zu, wandte zwar den Kopf etwas zur Seite, verhinderte aber nicht, dass seine Finger dennoch mein Gesicht fanden, sanft die Rundungen meiner Wange nachzeichneten.

»Ruby, du bist das einzig Gute, das ich im Moment noch habe. Ich sitze den ganzen Tag in irgendwelchen Meetings fest. Ich arbeite bis spät in die Nacht und dauernd kommen neue Probleme dazu. Ich habe gerade wirklich keine gute Zeit. Und das Einzige, was mich da durchbringt, bist du. Der Gedanke, dass du auf mich wartest und mich in die Arme schließt. An deinen Mund und deinen Körper, dein Lachen und …«

Ich schloss die Augen. Für einen Moment wollte ich noch einmal seine Berührungen spüren, genießen, wie es sich anfühlte, von ihm geliebt zu werden. Er nahm es als Aufforderung und sein Mund war so plötzlich auf meinem, dass ich instinktiv reagierte, seinen Kuss erwiderte. Es war ein seltsamer Kuss, keine seiner zärtlichen Berührungen, die stets der Auftakt zu einem sinnlichen Spiel voller Leidenschaft gewesen waren. Dieser Kuss war von Beginn an hart und fordernd, verzweifelt und ohnmächtig. Seine Hände fuhren an meinen Hintern, und auch sie waren nicht wie sonst, packten viel zu fest zu, waren besitzergreifend und fordernd und wollten auslöschen, was mein Mund gesagt hatte. Es war ein Kuss, der zeigen sollte, wie sehr er mich wollte und wie hartnäckig er um uns kämpfte, und er machte das gut. Ich wusste, dass er jedes Wort so meinte, dass er mich brauchte, die Kraft, die er sich bei mir holte. Ich spürte es schon seit Langem, wie es sich verändert hatte, wie sich unsere Beziehung verändert hatte. Natürlich gab es auch Momente, in denen wir lachten wie früher, aber sie waren selten und kosteten so viel Anstrengung. Und wie oft war unser Liebesspiel genau wie jetzt gewesen, ein verzweifeltes

Aneinanderklammern, die Flucht vor dem, was vor der Tür auf uns wartete. Ein Aufbäumen, ein Festkrallen, ein Kraftakt.

»Ich brauche dich so sehr, Ruby«, stöhnte er noch einmal an meinem Ohr, und ich zwang mich, es hier und jetzt zu beenden, ehe ich meinem Herzen folgte und nachgab. Es musste jetzt sein, sagte ich mir.

»Nein, Beau. Es ist vorbei. Hast du jemals darüber nachgedacht, dass mir der Preis dafür zu hoch sein könnte?«

»Der Preis?« Beaus Augen waren schmal, als er zurückzuckte. »Der Preis wofür? Um mit mir zusammen zu sein?«

Ich antwortete nicht. Ich hatte mich einmal mehr an das andere Ende meines Zimmers geflüchtet, die Arme wieder vor der Brust verschränkt.

»Der Preis wofür, Ruby?«, wiederholte er langsam und fest. Ich kannte diese Stimme. Ich kannte sie aus unzähligen Gesprächen mit Mitarbeitern, aus Gesprächen mit mir, wenn er klarstellen wollte, dass er nicht nachgab, ehe er eine befriedigende Antwort bekommen hatte.

»Der Preis für mich, Beau. Für all das, was du so begehrst.« Ich ließ eine Hand fast nachlässig an meinem Körper hoch- und runtergleiten und zwang mich dabei, nicht ihn zu sehen.

»Nein«, sagte er, und jetzt war er es, der einen Schritt nach hinten machte, weg von mir. »Nein, Ruby. Du lügst.«

Ich sagte nichts mehr. Ich hatte alles gesagt, was ich sagen konnte. Ich hatte das Allerschlimmste gesagt, was ich sagen konnte. Und ich hatte gelogen, natürlich. Ich drehte mich um.

»Geh bitte, Beau. Danke für die schöne Zeit.« Meine Stimme klang wie die einer anderen. Ich schloss wieder die Augen und biss mir so fest auf die Unterlippe, dass ich Blut schmeckte. Als die Tür zuschlug, wartete ich noch einen Augenblick, ehe ich auch die Wohnungstür hörte. Dann erst gestattete ich mir zusammenzubrechen.

Kapitel 46

Obwohl ich mir sicher war, dass ich das Richtige getan hatte, war ich oft genug nahe dran, ihn anzurufen, um ihm zu versichern, dass ich das alles nicht gemeint hatte. Ich vermisste ihn so sehr, dass ich nichts anderes mehr fühlen konnte. Ich stand am Fenster, wenn er abends unsere Türklingel an den Rand des Möglichen brachte. Ich blockierte seine Nachrichten, weil ich nachgegeben hätte, wenn ich sie lesen würde. Ich verließ die Wohnung nicht mehr, ich aß nicht mehr, ich tat gar nichts mehr. Ich las keine Zeitungen mehr, weil ich Angst hatte, dass mir dort die *Jola*-Werbung entgegensprang. Pünktlich am Tag, nachdem ich ihm all diese schrecklichen Dinge gesagt hatte, hatte ich sie müde aufgeschlagen und auf die Werbeanzeige gestarrt. Da waren sie, all die wunderschönen BHs, die ich vor einem Dreivierteljahr mit ihm in jener Mappe betrachtet hatte, und von denen er so vehement überzeugt gewesen war, dass sie es nie ins Sortiment schaffen würden.

»Würdest du sie kaufen?«, hatte er gefragt, und ich hatte genickt. Nun, ich würde es nicht tun, weil ich keinen Fuß mehr in die Läden setzen konnte. Einen Moment lang stellte ich mir vor, wie ich sie kaufen und tragen und ihn fragen würde, ob es nicht zu schade gewesen wäre, sie nicht zu nehmen. Energisch brach ich das Kopfkino ab, in dem er mich in seine Arme zog und mir zuraunte, dass das mein Verdienst wäre, dass er meiner Einschätzung Gewicht beimaß, und dabei langsam den zarten Träger über meine Schultern schob und sich seine Augen verdunkelten, als er nach dem Strumpfhalter tastete. Stattdessen ließ ich die Zeitung fallen, als würde sie mich verbrennen, und schwor mir, keine mehr anzurühren.

Ich kümmerte mich nicht mehr darum, einen anderen Job zu finden. Ich lag den ganzen Tag auf dem Sofa und sah mir alte Filme an. Filme, die ich mein Leben lang geliebt hatte und die mich jetzt noch mehr hinabzogen. Dennoch tat ich es, denn sie zeigten mir, wie dumm ich gewesen war. Diese ganzen hübschen jungen Dinger, die mit aller Macht daran glaubten, dass das Leben es gut mit ihnen meinte. Dass es für jeden das Glück gab. Dass man ihn irgendwann traf, den Einen, der es perfekt machte, und dass dann alles gut wurde. Nichts wurde gut, das Leben war nicht freundlich und voller Chancen. Diese Filme logen, sie endeten einfach, wo es ihnen passte. Sie endeten, wenn die Heldin endlich mit ihrem Geliebten in einen Fahrstuhl trat und sich die Türen diskret schlossen, während die beiden in einem Kuss versanken, der die Herzen zum Dahinschmelzen brachte. Aber anders als im Film öffneten sich im wahren Leben diese Türen wieder, und das Leben sah ihnen zu, bei diesem verbotenen Kuss, und es ging, um sie zu verraten. So war es in Wirklichkeit.

Wenn es Zeit war, dass meine Mitbewohnerinnen heimkommen mussten, verschwand ich in meinem Zimmer, um sie nicht sehen zu müssen. Das klappte natürlich nicht, denn sie ließen sich nicht so einfach wegsperren wie Beau. Ich versuchte, ihnen einmal mehr vorzumachen, ich sei krank. Ich sah bescheiden genug aus, dass es stimmen konnte, und ich fühlte mich schlechter, als ich mich jemals wegen einer Krankheit gefühlt hatte. Aber sie waren nicht dumm, und es war natürlich nicht hilfreich, dass Beau jeden Abend vor der Tür stand und unaufhörlich klingelte, sodass das ganze Haus es mitbekam. Und ich dann panisch zur Tür rennen musste, um sie daran zu hindern, ihn hereinzulassen.

»Was ist los«, fragte Pen.

»Wir haben uns gestritten«, gab ich zurück.

»Worüber?«

Ich schüttelte den Kopf. »Das geht dich nichts an.«

»Ich denke, dass es mich durchaus etwas angeht, wenn er an meiner Tür klingelt wie ein Irrer. Offensichtlich will er sich aussprechen.«

»Ich nicht.«

Pen kniff die Augen zusammen und warf einen schnellen Blick hinüber zu Maisie. »Und weshalb nicht?«

»Ich will es eben nicht, okay? Es ist nicht deine Sache.« Damit verschwand ich wieder in meinem Zimmer.

Sie gaben mir eine halbe Stunde, ehe sie nachkamen.

»Okay. Jetzt erzähl, was wirklich los ist.« Die beiden hatten sich wohl geeinigt, Maisie das Reden zu überlassen. Ihre Stimme war leise und sanft, Balsam und gleichzeitig tödlich. Sie wussten, dass ich dieser Stimme nicht widerstehen konnte. Ich gab nach und gestand ihnen, was ich getan hatte.

»Aber wieso? Ruby, um Himmels willen, du liebst diesen Mann!«

Ich nickte.

»Und er liebt dich. Ihr habt so vieles aufgegeben. Wie kannst du jetzt …«

»Wie ich das kann? Wie kann ich es nicht tun? Habt ihr ihn mal gesehen in der letzten Zeit? Er ist nicht mehr er selbst. Und es ist meine Schuld. Solange er mit mir zusammen ist, wird er leiden müssen. Sie macht ihm das Leben zur Hölle. Sie weiß genau, wie sie ihn trifft, und deshalb fesselt sie ihn ans Büro.

Er ist hin- und hergerissen, zwischen mir und der Firma. Und er wird nie beides haben können, nicht so, wie er das will. Sie hat es ihm gesagt, dass auch er büßen muss, und verdammt, das muss er.«

»Und da kommst du und beschließt, ihn noch ein wenig mehr leiden zu lassen? Er hat doch gezeigt, dass er zu dir steht. Was willst du noch?«

»Ich will, dass er wieder glücklich wird. Dass er wieder das Leben bekommt, das er will und das er verdient.«

»Und wenn du dazugehörst?«

»Ich werde nie dazugehören. Ich werde nie wirklich ein Teil davon sein dürfen. Versteht das doch. Beaus Leben ist die Firma. Sie ist seine erste und größte Liebe. Das ist in Ordnung, ich käme damit klar. Aber ich bin in dieser Firma nicht nur unerwünscht, ich bin verhasst. Ihr habt es nicht mitbekommen. Ihr habt nicht gesehen, wie seine Mutter mich ansah. Ihr wisst nicht, wie sie wirklich ist, was sie von mir denkt. Sie wird alles tun, um zu verhindern, dass wir ein Paar sind. Und solange wir das sind, wird sie dafür sorgen, dass es ihm nicht gut geht. Wenn Beau bei mir bleibt, wird es ewig so weitergehen. Er wird sich entscheiden müssen.«

»Und deshalb denkst du, dass du ihm diese Verantwortung abnehmen musst?«

»Er wird mich irgendwann hassen. Weil er es hasst, was er tun muss. Weil er viel zu viel opfern muss.«

»Und du? Was hast du alles geopfert? Und jetzt war es umsonst?«

»Es war nicht umsonst«, flüsterte ich. »Aber ich kann das nicht mehr. Ich habe das alles bereits hinter mir. Ich hatte es schon einmal mit Scott. Eine Liebe, gegen die sich alles verschworen hatte. Eine Liebe, die gegen alles ankämpfte. Von der ich dachte, sie sei groß genug, um zu siegen, um alles andere zu bezwingen. Aber das tut sie nicht. Lieben ist bequem, solange es nicht zu viel verlangt. Aber irgendwann reicht das nicht mehr. Es hat damals nicht gereicht, und es reicht heute nicht. Ich kann das nicht noch einmal durchmachen. Ich kann nicht noch einmal hoffen, bis es zu spät ist. Und ich will nicht zusehen, wie Beau das langsam begreift. Wie er merkt, was es ihn kostet, mich zu lieben. Ich will es nicht mehr erleben, dass ich gesagt bekomme, dass es nicht ausreicht.«

Maisie warf Pen einen Blick zu, dann nahm sie mich sanft in die Arme. »Aber wenn es nicht so ist? Wenn du ihn unterschätzt?«

Ich schüttelte den Kopf. »Das hier ist kein Film. Es ist mein Leben, und ich entscheide. Ich muss das tun, damit wir beide irgendwann wieder glücklich werden können.«

Ich hatte meinen beiden Freundinnen mehr gesagt, als ich eigentlich gewollt hatte. Der Plan war nicht gewesen, ihnen all das zu beichten, sondern ähnlich wie bei Beau zu behaupten, dass mir der Preis einfach zu hoch sei. Dann hätten sie mich vielleicht ähnlich verachtet, wie er das bald tun würde, aber sie hätten mich möglicherweise auch in Ruhe gelassen. So musste ich ständig darüber sprechen, was es nicht leichter machte. Zumal es da diesen einen Rest gab, den ich selbst ihnen nicht anvertrauen konnte.

Maisie fragte immer wieder, wie ich mir so sicher sein könne, dass Beau ohne mich glücklicher sein würde als mit mir. Sie ist eine schrecklich romantische Seele und konnte das einfach nicht verstehen. Wie auch? Für sie hatte das alles perfekt gewirkt, der erfolgreiche, smarte Mann, gut aussehend, selbstsicher. Der mit jedem Blick zeigte, was er fühlte. Der mich nicht fallen ließ, als wir aufflogen, weiterhin kam und zu mir stand. Ich aber wusste, dass da ein kleines Detail war, das alles überwog.

Bei Scott hatte ich bis zum Ende geglaubt, wir würden es schaffen. Und dann wurde ich so hart ins Leben zurückgeworfen, dass ich jahrelang fürchtete, daran zugrunde zu gehen. Das hatte etwas mit mir gemacht, viel nachhaltiger, als ich damals erkannte. Und jetzt spürte ich diese Nachwirkungen mit aller Macht. Aber die ganze Zeit davor, als ich mit Scott verheiratet war, hatte mich eines getragen: seine Liebe. Scott hatte mir jeden Tag gesagt, dass er mich mehr liebte als alles andere. Diese Worte waren es gewesen, die mir meinen Glauben gaben, bis zuletzt.

Beau dagegen hatte diese Worte nicht ein einziges Mal ausgesprochen. Er hatte es gezeigt, o ja, mit jedem Blick, jedem Kuss, jeder Berührung. Er hatte unzählige Möglichkeiten gefunden, es auszudrücken. Und er hatte viele schöne Worte gefunden, um es zu umschreiben. Er hatte geschwärmt, dass er mich begehrte, mich bezaubernd fand. Dass er verrückt nach mir sei, mich vermisste, wenn er mich nicht sah. Er hatte beteuert, dass jede Minute ohne mich vergeudet sei, dass ich wunderschön wäre, heiß, und dass ich ihm guttun würde. Und immer wieder hatte er behauptet, dass er mich bräuchte, meinen Körper, mein Lachen. Aber nie, nicht ein einziges Mal, hatte er es geschafft, diese einfachen drei Worte auszusprechen: *Ich liebe dich*. Nicht einmal, als ich Schluss gemacht hatte. *Du liebst mich*, hatte er gesagt. Aber nie, dass er es ebenfalls tat. Vielleicht war das kleinlich, aber wenn er es nicht schaffte, das zu sagen, dann hatte das einen Grund.

Einmal, ein einziges Mal, hatte ich ihn direkt danach gefragt. Wir lagen im Bett, es war, bevor dieser Albtraum losbrach. Wir hatten miteinander geschlafen, mitten am Tag, die Sonne schien hell ins Zimmer und alles war perfekt. Ich liebte es, ihn so sehen zu können, das Haar zerzaust, dieser Ausdruck in seinem Gesicht, der zeigte, dass er rundum zufrieden und glücklich war, und dieser ganz spezielle Glanz, den seine Augen immer hatten, nachdem wir Sex gehabt hatten. Ich strich über seine Brust, malte kleine Herzen darauf, und Beau stöhnte zufrieden.

»Liebst du mich?«, hatte ich ganz spontan gefragt und gelacht.

Er grinste. »Schon wieder? Hast du eben nicht genug bekommen? Nun, dann …« Er hatte sich blitzschnell herumgeworfen und auf mich geschoben. »Du hast es nicht anders gewollt.«

»Nein«, rief ich lachend und wand mich unter seinen Händen. »Ich meine das ernst. Liebst du mich, Beau?«

»Und wie, Babe«, hatte er gestöhnt und dabei schon begonnen, seine Hüften stoßen zu lassen, mich auszufüllen und abzulenken. »Spürst du das etwa nicht?«

Damals dachte ich, dass ich es spürte. Aber heute wusste ich, dass er mir ausgewichen war. Ich zweifelte nicht, dass er Gefühle für mich hatte, echte, tiefe Gefühle. Aber ich wusste nicht, ob es wirklich Liebe war. Und deshalb war ich mir sicher, dass er irgendwann darüber hinweg sein würde, schneller als ich und mit weniger Verletzungen. Denn ich hatte es ihm gesagt, immer wieder. Und ich hatte es aus tiefstem Herzen gemeint.

Kapitel 47

Nach zwei Wochen gab er auf. Er stand plötzlich nicht mehr vor unserer Tür, und ich musste feststellen, dass das noch schlimmer war, als ihn zu sehen und zu wissen, dass ich ihn nicht hereinlassen durfte. Obwohl ich behauptet hatte, dass ich den Tag herbeisehnte, an dem er mich in Ruhe ließ, war es ein Schock, der mich noch tiefer hinabriss. Ich wusste nicht, ob er noch schrieb oder anrief, weil ich ihn immer noch blockiert hatte. Ich zwang mich, mir einzureden, dass ich jetzt endlich frei wäre, endlich beginnen konnte, nach vorne zu sehen. Aber mit einem gebrochenen Herzen sah man nicht in eine bessere Zukunft, sondern nur hinein in endlose Tage voller Schmerz und Sehnen.

Was hätte ich auch anpeilen können in einer Welt ohne ihn? Nachdem Scott mich verlassen hatte, hatte ich mich in meinen Traum geflüchtet, erfolgreich zu werden. Nun ja, zumindest, endlich meinen Schulabschluss nachzuholen, mein Studium zu schaffen und eine Stelle im Traineeprogramm zu ergattern. Ich war nach London gegangen, um mir ein neues Leben aufzubauen, hatte da die besten Freundinnen der Welt gefunden und so hart gekämpft. Und endlich einmal schien mich das Leben dafür zu belohnen, dass ich weitermachte, nicht aufgab. Aber es hatte mich nicht belohnt, es hatte mit mir gespielt, wie ich jetzt lernte.

Bevor ich mit Beau Schluss gemacht hatte, als ich noch fest daran glauben wollte, dass wir es schafften, dass es eben einfach ein paar kleine Planänderungen gäbe, mit denen wir uns arrangieren müssten, hatte ich mich auf Pens Betreiben hin nach einem anderen Job umgeschaut.

»Es gibt auch noch andere Unternehmen außer *Jola*«, hatte sie gesagt und energisch ihr Kinn in die Luft gereckt. »Und die können sich glücklich schätzen, dich zu bekommen.«

Sie hatte mir Anzeigen herausgesucht, die dem Stellenprofil entsprachen, das ich bei *Jola* gehabt hätte. Es waren nicht viele, keine davon begeisterte mich, aber sie hatte natürlich recht, ich musste wieder einen Job haben. Also hatte ich mich hingesetzt und Bewerbungen geschrieben. Beau hatte ich es nicht erzählt, weil es mir so vorgekommen war, als würde ich aufgeben, nicht mehr wie er daran glauben, dass es sich schon alles einrenken würde.

Jetzt war ich bei zwei Unternehmen zum Vorstellungsgespräch geladen und ich zwang mich, mich herzurichten und hinzugehen. Ich bemühte mich wirklich, und ich schaffte es, meine Verfassung zu verbergen. Ich wusste, dass ich einen Job brauchte, und ich präsentierte mich so gut wie möglich. Ich dachte auch, dass es verheißungsvoll lief, bis wir zu der einen Frage kamen, die ich nicht beantworten konnte.

»Sie haben ein herausragendes Zeugnis«, sagte der Mann vor mir und sah mich an. »Das beste, das man sich wünschen kann. Sie haben das Programm erfolgreich abgeschlossen. Und dann haben Sie gekündigt. Das war vor …«, er tat, als müsse er die Daten prüfen, »fünf Monaten. Seitdem sind Sie arbeitssuchend. Weshalb, Mrs Ferguson, haben Sie dort gekündigt, wenn man Sie so schätzte und Sie offensichtlich kein besseres Angebot hatten?«

Was hätte ich sagen sollen? *Weil ich mit meinem Chef geschlafen habe und das nicht erlaubt war.* Ich hätte mit der Frage rechnen und mir eine Antwort ausdenken sollen. Die offizielle Ausrede, einen Burn-out gehabt zu haben, erschien mir nicht sinnvoll an dieser Stelle, denn wer wollte einen Mitarbeiter, der bereits einmal am Arbeitspensum gescheitert war? Ich sollte eher schwindeln, dass ich ein Angebot gehabt hatte, das sich leider zerschlagen hatte, oder etwas in der Richtung. Doch bis mir das einfiel, war es zu spät, die Pause zu lang, die Worte nicht mehr glaubwürdig.

Beim zweiten Mal war ich gewappnet und sprudelte meine schwache Erklärung hervor. Sie nahmen mich dennoch nicht, und die anderen Unternehmen wollten mich nicht einmal kennenlernen. Ich registrierte, dass ich einmal mehr hereingelegt worden war. Sie hatte es gewusst, dass sich dieses überragende Zeugnis rächen würde, dass es eher Misstrauen hervorrief als Wohlwollen. Dass man mich ansah und sich fragte, was ich gedreht hatte, um es zu bekommen. Wäre es weniger enthusiastisch gewesen, hätte ich vielleicht eine Chance gehabt. So war ich eine unbekannte Gefahr, eine Frau, die offensichtlich etwas zu verbergen hatte. Und niemand wollte eine Mitarbeiterin, der man nicht trauen konnte.

Langsam machte sich Panik bei mir breit. London war teuer und meine Abfindung würde nicht ewig reichen. Ich brauchte einen Job, einen Sinn, einen Grund, aufzustehen und weiterzuatmen. Ich gewöhnte mich allmählich an den Gedanken, noch einmal neu anzufangen. Ich wäre zurück an die Kasse eines Ladens gegangen, hätte wieder Waren über den Scanner gezogen und mir einzureden versucht, dass die letzten fünf Jahre ein bitterer Traum gewesen waren. Aber selbst dort wollte man mich nicht. Diese Stellen gab es, und ich musste nur meine

Bereitschaft bekannt geben, um sofort einen Termin zu einem Gespräch zu bekommen. Ganz unkompliziert wurde ich am Telefon gebeten, am nächsten Tag vorbeizuschauen und meine Unterlagen mitzubringen. Nachdem ich angedeutet hatte, mich mit dem Verkauf auszukennen, fragten sie nicht weiter nach. Erst beim persönlichen Gespräch kamen sie dahinter, dass ich in den letzten Monaten ein Traineeprogramm absolviert hatte, und glaubten mir nicht, dass ich dennoch bereit wäre, wieder an einer Kasse zu arbeiten. »Bei Ihrem Lebenslauf, Sie müssen das verstehen, Sie würden nicht lange bleiben, da müssen wir doch jetzt ehrlich sein«, stellten sie fest und schickten mich weg.

Schließlich ergatterte ich einen Job in einem schäbigen Ein-Pfund-Laden, der so händeringend nach Mitarbeitern suchte und es aufgrund der Arbeitsbedingungen wohl gewohnt war, dass die Angestellten nicht lange blieben, dass sie dachten, es wäre kein allzu großes Risiko, mich zu nehmen. Immerhin konnte ich wieder ein paar Monate überbrücken und den Betrieb so am Laufen halten. Es war eine sehr kurzfristige Entscheidung, über die ich nicht lange nachdachte, und die Pen und Maisie einmal mehr dazu brachte, sich Blicke zuzuwerfen.

»Willst du nicht erst weitersuchen? Man bekommt nicht auf Anhieb einen neuen Job, schon gar nicht in London. Aber … erst verfällst du in Lethargie, und jetzt nimmst du panikartig diese Stelle an?«

»Ich muss es tun«, erklärte ich bestimmt. »Ich muss endlich etwas tun, sonst werde ich verrückt. Oder …« Oder ich rutschte noch tiefer ab, noch weiter hinein in dieses schwarze Loch, das mich immer mehr ansaugte und dem ich bereits jetzt fast nicht mehr widerstehen konnte. Beau war nun seit sechs Wochen untergetaucht. Ich wusste, wenn ich jetzt nicht den nächsten Schritt machte, dann würde ich vor Kummer sterben.

»Und trotzdem«, beharrte Pen. »Erst tust du monatelang nichts und ich muss dich regelrecht dazu zwingen, eine

Bewerbung zu schreiben, und nun warst du bei …« Sie sah mich an. »Wie viele waren es? Drei Termine? Drei Termine in einer Woche. Und nur weil das nicht gleich klappt, unterschreibst du ausgerechnet bei denen? Nur weil die einen Zettel im Schaufenster haben, dass sie jemanden suchen, und dich einstellen, ohne näher hinzusehen?«

»Es waren fünf, mit den Bewerbungsgesprächen für die Regionalleiterstellen. Und das reicht, um zu merken, wo meine Zukunft liegt.«

»Was ist los mit dir? Warum kannst du nicht noch ein wenig länger warten? Du hast ein halbes Jahr gewartet, kommt es da auf ein paar Tage mehr an? Warum plötzlich diese Panik?«

Weil ich durchdrehe, wenn ich noch einen Tag länger hier rumsitze und Zeit habe, darüber nachzudenken, dass ich mein Leben an die Wand gefahren habe, dachte ich. Dass jede einzelne Entscheidung, die ich getroffen hatte, falsch war. Weil ich mir selbst beweisen wollte, dass das mein Ding war, mich falsch zu entscheiden. Weil ich mich selbst abstrafen wollte und mir selbst zeigen, wo mein Platz im Leben war. Ich sagte nichts davon laut.

»Hast du in letzter Zeit etwas von …«, erkundigte sich Pen mit völlig veränderter, sehr sanfter Stimme, und ich schüttelte den Kopf und fiel ihr ins Wort.

»Nein. Und das ist gut so! Ich will nichts mehr hören, und er hat das endlich kapiert.«

Das Leben im Ein-Pfund-Shop war schrecklich. Hier waren die Mitarbeiter nicht das höchste Gut. Hier wurden Überstunden vorausgesetzt und die Bezahlung war mies. Die Kunden waren unfreundlicher und austauschbarer als in der Parfümerie. Die Gänge waren eng, die Waren minderwertig, sogar das Licht war dunkler und unfreundlicher. Meine Kolleginnen waren genauso blond wie ich und trugen noch kürzere Röcke. Sie kauten Kaugummi und erzählten ungeniert beim Befüllen der Regale von ihren Abenteuern am Wochenende, ihren Kindern, die sie an den Rand des Nervenzusammenbruchs trieben, ihren Ehemännern, die zu Hause einen Vollzeitservice erwarteten, ihren Geschiedenen, die mit den Unterhaltszahlungen nicht nachkamen. Es waren nette Frauen, die ich schnell ins Herz schloss, denn es waren Frauen wie ich. Frauen, die keine Chance hatten, die falsche Entscheidungen getroffen hatten, die das Leben dazu auserkoren hatte, ewig zu kämpfen. Nach vier Wochen kannte ich ihre Geschichten und sie meine. Eine, die beinahe stimmte und die meine Anwesenheit hier rechtfertigte. Die Geschichte, an die ich selbst glauben wollte, in der Beau nicht vorkam, *Jola* nicht vorkam. Ich merkte, dass ich darüber reden konnte, wie Scott mich für eine andere Frau aufgab, die ein Kind von ihm bekam, gezeugt in einer schnellen Nummer und betrunken genug, um sich nicht einmal daran zu erinnern. Aber die Zeit danach verschwieg ich ihnen, weil ich es nicht ertragen hätte, ihr Mitleid zu sehen.

Das Gute an meinem neuen Job war, dass man praktisch unsichtbar wurde. Man war austauschbar, eine Person, die Waren nachfüllte und kassierte. Doch man blieb dabei gesichtslos, die Kunden sahen uns nicht in die Augen, wenn sie ihre Portemonnaies zückten. Keiner flirtete einen an, wenn man seine Waren scannte, und niemand sagte einem, dass man kein Unkraut sei, oder fragte, ob es einem gut ginge. Ich redete mir ein, dass ich es endlich begriffen hatte, dass ich endlich meinen Platz im Leben akzeptierte. Ich und meine Vorliebe für die falschen Männer, viel zu erfolgreich für mich, aus einem Leben, das eine Nummer zu hoch war für Mädchen wie mich. Hier sagte mir niemand, dass ich nicht den Ansprüchen genügte, dass ich nicht gut genug wäre. Hier konnte man gar nicht blond genug sein, um hineinzupassen. Auch das war ein Klischee, aber eines, das nur ich kannte. Meine Kolleginnen waren wunderbare

Menschen, aber das sah keiner, weil es keiner sehen wollte. So wie es bei mir viele nicht hatten sehen wollen. Ich entdeckte eine eigentümliche Befriedigung darin, so unsichtbar zu sein. Bis ich eines Tages einen Packen Briefumschläge scannte. Ich war jetzt bereits einen guten Monat hier und hatte begonnen, mich den Gepflogenheiten anzupassen. Ich zog die Umschläge über die Theke, ohne aufzublicken, weil ich wusste, es würde nicht auffallen, die Person gegenüber würde gleichfalls gelangweilt aus dem Fenster starren, bis sie mir die Pfundnote herüberreichte. Doch dieses Mal war es anders. Dieses Mal hörte ich ein überraschtes Schnappen nach Luft und dann eine fassungslose Stimme.

»Ruby?«

Kapitel 48

Als ich drei Stunden später den Laden verließ, stand Charlotte, wie sie es angedroht hatte, immer noch vor dem Laden, die Arme verschränkt, den Blick entschlossen, nun die Antworten zu bekommen, die ich ihr an der Kasse hatte verweigern können.

Ich hatte in weiser Voraussicht meine Sonnenbrille aufgesetzt und mein Haar unter einem eilig gekauften Cap verborgen, ein Pfund teuer und mit dem Aufdruck einer Comicfigur, die ich nicht kannte. Doch sie ließ sich nicht täuschen und erspähte mich dennoch.

»Ruby!« Sie hatte sich schnell von dem Pfosten abgestoßen, an dem sie lehnte, und war bei mir, ehe ich auch nur die Chance hatte zu verschwinden.

»Geh, Charlotte«, zischte ich und eilte davon.

Sie versuchte tapfer, mit mir Schritt zu halten. »Verdammt, Ruby, bleib doch stehen. Denkst du nicht, dass du mir eine Erklärung schuldest?«

»Dir?« Ich stoppte und sah sie an. »Und weshalb?«

»Du verschwindest einfach so. Von einem Tag auf den anderen. Eben bist du noch da, gut gelaunt und voller Energie, und du brennst wie wir alle darauf, dass du in wenigen Tagen dein Diplom bekommst. Wir haben darüber geredet, diesen

Bezirk zu übernehmen. Wir hatten Pläne, was wir ändern wollten, was wir Neues probieren wollten. Aber du bist über Nacht weg, angeblich krank. Zu krank, um zur Abschlussfeier zu kommen. Zu krank, um meine Anrufe anzunehmen. Und dann … kommt die Meldung, dass du gekündigt hast. Einfach so.«

»Und?«, ätzte ich und hob mein Kinn. »Und weshalb sollte das ein Grund sein, mich bei dir zu entschuldigen? Weil ich dich nicht um Erlaubnis gefragt habe oder was?«

»Ruby«, sagte sie leise und sah mich mit entsetzten Augen an. »Was um Himmels willen ist passiert? Warum du dich entschuldigen sollst? Weil ich vor Sorge um dich krank war. Ich bin es noch, jetzt mehr als je zuvor. Weil ich weiß, dass da etwas mächtig schiefgelaufen ist. Und weil ich verstehen will, weshalb du …« Sie deutete zurück zum Laden.

Ich senkte den Kopf. Charlotte belügen zu müssen hatte ich nie gewollt. Deshalb hatte ich den Kontakt abgebrochen, keinen ihrer Anrufe mehr angenommen. Charlotte war vom ersten Tag an meine Verbündete gewesen, meine Freundin, diejenige, die mich nie verurteilte. Ich mochte sie sehr, sie war einer dieser Menschen, die ebenfalls stets unterschätzt wurden. Und sie konnte nach wie vor mit ihrer Art mein Herz berühren.

»Ruby, bitte. Was ist passiert? Es kursieren die wildesten Gerüchte. Ich weiß nicht, was ich glauben soll. Und ich kann doch sehen, dass irgendwas nicht stimmt. Bitte.« Sie nahm meinen Arm. »Lass uns zusammen einen Kaffee trinken. Du musst nichts sagen, was du nicht sagen willst. Aber ich möchte mit dir reden. Ich habe dich so sehr vermisst.«

Es war unklug, ihr zuzustimmen, und doch tat ich es. Ich wusste, dass Charlottes Wunsch tatsächlich mehr der Sorge um mich entsprang als dem Versuch, irgendeine sensationelle Story aus mir herauszubekommen. Und ich konnte meiner Sehnsucht nach meinem alten Leben nicht ganz entfliehen. Vielleicht würde ich etwas aufschnappen, dass es Beau gut ging, dass er wieder draußen war, die Chefin zurück im Büro, wo sie in gewohnter Weise die Zügel fest in der Hand hielt. Dann würde es sich wenigstens gelohnt haben.

Charlotte schwieg lange, als wir endlich in einem kleinen Café saßen. Ich spürte, dass sie nach den richtigen Worten suchte. Ich hätte ihr gerne gesagt, dass sie das nicht tun musste, weil es die eh nicht gab.

»Weißt du«, begann sie endlich, »ich dachte immer, wenn es eine gibt, die für diesen Job gemacht ist, dann bist du das.«

Ich rührte in meinem Kaffee und schwieg.

»Und ich dachte, dass du und Beau …« Sie machte eine kleine Pause und ich hob ruckartig den Kopf. »… dass ihr beide ein tolles Team seid. Ihr habt so vertraut miteinander gewirkt, so perfekt.« Sie seufzte. »Ich habe ihm nicht geglaubt, als er sagte, du hättest aus gesundheitlichen Gründen gekündigt. Ich war mir sicher, dass es andere waren. Und dass er dir ziemlich mies mitgespielt hat.«

Überrascht ließ ich den Löffel sinken. »Dass er mir mies mitgespielt hat?«, wiederholte ich, ohne nachzudenken.

»Es war doch nicht zu übersehen, dass er verrückt nach dir war. Nun ja, vielleicht war es für andere nicht so offensichtlich, aber ich dachte jedes Mal, wenn ich euch sah, dass er hinter dir her ist. Und du«, lachte sie leise, »du warst von seinem Charme offensichtlich recht beeindruckt. Ich hatte keinen Beweis, ich habe nie etwas wirklich Greifbares gesehen, um diese Theorie zu unterstützen, aber ich war mir sicher, dass es zwischen euch gefährlich knisterte. Es hat alles gepasst, ihr habt gemeinsam eine unglaubliche Energie gehabt, euch war nichts zu viel. Ich höre dich noch, wie du von jeder noch so kleinen Begebenheit begeistert erzählt hast.«

»Aber du und Humphrey, das war doch nicht anders.«

Sie lachte leise. »Nein? Ich weiß es nicht, Ruby.«

»Und Paula und Leo und all die anderen. Wir alle waren eingeschworene Teams.«

»Und doch wart ihr etwas eingeschworener, oder?« Sie beugte sich vor und ihre Stimme war behutsam. »Und dann geht er hin und schmeißt dich raus.«

»Was?« Ich richtete mich auf. »Hat er das gesagt? Dass er mir gekündigt hat?«

»Das muss er nicht. Das ist doch offensichtlich. Er hat das Programm in seiner Hand«, gab sie überrascht zurück.

»Natürlich«, sagte ich nachdenklich.

»Ich muss zugeben, ich war schockiert. Ich wollte nicht glauben, was man sich zuflüsterte. Ich wollte nicht glauben, dass er sich an dich herangemacht und dich dann aussortiert hat, weil du unbequem geworden bist.«

»Das erzählt man sich?«, fragte ich schockiert.

»Und noch viel mehr. Es gab Gerüchte, dass man euch zusammen gesehen hätte, in irgendeiner seiner Filialen. Ein anderer Mitarbeiter hat plötzlich geschworen, euch auf einer Wanderung irgendwo in den Cotswolds beobachtet zu haben, und dass ihr nicht nur brav hintereinander her getrabt wärt. Du weißt doch, wie das ist, auf einmal hat jeder etwas gesehen oder kennt jemanden, der etwas gesehen hat. Die Gerüchte huschen von Filiale zu Filiale, erst nur in denen, die er betreut, dann schwappt es weiter und landet in der Zentrale. Es hat gepasst.« Sie zuckte kurz mit der Schulter. »Und doch …« Sie blickte mich plötzlich forschend an. »Und doch hat es nicht gepasst. Ich sehe Beau ab und an, und er sieht beschissen aus, wenn ich das mal sagen darf. Mit jedem Tag scheint es ihm schlechter zu gehen, wozu er keinen Grund hätte, wenn er dich so eiskalt abserviert hätte. Mrs Rutherford, die den Geschichten nach nie krank war, ist plötzlich wochenlang nicht in der Firma. Sie, die immer alles fest in der Hand hält, übergibt ihm die Verantwortung. Praktisch über Nacht sitzt er auf ihrem Posten und schmeißt zwei Jobs gleichzeitig. Er musste seine Filialen auf die Schnelle umverteilen. Dann fliegt er für zwei Wochen nach Indien, um die Produktionsstätten zu kontrollieren. Kaum ist er zurück, wird er nach Japan geschickt, um dort die Lieferanten der Duftstoffe für die Körperpflegeserie zu überprüfen. Seit die Chefin über Nacht wieder gesund ist, scheint sie ihn nicht mehr in der Nähe haben zu wollen. Ständig muss er an einen anderen Ort springen, um Feuerwehr zu spielen oder was auch immer. Nein, für mich passt an dieser Geschichte rein gar nichts. Außer …« Sie holte tief Luft und ihre Stimme wurde noch sanfter. »Außer, dass du so mies aussiehst, wie ich es erwartet hätte, wenn er all das getan hätte. Und dass deine Hände zittern, wenn ich seinen Namen sage. Und ich bin mir sicher, dass du Tränen hinter dieser blöden Sonnenbrille versteckst.«

Eine lange Pause folgte diesen Worten, die Charlotte beharrlich aussaß. Sie hockte einfach nur da und schwieg, bis ich endlich einbrach.

»Ich kann nicht darüber reden.«

Charlotte sah mir in die Augen, die ich nicht länger hinter dem dunklen Glas versteckte.

»Und weshalb nicht?«

»Ich kann nicht«, sagte ich eindringlich.

»Du darfst es nicht. Weil sie dich irgendwie in der Hand haben.« Sie wartete, ob ich reagieren würde, was ich nicht tun konnte. Dann begann sie, auf ihrer Unterlippe herumzukauen und sich nachdenklich eine Strähne ihres Haares um den Finger zu wickeln.

»Dir geht es scheiße, und ihm auch. Du bist raus, und du hast weder einen Burn-out noch einen anderen, besseren Job.« Sie zählte die einzelnen Punkte an ihren Fingern ab. »Ich dachte, dass sie dich gelinkt haben, aber wie es scheint, gibt es in diesem Spiel mehrere Verlierer.«

Mein Herz zog sich zusammen. Ich hatte so sehr gehofft zu hören, dass es Beau gut ginge, dass er wieder seinen geliebten alten Job machen könne, dass er wie früher voller Elan und mit einem freundlichen Wort für jeden durch die Firmenkorridore schreiten würde. Auch das hätte mir wehgetan, aber ich hätte mir wenigstens einreden können, dass zumindest er sein Leben zurückbekommen hatte.

»Ich kann nicht erkennen, wer aus diesem ganzen Dilemma einen Gewinn zieht. Die Firma hat eine fabelhafte Mitarbeiterin verloren, Beau eine Frau, die er ganz offensichtlich sehr mag. Seitdem du weg bist, ist er nicht mehr der Alte. Und seit ein paar Wochen scheint es ihm richtig beschissen zu gehen.«

»Charlotte, bitte. Lass es einfach gut sein.«

»Nein!« Sie blickte mich trotzig an. »Das werde ich nicht. Es tut mir weh, dich hier zu sehen, und noch mehr, dich so zu sehen. Ich habe keine Lust, in einer Firma zu arbeiten, die behauptet, die Mitarbeiter seien ihr höchstes Gut, und die sie dann so behandelt. Ich werde das nicht hinnehmen. Ich will wissen, was man tun muss, um einfach so gefeuert zu werden …« Sie hatte immer akzentuierter gesprochen und ihre Augen waren beständig größer geworden. »Natürlich!«, rief sie.

»Was?«, fragte ich bange.

»Das ist es. Es passt alles. Wir hatten es die ganze Zeit vor unserer Nase. Wir haben nur nicht die richtigen Schlüsse gezogen.«

»Charlotte«, stoppte ich sie warnend, doch sie war zu sehr in Fahrt.

»Ich habe Humphrey gefragt, ob er glauben kann, dass Beau sich mit dir vergnügt und dich dann abserviert hat. Er hat nicht geantwortet, aber ich kenne ihn gut genug, um zu wissen, was seine Miene bedeutet. Humphrey ist großartig, allerdings fast übertrieben rechtschaffen …«, setzte sie hinzu und verdrehte die Augen. Für einen Moment war es, als würden wir wie früher einfach nur plaudern. »Aber zurück zu unserem Problem.«

»Es ist nicht deines, Charlotte. Also lass es gut sein.«

»Das passt alles zu gut«, wiederholte sie und bemühte erneut ihre Finger. »Erstens, ihr beide, das perfekte Paar. Zweitens, dass Beau aussieht wie der Tod auf zwei Beinen. Drittens, dass du aussiehst wie der Tod auf zwei Beinen. Viertens, dass ihr beide leidet. Fünftens, dass man dich offensichtlich zu irgendeiner Unterschrift gezwungen hat, die dir verbietet, etwas zu sagen. Sechstens, dass nicht nur du abgestraft wirst, sondern auch Beau. Und siebtens kursiert seit ein paar Tagen ein Gerücht über zwei Mitarbeiter, die aufgrund dieser bescheuerten Kuss-Klausel entlassen wurden.« Sie sah mich triumphierend an.

»Charlotte«, versuchte ich es noch einmal.

»Das war nicht seine Idee. Er ist bestimmt keiner, der so etwas macht und sich hinterher selbst dafür geißelt, weil es ihn antörnt oder so. Nein, das kommt von ganz oben, habe ich recht? *Sie* steckt dahinter.« Sie schaute mich herausfordernd an.

»Charlotte, bitte. Du bringst mich in Teufels Küche.«

»Bist du da nicht längst? Nein, ich werde dich da rausholen. Ich weiß zwar noch nicht, wie, aber ich werde es tun.«

Kapitel 49

Mein Flehen war so sinnlos wie der Versuch, einen Schneemann in den Sommer retten zu wollen. Charlotte sicherte mir zwar zu, nichts zu verraten, nicht aber, nichts zu unternehmen. Ich versuchte, mich zu beruhigen, denn um ehrlich zu sein gab es nichts, was sie unternehmen konnte. Wir versprachen uns aber, in Kontakt zu bleiben. Nun gut, ich gelobte, in Zukunft wieder ans Telefon zu gehen, wenn sie mich anrief.

Obwohl sie mir nichts erzählt hatte, was ich hören wollte, ging es mir besser. Ich hatte nicht zugeben wollen, wie sehr es an mir nagte, dass meine Kollegen ein falsches Bild von mir haben könnten, und dass so viele sich gegen die offizielle Version stemmten, tat mir gut. Auch dass die anderen Mentoren die Geschichte ganz offensichtlich nur deshalb mittrugen, weil es ihre Pflicht war, Charlottes Einschätzung von Humphreys Mienenspiel nach aber stark anzweifelten, war heilsam. Nur, dass Beau nach wie vor litt, war beinahe unerträglich zu wissen. Wenn ich uns all dies umsonst angetan hatte? Hoffnung wollte sich breitmachen, dass ich ihm unrecht getan hatte, die jedoch sofort zerstört wurde, ehe sie keimen konnte. Und was, wenn ich diesen Schritt nicht gegangen wäre? Es wäre immer noch so, dass wir keine Zukunft hatten. Keine, die für uns auf Dauer funktionierte. Weil er nach wie vor darum kämpfte, wieder anerkannt zu werden, wieder seine alte Stellung in der Firma zu bekommen. Dieser Frau zu entsprechen, die ich inzwischen von Herzen hasste.

Mütter sind Wesen, die man immer mit Güte, Liebe und Nestwärme gleichsetzt. Aber das ist ein Irrtum. Mütter sind so vieles mehr. Mütter sollten so sein wie meine, die mir jede Woche ein Paket schickte, gefüllt mit all den Sachen, die ich als Kind geliebt hatte. Die teuren Schokoladenriegel, die wir so selten hatten, und die gute Sorte Knuspermüsli. Die anriefen und betont heiter erzählten, dass sich der Schwiegersohn in spe gut mache und erst gestern – ein Kichern – die Küche neu gestrichen habe. Die spürten, wenn es ihren Kindern nicht gut ging, und die auch spürten, wann sie keine Fragen stellen durften, um nicht belogen zu werden. Dann war da die Sorte Mütter, die das nicht spürten, die klammerten und pressten, jeden Schritt verfolgten und nie loslassen konnten. Und es existierte leider das genaue Gegenteil, diejenigen, die sich nicht um ihre Kinder kümmerten, die sie vernachlässigten und sie vor keinem Schaden bewahrten. Es gab die, die mit eiserner Hand regierten und über jeden Schritt bestimmten, die ihre Macht ausnutzten, um das Leben ihrer Kinder nach dem eigenen Willen zu formen. Und es gab die gefährlichste Sorte, diejenigen, die das ebenfalls taten, aber aus den vermeintlich besten Gründen. Die es taten, weil sie fest daran glaubten, das Beste zu wollen, weil sie dachten, es irgendwann einmal gedankt zu bekommen. Die Sorte Mütter, an die ich immer geriet. Und von der ich wusste, dass ihre Kinder sie dennoch liebten, weil sie spürten, dass es gut gemeint war. Die Mütter, die zu ihren Kindern ganz anders waren als zu deren Partnern, und die nicht davor zurückschreckten, im Hintergrund Spiele zu spielen, Fäden zu ziehen.

Das letzte Exemplar dieser Gattung hatte bei mir mit vollem Erfolg seine Ränke geschmiedet. Sie hatte mich dazu gebracht, dass ich mich zurückzog, dass ich selbst glaubte, nicht gut genug zu sein, und dass ich vor allem erkannt hatte, dass ich es nie sein würde. Selbst wenn ich Beau nicht verlassen hätte und er bei mir geblieben wäre, wäre ich immer die unwillkommene Frau gewesen. Ich wäre der Keil gewesen, der die Familie auseinandertrieb. Und ich war nicht so skrupellos, um das auf mich zu nehmen, auch wenn man mir genau das unterstellte.

Charlottes Einbruch in mein neues Leben hatte zwar Wunden aufgerissen, aber nun, da ich wieder Kontakt zu ihr gehabt hatte, wollte ich sie nicht mehr gehen lassen. Sie musste mir versprechen, nicht mit Humphrey oder Leo oder sonst wem über mich zu sprechen, keinem zu erzählen, dass sie mich getroffen hatte. Sie war großartig, sie spürte, dass ich nicht nach dem fragen konnte, was ich wissen wollte, und erzählte einfach drauflos. Ihre Berichte von der Arbeit taten mir weh, ihre Begeisterung zeigte mir einmal mehr, was ich hatte aufgeben müssen. Und doch sagte mir ein winziger Teil in meinem Herzen, dass ich es wieder tun würde. Ich würde wieder alles riskieren für die Zeit, die ich dafür mit Beau gehabt hatte. Wenn ich gehofft hatte, dass ich irgendwann ihm die Schuld geben könnte, es bereuen würde, dann erlebte ich einmal mehr eine Enttäuschung.

Charlotte sprach viel von Humphrey, wie ich mit gerunzelter Stirn feststellte. Sie hatte nach wie vor ein enges Verhältnis zu ihm und schien ihm völlig zu vertrauen. Nun, das war in Ordnung, solange sie dichthielt. Mehr Gefahrenpotenzial schien die Beziehung nicht zu bergen, denn Charlotte betonte unentwegt, sie hätte aktuell weder Zeit noch Lust, eine Beziehung einzugehen. Und Humphrey … nun, der war nicht nur viel zu korrekt, um irgendeine bescheuerte Regel auch nur in Gedanken zu brechen, sondern irgendwie auch ein Mann, den man sich nicht dabei vorstellen konnte, wie er allzu leidenschaftlich wurde. Es war absolut unmöglich, mir auszumalen, wie er sich voller Ekstase über eine Frau beugte, und ich merkte eben in diesem Augenblick, dass ich mir das auch nicht vorstellen wollte. Nicht, dass das falsch klingt, ich hatte ihn immer gerne gemocht. Ich fand seinen trockenen Humor großartig und schätzte sein Wissen sehr. Er war stets hilfsbereit und nett gewesen, aber er war auch unglaublich steif. Irgendwie so superkorrekt und langweilig, ein typischer ewiger Junggeselle aus Leidenschaft. Was ich sagen will: Ich konnte dem beruhigt lauschen, denn ich hörte, dass selbst Charlotte immer ein ganz klein wenig über ihn spottete, trotz aller Zuneigung, und dass sie vor allem nicht Gefahr lief, denselben Fehler zu machen wie ich.

Am sehnlichsten erwartete ich stets ihre Berichte über Beau. Sie wusste das natürlich, und ich sah ihr an, dass sie mir gerne etwas anderes erzählt hätte als die ewig gleichen Beschreibungen seines angeschlagenen Zustands. Nur wenige Tage später hatte sie allerdings Neuigkeiten, die mich aufhorchen ließen. Auf einen Schlag waren alle Probleme, die es in Indien gegeben habe, vom Tisch, berichtete sie und klang nachdenklich. Der Gesundheitszustand der alten Chefin war stabil wie nie, die Firma laufe wie gewohnt und Beau war aus dem Hausarrest entlassen. Er hätte diese Woche wieder alle seine Filialen übernommen, erzählte sie mir, und wäre wieder draußen unterwegs. Ich wappnete mich, dass ich sehr bald zu hören bekäme, dass er endlich wieder der Alte sei oder zumindest auf dem besten Weg dorthin. Doch Charlottes nächste Berichte klangen anders. Sie traf ihn nun nicht mehr so oft, aber sie hatte wieder einmal Humphreys Mimik zurate gezogen und befunden, dass es ihm trotz seiner wiedergewonnenen Freiheit keinen Deut besser ginge.

Und dann rief sie eines Tages an, am späten Nachmittag, und erwischte mich in der Pause.

»Endlich. Ich hab schon tausendmal angerufen«, begrüßte sie mich atemlos.

»Das habe ich gesehen. Was ist los?«

»Irgendetwas geht hier vor.«

»Charlotte! Mach es nicht so spannend.«

»Sie sind heute alle ins Büro zitiert worden. Superkurzfristig, alle anderen Termine wurden abgesagt.«

»Wer ist denn *alle*?«

»Humphrey und Paula und Peter und Thea. Und Beau natürlich, der das Treffen anberaumt hat.«

»Und? Vermutlich geht es um das Traineeprogramm«, meinte ich, doch Charlotte sprudelte schon weiter.

»In der Chefetage, ich hab es genau gehört. Zufällig war ich heute Morgen nämlich im Büro, um ein paar Unterlagen abzugeben, ehe ich meine Runde starten konnte.«

»Und?«, fragte ich und schielte auf die Uhr.

»Im Chefbüro. Nicht in seinem. Und das«, sie machte eine kleine Pause, »bedeutet, dass Mrs Rutherford ebenfalls dabei sein wird. Irgendetwas wird passieren, ich weiß es. Mein rechter kleiner Zeh juckt bereits den ganzen Tag, das ist ein sicheres Zeichen.«

»Dann melde dich, wenn du Genaueres weißt, und gönn deinem Zeh vielleicht mal ein bisschen Feuchtigkeitscreme«, sagte ich und tat lässiger, als ich war. War das ein gutes Zeichen? Etwas Schlechtes? Oder am Ende so unwichtig wie die Tatsache, dass wir heute eine neue Lieferung billiger Batterien bekommen hatten?

Ich konnte mich den restlichen Tag nicht gut konzentrieren, aber das war auch nicht nötig. Ich bekam es hin, die Batterien in die entsprechenden Fächer zu räumen und auch den Rest zu verstauen. Meine Gedanken weilten den ganzen Nachmittag bei dieser Besprechung, die mich gar nichts anging und vermutlich völlig belanglos war, wenigstens für mich. Ich durfte während der Arbeit das Smartphone nicht benutzen, hatte es aber in meiner Jeanstasche und spürte deutlich, wie es eine halbe Stunde vor Feierabend plötzlich vibrierte. Und dann immer wieder, im Abstand von wenigen Minuten, bis ich endlich den Laden verließ und es herausziehen konnte.

»Charlotte, was ist los?«, fragte ich sofort.

»Er ist endgültig verrückt geworden«, keuchte sie atemlos.

»Wer?« Ich spürte wieder dieses Ziehen in meiner Brust.

»Beau. Er ist durchgeknallt. Humphrey ist so erschüttert, dass ich ohne Probleme alles aus ihm herausbekam. Jetzt macht er sich endlos Sorgen, dass ich es ausplaudern könnte, ehe es offiziell ist, was mich ein bisschen verletzt, denn er sollte mich besser kennen und …«

»Charlotte«, unterbrach ich sie barsch. »Was hat er getan?«

»Humphrey?«

»Ahhh! Beau natürlich.«

Charlotte holte tief Luft. »Sitzt du?«

»Nein. Ich bin unterwegs nach Hause. Ich bin fast dort. Mein neuer Wirkungsbereich liegt nämlich in genau derselben zwielichtigen Ecke Londons wie meine Wohnung.«

»Dann solltest du dich vielleicht einfach auf den Gehweg setzen«, schlug sie vor.

»Rede doch endlich«, stöhnte ich und marschierte weiter. »Was hat deinen Humphrey so erschüttert?«

»Beau ist verrückt geworden. Er hat heute gekündigt.«

»Was?« Ich blieb so abrupt stehen, dass augenblicklich von hinten ein Passant in mich rannte, mich wüst beschimpfte und dann weitereilte. »Was hast du da gesagt?«

»Er hat gekündigt«, wiederholte sie triumphierend. »Hat alles hingeschmissen. Hat sich auf keine Diskussion eingelassen.

Er hatte einen detaillierten Plan in der Tasche, wie sich seine Arbeit vorübergehend verteilen lässt, ehe sein Posten neu besetzt wird. Er hat sogar schon einen Kandidaten in der Hinterhand. Und Humphrey wird in Zukunft das Traineeprogramm leiten«, setzte sie mit nur schlecht unterdrücktem Stolz hinzu.

»Er hat gekündigt?«, wiederholte ich und überlegte, was das bedeuten konnte. Was es bedeuten sollte. Ich stand nach wie vor mitten auf dem Fußgängerweg, wurde immer noch dumm angemacht, weil ich andere Passanten zwang, einen Schlenker zu gehen, und dachte nach.

»Ich hab's doch gewusst. Auf meinen Zeh ist Verlass. Und überhaupt, er hätte vermutlich nicht mehr lange durchgehalten. Mrs Rutherford hat es gar nicht gut aufgenommen, hört man. Humphrey hatte einen Moment Angst, seine nicht vorhandenen Erste-Hilfe-Kenntnisse ausgraben zu müssen.«

»Das glaube ich sofort«, sagte ich.

»Auf alle Fälle hat er gekündigt und daraufhin einfach seine Jacke geschnappt und ist aus dem Büro marschiert. Die anderen haben versucht, irgendwie zu reagieren, aber die Chefin saß einfach da, ohne ein Wort zu sagen, und hat so lange in die Luft gestarrt, bis alle weg waren. Und Beau war verschwunden. Sein Büro ist leer, seine persönlichen Sachen sind weg. Das war ganz offensichtlich kein spontaner Anfall von Verrücktheit, sondern geplantes Durchdrehen.«

Ich ging langsam weiter, auf die Ecke zu, die in meine Straße führte.

»Humphrey macht sich Sorgen«, fuhr Charlotte fort und kicherte. »Er ist ein wenig überfordert mit dieser Spontanaktion, glaube ich. Aber er macht sich wirklich Sorgen, dass Beau jetzt komplett durchdreht und etwas noch Verrückteres tut.«

»Was zum Beispiel?«, fragte ich und bog endlich in meine Straße ein. Auch wenn ich es Charlotte nicht sagen würde, war das Erste, was ich tun würde, wenn ich daheim war, mich hinzusetzen und meine zitternden Knie zu entlasten. Insgeheim teilte ich Humphreys Sorgen nämlich. Beau war vieles, aber niemand, der diesen Schritt gehen würde, wenn er einen anderen Ausweg sah. Himmel, vielleicht wollte er sich etwas antun und hatte vorher noch alles geregelt?

»Keine Ahnung. Sich von einer Brücke stürzen?« Sie lachte. »Hey, das war ein Witz. Ich weiß es nicht.«

Ich seufzte. »Wenn du was hörst, egal, was, und wenn es auch nur ein winziger Hinweis ist, dann ruf mich an, ja?«

»Natürlich«, sagte sie und klang jetzt wieder wie die alte, besonnene Charlotte. »Das war wirklich nur ein Witz mit der Brücke. Mach dir bloß keinen Kopf! Vermutlich sitzt er zu Hause und trinkt ein Bier.«

Ich antwortete nicht.

»Ruby? Alles okay? Ich hätte es dir nicht am Telefon erzählen sollen.«

Ich schwieg noch immer. Ich war nur noch ein paar Schritte von meinem Zuhause entfernt und starrte auf den Mann, der neben der Haustür lehnte.

»Ruby? Sag doch was, verdammt.« Charlotte wurde langsam panisch.

»Alles gut«, beruhigte ich sie gedehnt.

Er hatte mich gesehen und kam mir entgegen, und ich konnte meinen Blick nicht von ihm abwenden.

»Ich weiß, wo er steckt. Der Verrückte ist genau hier.«

Kapitel 50

Er sah nicht aus wie ein Verrückter, aber ich bemerkte sofort, dass er in den letzten Wochen noch einmal deutlich an Gewicht verloren hatte. Sein starker Körper, den ich so liebte, der so vor Energie strotzte, wirkte, als hätte er in kurzer Zeit zu viel abgenommen, was ja leider stimmte. Sein Gesicht war angespannt; seine Augen sahen ernst aus, geheimnisvoll und gleichzeitig so vertraut, dass ich unwillkürlich lächeln musste. Das sorgte dafür, dass er seinen Schritt beschleunigte, und auch ich ging schneller. Endlich standen wir voreinander und konnten einen Augenblick nichts anderes tun, als uns anzusehen.

»Beau«, stieß ich hervor, und in diesem Wort klang alles mit. Freude, Angst, Hoffnung und jede Menge Fragen.

Er sagte gar nichts, breitete die Arme aus und ich nahm die Einladung an. Wie oft hatte ich davon geträumt, dass genau das passieren würde. Ich hatte Dutzende verschiedener Dialoge in meinem Kopf durchgespielt, was er sagen würde, was ich sagen wollte. Keiner davon passte jetzt, und überhaupt war es überflüssig zu reden. Seine Umarmung war so fest, dass sie fast schmerzte, und so lange, dass mein Herz sich etwas beruhigen konnte. Ich hörte, wie er atmete, dermaßen schwer, als würde er die größte Last der Welt tragen, und dann endlich ruhiger, gleichmäßiger. Schließlich seufzte er.

»Ruby«, war das Erste, was er hervorpresste, und mein Herz polterte sofort wieder aus dem Takt, weil in diesem einem Wort ebenfalls so viel lag. Genauso viele Fragen wie in meinem, das Leid der vergangenen Tage, aber vor allem so viel Liebe, dass ich dachte, vor Glück hier auf dieser kleinen Seitenstraße Londons sterben zu müssen.

Für eine Versöhnung war Beaus Wohnung deutlich besser geeignet als mein WG-Zimmer, aber darauf konnten wir gerade keine Rücksicht nehmen. Ich zog ihn mit nach oben, und wir schafften es, uns zurückzuhalten, bis die Haustür hinter uns zufiel, ehe sein Mund über meinen hereinbrach. In meiner Vorstellung hatte ich erst jede Menge strenger Fragen gestellt, ehe ich ihm erlaubte, das zu tun, was er tat, aber in meiner Vorstellung hatte er mir auch nicht wirklich gegenübergestanden, hatte ich nicht seinen Geruch in der Nase, seine Finger auf meiner Haut und nicht dieses unbezähmbare Verlangen, jedes Hautfitzelchen dieses Mannes ganz dicht an mir zu spüren. Die alles entscheidende Frage war keine von denen, die ich ihm hatte stellen wollen, sondern nur die eine, dass ich ihn so sehr liebte, dass ich ihm alles verziehen hätte. Dass ich keine Sekunde länger auf ihn verzichten wollte. Und dass ich, falls er wirklich verrückt geworden war, in Zukunft mit Freuden einen Verrückten in meinem Bett haben wollte. Denn die sind unglaublich, diese Verrückten.

Vermutlich ist es ansteckend, denn sonst würde man nicht so kichern und sich so winden und seinen Mitbewohnerinnen den Schreck des Jahrhunderts verpassen, weil die bei ihrer Heimkehr aus deinem Zimmer, aus dem sie aus Gewohnheit nur noch Weinen und Seufzen erwarten, plötzlich Geräusche vernehmen, die ihnen Angst machen, dass du nach deinem Ausflug in die schäbigen Ein-Pfund-Shops nun ganz unten gelandet bist und Pornos drehst. Oder dir jedenfalls welche reinziehst und dabei stöhnend den Namen deines Geliebten wiederholst.

Ich beschloss, dass es so oder so zu peinlich war, um weiter darüber nachzudenken, zumal ich auch nicht ganz bei der Sache war. Denktechnisch, meine ich.

Erst als wir wieder normal atmen konnten und drüben im Wohnzimmer der Fernseher laut lief, fiel mir ein, dass es noch Fragen gab, die wir zu besprechen hatten. Beau erinnerte mich daran, indem er damit anfing, und natürlich begann er mit der schwierigsten.

»Weshalb hast du mich fortgeschickt?«

Ich seufzte. »Weil ich dich liebe.«

Er machte ein kleines Geräusch, das ich als ungläubiges Lachen interpretierte.

»Das klingt logisch«, entgegnete er trocken. Im nächsten Moment drehte er sich so, dass er mich ansehen konnte, und stützte seinen Kopf auf dem abgewinkelten Arm auf.

»Warum hast du mich weggeschickt, Ruby?«, fragte er erneut. »Warum hast du mir das angetan?«

»Weil ich dich liebe«, beteuerte ich noch einmal, aber dieses Mal klang es anders, und er wartete schweigend, dass ich es ihm erklärte.

»Ich dachte, dass es besser wäre, weißt du? Ich dachte, wenn ich dich wegschicke und du mich vergessen kannst, dann würde zumindest dein Leben wieder gut werden.«

»Wie sollte ich dich je vergessen?« Seine Augen wurden sanft. »Wie sollte mein Leben gut werden ohne dich? Es war die Hölle, jeden Tag. Ich habe dich vermisst, in jeder Sekunde.«

Ich nickte. *Ich auch*, dachte ich.

»Ich glaubte …«, versuchte ich, ihm begreiflich zu machen, »wenn du mich vergisst und endlich wieder das tun kannst, was du liebst, dann wirst du mir eines Tages dankbar sein.«

»Anstatt bei dir zu bleiben, mit dir das zu tun, was ich liebe, und jeden Tag dankbar zu sein, dass ich dich gefunden habe?«, fragte er zurück.

Ich seufzte und richtete mich auf, lehnte mich an das Kopfteil meines Bettes und zog die Decke hoch bis zu den Schultern. Dies würde ein ernstes Gespräch werden, und ich wollte gewappnet sein.

»Beau …« Ich starrte auf ihn hinunter. Vielleicht sollte ich ihm sagen, dass es förderlich wäre, wenn er sich ebenfalls ein Stück der Decke schnappte. Auch wenn sein Körper deutlich an Masse verloren hatte, war er immer noch in der Lage, mich abzulenken und mein Gehirn außer Kraft zu setzen.

»Du weißt, was ich meine. Seit diesem Tag, seit wir aufgeflogen sind, wurden wir beide bestraft. Ich ganz offiziell, aber du … Denkst du, ich habe nicht bemerkt, wie du gelitten hast? Wie du leiden solltest, indem man dir alles nahm, was du geliebt hast? Wie du mit Arbeit überhäuft wurdest, damit du keine Zeit mehr für mich hattest?«

Er nickte langsam und setzte sich ebenfalls auf. Er rutschte hoch zum Kopfende, machte es sich bequem und zog endlich ein Stückchen der Decke über seinen Unterkörper.

»Ich habe dies alles schon einmal erlebt«, sagte ich leise. »Dass es immer schwieriger wird, egal, wie sehr man dagegen ankämpft. Dass man am Ende gezwungen wird, eine Entscheidung zu fällen. Ich bin nicht dumm. Ich weiß sehr wohl, dass du meinetwegen so behandelt wurdest. Und dass es nicht aufhören wird, solange ich an deiner Seite bin. Ich wollte gehen, ehe …« Ich sah auf meine angewinkelten Beine hinab. »Ich wollte gehen, ehe du beginnst, das zu bemerken. Ehe du mich ansiehst und dich fragst, ob es das alles wert ist«, schloss ich leise.

Beau schwieg einen Moment. »Und dir ist nie in den Sinn gekommen, dass ich dabei auch ein Wörtchen mitzureden habe? Dass ich durchaus selbst entscheiden kann, was ich will und was nicht?«

»Doch.«

»Also dachtest du, dass es das ist, was ich will? Dich aufgeben wegen eines Jobs?«

»Es ist nicht nur ein Job. Es ist so viel mehr für dich, das weiß ich.«

»Das war es lange Zeit. Aber am Ende ist es einfach ein Job. Ich habe lange genug darüber nachgedacht. Ich habe es versucht. Ich bin auch nicht dumm, Ruby.« Seine Stimme wurde leise. Er legte einen Arm um meine Schultern und zog mich an sich. »Ich habe alles versucht, um meine Mutter zu überzeugen, dass sie einen Fehler gemacht hat. Dass sie ihn korrigieren kann, immer noch. Ich habe bemerkt, wie sie über dich spricht.« Er erzählte es ganz normal, und ich spürte, dass es zwar wehtat, aber gleichzeitig eine unglaubliche Erleichterung war, es endlich einmal zu hören. »Ich weiß, dass sie dich nicht kennt und ein falsches Bild von dir hat. Und ich wollte das korrigieren, ihr klarmachen, dass du anders bist, als sie denkt. Ich habe etwas gebraucht, um dahinterzukommen, dass es ihr nicht reichte, dich zu entlassen, sondern dass du ganz verschwinden solltest. Und das, Ruby, das will ich nicht. Ich habe endlich begriffen, dass du recht hast. Ich kann wohl nicht beides haben. Und aus diesem Grund habe ich heute gekündigt.«

Richtig, da war ja noch was. Ich wandte meinen Kopf und sah ihn an. »Du bist verrückt geworden.«

Er lachte. »Ich denke, dass man das sagt, ja. Aber es ist genau das Gegenteil. Ich bin endlich wieder klar im Kopf. Ich kann das nicht und ich will das nicht. *Jola* ist mein Leben, ja, und ich wollte immer alles geben für das Unternehmen, es wertschätzen, fortführen, weiterentwickeln. Aber nicht zu diesem Preis.«

»Und deshalb tust du … was, um Gottes willen?«

»Ich habe einen neuen Job. Ich werde für ein Jahr bei einem anderen Unternehmen arbeiten. Danach kann ich weiterziehen oder verlängern, je nachdem, wie es läuft. Ich werde es mir ansehen und ich werde neue Ideen bekommen, Neues lernen.«

»Aber dein Job bei *Jola* … Du kannst doch nicht einfach gehen und …«

»Wieso nicht? Ich war im Endeffekt ein Angestellter. Ich habe meinen Teil dazu beigetragen, aber ich war nie mehr als ein Mitarbeiter. Und die sind ersetzbar. Ich habe einen guten Kandidaten gefunden. Wenn er meiner Mutter nicht zusagt, wird sie einen anderen auftreiben.«

Endlich waren wir beim Thema. »Und sie? Was sagt sie dazu?«

Er seufzte. »Ich hoffe, sie wird es irgendwann verstehen.«

»Also hat sie es nicht gut aufgenommen?«

»Nun, du kennst sie. Es fällt ihr schwer, das zu verstehen. Sie hat so viele Opfer gebracht. Sie denkt, dass die Firma ihr ihre Liebe genommen hat. Sie hat es nie verwunden. Und doch hat sie ihre Entscheidung getroffen. Sie hat sich für die Firma entschieden und gegen die Liebe. Und ich erkenne immer deutlicher, wie hoch der Preis wirklich ist, den sie dafür zahlt.«

»Wirst du zurückkehren?«, fragte ich nach einer Weile leise. »Wenn das Jahr vorbei ist, wirst du dann zurückgehen und deine Stelle wieder einnehmen?«

»Ich weiß es noch nicht.« Beaus Stimme klang nachdenklich. »Ich will nicht darüber nachdenken, dass ich es vielleicht nicht tun kann, und was dann aus dem Unternehmen wird. Aber ich weiß, dass es richtig war, jetzt zu gehen. Ich habe gelernt, dass die Firma alleine nicht das ist, womit ich glücklich werden kann.«

Kapitel 51

Erneut wäre das eine Stelle gewesen, an der ein Film hätte enden können, und einmal mehr war es nicht so. Wir beide, glücklich wiedervereint und voller Zuversicht, dass wir es jetzt schaffen mussten. Mein Herz zersprang beinahe vor Glück, weil er diesen gewaltigen Schritt für mich gegangen war. Als er dann aufhörte, an meinen Locken zu spielen, und stattdessen begann, die Decke langsam herunterzuziehen, und jeden Zentimeter Haut dabei so feierte, als wäre ich die schönste Frau der Welt, da hätte der Film enden müssen. Nein, zuerst wäre seine Mutter noch aufgetaucht, hätte ihn unter Tränen angefleht zurückzukommen, ihm alles versprochen, was er wollte, mir meinen Job wieder angeboten, mir danach tief in die Augen geschaut und gesagt, dass sie sich in mir getäuscht hätte, dass ich offensichtlich genau die Richtige für ihren Sohn sei, ihn ewig glücklich machen würde und sie mich mit offenen Armen in ihrer Familie willkommen heißen wollte. Obwohl, es wäre vielleicht nicht ganz passend, wenn sie genau jetzt zur Tür hereinkäme und ich mich vor lauter Verlangen und Wollust um den Moment ihrer großmütigen Reuebekenntnisse brächte. Und womöglich hätte es Beau einen dauerhaften Schaden zugefügt, gerade jetzt von einem enthusiastischen »Mein guter Junge« unterbrochen zu werden.

»Warum jetzt? Weshalb bist du heute hergekommen, nachdem du so lange nicht mehr hier warst?«, fragte ich ihn später, als wir mit roten Ohren in der Küche saßen, weil wir beide am Verhungern waren und uns den nicht ausgesprochenen, aber deutlich wahrnehmbaren Kommentaren meiner Mitbewohnerinnen stellten. Wir mussten ihnen nicht viel erklären. Die Hauptsache, nämlich, dass wir uns versöhnt hatten, hatten sie mitbekommen, wie Pen trocken bemerkte, und alles andere, meinte sie, hätte Zeit. Aber sie strahlten wie ich über beide Ohren, und Maisie hatte Beau in eine ihrer wohltuenden Umarmungen gezogen, ehe sie uns zwinkernd die Reste des Abendessens anbot. Dann waren sie verschwunden. Pen hatte es sich nicht verkneifen können, von der Tür aus noch einmal darauf hinzuweisen, dass die Küche und vor allem der Küchentisch für jegliche Art der Versöhnung absolut tabu wären.

»Weil ich heute in mein neues Leben gestartet bin«, meinte er.

»Schon. Aber trotzdem. Die ganze Zeit hast du dich nicht gemeldet.«

»Du auch nicht. Im Übrigen habe ich dir Nachrichten geschickt, und ich habe angerufen. Ich war da und wollte mit dir sprechen. Du hast ziemlich klargemacht, dass du das nicht willst.«

»Und dennoch hast du es heute noch einmal gewagt«, sagte ich froh.

Er grinste. »Weil ich heute wieder Hoffnung hatte. Ich habe da etwas gehört …«

»Was denn?«, fiel ich ihm begierig ins Wort.

»Nun, ich hörte, wie Humphrey sagte, man habe dich gesehen und es sei eine Schande, was da passierte. Du würdest schlecht aussehen und offensichtlich leiden.«

»Zu wem hat er das gesagt?«

»Keine Ahnung, er war am Telefon und hat mich nicht bemerkt.«

Oder er hat so getan, dachte ich spontan. Der gute Humphrey machte so ziemlich nichts ohne Grund, und mit wem bitte hätte er sprechen sollen? Nun, da fiel mir nur eine Person ein, mit der ich mal zu reden hatte.

»Und deshalb bist du hergekommen?«

Er nickte. »Ich hätte es auch so noch einmal versucht. Aber mit diesem Wissen war es einfacher.«

Wir teilten uns das Hähnchencurry und leerten die Weinflasche, die Maisie dazugestellt hatte. Ich kratzte, hungrig wie seit Monaten nicht mehr, den letzten Rest Reis aus dem Topf und steckte mir den Löffel in den Mund, um ihn genüsslich abzulecken. Beau stöhnte auf.

»Weißt du, diese Wohnung ist ganz nett, und deine Mitbewohnerinnen sind zauberhafte Frauen, die ich schon deshalb mag, weil sie dich lieben. Aber ich denke, ab morgen sollten wir uns wieder bei mir treffen. Diese Sache mit dem Küchentisch geht mir nicht mehr aus dem Kopf.«

Ein weiteres Mal begannen wir, uns mit einem neuen Leben vertraut zu machen. Beau war entsetzt, als er von meinem Job erfuhr.

»Warum tust du das? Weshalb wirfst du alles weg, wofür du so hart gearbeitet hast?«, erkundigte er sich und sah mich verständnislos an.

»Weil ich keine Wahl hatte«, gab ich ehrlich zurück.

»Du hast ein Diplom, ein gutes Zeugnis …«

»Was hättest du gedacht, wenn du eine Bewerberin hast, die so ein Zeugnis vorlegt und ein Diplom und alles, die aber aus eigenem Antrieb den Job aufgegeben hat, der ihr doch sicher sein müsste, ohne einen neuen in Aussicht zu haben?«

Die Erkenntnis traf ihn ziemlich hart. »Wieso habe ich nicht daran gedacht? Es war ein weiterer kleiner …«

»Es war dumm, ja«, unterbrach ich ihn. Ich wusste nicht, weshalb ich es tat, aber ich hatte das Gefühl, dass ich nicht zulassen durfte, dass er schlecht von seiner Mutter sprach. Wir würden es schwer genug haben, wenn ihm aufging, dass er sich mit mir an seiner Seite die Tür zu ihrem Haus für immer verschlossen hatte. Ganz besonders jetzt, denn ohne Zweifel würde ich die Schuld daran bekommen, dass er die Firma verlassen hatte. Ich wollte nicht, dass er noch mehr Groll hegte. Und ja, ich dachte oft an sie, und ich hätte fast Mitleid mit ihr gehabt. Sie hatte hoch gepokert und alles verloren, und ich musste in ihren Augen die Gewinnerin sein. Auch wenn diese Gewinnerin ihre Zeit nach wie vor im Ein-Pfund-Shop verbrachte.

»Kündige! Du kannst doch nicht dort arbeiten«, verlangte Beau spontan. »Du musst das auch gar nicht. Ich kann für dich sorgen. Ich verdiene genug für uns beide.«

»Das ist nett, aber ich will das nicht. Ich will selbstständig sein.«

»Ich werde mich darum kümmern. Vielleicht gibt es bei uns …«

»Nein. Nein, das wäre nicht richtig. Ich will nicht, dass du dich für mich einsetzt und mir einen Job besorgst.«

»Ich bin schuld, dass du deinen nicht mehr hast.«

»Wir sind beide schuld, und ich werde das selbst irgendwie hinbekommen.«

»Und wie?« Beau sah mich an. »Auch wenn ich das nicht gerne zugebe, aber du hast recht. Dieses Zeugnis wirft Fragen auf, zumindest unter diesen Umständen. Du brauchst eine gute, glaubhafte Erklärung, weshalb du das Unternehmen verlassen hast, ohne einen Job zu haben.« Er strich sich mit der Hand über die Stirn. »Vielleicht ein Krankheitsfall in der Familie. Ein Mitglied, das du pflegen musstest.«

Ich dachte daran, wie ich mich schon einmal mit dieser Frage auseinandergesetzt hatte, und musste grinsen.

»Was?«, fragte er misstrauisch.

»Ich könnte einfach die Wahrheit sagen. Dass ich mit dem Chef geschlafen habe.« Ich klimperte mit den Augen und warf mir kokett die Locken über die Schulter. »Was meinst du? Vielleicht wäre es so gesehen sogar ein Grund, mich sofort einzustellen?«

»Untersteh dich. Wenn dich jemand einstellt, dann ich.«

Ganz so locker, wie ich tat, fühlte ich mich nicht dabei. Aber ich wollte auf gar keinen Fall, dass er mir eine Arbeit besorgte. Das Problem war, dass ich mir nach wie vor nicht vorstellen konnte, irgendwo anders als bei *Jola* zu arbeiten. *Wenn wir das wiederhätten, dann wäre es ein Ende, wie es nicht mal die Filmindustrie hinbekommt*, dachte ich und seufzte. Ich musste wirklich wieder auf die Suche gehen, denn ganz offensichtlich konnte man auch in einem anderen Unternehmen glücklich werden, wie Beau mittlerweile zu beweisen begann.

Er hatte sich ganz gut mit seinem neuen Job arrangiert. Man hatte ihn angestellt, um in diesem Unternehmen, das noch ein wenig kleiner war als *Jola*, aber sehr große Ambitionen hatte, ein eigenes, maßgeschneidertes Traineeprogramm auf die Beine zu stellen. Er reiste herum, besuchte wie früher die Läden, in denen statt Parfüm Klamotten verkauft wurden, sprach mit Mitarbeitern und stellte ein Team auf die Beine, das dieses Programm später leiten sollte. Er entwickelte einen Plan für das Assessment-Center. Ich war mir ziemlich sicher, dass er dabei die neuen Mentoren ermutigte, die Teilnehmer mit unerwarteten Fragen auf ganz besondere Proben zu stellen. Es war anders, in einem Unternehmen zu arbeiten, zu dem man so wenig persönliche Bindung hatte, gab er zu. Andererseits genoss er es, einfach nur ein Mitarbeiter zu sein, und natürlich hatte er genau das gefunden, was ihm wirklich Spaß machte. Er nahm wieder zu, und regelmäßige Besuche im Fitnessstudio halfen ihm, sich in die Form zu bringen, in der er gewesen war, als wir uns kennenlernten. Kein Muskelprotz, aber mit einem definierten Oberkörper und genau der richtigen Menge an Gewicht. Wir gingen wieder wandern und ich gestand ihm, dass ich das wirklich vermisst hatte.

So, wie ich ihn mit Argusaugen beobachtete, ob er wieder zu seinem alten Ich fand, beobachtete er mich. Er fand, dass ich in den letzten Monaten ebenfalls ziemlich abgenommen hatte, was leider stimmte, und entwickelte eine regelrechte Obsession, was nette kleine Pubs anging, in die er mich zum Essen ausführte. Wenn wir wanderten, kannte er in jedem Ort eine bezaubernde kleine Teestube oder ein uriges Lokal, wo wir einkehren konnten. Ich denke, meine Genesung, wenn man so sagen durfte, verlief deutlich schneller als seine. Bei mir hatte es ausgereicht, dass er wieder da war, um meine Lebensgeister zu wecken. Diese unerwartete Liebeserklärung, die er mir gemacht hatte, weil er seine andere Liebe aufgab, die, von der ich dachte, sie wäre größer als die zu mir, hatte mir mehr geholfen als jeder noch so perfekte Cream Tea mit Scones und Clotted Cream, und das sagt doch alles.

Kapitel 52

Kurze Zeit später begab ich mich heimlich ernsthaft auf die Suche nach einem Job. Es war mir natürlich stets klar gewesen, dass der Job in diesem Billigparadies nichts Dauerhaftes war, aber so langsam nagte er an mir. Im Ernst, ich war erst wenige Monate da, zählte jedoch bereits zu den altgedienten Mitarbeitern. Viele meiner Kolleginnen waren weg, glücklich, woanders etwas gefunden zu haben. Ich versuchte, das Gute an der Situation zu sehen, und sagte mir, dass ich hier hautnah erlebte, was man alles falsch machen konnte, und dass ich später einmal ganz genau hinsehen würde, wie die einzelnen Filialen geführt wurden. Meine aktuelle Chefin war auf alle Fälle ein herausragendes Beispiel für die Kontra-Seite und maßgeblich mitverantwortlich, dass ich endlich meinen Hintern hochbekam, um hier wegzukommen.

Beau wollte mich für sein neues Team rekrutieren, was ich strikt ablehnte. Ich wollte keinen Job, weil ich mit dem Chef schlief. Ich wusste, dass er mich in diesem Fall auch einer Ausschusskommission vorstellen wollte, weil unser privates Verhältnis es ethisch ausschloss, dass er mich anstellte, und er das auf diesem Weg umgehen wollte. Aber dennoch blieb ich bei meinem Nein. Ich wollte auf gar keinen Fall mehr in eine

Situation geraten, in der wir auch nur im Entferntesten angreifbar wurden. Schließlich fand ich eine Anzeige, die mich spontan ansprach. Sie stammte von einer großen Drogeriemarktkette und war genau das, was ich immer gewollt hatte. Ich schrieb eine Bewerbung, warf sie ein und hoffte auf Glück.

Überhaupt konnten wir jetzt zum ersten Mal Hand in Hand durch London schlendern, ohne Angst zu haben, dass wir von jemandem gesehen wurden. Ich traf mich weiterhin mit Charlotte, und endlich durfte ich auch ihr gegenüber schwärmen, dass Beau und ich wirklich das perfekte Paar seien. Ich hatte eine nette kleine Unterhaltung mit ihr, in der es um den perfekten Humphrey und sein nicht ganz so perfektes Telefonat ging. Sie gestand mir kichernd, dass sie am anderen Ende der Leitung gewesen war und ihn so lange bequatscht hatte, bis er sich auf dieses Husarenstück eingelassen hatte.

»Charlotte! Du hast mit ihm darüber gesprochen?«

Sie rollte die Augen nach oben. »Dachtest du wirklich, ich kann das alles mitansehen, ohne etwas zu tun?«

»Aber du hattest es mir versprochen.«

»Tja, dann solltest du endlich anfangen, die Lehren anzunehmen, die das Leben dir angedeihen lässt. Ich habe nichts unterschrieben.« Sie grinste frech.

»Charlotte! Das ist nicht witzig.«

»Keine Sorge. Du denkst doch nicht wirklich, dass ich das leichtfertig gemacht oder mit jedem, der mir über den Weg lief, über dich gequatscht habe. Ich habe erst mit ihm geredet, als uns allen klar war, dass Beau demnächst vor die Hunde geht oder durchdreht. Und Humphrey fand, dass es einen Versuch wert wäre, und wenn Humphrey das findet …«

»Es ist mir egal, was dein Humphrey findet! Echt jetzt, manchmal denke ich, dass Beau mit euch beiden ein echtes Duo Diabolo freigesetzt hat.«

»Du meinst wohl eher Duo infernale«, verbesserte sie mich kichernd. »Das werde ich ihm sagen. Er nimmt es sicher als Kompliment. Aber im Ernst«, beruhigte sie sich und sah mich an. »Beau hat dir nie erzählt, mit was für Gerüchten er konfrontiert war, oder? Sein Ruf hat ziemlich gelitten nach deinem Weggang. Plötzlich war er nicht mehr der charmante, immer gut gelaunte Chef, sondern der Boss, der sich ein fieses kleines Intermezzo geleistet hatte. Es war für ihn nicht einfach, aber er hat das alles geschluckt. Sein Team hat natürlich versucht, das zu entkräften, aber du weißt, wie es ist. Je mehr man sagt, desto eher glauben alle, es wäre etwas dran. Auf alle Fälle dachte Humphrey, dass es an der Zeit wäre, dem armen Kerl wieder ein wenig auf die Beine zu helfen.«

»Das hat er getan, und mir auch. Mehr als er ahnt.«

»Das ist nicht zu übersehen.« Sie verdrehte auf die so typische Art ihre Augen. »So langsam fange ich an, euch zu bewundern. Es muss schwierig gewesen sein, das alles so lange geheim zu halten. Im Ernst, ich meinte erst gestern zu Humphrey, wenn das so weiterginge, würde ich Beau umtaufen in *Mr Krakenarme*. Der kann ja seine Hände gar nicht mehr kontrollieren, wenn du in der Nähe bist.«

»Ich würde es sehr zu schätzen wissen, wenn du endlich aufhörst, mit Humphrey über uns zu lästern. Habt ihr nichts anderes zu tun, als unser Leben durchzuhecheln?« Ich zwinkerte ihr zu, aber Charlotte verzog keine Miene.

»Das haben wir. Aber nicht, was du denkst. Ich habe es noch nicht vergessen, Ruby. Ich finde es zum Kotzen, was die mit euch gemacht haben, und ich bin nicht gewillt, das hinzunehmen.«

»Und was willst du tun? Es ist vorbei, Charlotte. Wir sind endlich dabei, damit abzuschließen. Es bringt nichts. Beau will irgendwann wieder zurückkommen, und wir hoffen einfach, dass bis dahin Gras über die Sache gewachsen ist. Auf allen abgegrasten Flecken«, fügte ich vieldeutig hinzu und zuckte leicht mit der Schulter.

Als ich ein paar Tage später die Einladung zu einem Vorstellungsbesuch bei der Drogeriemarktkette bekam, erzählte ich nur Pen und Maisie davon. Ich wollte mich nicht unter Druck setzen. Ich wusste, dass Beau es nur gut meinen würde, wenn er mich dafür coachte und vorbereitete, aber wie damals, als ich zum Assessment-Center eingeladen worden war, entschied ich, dass ich mich auf mein Bauchgefühl verlassen und mir nicht jede Menge Antworten zurechtlegen oder mich gar auf Antworten trainieren lassen würde, die nicht zu mir passten. Ich fühlte mich endlich wieder wohl in meiner Haut, wohl mit mir und selbstsicher genug, um einfach Ruby zu sein.

Das Gespräch verlief auch gut. Ich hatte sofort einen guten Draht zu Mr Palmer, der mich interviewte. Ich hatte im Vorfeld viel über das Unternehmen gelesen und festgestellt, dass es einige Parallelen zu *Jola* gab. In einigen Bereichen waren sie hier meinem alten Arbeitgeber sogar voraus, gerade was die sozialen Leistungen anging, die Regelungen der Arbeitszeiten bei Alleinerziehenden und die Programme für Umschüler und Quereinsteiger. Das hatte mich ziemlich begeistert und dafür gesorgt, dass ich zum ersten Mal nach meinem Rauswurf eine Bewerbung geschrieben hatte, bei der ich wirklich hoffte, dass ich eine Chance bekam.

Dann kam die Frage aller Fragen. Das war der einzige Punkt, auf den ich mich wirklich vorbereitet hatte. Nach langem Überlegen hatte ich mich entschieden, Beaus Vorschlag anzunehmen, und mir eine kleine Geschichte ausgedacht, die sich um meine kranke Mutter drehte, der ich kurzfristig ein paar Monate zur Hand hatte gehen müssen. Ich war damit nicht glücklich, denn ich wollte nicht mit einer Lüge in einen möglichen neuen Job starten, aber ich wusste auch nichts Besseres.

Als Mr Palmer jetzt also fragte, sah ich auf und ihm in die Augen. Und wusste plötzlich, dass ich es nicht tun konnte. Ich schob den vorbereiteten Text weit nach hinten in mein Gehirn und nickte langsam.

»Das hatte private Gründe. Ein Mensch, der mir sehr nahesteht, brauchte meine Hilfe. Und leider war der einzige Weg, dafür kurzfristig auf den Job zu verzichten, den ich unbedingt haben wollte.«

Mr Palmer sah mich einen Moment an, dann lächelte er. »Ich danke Ihnen für Ihre Aufrichtigkeit. Ich hoffe, Ihr Einsatz hat sich gelohnt.«

»Ja«, antwortete ich fest. »Es war keine leichte Entscheidung, aber es hat sich gelohnt.«

Zwei Wochen später bekam ich einen Brief, in dem man mich als neue Mitarbeiterin willkommen hieß. Ich freute mich wie verrückt darüber. Mein Traum hatte bei *Jola* begonnen und *Jola* hatte immer die Hauptrolle darin gespielt, aber ich spürte, dass ich ihm in diesem Unternehmen ziemlich nahekommen konnte. Irgendwie wusste ich, dass Mr Palmer in einigen Bereichen große Ähnlichkeit mit Beau hatte. Ich meine damit übrigens nicht sein Aussehen oder diesen speziellen Charme, der mich vom ersten Moment an fasziniert hatte, sondern eher seine Art, mehr in einem Menschen zu sehen, hinter die Fassade zu blicken und Chancen zu gewähren, wenn er dachte, es lohne sich. Ich wusste übrigens auch, dass es hier keine bescheuerte *Keine-Küsse-Regel* gab. Und am allersichersten wusste ich, dass es mich auch gar nicht kümmerte, weil ich nie mehr in Gefahr kommen würde, einen anderen küssen zu wollen als den, den ich jetzt ganz offiziell küssen durfte.

Ich bereitete eine spontane kleine Feier vor und lud kurz entschlossen auch Charlotte und den großartigen Humphrey ein, der immer mehr zu ihrem Schatten wurde. Ich beobachtete die beiden schon seit Längerem. Aber egal, wie genau ich hinsah, ich hatte nicht den leisesten Hauch eines Verdachts finden können, dass da etwas lief. Anscheinend waren sie wirklich nur Freunde, was vermutlich auch besser für sie war, denn bei *Jola* blieb man nach wie vor bei der idiotischen Regel, dass nur nichtküssende Mitarbeiter erwünscht waren.

Auch an diesem Abend, der ziemlich feucht und ausgelassen wurde, entdeckte ich keinen Hinweis, dass zwischen den beiden etwas Verbotenes im Gange war. In meinen Augen hatten sie eine ganz eigene Art des Umgangs entwickelt, die mich ziemlich faszinierte. Charlotte hatte von jeher Respekt vor ihrem Mentor gehabt, und dieser Respekt war auch jetzt zu spüren. Aber sie verharrte nicht in Ehrfurcht vor ihm. Überhaupt hatte Charlotte sich in den letzten Monaten ziemlich verändert. Als ich sie kennengelernt hatte, war sie sehr ruhig und schüchtern gewesen. Sie hatte wenig Selbstvertrauen gezeigt und sich lieber im Hintergrund gehalten. In letzter Zeit hatte sie auf diesem Gebiet deutlich aufgeholt, was ganz sicher mit an ihm lag und ihn mir noch sympathischer machte.

Sie trat selbstsicherer auf, ohne großspurig zu sein, war gelöster und spontaner, und sie war, ich kann es nicht anders sagen, beinahe rebellisch gestimmt. Dies wiederum schien Humphrey so richtig respekteinflößend zu finden, und sie wurden immer mehr zu einem Team, das auf Augenhöhe agierte.

»Auf deinen neuen Job!« Beau riss mich aus meinen Beobachtungen. »Du hättest es mir sagen können. Ich hätte dich gecoacht und dir alle Daumen gedrückt.«

»Das weiß ich«, erwiderte ich und gab ihm einen Kuss. »Aber ich wollte es alleine schaffen.«

»Und es gibt nichts, was diese Frau nicht schafft, wenn sie es wirklich will«, sagte er und strahlte in die Runde. »Ich bin so unglaublich stolz auf dich.«

Kapitel 53

Was für andere Paare ganz normal ist, war es für uns lange nicht gewesen, deshalb genossen wir es nun ganz besonders. Zusammen zu sein, sich anzusehen und dabei in den Augen des anderen für einen Moment zu versinken. Hand in Hand durch die Stadt zu schlendern, sich zu berühren und zu küssen. Und dabei ganz lässig Charlottes Grinsen und Humphreys Miene zu ignorieren, auf der sich tatsächlich so etwas wie Genugtuung abzeichnete. Pens spöttische Kommentare zu erdulden und Maisies beseeltes Grinsen zu sehen. Morgens aufzustehen, sich für den Tag fertig zu machen und gemeinsam loszufahren, um dann vor der Arbeitsstelle mit einem letzten Kuss verabschiedet zu werden, ohne Angst, dabei erwischt zu werden. Sich abends zu erzählen, wie der Tag gewesen war, und die Freude, sich wiederzusehen.

Ich hatte meinen Billigparadies-Job gekündigt und war seither nicht mehr wirklich gut gelitten, aber da es schon vorher nicht besonders toll gewesen war, unter dieser Frau zu arbeiten, war das keine große Überraschung. Und dann hatte ich endlich den letzten Arbeitstag. Das letzte Mal trat ich aufatmend aus den schmalen, schlecht belüfteten Gängen hinaus in die klare Luft und wusste, dass nun ein neuer Lebensabschnitt anstand.

Es hätte perfekt sein können, und es war es auch beinahe. Nur eine Sache hing immer noch in der Luft. Ich wusste, dass dies trotz allem auf Beau lastete. Er hielt, was ich unterstützte, Kontakt zu seiner Mutter, aber deutlich reduzierter als bisher. Noch war keine Lösung in Sicht, und auch wenn Beau in seinem jetzigen Job aufging, fehlte ihm *Jola* spürbar. Er hatte bereits das Angebot, in der momentanen Firma zu bleiben und das Traineeprogramm selbst zu leiten. Trotzdem war er oft genug nachdenklich. Er bereute diesen Schritt nicht, und er wusste, dass er notwendig geworden war, aber ich denke, heimlich hoffte er, dass er eben nur das gewesen war: ein Schritt für ein Jahr, der nicht zu einem endgültigen Bruch führte. Seine Mutter sei nachdenklich, berichtete er. Sie bemühe sich, ihn zu verstehen. Was er nicht sagte, war, dass sie es leider nicht schaffte. Sie hatte die Alarmglocken gehört, was ja auch keine Kunst war, bei der Lautstärke, mit der Beau sie geläutet hatte. Aber es gelang ihr nicht, sich nun auch zu bewegen, das Feuer zu löschen.

Ich selbst hatte keinen Kontakt zu ihr. Wenn Beau telefonierte, richtete er ihr brav Grüße aus und ließ mir hinterher ihre zukommen. Ob sie ihm das wirklich aufgetragen hatte oder er es einfach sagte, wusste ich nicht, und ich fragte auch nicht genauer nach. Wenn er zu ihr fuhr, dann immer alleine. Die beiden hatten so eine Art Waffenstillstand in der Form getroffen, dass er jede zweite Woche bei ihr vorbeikam und sie ihn über die wichtigsten Vorgänge in der Firma unterrichtete. Für beide war das ein Entgegenkommen. Beau verdeutlichte damit, dass er gewillt war, trotz allem wieder seinen Platz einzunehmen, und sie ihm, dass er ihr Vertrauen nicht komplett verspielt hatte. Auch bei diesen Zusammenkünften war ich natürlich nie dabei. Es hatte sich eingespielt, dass diese Treffen am Samstagnachmittag stattfanden. Für mich war das dann die Zeit, in der ich mich mit Pen und Maisie traf. Ich war jetzt fast die ganze Zeit bei Beau, weil es dort privater war und wir, nachdem wir uns wiedergefunden hatten, keine Sekunde mehr auf den anderen verzichten wollten.

Manchmal trafen wir uns alle in der WG, um zu essen, zu quatschen oder eine kleine Party zu feiern, und ich mochte diese Abende. Ich mochte es, wenn Beau und ich dort übernachteten, weil es ebenfalls etwas war, was wir früher kaum gemacht hatten, nur für den Fall, dass unverhofft jemand auftauchte.

Es war nur einmal passiert, dass Charlotte unangemeldet vor der Tür gestanden hatte, während Beau in meinem Bett lag. Ich hatte sie ziemlich kurz im Flur abgefertigt, ihr das versprochene Buch in die Hand gedrückt und mich dabei ausgesprochen mies gefühlt, als ich sah, wie sie mein distanziertes Verhalten verletzt hatte. Danach hatte ich einen Moment mit zitternden Beinen an der Tür gelehnt, und Beau hatte daraufhin beschlossen, dass wir dieses Risiko in Zukunft nicht mehr eingehen sollten.

Nun aber konnten wir samstags zu zweit essen gehen, mit den anderen in einen Club oder ins Kino, ganz egal. Mit den Mädels und Beau um die Häuser zu ziehen war witzig, und immer öfter kam auch Charlotte mit – und in der Regel dann natürlich auch ihr Mentor.

Charlotte hielt mich nach wie vor auf dem Laufenden, was *Jola* betraf. Ich vermutete, dass Humphrey bei Beau dasselbe tat. Ich weiß nicht, ob er ihm von den Gerüchten erzählt hatte. Aber ich denke, dass er ihm jetzt berichtete, wie sehr Beau vermisst wurde, und dass die Mitarbeiter seinen Weggang noch immer bedauerten und wilde Spekulationen ins Kraut schossen, ob er wieder zurückkommen würde. Trotz aller Geheimhaltungsverträge kann man nämlich nicht verhindern, dass die Menschen anfangen nachzudenken und sich ihre eigenen Theorien zurechtbasteln. Und wie ich von Charlotte wusste, gab es da eine ganze Menge.

Es begann damit, dass es zu einem unüberbrückbaren Zerwürfnis zwischen Beau und seiner Mutter gekommen wäre, ging über die Theorie, dass Beau hinausgeschmissen wurde, weil er mich damals übergriffig behandelt habe, weiter hinaus zu der These, dass Beau gegangen war, weil er nicht länger der wartende Kronprinz sein wollte, bis hin zu der Vermutung, dass es damals doch nicht alles so gewesen sei, wie man gehört hatte. Nicht nur Charlotte hatte wohl Zusammenhänge hergestellt. Und trotz aller Versuche, trotz der Opfer, die Beau und ich gebracht hatten, kursierten Geschichten darüber, dass er und ich in Wahrheit unsterblich verliebt seien und unsere Liebe dem Unternehmen opfern mussten.

»Die große Mehrheit sieht ihn mittlerweile als Opfer. Du solltest mal die schmachtenden Augen sehen, wenn sie diese Story weitertratschen. Und ehe du was sagst: Ich habe nichts verraten. Ich höre nur zu und nicke nachdenklich, aber ich will mein Ohr an der Sache lassen. Die allermeisten sind mittlerweile davon überzeugt, dass es so ablief, wie es tatsächlich war. Es entsteht eine ganz gewaltige Rückendeckung für euch, und diese ganze Geschichte bläst sich stetig weiter auf. Dazu kommen die nicht verstummen wollenden Storys über diese beiden, denen man gekündigt hat, weil sie was miteinander angefangen haben. Die Leute verehren die Chefin, und sie hat ja auch eine Menge richtig gemacht. Man kann über sie sagen, was man will, aber sie war immer eine gute Vorgesetzte – bis auf diese Sache. Jetzt aber fürchte ich, dass die Situation kippen könnte, wenn sie nicht bald irgendwie reagiert.«

Nachdenklich hatte ich zugehört. »Hat Humphrey das mit Beau besprochen?«

»Das wollte er heute tun.«

»Gut. Er sollte es wissen. Und ich denke, sie ebenfalls.«

Am nächsten Samstag fuhr Beau bereits am Vormittag los. Ich wusste, dass er nicht eben erpicht darauf war, dieses Thema zu besprechen. Allerdings war er sich natürlich im Klaren, dass es langsam zu prekär wurde, um es nicht anzugehen. Und er wollte seine Mutter schützen, auch das war klar. Ich bedauerte sie, denn sie hatte nicht absehen können, was sich aus dieser Sache entwickeln würde. Vielleicht fühlte ich mich auch einfach schuldig; schließlich war es letztendlich ich gewesen, die diese ganze Entwicklung ins Rollen gebracht hatte. Und außerdem verband uns beide etwas, wie ich mir andauernd sagte: die Liebe zu Beau und der Wunsch, dass es ihm gut gehe. Wie auch immer, ich wurde milder, wenn ich an sie dachte, daran, dass sie alleine in ihrem wunderschönen großen Haus saß und sich sicherlich sorgte, was die Zukunft bringen würde. Ich hatte es einmal gesehen, dieses Haus. Nach unserem ersten Wanderausflug, dem Tag, als Beau und ich ein Paar wurden, waren wir auf dem Rückweg dort vorbeigefahren, weil sie ihn von ihrem Urlaubsort aus gebeten hatte nachzusehen, ob die Plane des Pools gesichert sei. Ich weiß noch, wie beeindruckt ich von diesem Haus gewesen war und wie spontan ein kleiner Film in meinem Kopf ablief, wie ich irgendwann an diesem Pool in den einladenden Sesseln sitzen würde, Beau zu meiner Rechten, seine Mutter zur Linken. Wir hätten ihr endlich gesagt, dass wir uns lieben. Natürlich hätten wir ihren Segen bekommen und einen harmonischen Abend im Kreis der Familie verbracht.

Nun, das war ein Traum geblieben und würde auch weiterhin nicht zur Debatte stehen, aber das war im Moment nicht vorrangig. Ich wollte auf alle Fälle gerade nicht mit ihr tauschen. In meinem Kopf wirbelten genug Gedanken, aber in ihrem musste es nach dem heutigen Gespräch zugehen wie im Irrenhaus.

Als Beau an diesem Abend zu uns stieß, war er mäßig hoffnungsvoll. Wir saßen einmal mehr in unserer gemütlichen, kleinen WG-Küche und konnten offen sprechen, weil alle unsere Freunde mit diesem Thema vertraut waren.

»Sie denkt, dass man das aussitzen muss. Es sei nicht das erste Mal, dass wilde Gerüchte die Runde machen«, sagte er und seufzte. Ich wusste, er dachte an die Zeit zurück, als er täglich indirekt damit konfrontiert worden war. »Und sie ist recht gut darin. Auch wenn ich weiß, dass es sie mehr tangiert, als sie zugibt. Aber sie will unbedingt an ihrer Contenance festhalten und ist überzeugt, dass es bald anderes gibt, was die Gemüter beschäftigt.«

Charlotte schnaubte, sagte jedoch nichts.

»Ich habe es versucht«, versicherte Beau. »Und ich vertraue darauf, dass sie das Richtige tut. Das hat sie immer getan.«

»Wenn du das sagst«, grummelte Charlotte, und Humphrey schaute sie mit hochgezogenen Augenbrauen an. »Was? Stimmt doch. Ich tue nichts, um in dieser Sache irgendwie Wetter zu machen, aber ich höre hin, und ja, ich mache mir Sorgen. Es ändert sich was, und es wäre wirklich schade, wenn das zu einer Änderung im Arbeitsklima beitrüge.«

»Bald stehen wieder Tarifverhandlungen für den Einzelhandel an. Dann haben die Leute anderes, über das sie diskutieren können«, warf Humphrey beschwichtigend in Beaus Richtung ein.

»Aber das hier ist ebenfalls ein emotionales Thema, und Beau ist beliebt«, beharrte Charlotte. »Ihr solltet euch also nicht zu sicher sein.«

Wie sich zeigte, hatte Charlotte recht. Der Sommer verflog, und nach wie vor schwelten die Gerüchte. Diese Klausel im Vertrag, die bisher von den meisten belächelt, von einigen unbekümmert gebrochen, weil man sich in seiner kleinen Filiale weit weg von London sicher wähnte, und vom Rest einfach vergessen worden war, war wieder präsent. Sie wurde so intensiv diskutiert wie nie zuvor. Da sage einmal jemand, die Menschen seien nicht mehr romantisch. Statt sich auf die Tariflöhne zu stürzen, bissen sie sich daran fest. Ich vermute, dass in manchen Fällen ein gewisses, dezentes Schwärmen für den Chef mit ausschlaggebend gewesen war. Auch die unglückselige Kündigung des verliebten jungen Paares trug vermutlich dazu bei. Auf alle Fälle hatte man bei *Jola* seine romantische Ader entdeckt und war nicht davon abzubringen, diese nun auszuleben.

Kapitel 54

»Wenn wir das gewusst hätten«, seufzte Beau, »dann hätte ich auf gar keinen Fall dieser ganzen Farce zugestimmt. Wir hätten gesagt, dass es eben passiert ist, von mir aus auch zugegeben, dass es ein Fehler war, und uns der Meute gestellt. Und dann wäre das Ganze längst vom Tisch.«

»Später ist man immer klüger«, sagte ich weise.

»Mutter hätte in den sauren Apfel beißen und sich bei diesen Mitarbeitern entschuldigen müssen und eingestehen sollen, dass es in der heutigen Zeit nicht mehr angemessen ist, so zu reagieren. Sie hätte nach der ersten Genugtuung damit Sympathiepunkte erzielt und alles wäre vorbei.«

Ich lachte. Diese beiden Mitarbeiter waren im Unternehmen mittlerweile fast genauso bekannt wie Beau und seine Mutter. Man nannte sie Romeo und Julia, auch wenn sie in Wirklichkeit Kevin und Jacqueline hießen, wie ich wusste. Wir hatten in Erfahrung gebracht, dass die beiden nach wie vor zusammen waren, ein Baby unterwegs war und sie zum Glück beim örtlichen Mitbewerber auch wieder eine Anstellung gefunden hatten. Die beiden waren ziemlich überrascht gewesen, welche Sympathiewellen ihnen entgegenschlugen. Als sie gekündigt wurden, war es nur in ihrer Filiale bekannt gewesen und einzig in den angrenzenden Ortschaften warnend und im Flüsterton weitergetragen worden, was ihnen passiert war. Das Hauptaugenmerk lag dabei allerdings auf der Kollegin, welche die beiden aus Eifersucht auf Jacqueline verpfiffen hatte – ganz offiziell mit Foto und Denunziationsbrief an die Zentrale, damit die auch wirklich handeln musste. Man hatte sich zugeflüstert, vorsichtiger zu sein. Der eine oder andere hatte auch seinen Unmut geäußert über diese Regelung, aber irgendwie hatte man damals noch einfacher akzeptiert, dass es sie eben gab und man sich als kleines Tier nun mal an die Vorschriften zu halten hatte, egal, was für verrückte Sachen sich London da wieder ausdachte.

Nun allerdings war ein regelrechtes Romeo-und-Julia-Fieber ausgebrochen, und es grassierte so dauerhaft, dass Beaus Mutter sich gezwungen sah, es endlich zur Kenntnis zu nehmen. Sie hatte nach wie vor nicht die Absicht, sich dazu zu äußern, dafür aber einen anderen Plan. Im Spätherbst stand in der Londoner Zentrale eine Feier an. Ein Betriebsfest, zu dem theoretisch alle Mitarbeiter geladen waren. Praktisch kamen natürlich nur die vor Ort, allen anderen war es zu dumm, extra in die Hauptstadt zu reisen, um eine Grillwurst zu essen und sich langweilige Reden anzuhören und sich dann aus eigener Tasche ein überteuertes Hotelzimmer nehmen zu müssen.

Dieses Jahr hatten sich allerdings ein paar Mitarbeiter aus weiter entfernten Filialen angemeldet, und vom Stammsitz hatten beinahe alle zugesagt. Später würde über dieses Fest ein toller Artikel mit vielen Bildern im hauseigenen Mitteilungsblatt erscheinen. Das sollte allen Mitarbeitern das Gefühl geben, auch irgendwie dabei gewesen zu sein. Die meisten meiner ehemaligen Kollegen hatten diese Berichte immer nur überflogen und dann behauptet, froh zu sein, dass sie nicht anwesend gewesen waren und sich all diese Reden über das Firmenwachstum und die Zahlenprognosen für das kommende Jahr antun mussten.

Das verriet ich Beau jedoch nicht, als ich seinen Ausführungen lauschte.

Auf alle Fälle hatte sie sich überlegt, dass Beaus Anwesenheit an diesem Tag ein sehr wichtiges Zeichen sein könnte. Es würde zeigen, dass an dem ganzen Groll nichts war, es würde Hoffnung machen, dass er dereinst zurückkehrte, und überhaupt dem Ganzen ein wenig Wind aus den Segeln nehmen, führte er aus. Und durch die netten bunten Bilder würde auch in jeder noch so entfernten Filiale ankommen, dass an den ganzen Gerüchten, die man momentan hörte, offensichtlich nicht viel dran war.

Neu war, dass man dieses Jahr zu diesem Fest auch alle Mitarbeiter einlud, die sich im vergangenen Jahr in die Rente verabschiedet oder aus eigenem Antrieb die Firma verlassen hatten. Ich horchte auf.

»Sie denkt, wenn du kommst, könnte das die Stimmung ebenfalls positiv beeinflussen«, sagte er.

»Und dann? Ich steh ein wenig am Rand herum, lächle milde und zeige allen, dass ich keinen Groll hege und auch kein Messer in meiner Handtasche mit mir herumtrage?«

»So in etwa«, stimmte er mir zu und sah weg.

»Aber ich werde nicht deine Freundin sein?«, hakte ich nach.

»Sie würde es begrüßen, wenn wir uns an diesem Tag zusammennehmen können.« Beau verzog das Gesicht.

»Und? Wollen wir das?« Ich schaute ihn herausfordernd an.

»Ich weiß es nicht.« Er fuhr sich mit den Händen durch das Haar. »Sie tut mir leid, und ich würde ihr gerne helfen. Ihr entgegenkommen. Ich denke, es wird schwer genug.«

Ich seufzte. So viel also dazu, dass wir endlich ein normales Leben führten und ich irgendwann einmal mit seiner Familie am Pool sitzen würde.

»Und du machst da mit?«, fragte Charlotte und war schon wieder kampflustig gestimmt.

»Ich mache es nicht für sie«, gestand ich leise.

»Aber trotzdem. Sie hat dir den Job genommen, den du mehr als verdient hattest, und dich überhaupt mies behandelt.«

Ich seufzte. »Ich weiß. Aber was bringt es denn jetzt noch?«

»Was es bringt? Gerechtigkeit. Genugtuung.«

»Und Zwist. Charlotte, ich muss auch an Beau denken. Sie ist seine Mutter, und falls ich auch nur den Hauch einer Hoffnung haben will, irgendwann an Weihnachten geduldet zu sein …«

»Geduldet! Sie sollte froh sein, wenn du sie duldest.«

Ich stand auf und klopfte ihr auf die Schulter. »Danke, Charlotte. Aber lassen wir es gut sein. Manche Menschen ändert man eben nie.«

Ich selbst kannte diese Feste ebenfalls nur von den Berichten, und ich muss zugeben, dass das, zumindest was den offiziellen Teil anging, kein Nachteil gewesen war. Es wurden lange und ausführliche Reden gehalten und dabei ein wenig am Sekt genippt. Beaus Mutter sah fantastisch aus. Sie gab sich nach ihren Möglichkeiten leutselig und nahbar. Ihre Rede sollte der krönende Abschluss sein. Ich wurde von ihr mit einem milden Kopfnicken samt Lächeln aus der Ferne gegrüßt, um den Schein zu wahren, wie ich wusste, und fühlte mich doch ein wenig mies dabei. Beau dagegen wurde enthusiastisch empfangen und von den Mitarbeitern gefeiert. Sie beobachteten genau, wie er mit seiner Mutter entspannt zwischen den Gästen herumspazierte, lachte, sie begrüßte, kleine Scherze machte und im Gespräch immer mal wieder beiläufig den Ellenbogen seiner Mutter berührte, sich ihr zuneigte, wenn sie etwas sagte. Überhaupt tat er alles, um zu demonstrieren, dass das Verhältnis trotz seines vorübergehenden Weggangs erstklassig war.

Ich hielt mich am Rand auf und schaute ihm dabei zu. Bei mir standen Charlotte und Humphrey samt dem Rest der Mentoren sowie deren Schützlingen. Ich hatte mich mit Leo und Andrew unterhalten, ihnen eine recht vage Geschichte aufgetischt, dass ich eine Zeit lang ausgebrannt und so erschöpft gewesen sei, wie man das bei einem Burn-out sein würde. Ich hatte gemerkt, dass es eigentlich keine zu große Lüge war, denn nach der Kündigung hatte ich ja wirklich alle Anzeichen dafür gezeigt. Ich erzählte, dass mir die Pause gutgetan und ich jetzt einen supertollen neuen Job ergattert hatte. Die Zeit in diesem schäbigen Shop vergaß ich einfach zu erwähnen, wie so vieles andere. Ich bemerkte ihre Blicke und fragte mich, ob auch sie wie Charlotte inzwischen so eng mit ihren Mentoren waren, dass sie mehr wussten oder vermuteten, aber ich tat, als bemerkte ich es nicht. Auch mit meinen ehemaligen Ausbildern hatte ich lange gesprochen, und das war definitiv der positive Teil des Tages. Ich konnte nicht leugnen, dass es mir auch jetzt, nach so langer Zeit und so vielen Vorkommnissen, sehr gut tat zu hören, wie sehr man meinen Weggang bedauerte, was für Hoffnungen sie in mich gesetzt hatten und wie stark man hoffte, dass ich irgendwann in den Schoß der Familie zurückkehrte. Bei ihren Mienen war ich mir sicher, dass sie mehr ahnten, als sie zugaben. Aber wir waren gut erzogen und taten so, als redeten wir nicht um den heißen Brei herum. Nur Charlotte war nicht bereit, ihren Unmut zu verbergen.

»Jetzt bin ich aber gespannt«, raunte sie mir zu, als endlich die Chefin persönlich ans Mikrofon trat. »Deine Chance, Lady. Nutze sie gut.«

Ich lachte. »Du bist respektlos, Charlotte. Würde das Humphrey gefallen?«

»Darauf kann ich leider keine Rücksicht nehmen«, gab sie zurück. »Und jetzt still! Ich will nichts verpassen.«

Wir lauschten also den Ausführungen. Wir erhielten einen Überblick über das zu Ende gehende Geschäftsjahr, einen Ausblick in ein fabelhaftes neues, alles, wie erwartet. Dann schwenkte die Stimmung um, es wurde emotionaler. Die Mitarbeiter bekamen einen sehr schön formulierten und ehrlich klingenden Dank dafür, was sie alle jeden Tag für das Unternehmen gaben, wurden wertgeschätzt und gelobt und durften hören, dass in der Branche durchaus neidisch auf *Jolas* stärkste Ressource, die Mitarbeiter, geschielt wurde. Dann machte sie eine kleine Pause, ehe sie weitersprach.

»Und ich weiß, Sie alle denken jetzt, das sind nur Sprüche. Dass es manchmal nicht ganz klappt mit dieser Wertschätzung. Ich gestehe Ihnen, dass ich mir in dieser Hinsicht viele Gedanken gemacht habe. Und ich würde diese Gelegenheit gerne nutzen, um eine Änderung bekannt zu geben, die Sie sicher alle freuen wird. Und unter uns«, sie lachte ganz bezaubernd, »es ist wohl auch an der Zeit.«

»Nein«, kreischte Charlotte neben mir und grub ihre Hände in meinen Arm. »Das glaub ich nicht. Wenn sie das tut, küsse ich ihr nachher die Hand. Den Fuß. Was immer sie will. Aber ich werde ihr meinen tiefsten Respekt zollen.«

Wir sahen wieder zum Podium, wo sich Mrs Rutherford vornehm räusperte. »Sie alle liegen mir sehr am Herzen. Ihr Glück, Ihre Gesundheit, Ihre Zufriedenheit. Und ich möchte heute ein Zeichen setzen, um Ihnen das zu beweisen.«

Charlottes Hände verkrallten sich ein wenig mehr und sie begann, vor Aufregung beinahe zu hecheln.

»Deshalb werde ich eine alte Regelung ändern.«

Ich hoffte, dass sie es nicht noch spannender machen würde, denn bald würde mein Arm anfangen zu bluten, so malträtiert, wie er gerade wurde.

»Ab heute«, ertönte es akzentuiert und strahlend vom Podium, »werden die Arbeitsverträge eine kleine Änderung erfahren.«

Charlotte stand kurz vor dem Herzinfarkt.

»Mein Dank an Sie alle. Wir hatten ein bewegtes Jahr, aber es war am Ende ein gutes Jahr. Und das möchte ich mit Ihnen teilen. Meine Damen und Herren, liebe Anwesende. Sie alle haben in Ihren Verträgen stehen, dass Sie …«

Charlotte keuchte jetzt neben mir, dass es fast obszön klang. »Sag es, sag es«, stieß sie rhythmisch hervor, was den Eindruck noch verstärkte und ihr einen interessierten Blick von Humphrey einbrachte.

»… dass Sie alle zwölf Komma sechs Monatsgehälter erhalten. Ab sofort wird das geändert. Wir erhöhen auf ein ganzes Zusatzgehalt. Sie alle, meine geschätzten Damen und Herren, werden ab sofort dreizehn Gehälter beziehen.«

Kapitel 55

Charlotte tobte. »Das glaube ich jetzt nicht.«

»Na, das ist doch keine schlechte Nachricht«, warf ich ein.

»Sie hat mit uns gespielt. Und sie will uns kaufen. Das ist es. Gebt dem Pöbel mehr Geld, dann vergisst er alles andere.«

»Nun ja, meinst du nicht, dass sie damit …«

»Ich meine, dass das ein ganz mieses Spiel ist. Für wen hält sie sich? Den Kerl aus der Bibel, als das Volk unseren Herrn verraten hat? ›Lasst Barabbas frei‹, so in der Art?«

»Was?«, fragte ich verwirrt.

»Du weißt doch, als sie Jesus verurteilen, und die Leute erst erscheinen und rufen, er solle ihn begnadigen. Und dann kommt er mit diesem Barabbas um die Ecke und die Leute vergessen Jesus und …«

»Charlotte, du bist offensichtlich ein wenig konfus.«

»Ganz und gar nicht.« Sie betonte jedes Wort. »Beau ist Jesus. Also so in etwa. Die Leute wollten eigentlich, dass er Gerechtigkeit erfährt. Dass ihr beide Gerechtigkeit bekommt, Romeo und Julia ebenfalls und überhaupt, dass diese verdammte Klausel endlich verschwindet. Und dann kommt sie und wirft uns eine Erhöhung der Zulagen hin, und zack, alle jubeln und finden sie ganz toll und vergessen alles andere.«

»Nun ja …«, bemerkte ich, aber Charlotte war nicht zu bremsen.

»Es gab eine Petition«, beharrte sie. »Von den Mitarbeitern gestartet, mit der Aufforderung, diesen Mist abzuschaffen. Humphrey und sein Team haben ebenfalls eine Vorlage eingebracht, dass es klug wäre, das zu ändern. Und sie geht einfach hin und ignoriert es. Aber nicht mit mir. Mich kauft niemand. Und mir reicht's.« Sie verschränkte die Arme vor der Brust und starrte grimmig in Richtung Podium.

»Was hast du mit ihr gemacht?«, fragte ich Humphrey und sah ihn aufmerksam an. »Seit wann ist Charlotte so auf Krawall gebürstet?«

Er zuckte die Achseln, aber auf seinem Gesicht spiegelte sich eindeutig Bewunderung. So kompliziert war es gar nicht, ihn zu lesen, wie Charlotte mir immer hatte weismachen wollen.

»Ich habe keine Ahnung«, gab er zu. »Aber ich denke, es steht ihr, oder nicht?«

Die Ankündigung hatte eifriges Tuscheln ausgelöst und auch einen spontanen Applaus unter den Mitarbeitern. Ich vermutete mal, dass es funktionierte und die meisten sich damit zufriedengeben würden. Ich würde das jetzt nicht Charlotte gegenüber aussprechen, aber Mrs Rutherford wusste, wie man sich aus der Schlinge zog und wieder alles zurechtrückte. Die wenigsten würden wie wir im Augenblick darüber tuscheln, dass es ein geschicktes, kleines, wenn auch angenehmes Ablenkungsmanöver war, auf das sie da hereinfielen.

Mrs Rutherford spazierte durch die Menge, erneut begleitet von Beau, und nahm freudig die Dankesbekundungen entgegen. Langsam arbeiteten sie sich in unsere Richtung vor. Ich hoffte stark, dass die Zeit ausreichte, um Charlotte ein wenig abkühlen zu lassen.

»Großartige Rede, Mrs Rutherford«, lobte Humphrey und machte tatsächlich so eine Art Verbeugung.

Sie tätschelte seinen Arm. »Danke. Nun, das ist eigentlich Ihr Verdienst. Ich weiß nicht, was ich in letzter Zeit ohne Sie gemacht hätte.« Sie warf einen kleinen Seitenblick zu Beau hinüber. »Sie wissen doch, unser Gespräch über die, nun ja, kleineren Unmutsbekundungen und die anstehenden Tarifverhandlungen.« Sie lächelte. »Tja, da kam mir die Idee, dem einen ein wenig zuvorzukommen und das andere damit zu bekämpfen.« Wieder berührte ihre Hand kurz seinen Arm. »Sie sind mir ein wertvoller Ratgeber geworden. Sie alle.« Sie blickte wohlwollend in die Runde der Mentoren. »Ich danke Ihnen, meine Damen und Herren. Ohne Sie hätte *Jola* ein großes Problem. Ich hoffe, Sie nutzen das nicht aus.« Ihr Lachen klang fast kokett.

Ich wagte es, Beau einen kleinen Blick zuzuwerfen und vielsagend meine Augen aufzureißen. Er zwinkerte mir grinsend zu.

»Das ist ja großartig, Humphrey«, trompetete Charlotte in diesem Moment begeistert heraus. »Wie du dieses Problem gelöst hast!«

Mrs Rutherford blickte sie erstaunt an, lächelte aber immer noch gnädig.

Humphrey selbst sah überrascht und ein wenig alarmiert aus. Er kannte Charlotte offensichtlich besser.

»Ich muss Ihnen zustimmen, Mrs Rutherford.« Sie lächelte in deren Richtung und nickte dabei vertraulich mit leicht schief gelegtem Kopf. »Er ist einfach der Beste. Ich bin so dankbar, dass ich bei ihm meine Ausbildung machen durfte.«

Mrs Rutherford wollte eben den Mund öffnen, um Charlotte zu danken, als ich sah, dass er immer weiter aufging und dann stumm offen stehenblieb.

Ich wandte mich um und sah eben noch, wie Charlotte voller Elan einem sichtlich verdutzten Humphrey um den Hals fiel und ihn voller Inbrunst küsste.

Mrs Rutherford erstarrte einen Moment. Einen längeren Moment. Eigentlich stand sie so lange erstarrt daneben, wie Charlotte und Humphrey züngelten, und das dauerte erstaunlich lange. Ich legte den Kopf schief und beobachtete interessiert, dass beide wirklich ernsthaft bei der Sache waren, so richtig mit geschlossenen Augen und Händen, die Charlotte derart fest an Humphrey drückten, dass es fast unanständig war, und mit Hingabe und allem.

Außer mir schienen auch alle anderen stocksteif. *Vielleicht weil ich bereits diesen Kuss-Fluch auf mir habe*, dachte ich, vielleicht lähmte mich deshalb gerade nicht die Angst.

Auch Beau sah kurz fasziniert zu, ehe sein Blick fassungslos und danach bestürzt wurde. Seine Hände fuhren in einer verzweifelt wirkenden Geste an seinen Kopf und er stöhnte leise. Das schien irgendwie den Bann zu brechen.

»Sie …«, stammelte Mrs Rutherford, und ihre Augen blitzten. »Wie können Sie es wagen …«

Charlotte und Humphrey lösten sich voneinander, zumindest im Gesicht. Charlotte blickte mit verklärten Augen weiter zu ihm auf. Auf seiner Miene lag für jeden lesbar nicht nur Überraschung, sondern ganz viel Freude – und der unbedingte Wunsch, damit weiterzumachen.

»Das wird Konsequenzen haben«, zischte Mrs Rutherford zwischen den Zähnen hervor, während sie sich tapfer bemühte, ihren Gesichtsausdruck unter Kontrolle zu halten. Das Lächeln darauf wirkte ein wenig angestrengt, war aber ganz sicher aus etwas Entfernung ziemlich überzeugend. »Gerade Sie. Von Ihnen hätte ich das nicht erwartet.«

»Es tut mir leid, Mrs Rutherford«, sagte Humphrey ruhig. »Ich wollte Sie nicht enttäuschen. Ich fühle mich auch nicht, als hätte ich etwas Falsches getan. Für mich ist das hier richtig. Für Sie war ich bis eben richtig.« Er lächelte ihr zu. »Es ist nur ein Kuss. Was kann daran so verkehrt sein?«

Es war offensichtlich, dass nach Mrs Rutherfords Meinung jede Menge daran falsch war. Sie neigte sich ein wenig zu Charlotte vor und sagte leise: »In mein Büro. Montagmorgen um acht. Sie beide. So leid es mir tut.«

Humphrey erbleichte, hielt aber Charlotte stoisch weiter fest.

Die reckte ihr Kinn. »Wem tut das weh? Und wie können Sie es wagen, ihn deshalb zu verurteilen? Zeigt das nicht einfach, dass er ein Mensch ist? Dass wir alle Menschen sind und einfach als solche leben wollen?«

»Das dürfen Sie gerne tun. In Ihrer Freizeit. Und davon werden Sie in Zukunft beide reichlich haben.«

»Das hier ist meine Freizeit. Und es nimmt der Firma gar nichts weg, wenn ich glücklich bin. Wenn wir alle glücklich sind. Im Gegenteil, Küssen fördert Glückshormone, man wird leistungsfähiger, freundlicher und bleibt sogar gesünder. So gesehen sollte man es sogar verordnen, dass mehr geküsst wird, weil es das Klima nur verbessern kann.«

»Das ist ein Affront«, fauchte Mrs Rutherford.

»Nein«, begehrte Charlotte auf und klang jetzt verzweifelt. »Das sollte es nicht sein. Das wollte ich nicht. Aber verstehen Sie nicht, dass wir keine andere Wahl hatten? Wir werden einfach nicht gehört. Immer heißt es ›Kommen Sie und reden Sie mit uns‹, aber sobald wir es tun und das Thema ist nicht genehm, dann werden wir nicht gehört. Das ist nicht gerecht. Es geht doch um keine große Sache.« Sie sah in die Runde, und nun schwammen Tränen in ihren Augen. »Es geht doch einzig und alleine darum, dass wir wir selbst sein dürfen. Dass wir nicht gezwungen werden, etwas zu verheimlichen, was man nicht verheimlichen müssen sollte. Es geht doch nur darum, dass wir Menschen sind und Gefühle haben. Und wenn ich deshalb meinen Job verliere, dann tut mir das sehr leid.« Sie sprach jetzt ruhig und wurde mit jedem Satz leiser, aber auch fester. »Aber ich kann mir dafür weiterhin in die Augen sehen. Ich muss mir nie vorwerfen, dass ich nicht alles versucht habe, um das klarzustellen.«

Einen Augenblick lang wurde es ganz still. Mrs Rutherford starrte die beiden nach wie vor an. Beaus Hand lag noch immer in seinem wild abstehenden Haar, und ich hielt den Atem an. *Was hast du bloß getan, Charlotte*, dachte ich traurig. *Wie konntest du deine Karriere aufs Spiel setzen?* Und dennoch klopfte mein Herz wie verrückt, weil sie es getan hatte, weil sie mutig war und sich treu blieb und weil sie das für mich getan hatte – nun ja, und ein bisschen für sich selbst, wie es aussah.

In dem Moment erweckte eine Bewegung zu meiner Rechten meine Aufmerksamkeit. Ich schaute hinüber und riss die Augen auf, als ich eben noch sah, wie Leo Paula in die Arme riss und beherzt küsste. Dieser Kuss dauerte nicht lange und hatte viel weniger Zunge als der erste, eigentlich vermutlich gar keine, aber es war definitiv ein Kuss. Daraufhin packte Thea Andrew und küsste ihn, und nach kurzem Zögern straffte sich Mary und drückte Peter ebenfalls einen schnellen Kuss auf den Mund.

Mittlerweile starrten alle zu uns herüber. Auch die Mitarbeiter sperrten überrascht ihre Münder auf und schienen zu überlegen, was hier gerade abging und vor allem, was das bedeuten mochte. Dann war der Moment vorbei. Plötzlich brach ein lautes Johlen los und Applaus brandete auf, noch begeisterter als bei der Verkündung des neuen Weihnachtsgehaltes. Ich war noch nie auf einem Flashmob gewesen, aber genau so stellte ich es mir vor. Um uns herum klatschten die Leute, und dann griffen sie sich einfach den Nächstbesten und drückten ihm einen saftigen Kuss auf den Mund. Nun ja, manche schienen es sich besser ausgesucht zu haben, oder sie hatten einen Nächstbesten, den sie näher kannten als die anderen, denn einige genossen den Moment ohne Zweifel sehr. Es war ein großartiges Bild, all die fröhlichen, lachenden, küssenden Menschen zu beobachten.

Endlich wandte sich Mrs Rutherford ab und marschierte davon. Und die Mitarbeiter, unwissend, was gerade passiert war, bildeten spontan ein Spalier und applaudierten ihr. In keinem einzigen Gesicht war Spott oder so zu erkennen. Ich sah nur Bewunderung und Erleichterung, Freude und Hochachtung, und dann wieder ganz viele Küsse. Und ich fürchtete, dass Mrs Rutherford diesen Augenblick, in dem sie so viel Liebe und Wertschätzung und aufrichtige Sympathie entgegengebracht bekam, leider verpasste, weil sie dadurch abgelenkt war, nicht zu platzen.

Kapitel 56

Man kann sagen, was man will, aber in der Krise zeigt sich die wahre Größe. Und Mrs Rutherford, mitten im Sturm, behielt ihre Würde. Als sie am Podium angekommen war, konnte nicht einmal ich erkennen, dass sie eben beinahe durch die Decke gegangen wäre. Sie lächelte und ihre Stimme klang ganz normal, als sie noch einmal das Mikrofon ergriff.

»Ich bin etwas enttäuscht«, sagte sie und lachte leise auf. »Weil ich heute vergeblich versucht habe, Sie alle ein wenig an der Nase herumzuführen. Und leider hat man mir nun die Überraschung verdorben.« Sie blickte in unsere Richtung und drohte uns schelmisch mit dem Zeigefinger. »Ich weiß, dass es in letzter Zeit ein Thema gab, das die Gemüter erregte. Sie waren so nett, mich darauf hinzuweisen. Ich gestehe, dass dieses Thema für mich aus persönlichen Gründen nicht ganz vorne rangierte, seit mein lieber Mann von uns gegangen ist.« Sie senkte kurz den Kopf. »Es war ein Fehler, und ich entschuldige mich.« Nun war der Kopf wieder erhoben, langsam ließ sie ihren Blick über die Menge schweifen, als wolle sie jedem in die Augen blicken. »Mein Mann, Ihr geschätzter, viel zu früh verstorbener Chef, hatte diese Regel aufgestellt. Es ginge zu weit, die Gründe zu erklären, aber sie waren damals richtig und sinnvoll. Und ich habe aus Sentimentalität an ihr festgehalten, weil sie ihm so wichtig war. Weil dies mich immer noch mit ihm verband.«

Sie seufzte leise, und ich registrierte, dass ihr die Leute aus der Hand fraßen. Einige fassten sich gerührt an die Brust, andere griffen nach der Hand des Nachbarn, ein paar wischten sogar verlegen an den Augen herum, und der Rest … Nun, der war immer noch am Küssen, aber das war ja auch irgendwie ein Statement.

»Heute wollte ich diese Fessel durchtrennen, weil ich weiß, dass nicht sie es ist, die meinen Mann in der Firma hält. Es ist seine Arbeit, sein Vermächtnis, der Grundstein, den er legte, und auf dem wir alle stetig weiter aufbauen. Ich habe Sie bewusst abgelenkt und Ihnen heute verkündet, dass wir das Zusatzgehalt aufstocken.«

»Was hoffentlich kein Witz war, oder? In meinem Fall wäre mir das Geld nämlich lieber als ein Kuss, wenn ich das sagen darf«, warf ein vorwitziger Kerl ein und erntete lautes Gelächter.

Auch Mrs Rutherford lachte. »Nein. Sie werden beides bekommen. Und nun endlich ganz offiziell und ohne weitere Verzögerungen: Mit den neuen Arbeitsverträgen, die wir Ihnen ausstellen, wird auch der so charmant als *Kuss-Klausel* bezeichnete Passus entfernt.«

Sie lächelte, hob die Arme, nahm den Applaus entgegen. Gerührt legte sie die Hände vor ihrer Brust zusammen und verneigte sich ganz leicht.

Beau sprang auf das Podium, küsste sie auf die Wange und legte einen Arm um ihre Schultern. Seine Augen strahlten stolz, als er sie an sich presste.

»Und das waren dann aber auch alle Verkündungen, oder?« Sie sah ihn an.

»Ich denke schon. Meine Ansprachen müssen Sie erst wieder über sich ergehen lassen, wenn ich nächstes Jahr in meine Stellung bei *Jola* zurückgekehrt bin.«

»Sie hat mir fast leidgetan.« Ich sah Beau zu, wie er sich langsam aus seinem Anzug schälte, und überlegte, ob ich den Moment wirklich seiner Mutter widmen sollte oder ganz uneigennützig für mich beanspruchen. Nach der spontanen und beeindruckenden Ankündigung hatte sie tapfer an Beaus Seite den restlichen Tag durchgestanden und ihn dann gebeten, sie nach Hause zu fahren. Es wurde ein ziemlich langer Abend, sie hatte offensichtlich Redebedarf gehabt. Ich hatte mich von Charlotte und Humphrey heimbringen lassen. Strafe musste sein. Ich sah genau, dass Charlotte die viel zitierte Büchse der berühmten Pandora geöffnet hatte und am liebsten gar nicht mehr aufgehört hätte, mit Humphrey zu knutschen. Und er … puh! Er hatte bewiesen, dass ich komplett falsch lag, als ich dachte, sich Humphrey in einer erotischen Situation vorzustellen, sei, wie sich auszumalen, dass die Queen Cancan tanzte. Ich schüttelte den Kopf, um beides daraus zu vertreiben, und verdonnerte sie, noch eine Weile zu schmachten und den Umweg in Kauf zu nehmen.

Übrigens hatten sowohl Leo, Andrew als auch Mary übereinstimmend erklärt, dass sie ihre Mentoren mochten, aber diese Sache mit dem Küssen ein einmaliger Zwischenfall gewesen sei, der nur dazu gedient hätte, Charlotte den Rücken zu stärken und endlich Flagge zu zeigen. Mrs Rutherford müsste eigentlich sehr stolz sein auf ihre Mitarbeiter, doch ich fürchtete, dass sie das etwas anders sah. Die Einzigen, die nicht mitgeknutscht hatten, waren wir gewesen. Ich hatte Beaus Blick aufgefangen und die Unsicherheit darin gelesen, was er tun sollte. Er wollte, aber sein Herz wusste, dass es ein tödlicher Schlag seiner Mutter gegenüber gewesen wäre. Außerdem hätte es bei ihm gleichzeitig so etwas wie einen politischen Hintergrund gehabt, weil da ja noch alle möglichen Gerüchte im Umlauf waren, denen wir heute durch unsere Anwesenheit und unseren zivilisierten Umgang miteinander ein wenig den

Nährboden genommen hatten. Also hatte ich beruhigend gelächelt und mich nicht beklagt, als er auch den restlichen Tag wie einer dieser Fliegenfänger an seiner Mutter klebte und ihr den Rücken stärkte.

Als er mit ihr aufbrach, kam er zu uns, um sich zu verabschieden, und da nahm er mich in den Arm und küsste mich, ganz unspektakulär, ohne große Show und ohne, dass alle zu uns starrten, wie es am Nachmittag der Fall gewesen wäre. Vielleicht hatten es manche wahrgenommen, vielleicht auch nicht. Ich begriff, dass es egal war. Es mussten uns nicht alle sehen, ich brauchte diesen Triumph gar nicht. Ich hatte auch so alles, was ich wollte.

»Mir hat sie auch leidgetan.« Beau warf das Sakko über die Stuhllehne und knöpfte das Hemd auf. »So hatte sie sich das nicht vorgestellt.«

»Sie hat die Situation mit viel Klasse gemeistert«, gab ich zu und sah ihm interessiert zu.

»Sie hat getobt.« Er verzog den Mund und machte sich an seiner Gürtelschnalle zu schaffen. Ich setzte mich auf dem Bett bequemer zurecht und genoss die Show.

»Sie hat getobt und Feuer gespuckt. Und dann hat sie es akzeptiert. Sie hat verstanden, dass es keine andere Lösung gab und dass es eine Niederlage ist, die sie verschmerzen kann.« Er ruckte kurz mit dem Kopf. »Irgendwann zumindest. Und sie hat kapiert, dass es ihr auf Dauer nicht geschadet hat, sondern im Gegenteil ihre Position stärken wird.«

»Und dass du ganz nebenbei heute versprochen hast, wieder zurückzukommen. Völlig spontan.« Ich schaute zu, wie die Hose zu Boden glitt.

»Es war richtig.« Beau stand einen Moment ganz still und breitbeinig und selbstsicher da, wunderschön und anbetungswürdig und ließ mein Herz überquellen vor Gefühlen. »Sie hatte diesen Moment verdient und gebraucht. Aber ich habe es nicht getan, weil ich dachte, es tun zu müssen. Es ist das, was ich erhoffte, tun zu können. Ich wollte nie ganz gehen. Ich will noch immer diese Firma leiten und in die Zukunft bringen. Sie erweitern, stärken und ausbauen.« Er verharrte kurz. Im nächsten Augenblick begann er balancierend, sich die Socken auszuziehen. »Ich will dieses Unternehmen leiten und bewahren, bis ich es ebenfalls voller Stolz an die nächste Generation übergeben kann.«

»An die nächste Generation? Habe ich was verpasst?«, erkundigte ich mich überrascht und genoss, wie nach den Socken das letzte Kleidungsstück fiel. Er sah mich an und meine Haut kribbelte voller Vorfreude, weil er sich eben in Bewegung setzte und sie gleich unter seinen Fingern zum Brennen bringen würde.

»Nein, das hast du nicht. Aber genau hier, Madame, kommen Sie ins Spiel.«

»Dieser Tag könnte zu einem echten Problem werden«, kicherte ich eine Zeit später vergnügt.

»Noch mehr?«, fragte Beau grinsend.

»Nun ja, heute lag so etwas in der Luft. Ich bin mir ziemlich sicher, dass sich da einige gefunden haben, die sich von diesem spontanen Woodstock dazu haben hinreißen lassen, bis zum Äußersten zu gehen. Herrje, hast du Charlotte und Humphrey gesehen? Die beiden haben mein Weltbild ins Wanken gebracht. Ich werde ihr kein Wort mehr glauben! Nur Freunde, klar. Und all die anderen … Wollen wir eine Wette abschließen, wie hoch die Quote für den Mutterschutz in neun Monaten sein wird?«

Beau schenkte mir einen seiner feurigen Blicke. »Ich hoffe, ziemlich hoch.«

»Du meinst das ernst, oder?« Mein Grinsen verschwand. »Das mit«, ich zögerte, »einem Kind?«

»Ja«, gab er schlicht zurück. »Pass auf, ich weiß, ich überfalle dich jetzt, und du musst darüber nachdenken. Du hast gerade deinen neuen Job angefangen und alles. Ich werde dich nicht drängen. Aber wenn du bereit bist, dann geht es los. Ich wäre es nämlich. Ruby? Ruby!« Bestürzt sah er auf mich hinab. »Wenn du das nicht willst …«, stammelte er hilflos, aber ich winkte ab.

»Ich heule nicht, weil du Kinder willst. Kinder sind okay. Vielleicht nicht gerade heute, aber sie sind okay.«

»Aber?«, fragte er sanft.

»Du willst Kinder«, stieß ich hervor.

»Das sagte ich eben.« Immer noch klang seine Stimme wie Butter.

»Weißt du, das hat mich doch ein wenig überrascht«, gestand ich ihm. »Ich meine, wir sind zusammen, das habe selbst ich mittlerweile kapiert. Aber ich wusste nicht, dass du … also, dass es dir so ernst ist.«

»Und weshalb sollte es mir nicht ernst sein? Habe ich je den Eindruck erweckt, es könne nicht so sein?«

Ich schüttelte nachdrücklich den Kopf. »Nein, es ist nur … Nun ja. Du sagst es nie.«

»Dass es mir ernst ist?«

»Dass du mich liebst«, stieß ich hervor.

Beau seufzte. »Das tue ich. Das tue ich so sehr und aus vollem Herzen. Ich …« Er hob kurz seine Schultern. »Ich bin nur nicht so gut darin, es auszusprechen. Das ist etwas, was ich nie gelernt habe. Du wirst also Nachsicht mit mir haben müssen und Geduld.«

Ich nickte und kuschelte mich in seine starken Arme. »Kein Problem. Du hast ein Leben lang Zeit, es zu lernen.«

Kapitel 57

Und wieder waren wir an einem perfekten Ende für einen perfekten Sonntagabend-Blockbuster angekommen. Die beiden Helden mit malerisch zerzaustem Haar in einem, nun ja, beinahe blütenreinen weißen Bett, das nur ein paar Krümel vom Frühstück aufwies, die nicht ins Bild passten. Eine strahlende Zukunft, in der irgendwann ein Kind durch die Szenerie toben würde, endlich die Gewissheit, dass Beau es so ernst meinte wie ich, auch wenn er es nicht so direkt sagen konnte, und die Gewissheit, diese unfassbare Gewissheit, dass sich jetzt doch noch die amerikanischen Träume der Heldin erfüllt hatten. Aber ein bisschen geht diese Geschichte noch weiter. Denn, man kann es erraten, weiterhin gab es da diese eine Sache: gut gekleidet, stolz und immer noch sie selbst.

Beaus Mutter feuerte Charlotte und Humphrey nicht. Sie machte keinen Hehl daraus, alleine in ihrem Büro, dass sie eine weitere Einmischung dieser Art nicht dulden würde. Sie stutzte die beiden ordentlich zurecht, aber sie kamen im Großen und Ganzen glimpflich davon. Es beeinträchtigte auch nicht die zukünftige Zusammenarbeit. Stolz hin oder her, sie wusste wirklich, was sie an Humphrey hatte. Vielleicht zollte sie heimlich sogar Charlottes Mut und Rückgrat Respekt. Mit Rückgrat war die Dame auf alle Fälle mehr zu beeindrucken als mit Küssen.

In der folgenden Ausgabe der Firmenzeitung war ein langer, sehr ausführlicher Artikel mit massig Bildern zum Firmenfest zu finden. Er trug den Titel »Ein Fest der Liebe«, was mir ein Grinsen abverlangte, und zeigte nicht nur, wie Mrs Rutherford lächelnd durch das applaudierende Spalier der Mitarbeiter schritt, sondern auch jede Menge Fotos von sich küssenden Menschen. Ich hoffte, dass alle, die darauf waren, sich auch küssen durften und jetzt nicht die eine oder andere Beziehung auf der Kippe stand. Auf alle Fälle kam sie in diesem Bericht sehr gut weg. Die Mitarbeiter waren zu Recht stolz auf ihre Chefin. Keiner wusste, wie es letztlich dazu gekommen war, diese Regel zu kippen. Wir mussten nicht darüber sprechen, dass es auch so bleiben würde.

Ein ganz besonderer Clou war das Bild, das einen breit grinsenden Kevin zeigte, den Arm um eine offensichtlich schwangere Jacqueline gelegt, und beide strahlten in die Kamera. Ein Wahnsinnsblumenstrauß ragte ins Bild, die Überschrift titelte von einer »Kündigung ins Glück«.

Im dazugehörigen Text wurde der geneigte Leser informiert, dass diese Kündigung damals eigentlich ein echter Glücksfall gewesen sei. Denn, so behaupteten die beiden, das Ganze war schon irgendwie ein wenig ins Stocken geraten. Wie sie uns völlig hemmungslos wissen ließen, hätte es da ein paar reizvolle Avancen von anderen Interessierten gegeben, denen man kurzzeitig nicht völlig abgeneigt gewesen wäre. Erst der Schock der Kündigung habe ihnen gezeigt, dass da doch mehr gewesen sei und all die anderen amourösen Offerten eigentlich uninteressant. Man habe in dieser Zeit eine Verbindung aufgebaut, die nun nichts mehr zerstören könne und die das Baby krönte. Ich fand es ein wenig dick aufgetragen, selbst für meine amerikanischen Highschoolfantasien. Aber die beiden wirkten ganz echt und verliebt.

Mehr beeindruckte mich das zweite Bild, auf dem Mrs Rutherford mit ernster Miene den beiden die Hände schüttelte. Sie wären es, die letztlich diese wunderbare Neuerung angestoßen hätten, wurde sie zitiert. Ich zuckte kaum zusammen und überließ diese zweifelhafte Ehre gerne Romeo und Julia. Auf alle Fälle entschuldigte sich die Grand Dame persönlich auf diesem Bild und versprach den beiden, dass sie jederzeit wieder einen Job bei *Jola* bekämen, sollten sie das wünschen. Sie nahm es jedoch mit Fassung auf, als sie mitgeteilt bekam, dass man im jetzigen Job sehr zufrieden sei, es sich aber überlegen wolle, schließlich würde ja jetzt mehr Weihnachtsgeld warten.

Der Artikel schloss mit der Verkündung, dass nicht nur Friede, Freude, Eierkuchen herrsche, sondern *Jola* sich auch entschlossen habe, als Wiedergutmachung für das Kind einen Ausbildungsfonds einzurichten. Schließlich hatten seine Eltern ja bedauernswerterweise ein Unglück erfahren, das man ihnen hätte ersparen müssen.

Ja, sie wusste, wie man PR machte. Sie demonstrierte genügend Demut, sodass ihre Umfragewerte geradezu explodierten.

Ein weiteres Bild zeigte Charlotte und Humphrey küssend in Großaufnahme, was die beiden stoisch hinnahmen. Charlotte pinnte es sogar in ihrem Büroabschnitt an die Wand, entfernte es aber auf Humphreys Bitten wieder. Man musste die Geduld ja nicht überstrapazieren, befand er und küsste sie ungeniert mitten im Büro. Auf meine Nachfragen hin gestand sie errötend, dass sie ihren Mentor schon eine Weile ziemlich anregend gefunden hätte, was ich einfach mal abnickte, und dass sie ihn seit dem ersten Kuss einfach nur als heiß bezeichnen konnte. Oder war es nach der ersten Nacht gewesen, in der Humphrey ganz neue Qualitäten bewies, die Charlotte nun ausgiebig zu besprechen wünschte?

Ich brachte das Thema schnell auf etwas anderes. Erstens war mir nicht wirklich danach, über Humphreys diesbezügliche Qualitäten mehr zu wissen, als dass sie den Erwartungen mehr als genügten. Zweitens hatte ich Angst, dass meine Freundin zu entspannt wurde und im Gegenzug verlangte, dass ich ebenfalls Beaus Qualitäten – Erwartungen übertroffen, mindestens – vor ihr ausbreitete, und das wollte ich nicht. Er würde in absehbarer Zeit wieder ihr Chef sein, und manche Dinge musste man über seinen Chef nicht wissen. Zumindest, wenn man diese Erfahrungen nicht persönlich machte.

Beau dachte eine Weile laut darüber nach, dass er bald auch wieder mein Chef sein könnte. Es machte ihm immer noch zu schaffen, dass ich meinen Traumjob seinetwegen verloren hatte.

Aber ich lehnte ab. Ich hatte mich gerade erst in meinen jetzigen eingearbeitet, und es machte mir Spaß. Ich hatte ein tolles Team, einen tollen Chef – hier drosselte ich meine Begeisterung ein wenig – und betreute gut aufgestellte Filialen. Ich lernte andere Ideen kennen, mochte viele, fand ein paar ganz dumm, entdeckte Gemeinsamkeiten. Ich war dabei, mir Respekt zu verschaffen und für meine Arbeit Anerkennung zu verdienen. Und das wollte ich nicht schon wieder beenden. Ich hatte Zeit. Wir hatten Zeit. Irgendwann, so versprach ich ihm, würde ich mit ihm das Unternehmen leiten, wenn er das wollte. Als Team, wie es seine Eltern getan hatten. Nun ja, nicht ganz so, wie ich mit strengem Blick hinzufügte, woraufhin er empört die Augenbrauen in die Höhe schnellen ließ. Die Sache mit dem Fremdgehen würden wir uns schenken, aber ansonsten hatten die beiden einiges richtig gemacht. Zum Beispiel, was ihren Sohn anging. Aber zuvor würde ich mir noch ein paar Jahre meine Sporen in einem anderen Unternehmen verdienen. Im

Moment war es sowieso zu früh. Seine Mutter saß noch zu fest im Sattel und war definitiv nicht bereit für mich.

Tja, seine Mutter. Ich sollte jetzt verkünden, dass wir uns super angenähert haben, aber das wäre eine Übertreibung. Ich bin immer noch die, die diese ganze Affäre ins Rollen gebracht und sie am Ende gezwungen hat, etwas zu tun, was sie nicht tun wollte. Das wird sie mir bestimmt noch eine Weile nachtragen.

Ich bin immer noch zu blond, und mein neuer Arbeitgeber hat mir auch nicht verboten, weiterhin meine farbenfrohen, gerne in »Fifty Shades of Pink« gehaltenen Klamotten zu tragen. Und ich bin immer noch an Beaus Seite und werde da auch bleiben, wie sie erkannte. Und wie es ihre Art ist, hat sie die Lage analysiert, ihre Möglichkeiten abgewogen, festgestellt, dass es nicht zu viele sind, und versucht, sich damit zu arrangieren.

Sie hat mich nicht in die Arme geschlossen, aber ich werde eingeladen, wenn eine Feier ansteht. Ich bin nicht scharf darauf, mit ihr Weihnachten zu feiern, tue es aber Beau zuliebe trotzdem. Wir finden Kompromisse, mit denen wir leben können. Der Heilige Abend gehört uns, der erste Feiertag ihr. Dafür fahren wir am zweiten zu meinen Eltern und ich sehe grinsend zu, wie Beau sich mit dem verhakten Rollladengurt in Mums Küche herumschlägt, ehe er sich heimlich auf dem Klo ein YouTube-Tutorial zum Thema reinzieht und dann mächtig Punkte sammeln kann. So in der Art machen wir das. Manchmal, wenn ich beobachte, wie Mum ihn in ihre Umarmung zieht und schnieft, wenn wir wieder gehen, und Dad ihm auf die Schulter klopft und »Fahr vorsichtig, mein Junge« grummelt, dann wünsche ich mir durchaus, dass seine Mutter etwas mehr Gefühle zeigen könnte. Aber ich werde ihr einfach Zeit geben. Denn sie ist bei aller Härte durchaus eine Frau, die Bewunderung verdient. Ich weiß, was es sie gekostet hat, mit mir zu reden, während Beau sich entschuldigte, um ein längeres Telefonat mit einem Freund zu führen.

»Sie hätten in den letzten Monaten ausreichend Zeit gehabt, Beau auf Ihre Seite zu ziehen«, begann sie.

Ich sah sie an, als verstünde ich nicht, was sie meinte.

»Ich habe ein paar Dinge zu Ihnen gesagt«, sie machte eine kleine Pause und ich wusste, dass sie an meine Kündigung dachte, »die eventuell vorschnell waren oder einer genaueren Prüfung unterzogen werden müssen.« Sie sah mir direkt in die Augen. »Ihre Reaktion war überraschend. Sie hätten Ihren Einfluss nutzen können. Ich an Ihrer Stelle hätte das in Erwägung gezogen. Sie hätten dafür sorgen können, dass er nicht mehr zurückkehrt.«

»Wieso hätte ich das tun sollen?«, fragte ich sanft. »Er liebt die Firma. Er liebt Sie. Und ich liebe ihn.«

»So einfach ist das?« Sie hob die Augenbrauen.

Ich seufzte. »Nein, so einfach ist das nicht. Aber es lässt einen einiges verstehen und anderes vielleicht aushalten.« Ich blickte ihr direkt in die kühlen blauen Augen. »Manchmal ist man anderer Meinung als andere. Das ist erst einmal nicht schlimm. Es kommt nur darauf an, dass der Respekt dabei nicht auf der Strecke bleibt.«

»Respekt muss man sich verdienen«, erwiderte sie knapp. »Man bekommt ihn nicht über Nacht. Man muss dranbleiben und ihn sich erarbeiten, Stück für Stück. Aber ich beginne zu begreifen, was mein Sohn in Ihnen sieht, und ich denke, dass ich vielleicht ebenfalls ein wenig genauer hinsehen sollte.«

»Das wäre ein Anfang, mit dem ich leben könnte«, gab ich zurück, ehe Beau wie auf Kommando wieder strahlend den Raum betrat. Ich griff nach seiner Hand, als er sich auf der Lehne meines Sessels niederließ, und neigte den Kopf leicht, als er mich sanft auf den Scheitel küsste. Das eben war ein Hammer-Kompliment gewesen, dachte ich, zumindest für die

Frau, die es aussprach. Wir hatten also immerhin Waffenruhe, und wer weiß, vielleicht würde sie mir irgendwann wirklich Respekt zollen, damit wäre ich bereits zufrieden. Sie war nicht der Typ, der ihre Schwiegertochter herzte und küsste, das war schon lange klar. Und alles andere würde die Zeit mit sich bringen oder eben auch nicht. Doch Beau hatte sich positioniert und stand fest an meiner Seite, und mit ihm würde ich so ziemlich jeden Kampf aufnehmen.

Und damit wäre dann beinahe alles gesagt. Fast zwei Jahre ist es her, dass Pen mir diesen Brief überreicht hat. Ich habe inzwischen einiges erlebt und gelernt. Viel Ausbildungskram, der hier gar nicht wichtig ist, dass man sogar heulen kann, während man schläft, was ich nicht hatte herausfinden wollen, und vor allem, dass es sich immer lohnt, an sich zu glauben und fest hinter sich selbst zu stehen. Dann steht da wenigstens einer – und das ist schon mal gut.

Ich habe gelernt, dass man vieles schaffen kann, wenn man sich nur traut, es zu versuchen, und dass Scheitern auch mal hilfreich sein kann. Ich habe gelernt, dass sich Türen manchmal schließen müssen, weil wir sonst nie eine andere als die vertraute ausprobieren, und dass Umwege auch ans Ziel führen. Ich habe gelernt, dass man hin und wieder schlicht Pech hat, dass ein einziger Kuss im Fahrstuhl, den der Nachtwächter auf seiner Runde zufällig sieht, dein ganzes Leben auf den Kopf stellen kann. Ich habe gelernt, dass ein völlig unbedachter kleiner Kommentar eben dieses Nachtwächters zur Firmenchefin darüber, wie schön es sei, dass *der junge Herr und seine bezaubernde Freundin* so glücklich wirken würden, dazu führen kann, dass ganz viel Unglück über dich hereinbricht. Ich habe gelernt, dass es nichts Wichtigeres gibt als Freunde, um mit ihnen zu lachen und zu feiern, und noch mehr, um mit ihnen zu weinen und von ihnen getröstet zu werden. Ich habe gelernt, dass man Rosa nur mit der ausreichenden Contenance tragen muss, um es irgendwann salonfähig zu machen. Ich habe gelernt, was »Contenance« bedeutet, weil es eines der Lieblingswörter meiner Schwieger…, nun ja, Beaus Mutter ist, und ich es satthatte, dass sie immer so wissend grinste, wenn sie mir anriet, endlich zu lernen, »meine Contenance zu wahren«. Zum Beispiel, wenn Beau auf der Toilette war, nach ein paar Minuten zu uns zurückkommt und ich in meiner Erleichterung, diese Zeit mit ihr überstanden zu haben, aufspringe und ihm entgegenlaufe und ihn küsse, als kehre er eben aus dem Krieg zurück.

Aber ansonsten ist meine Beherrschung in ihrer Gegenwart erstklassig, finde ich, und Beau sieht das ähnlich. Auch wenn er sich köstlich darüber amüsiert, dass in letzter Zeit ein Fremdwörterbuch auf meinem Nachtisch liegt. Ich habe die Herausforderung angenommen und übe heimlich. Ich will zwar Ruby bleiben und mit Stolz auf meine Herkunft blicken, aber ein wenig Attitüde steht auch mir. Man sieht, ich eigne mir einmal mehr Gelehrsamkeit an.

Das Einzige, was mich jetzt manchmal traurig macht, ist, dass ich Pen und Maisie nur noch selten sehe. Ich bezahle nach wie vor das Zimmer in der WG, und wir halten eisern daran fest, regelmäßig dort oder hier zu essen, aber es ist nicht mehr wie früher, und es ist unfair, dass ich das Zimmer blockiere. Ich weiß, dass beide es lieben, wenn die Bude voll ist, und dass sie sich zu zweit ein wenig verloren vorkommen. Nun, nicht so verloren, aber ihnen fehlt eine dritte Stimme, ein Mensch, der sie herausfordert, den sie necken können und lieben und der idealerweise immer den Kühlschrank füllt. Ich werde also darüber nachdenken müssen, das zu ändern.

»Warum seufzt du?«, wollte Beau wissen und sah von seinem Laptop auf, wo er mal wieder Nachrichten bearbeitete, die nicht bis Montag warten konnten.

»Nichts. Ich habe eben nur daran gedacht, dass ich irgendwann die WG kündigen muss.«

»Ist das so schlimm? Du bist doch sowieso fast immer hier.«

»Nein. Und ja. Es ist ein Abschnitt, der zu Ende geht. Ich habe da sehr gerne gelebt. Und Maisie und Pen …« Ich seufzte noch einmal.

»Sie werden deine Freundinnen bleiben«, meinte er sanft.

»Ich weiß.« Ich unterdrückte einen dritten Seufzer und zwang mich, das Thema fallen zu lassen. »Was treibst du denn so?« Ich schlenderte zu ihm und warf einen Blick über seine Schulter.

»Das Traineeprogramm. Es steht fast, ich stelle nur noch eine Liste zusammen mit ein paar persönlichen Tipps. Morgen ist mein letzter Tag«, sagte er nachdenklich. »Wie schnell ein Jahr vergeht.«

Ich strich ihm kurz über den Rücken. Obwohl er sich darauf freute, bald wieder bei *Jola* zu sein, fiel ihm der Abschied von seinem Zwischenjob nicht leicht.

»Lass mal sehen, was das für Tipps sind«, bat ich ihn und las vor.

»›Unerlaubte Fragen. Testen Sie, wie der Kandidat damit umgeht. Bestehen Sie nicht auf einer Antwort. Bewerten Sie die Antwort nicht. Was tut der Kandidat alles für einen Job???‹ Interessant. Diese Liste würde mir viel Geld bringen, wenn ich sie ins Internet stelle. Weißt du, dass es da richtig Geld zu machen gibt, wenn man so ein Coaching anbietet?«

»Untersteh dich«, knurrte er und zog mich auf seinen Schoß.

»Nächster Punkt. ›Unerwartete Fragen. Schockieren Sie, provozieren Sie. Testen Sie Mut, Spontanität und Witz der

Kandidaten. (Und haben Sie selbst Spaß dabei).‹ Ich hab's gewusst, dass dir das einen Heidenspaß gemacht hat.«

»Schuldig«, raunte Beau, der sich jetzt weit weniger für seine Liste als für mein Dekolleté interessierte.

»›Unerwartete Fragen‹«, las ich noch einmal. »Dass das kommt, hätte ich mir ja denken können. Weißt du, wie schlimm es ist, die gestellt zu bekommen? ›Was sind Ihre drei Worte, Mrs Ferguson?‹« Ich versuchte vergeblich, seinen Tonfall zu treffen, und wir lachten. »Ich bin tausend Tode gestorben, mindestens.«

»Und du hast gesagt: *Hartnäckig, unberechenbar, charismatisch.*« Er sah mir in die Augen.

»Das weißt du noch? Merkst du dir alles?«

»Nein. Nur deine«, entgegnete er schlicht. Dann begannen seine Augen zu funkeln. »Was sind jetzt deine drei Worte? Genau in diesem Moment?«

Ich dachte nur ganz kurz nach. Seine Augen hatten wieder diesen Ausdruck, der mich ganz wuschig machte, und ich fühlte mich ziemlich frivol und sehr begehrenswert.

»*Heiß*«, sagte ich und sah ihn an. »*Unglaublich liebenswert.*«

»Letzteres sind zwei Worte, Ruby.« Seine Stimme klang wie ein Schnarren.

Ich rutschte ein wenig hin und her. »Schade. Dann bleibt kein Platz mehr für *hart* übrig.«

»Was allein deine Schuld ist. Ich erwarte, dass du mir dabei hilfst, diesen Umstand wieder zu ändern.« Sein Mund wanderte bereits an meinem Schlüsselbein vorbei, als ich seinen Kopf packte und ihn dazu brachte, mich anzusehen.

»Ich habe auch etwas gelernt. Sei mutig. Stelle eine Gegenfrage. Was sind deine drei Worte für mich, Beau, jetzt in diesem Moment?«

»*Heiß*«, erwiderte er sofort. »*Begehrenswert. Wunderschön.*«

Ich grinste zufrieden und wartete, dass er weitermachte, aber er tat es nicht. Er sah mich an und schüttelte langsam den Kopf.

»Nein, Ruby, ich revidiere. Meine drei Worte für jetzt …« Er beugte sich vor und küsste mich, nicht wild und erotisch, sondern sanft und weich und unendlich schön.

»Für jetzt und immer sind das meine drei Worte für dich: *Ich.*« Er machte eine Pause, und jedes der drei Worte kam laut und deutlich und einzeln und perfekt betont und mit so viel Ernst und Inbrunst und Wahrheit, dass ich schlucken musste. »*Liebe. Dich.*«

Hat Ihnen dieses Buch gefallen?

Möchten Sie informiert werden, wenn Franziska Erhard ihr nächstes Buch veröffentlicht? **Dann folgen Sie der Autorin auf Amazon.de!**

1) Suchen Sie auf Amazon.de oder in der Amazon App nach dem eben gelesenen Buch.
2) Klicken Sie auf den Namen **der Autorin**, um auf die Autorenseite zu gelangen.
3) Klicken Sie auf den »Folgen«-Button.

Noch schneller gelangen Sie zur Autorenseite, indem Sie diesen QR-Code mit Ihrem Smartphone oder Tablet scannen:

Wenn Sie dieses Buch auf einem Kindle eReader oder in der Kindle App lesen, wird Ihnen automatisch angeboten, **der Autorin** zu folgen, sobald Sie die letzte Seite des Buches erreicht haben.

Montlake

Printed in Germany
by Amazon Distribution
GmbH, Leipzig

24626815R00250